古典文獻研究輯刊

二六編
曾永義 主編

第4冊

漢武新政背景下的文學嬗變研究
——以司馬遷《史記》為例

張學成 著

國家圖書館出版品預行編目資料

漢武新政背景下的文學嬗變研究——以司馬遷《史記》為例
／張學成 著 -- 初版 -- 新北市：花木蘭文化事業有限公司，
2022〔民 111〕
目 2+218 面；19×26 公分
（古典文學研究輯刊　二六編；第 4 冊）
ISBN 978-986-518-994-5（精裝）
1.CST：（漢）司馬遷 2.CST：史記 3.CST：中國文學
4.CST：傳記文學
820.8　　　　　　　　　　　　　　　　111009912

ISBN-978-986-518-994-5

9 789865 189945

古典文學研究輯刊
二六編　第四冊　　　　　　ISBN：978-986-518-994-5

漢武新政背景下的文學嬗變研究
——以司馬遷《史記》為例

作　　　者　張學成
主　　　編　曾永義
總 編 輯　杜潔祥
副總編輯　楊嘉樂
編輯主任　許郁翎
編　　　輯　張雅淋、潘玟靜、劉子瑄　美術編輯　陳逸婷
出　　　版　花木蘭文化事業有限公司
發 行 人　高小娟
聯絡地址　235 新北市中和區中安街七二號十三樓
　　　　　　電話：02-2923-1455／傳真：02-2923-1452
網　　　址　http://www.huamulan.tw 信箱 service@huamulans.com
印　　　刷　普羅文化出版廣告事業
初　　　版　2022 年 9 月
定　　　價　二六編 23 冊（精裝）新台幣 62,000 元

漢武新政背景下的文學嬗變研究
——以司馬遷《史記》為例

張學成　著

作者簡介

張學成，男，1972 年生，山東臨沂人，教授，文學博士。1996 年 8 月至 2019 年 5 月在臨沂大學文學院、沂蒙文化研究院工作。2019 年 5 月入職江蘇護理職業學院。原為山東省精品課程古代文學主講教師，臨沂大學第二屆學術委員會委員，山東省高等學校創新創業教育導師，山東省古典文學學會會員。現為中國史記研究會會員，中國李清照辛棄疾學會會員，山東孫子研究會理事。主要從事中國古代文學與文化的教學與研究工作，兼及區域文化、旅遊文化研究。在各級期刊發表論文 50 餘篇，出版著作 5 部，主編、參編教材多部，主持並完成省廳級各類課題10 餘項，獲各級獎勵近 10 次。

提　　要

　　漢武新政對漢代乃至中國歷史的影響至遠至深，對當時的文人、文學和文化更是有著至深至遠的影響。漢武新政影響了當時文人心態的變化及其創作，各種文體都有了一定程度的嬗變。漢武新政背景下的文學嬗變表現在如下方面：文學創作主體發生了變化，眾文人由藩國向中央聚攏，京都長安成為絕對的文化中心；文學觀念發生了新變，政治功利性文學觀和私人化娛樂性文學觀相繼形成，文學出現經學化的特點，「班馬」文學觀比較成熟，大而美成為主流文學的最突出風尚。從體制上來說，在武帝時期，賦的體制發生了大的變化，從漢初以來的騷體賦向大賦轉變；大賦作家都有小賦之作，反映個人真性情的作品，往往篇幅短小，不是東漢以後才出現的；五言詩已經成熟；各體散文發展成熟，小說也有所發展。從抒情的角度來說，文學呈現出偏重外在世界描摹和內在心靈世界表現的共時存在，武帝時代的小賦有了許多真情的抒發，多了隱喻諷刺的「比興」寄託。《史記》由於曲折隱晦的抒情贏得了「無韻之離騷」的美譽。

　　從史傳散文、傳記文學發展的角度來講，《史記》的出現代表著重要的嬗變轉型。李陵事件毀掉了司馬遷的身體，但成就了偉大的《史記》。紀傳體《史記》從文學角度來看，就是歷史的紀傳化、人生的故事化。論文對《史記》的小故事文本進行了品評細讀，有了不少新的發現。論文從司馬子長之心、歷史人物之心、互見妙法寫心、寫心富有意義四個方面對《史記》寫心學進行初步的論述。《史記》中的空白法寫心具有獨特性。「互見法」與《史記》的寫心有著密切的關係，互見法的普遍使用表明了對一些歷史人物和歷史事件的看法，反映了子長之心；在通過互見法對不同歷史人物和歷史事件的對比中，表露了歷史人物之心。司馬遷在《史記》中的「寫心」富有意義，不但表現了歷史人物的心理，而且借歷史人物、事件寫出了司馬遷的「心史」，所以《史記》是一部抒情之書，還能有助於「成一家之言」。

山東省社科規劃項目研究成果
（項目批准號：18CZWJ03）

目
次

緒　論

　　王國維在《宋元戲曲考》中針對中國文學作出過一個著名的論斷——「一代有一代之文學」，我們大家熟知的往往是唐代的詩，宋代的詞，元代的曲，明清時期的小說，而對於秦漢時期而言，一般的文學史往往認為秦只是一個短命的王朝，它實施的是「焚書坑儒」的滅絕思想文化的政策，所以，秦代幾無文學可言。對於漢代，我們知道它的「一代之文學」是漢賦，除此之外，還有史傳散文，或稱史傳文學，還有漢代的樂府，當然包括在中國文學史上影響深遠的傳統上稱為漢末文人五言詩的「古詩十九首」。相較於其他時代燦若群星的名家名篇，漢代文學的星空似乎黯淡了很多。與其他時代相比，這個時期的文學史似乎不很重要，也沒引起眾多學者的高度重視，但這種認識和態度其實是不正確的。徐公持認為：「秦漢文學從基本性格到文體面貌，都獨具特色；它與前朝後代迥然有別，同時又影響巨大。如此文學，當然具有重大的關注和研究價值，需要探討其前因後果，究明其底蘊了。」〔註1〕既然如此，那麼秦漢文學的重要性和研究價值到底體現在哪些方面呢？

　　明代于慎行指出：「兩漢文章，莫盛於武帝時，然其文有三種，如枚、鄒、相如、莊助、吾丘之流，皆以詞賦唱和，供奉乘輿，是詞賦之文也；太史包羅諸史，勒成一家，是記事之文也；淮南賓客，攝諸家之旨，發明道術，是著述之文也。顧武帝所好，不過詞賦夸靡之文，子長本為史，不以文稱，其時書亦未出，至於淮南之言，山東大儒所不能道，而八公者流，曾不得一至人主之前，稱說往古，曳裾侯門，卒成不軌，則不用之過也。嘗謂此三種文章，至今為世

〔註1〕徐公持：《為什麼要研究秦漢文學》，《文史知識》，2016年第2期，第29頁。

所宗,《淮南》論道術,其言有識,不可磨滅,上也;《史記》不號為文,而其文之妙為千古絕唱,次之;至於夸麗求工,曲終奏雅,薄於技矣。」〔註2〕

　　于慎行開門見山,首先指出,漢武統治時期的文章非常興盛發達,這是一個文學與政治、經濟、軍事等都達到了前所未有的鼎盛了的時期。當然,此處所言之文章不等同於文學,但文學一定包含在文章之中。于慎行認定其時之文主要有三類:辭賦之文、記事之文和著述之文。這三種「文章」何種最佳?如果按照「一代有一代之文學」的論斷來說,自然非辭賦莫屬。但在于氏看來,他最欣賞的是以「觀天地之象,通古今之事」的《淮南子》為代表的具有哲學性質的著述之文,辭賦卻排在最後,這種認識自然有他自己的道理。但無論如何,「兩漢文章,莫盛於武帝時」的論斷是準確中肯的,是毋庸置疑的。清代的阮元引用班固之語又說:「『故班孟堅曰:武宣之世,崇禮官,考文章。』又曰:『雍容揄揚,著於後嗣,大漢之文,炳焉與三代同風。』是故兩漢文章著於班、范,體制和正,氣息淵雅,不為激音,不為客氣。若云後代之文有能盛於兩漢者,雖愚者亦知其不能矣。」〔註3〕這裡強調的是整個漢代文學的成就,就風格上來說與夏商周時一脈相承。其中所言,應該就是在辭賦、史傳散文、政論散文裏充溢著的飽滿的鋪張揚厲的縱橫之風,而這正是對漢武帝時代主流文學的最好概括。

　　日人吉川幸次郎認為:「諸種因素結合在一起,遂使武帝時代能夠成為中國歷史上的轉變期;而與整個歷史的轉變相應的,是文學的歷史,也在這個時代發生了巨大的轉變。毋寧說,中國文學史從這時開始才脫離文學史史前狀態,正式地揭開了帷幕。因為自覺的文學生活成為中國歷史中悠久的傳統,是從武帝時代開始的。」〔註4〕這種認識強調了武帝時代是中國歷史發展的轉變期,也是中國文學發展的巨大轉變期。我們知道一般意義上的「文學的自覺時代」是魯迅先生提出來的,他認為中國文學的自覺時代是魏晉時期,當時人們已開始有意識地進行文學創作。現在最為通行的袁行霈主編的文學史則就這個問題進行了詳細的論證。似乎,這個問題已經成為定論,但吉川幸次郎卻認

〔註2〕明・于慎行:《寓圃雜記・穀山筆塵》,《穀山筆塵》卷八《詩文》,北京:中華書局,1984年,第86頁。

〔註3〕清・阮元:《揅經室集》三集卷二《與友人論古文書》,北京:中華書局,1993年,第609～610頁。

〔註4〕日・吉川幸次郎著,章培恒等譯:《中國詩史》,合肥:安徽文藝出版社,1986年,第110頁。

為漢代武帝時期可以成為文學的自覺時代。龔克昌在對漢賦進行了全面的深入的研究後，也認為漢武帝統治時期已經成為文學自覺的時代。

漢武帝自然是一個非常有作為的偉大皇帝，在其統治時期，所實施的思想文化政策帶有鮮明的時代性和深遠的歷史性，政治制度定型成熟，國家的發展取得了巨大的成就，同時，漢代經濟社會文化也發生了巨大的轉變。「漢武帝時代是經濟文化高度繁榮的時代，同時又是一個社會關係空前複雜化，充滿著各種劇烈的矛盾衝突的時代，也是各種人物登上歷史的舞臺大顯身手的時代。」〔註5〕他個性突出，英勇果決，剛愎自用，一意孤行，嗜殺濫殺，所推行的一系列政策往往具有兩面性，因此在中國學術史上也是一個飽受爭議的獨特人物。不管怎麼說，這個時期是文學大發展大變革的時期，當時時代的「積極的精神和消極的方面，非常鮮明地反映在司馬遷的《史記》以及為數眾多的民間詩歌創作──漢樂府中。中國文藝可以說是第一次在一個廣大的範圍內直接面對現實社會中各種劇烈的矛盾衝突，並且毫不避諱地去反映它。在保持《詩經》《楚辭》以來為中國文藝所特有的抒情性的同時極大發展了敘事性、情節性、戲劇性。特別是司馬遷的《史記》，既高揚了儒家古代人道主義精神，又在不少地方突破了儒家思想的侷限，創造了完全可以和荷馬史詩媲美的中國古代無韻的英雄史詩」。〔註6〕其實，在漢武帝長達54年的統治中，漢武帝時期的政治制度、思想文化政策以及個人對文化和文學的態度都不同程度地影響了當時文人心態的變化及其創作，不單單是《史記》和漢樂府取得了極大的成功，漢賦、各體散文、小說都有了一定程度上的獨特的嬗變，打上了鮮明的時代烙印，影響了文學的發展，對後世產生了深遠的影響。

一、選題依據

漢武帝是兩漢時期一代有作為君主，也是中國歷史上的一個極具爭議性的帝王，在爾虞我詐的險惡宮廷環境中，對於諸皇子而言，能夠健康成長起來，本就是非常幸運的事情，而能被立為太子，又能夠做到皇帝，實為幸運，能做穩皇位，又能持續掌權幾十年之久，實屬幸運中的大幸。

〔註5〕李澤厚、劉綱紀主編：《中國美學史》，第一卷，北京：中國社會科學出版社，1984年，第444～445頁。

〔註6〕李澤厚、劉綱紀主編：《中國美學史》，第一卷，北京：中國社會科學出版社，1984年，第444～445頁。

　　初登帝位的劉徹意氣風發，躊躇滿志，希望能夠有理想有作為，但起初雖名為皇帝，但並不掌握實權，先有祖母竇太后的控制，後有母親王太后的干政，一度甚至還存有被廢黜的危險，這對於一個青年才俊而言，皇帝之初的日子並不好過。在經過了長達十餘年的隱忍堅持之後，終於擺脫了兩代太后以及外戚的掣肘束縛，開始放手實施他的政治藍圖。他勵精圖治，志向高遠，奮起抗擊匈奴等入侵者。在幾十年時間裏，南征北戰，東打西殺，這些戰爭既有主動性的，也有被動性的；正是由於強力的政治政策，所以漢朝達到了極為強盛的時期，史稱「漢武盛世」。也恰恰是在他統治時期，由於四面出擊，財政出現了捉襟見肘的狀況；在其統治後期，迷信鬼神，大肆殺戮，致使大漢王朝集中出現了內憂外患交困的局面，最後不得不出「輪臺罪己詔」作自我批評。與之相聯繫，漢武帝時期的一系列政策措施與當時的江山社稷、文武官員、平頭百姓以及外交關係等密切相關，對當時的作家文人創作群體更是影響甚大，影響了文人心態的變化，導致了文人創作的轉型，直接促成了漢代文學的嬗變。本課題擇取漢武帝統治時期，以新政大文化為背景，以《史記》為切入點，由點及面，聯繫整個漢代文學，進行全面深入綜合的研究。

　　本課題選取一個朝代一個皇帝，貌似很小，實則較大，研究以小見大，頗有意義。漢武帝自然是一個很有作為的皇帝，在文化史上，我們經常漢唐並提，如「漢唐盛世」「漢唐氣象」等等，漢朝之所以有如此地位，如此影響，毫無疑問，這與漢武帝的極具個性的統治密切相關。如果沒有漢武帝，中國歷史上一定會少卻許多濃重的筆墨。但不可否認，漢武帝的統治既有其好的一面，又不可避免地帶來了壞的影響，不僅僅影響了當代，而且對幾千年的封建社會產生了深遠的影響。漢武帝喜愛文學，而且身體力行，在賦、文、詩歌等方面都有創作，俗話說，「上有好之，下必有甚焉」，這對文學必定產生了促進的影響，但由於其身份地位以及個性癖好的不同，也不可否認地帶來了負面的影響。漢武新政對漢代乃至中國歷史的影響至遠至深，對當時的文人、文學和文化更是有著不容小覷的至深至遠的影響。

（一）國內外相關研究概述

1. 大陸學者相關研究成果零星散見

　　（1）對武帝時期文人及其作品的發展及特點有所關注。游國恩等主編的《中國文學史》注意到了這個問題，「以武帝為首的漢王朝統治者，……需要祭祀天地鬼神，慶太平，告成功。……於是『樂府』有了更大的發展。……武

帝時代的辭賦同樣有很大的發展。」〔註7〕這種論述高度概括，卻流於表面化，雖沒有觸及到問題的本質，但對於我們的研究有一定的啟示。胡傳志認為：「枚皋、司馬相如、東方朔、司馬遷等人是漢代也是中國文學史上著名的文學家，居然淪落到類似俳優的地位。但正是這些準俳優身份的文人居然創造並代表了一代文學的最高成就。」〔註8〕研究認為，武帝時期的文人已經淪落到類似俳優的地位，而這些準俳優身份的文人創造並代表了一代文學的最高成就。章培恒和駱玉明主編的文學史特別提到了武帝對當時文人及文學的影響：「武帝對辭賦文學特別喜好，即位後，便大力收羅這一類文人到中央宮廷來。」枚乘、司馬相如、東方朔、嚴助等人都被招致麾下。「這一群文人，有的也有文學以外的才能，擔任過文學以外的職務，但他們之所以被賞識，得到任用，完全是因為文學的關係。這同戰國遊士，乃至西漢初諸侯王宮廷中士人的身份，已經有了根本改變。完全可以說，在武帝的宮廷中，形成了中國文學史上最早的真正意義上的『文人』群體。」〔註9〕

　　正是因為武帝對辭賦的愛好，加之收羅辭賦文人到宮廷，從而刺激了文學的發展。劉躍進指出，武帝時期的社會已經完成了轉型，與之相適應，文人身份也有了重要的轉變：一是中央集權得到了加強，統治者鉗制了文人的思想與創作，二是文人的獨立人格和自由創作被進一步削弱；而且武帝時期的辭賦家的創作也發生了變化〔註10〕。袁行霈主編的文學史認為：「從武帝開始，思想界由對歷史的批判轉入本朝理論體系的構築，與此相應，文學也由對歷史的批判轉入對現實的關注，歌功頌德、潤色鴻業成為西漢盛世文學的主要使命。」與遊本文學史可謂一脈相承，但同時也有一定新意，「從武帝開始，朝廷對文人以倡畜之，侍從文人很大程度上為迎合天子的口味而創作。」袁本文學史指出，武帝時期文學由對歷史的批判轉入了對現實的關注，歌功頌德、潤色鴻業成為西漢盛世文學的主要使命〔註11〕。章培恒、駱玉明主編的1996年版文學

〔註7〕游國恩等著：《中國文學史》，北京：人民文學出版社，1964年，第124～125頁。
〔註8〕胡傳志：《西漢文人地位與西漢文學的變遷》，《安徽師大學報》，1992年第3期，第336頁。
〔註9〕章培恒、駱玉明主編：《中國文學史》，上海：復旦大學出版社，1996年，第172頁。
〔註10〕劉躍進著：《中華文學通覽·漢代卷·雄風振采》，劉躍進，北京：中華書局，1997年，第27頁。
〔註11〕袁行霈主編：《中國文學史》，北京：高等教育出版社，2014年，第140頁。

史中對武帝時期的文學嬗變問題有所涉及：「他們（士人）只能從縱橫之士向宮廷文人轉化，主要以文學活動為君王提供精神享受，同時在政治上提供一些建議、批評。……武帝對辭賦文學特別喜好，即位後，便大力收羅這一類文人到中央宮廷來。」〔註12〕而在 2007 年出版的《中國文學史新著》中對武帝時代的文學有了更深的認識，比如，「《史記》當然是歷史著作，但其中包含了一系列單獨成篇的人物傳記。作者在寫這些傳記時傾注了自己的感情，對人物的描寫也多具體生動，實可視為敘事性的文學作品。」〔註13〕《史記》之所以成為抒情之書與漢武帝的特殊統治有著分不開的關係。

（2）有些學者認為武帝時期文學與前相比已發生變化。龍文玲《漢武帝與西漢文學》（首都師範大學，2006 年）站在古代文學發展史的高度，對漢武帝與西漢文學關係，漢武帝對文學的推動作用與負面影響等問題進行了一定程度的把握，該研究就二者關係問題進行了較全面的研究，但缺乏對文人創作轉型、文學轉型問題的論析，而且該研究基本忽視了對文人創作轉型、文學轉型的典型代表——《史記》的研究。劉躍進以時間為序對秦漢文學進行了編年研究〔註14〕。李鳳豔《漢武帝時期文人活動年表及相關問題研究》梳理了漢武帝時代文人的創作和主要事蹟（青島大學，2008 年），欒嘉《論〈史記〉中漢武帝時期入仕文人的人格與命運》主要從文史結合的角度來分析司馬遷筆下漢武帝時期的「入仕文人」群體形象（《論《史記》中漢武帝時期入仕文人的人格與命運》，重慶師範大學，2009 年）。王洪軍對漢代博士文人群體與漢代文學進行了研究，涉及到博士群體的文學創作以及博士群體的精神轉向和人格影響（《漢代博士文人群體與漢代文學》，中國社會科學出版社，2010 年）。劉躍進又從空間視閾對秦漢文學作了全新的解讀，將秦漢文學置於宏闊的歷史地理背景下，綜合考察了秦漢時期不同區域文學的空間分布及興衰變遷（《秦漢文學地理與文人分布》，中國社會科學出版社，2012 年）。焦洋對武帝時期的文學創作進行了較系統的研究（《漢武帝時期的文學創作與研究考論》，西北大學，2014 年）。

以上研究勾畫出了漢武帝時期的文人群體全貌，但是對於漢武帝新政與

〔註12〕章培恒、駱玉明主編：《中國文學史》，上海：復旦大學出版社，1996 年，第172 頁。

〔註13〕章培恒、駱玉明主編：《中國文學史新著》，上海：上海文藝出版社，2007 年，第 136 頁。

〔註14〕劉躍進：《秦漢文學編年史》，北京：商務印書館，2006 年。

漢代文學的發展轉型問題沒有給予足夠的重視；都沒有將視野放在漢武帝新政與漢代文人心態的變化、與漢代文學轉型的問題上來。這些研究對漢武帝時期的文人群體和文學創作進行了一定的梳理，為我們進一步深入研究打下了很好的基礎，對漢武帝與文學的關係問題也有部分學者開始進行研究，但對於漢武帝時期的文人轉型、文學嬗變以及對後代文學的影響問題重視不夠。

2. 外國學者對漢武新政有一些研究

英國學者認為，武帝統治時期是「時新派政策的充分發揮期」，「標誌著漢代歷史的新轉折」〔註 15〕。美國學者伊佩霞也指出，漢武帝是「強化漢朝政府機器的關鍵人物」，他「高居於法律之上，是權力無限的獨裁者」，與其他漢朝皇帝一樣，「效法儒家，利用主從關係為核心的倫理道德進行統治，相信長此以往其臣下終會依忠君盡責的道德原則行事，這樣君主便容易達到自己的目的並節省開支。為使官員們接受這一原則，武帝尊寵儒術。」〔註 16〕美國學者康達維的《漢武帝與漢賦及漢代文學的勃興》認為，漢武帝是漢朝第一位對文學感興趣的皇帝，在漢武帝時期實現了辭賦與新樂的體制化〔註 17〕。該研究與本課題有一定聯繫，但其研究侷限在賦的領域，而且沒有注意到漢武帝時期的新政在賦的發展上的影響，對於漢代文學發展、漢代文學轉型問題同樣少有涉及。

3. 港、臺等地學者對武帝時期文學有一定研究

對武帝新政與漢代文學的關係問題，新加坡、臺灣、香港等地的一些碩博士論文有所涉及。陳姿蓉認為漢武帝時期的散體賦作有了大發展，有「子虛」「上林」為代表的「設辭類」，有《七發》為代表的「七體」，有《答客難》為代表的「設論體」（1996 年）；有的通過研究《史記》來解讀漢武帝，研究認為漢武帝為德不卒（《從《史記》看漢武帝》，陳慧英，2009 年）；有的對武帝以前的儒者以及外戚群體進行了研究，對儒者進行了分類定性評價，分析了外戚人物形象，闡述了外戚給國家政權帶來的影響（徐碧梅，《〈史記〉中的儒者形象》，2009；戴子平，《〈史記〉漢代外戚研究》，2010 年）；楊瑞珍通過漢樂府

〔註 15〕英・崔瑞德、魯惟一編，楊品泉、張書生、陳高華等譯：《劍橋中國秦漢史》，北京：中國社會科學出版社，1992 年，第 168 頁。

〔註 16〕美國・伊佩霞編著，趙世瑜，趙世玲，張宏豔譯：《劍橋插圖中國史》，濟南：山東畫報出版社，2002 年，第 43～44 頁。

〔註 17〕美國・康達維：《漢武帝與漢賦及漢代文學的勃興》，《湖北大學學報》，2011 年第 1 期，第 48 頁。

來研究漢代社會（2011 年）。新港臺等地學者的研究多就某一作品或某類文體進行研究，對漢代文學嬗變與轉型的綜合研究顯然欠缺。這些研究對我們進一步瞭解漢武新政與漢代文學有積極作用，但在宏觀研究方面明顯不足。

4. 國內外關於本課題的研究有待加強

綜上所述，學術界以往相關研究主要集中於對漢武帝時期的文人和文學進行梳理，對漢武新政和漢代文學的一些具體問題有了一定的研究，也有學者涉及到某方面的問題，為我們進一步深入研究打下了很好的基礎，但對武帝新政時期的文學嬗變與轉型問題，未能全面深入展開，對漢武帝時期的文人轉型、文學嬗變以及對後代文學的影響問題重視不夠。尤其是有些研究偏重微觀，雖資料翔實，但對文學嬗變的表現缺少全面系統的總結，同時對文人創作與文學轉型的代表作《史記》較少涉及，為本課題進一步探討武帝新政時期的文學嬗變轉型問題，研究武帝新政對後世文學發展的影響留下了較大空間。

（二）本課題的學術價值和應用價值

1. 有助於深化和細化對漢武帝與漢代文學關係的理解和認識。本課題圍繞漢武帝時期政治體制與文人創作，對新政背景下的文學嬗變問題進行針對性地全面深入研究，將文人、文學放到特定歷史文化環境中綜合考察，密切聯繫創作主體，探討漢武新政對當時文學創作和對後代文學的影響，以期發現政治文化、制度文化與武帝時期文學之間的有機聯繫；帝王個性和專制制度對文學既有推動作用，又有負面影響，兩方面的綜合作用促成了古代文學的民族風格特性。

2. 對漢武新政背景下的文學嬗變問題進行全面系統研究。本課題研究既重視宏觀研究，又進行微觀研究，點面結合，重點對漢武新政背景下的漢代文學嬗變問題及對後世古代文學的影響問題進行全面深入研究，可以深化對漢代文學發展演變特點、原因及過程等問題的理解和認識。

3. 對當代文學的發展與當代文化的建設有一定的啟示和借鑒意義。本課題對漢武新政與漢代文學關係問題進行研究，政治制度及文化政策對文學發展的正面、負面影響對於今天的文化政策的制定、相關制度的建立和完善以及對文學創作的引導等方面具有一定的啟示和借鑒意義。

二、研究內容

漢武帝是兩漢時期一代有作為君主，也是中國歷史上的一個極具爭議性

的帝王，《劍橋中國秦漢史》認為武帝統治時期是「時新派政策的充分發揮」期，「武帝時期標誌著漢代歷史的新轉折」〔註18〕。在爾虞我詐的險惡宮廷環境中，劉徹能被立為太子，實屬幸運；能夠做到皇帝，更是萬幸。初登帝位的劉徹雖名為皇帝，但並不掌握實權，先有奶奶竇太后的控制，後有母親王太后的干政，一度甚至有被廢黜的危險，做皇帝的日子並不好過。

在經過了長達十餘年的隱忍堅持之後，終於擺脫了外戚的掣肘束縛，開始放手實施他的政治藍圖。他勵精圖治，志向高遠，奮起抗擊匈奴等入侵者。在幾十年時間裏，南征北戰，東打西殺，這些戰爭既有主動性的，也有被動性的；正是由於強力的政治政策，所以漢朝達到了極為強盛的時期，史稱「漢武盛世」。也恰恰是在他統治時期，由於漢朝四面出擊，財政出現了捉襟見肘的狀況，「武帝所事既廣，其費用自非經常歲入所能供，故其時言利之事甚多。雖其初意，亦或在摧抑豪強，然終誅求刻剝之意多，衰多益寡之意少，故終弊餘於利，至於民愁盜起也。」〔註19〕「因為武帝的政治家們的擴張主義政策和征戰造成了巨大的開銷和前幾十年積累的物資的消耗」〔註20〕；在其統治後期，大肆殺戮，致使大漢王朝集中出現了內憂外患交困的局面，「與他（漢武帝）的名字聯繫起來的政策很快遭到了尖銳的批評，理由是好大喜功和無端犧牲生靈」〔註21〕，最後出「輪臺罪己詔」作自我批評。

在漢武帝統治時期，在秦大一統的基礎上，封建專制制度獲得了高度發展，官吏選拔制度、酷吏制度、賦稅制度、博士制度以及平準政策、文化政策等都有了極大發展，加上漢武帝特殊的身世個性，這一切深深影響了漢代文人的心態，影響了漢代文人的創作，影響到了漢代文學的內容和表現形式，最終影響到了漢代文學的嬗變轉型。

（一）研究對象

本課題以漢武帝及其所實施的「新政」背景下的漢代文學嬗變作為研究對象，分析漢武新政的原因、表現，歸納漢武帝執政前後、漢武帝統治不同時期

〔註18〕英·崔瑞德、魯惟一編：《劍橋中國秦漢史》，北京：中國社會科學出版社，1992年，第 168 頁。

〔註19〕呂思勉：《秦漢史》，上海：上海古籍出版社，1983 年，第 138～139 頁。

〔註20〕英·崔瑞德、魯惟一編：《劍橋中國秦漢史》，北京：中國社會科學出版社，1992年，第 176 頁。

〔註21〕英·崔瑞德、魯惟一編：《劍橋中國秦漢史》，北京：中國社會科學出版社，1992年，第 169 頁。

的文學發展特點，研究「新政」背景下的漢代文學嬗變的表現，概括總結對後世中國文學的影響。

　　漢武新政背景下的漢代文學嬗變的表現：武帝的新政引起了文人身份、心態及創作心理的變化，隨之帶來了文學觀念的轉變，促成了文學內容、形式的新變，文學實現了由外而內的轉向，導致了抒情方式與文學風格的嬗變轉型，而新政基礎上形成的高度集權的專制制度對中國古代文學的發展具有深遠的影響。

（二）總體框架

1. 漢武新政及其與文學發展的關係

　　漢武帝在其統治時期，通過多年的對外交往和戰爭，疆域獲得了空前發展；對內貶黃老尊儒術，強化專制制度，推行酷吏制度，設立五經博士，擴大樂府職能，立太學與郡學，正是由於強力的軍事、政治、文化制度及措施，所以漢朝達到了極為強盛的時期，史稱「漢武盛世」。

　　在漢武帝統治時期，在秦大一統的基礎上，專制制度獲得了高度發展。董仲舒的天人合一思想和陰陽五行說受到重視，漢武帝極力主張實行政治上的大一統和思想上的獨尊儒術。武帝時期國家指導思想從漢初以來的重視黃老無為之治的王道向尊崇儒術的重視事功的外王內霸的轉化。「此後兩千年，儘管歷代情況多有變化，但是以儒家思想為核心、外王內霸的基本思想形態，沒有發生根本性變化。」〔註22〕武帝本身喜好辭賦，激發了文人的辭賦創作熱情，促進了文學勃興的局面。

　　漢武帝時期的政治制度以及一系列政策措施直接影響到國家發展和對外關係，與文武官員以及平頭百姓的生活密切相關，對當時的作家文人創作群體更是影響甚大，導致了文人心態的變化，直接促成了漢代文學的轉型。

　　本課題從政治學、歷史學、心理學等角度進行綜合跨界研究，多學科分析漢武新政與漢代文學嬗變之間的關係。在漢武帝統治時期，在秦大一統的基礎上，專制制度獲得了高度發展。董仲舒的天人合一思想和陰陽五行說受到重視，漢武帝極力主張實行政治上的大一統和思想上的獨尊儒術。武帝時期國家指導思想從漢初以來的重視黃老無為之治轉向尊崇儒術的重

〔註22〕劉躍進：《秦漢文學地理與文人分布》，北京：中國社會科學出版社，2012年，第5頁。

視事功的霸王之政。武帝本身喜好辭賦，激發了文人的辭賦創作熱情，促進了文學勃興的局面。

2. 探討漢武新政與文人心態心理、文人創作、文學嬗變之間的關係

在漢武帝時期實現了地方之政向大一統中央集權的轉變。隨著政治制度的日趨完善，文人官僚化傾向日益明顯。就當時的知識分子而言，也從先秦以來的有著強烈自尊和獨立性的平交王侯的士子轉變為一定程度上缺失了人格獨立和人身自由的奴才文人。在這一系列政治制度和文化政策促成「漢武盛世」出現的同時，本身也帶來一定的弊端：文人官僚化影響到文人創作心態，酷吏制度隨意殺伐，博士制度日益功利化，掠奪民財的平準政策和賦稅制度影響到社會的方方面面，加上漢武帝特殊的個性等，這一切深深影響到作家創作心態和心理的新變，影響到文學觀念的變化，進而影響到漢代文學的嬗變及其轉型。

3. 漢代文學嬗變的表現

（1）新政與文學創作主體的變化

作為娛遊文人，其本質身份來源於戰國以來的門客文化或食客文化，他們不是依附於權貴之家，就是依附於巨商大賈，以期獲得溫飽問題的解決，進而實現對一定財富和女色的享受。漢初以來，眾文人終於找到了用武之地。雖然他們仍然依附權貴，但漢初的統治者，從劉邦起，一直到漢景帝都不愛好辭賦。於是辭賦作家紛紛向吳楚等地，即以前楚國統治地區的喜歡辭賦的王國聚集，因此，辭賦創作出現了遍地開花的局面。漢初的自由開放的文化氛圍極大地促進了漢賦創作的繁榮，賦作數量近千篇之多。後來，隨著王國問題的解決，眾文士紛紛向中央聚集。

武帝時期博士經學制度形成，博士及其弟子形成了博士文人群體，如董仲舒、公孫弘等人；漢武帝崇尚壟斷強權，在其身邊形成了弄臣文人群體，如司馬相如、東方朔等人。從文人的地域流向來分析，隨著漢武帝大一統政策的貫徹，文人從不同的藩國走向中央帝國，如枚乘、枚皋等。總體而言，文人依附皇權，聚集京都。與先秦與漢初相比，武帝時代文人的身份、心態及創作心理發生了大的變化，文學創作的基本特點是曲阿主上，投其所好，目的往往是歌功頌德。

隨著中央集權的專制制度的建立與完善，文人變成了有著各種約束的體制中的臣子，儒學經學化以後，明確了界限非常森嚴的君臣等級關係，作為臣

子要絕對效忠於那個孤家寡人，稍不注意，就會有身死家滅的危險。由藩國娛遊文人變為朝廷臣子，身份上發生了變化，心態上也隨之發生變化。

（2）新政與文學觀念的轉變

思想觀念從先秦漢初的百家爭鳴轉向高度一統，自由言論受到鉗制，政治功利性文學觀形成，與之相適應，取悅主上的應景式的文學作品大量出現，代表著娛樂性的文學觀形成。文學經學化，主要體現在漢儒對《詩經》的政治教化說解中，他們把本來真實生動活潑的《詩經》變成了政治功利性極強的政治教化，隨著《詩經》被立為博士，對《詩經》的解釋進一步官方化，文學成了經學。司馬遷、班固的一系列做法，說明當時對文學和文學家已經有了相當的認同，文學與儒學經學畢竟是有距離的，文學已經從經學中基本分離出來了。從美學的角度講，在秦漢時期已經形成了大的美學概念，漢代的大美文學觀來自於天人感應的理論，也是對秦始皇以來的宇宙觀的繼承與發展。

（3）文學體制的新變與成熟

在武帝時期，賦的體制發生了大的變化，從漢初以來的騷體賦向大賦轉變。枚乘賦雖言諸侯，但宣揚的是要言妙道，揚正壓邪，形式完備，成為漢大賦成熟的標誌。司馬相如的《子虛賦》，是第一篇正面全面描寫大漢帝國盛大雄偉氣象的賦作，為大賦的到來做好了最好的宣傳，標誌著漢賦時代的正式到來。大賦的體制只有在武帝時代才會成熟，大賦的創作蔚然成風，影響甚大。由於時代性的不同，諸侯國賦與強大的統一的中央集權帝國文化的文學創作體現出鮮明的不同。大賦作家都有小賦之作，反映個人真性情的作品，往往篇幅短小，不是東漢時期才出現的。

漢武時代四言詩歌、雜言詩歌、楚辭體詩歌相互交融，互相影響，詩歌同樣出現了重要的嬗變，在中國文學史上具有重要影響的五言詩歌已經初步成熟，並且有了相當的發展和繁榮。

歷史散文向史傳散文發展，傳記文學基本成熟，《史記》成為一部社會史；政論散文向抒情散文變化發展。秦漢時期制式化朝政實用文章非常發達，已經成熟完善。到漢武帝時期，制式化文章與前相比發生了嬗變，有的制式文章已經非常成熟，而且體現出突出的個性特徵和鮮明的時代特徵。詔書作為制式文章的重要組成部分，到漢代逐漸形成定型，大多數的詔書在漢武帝時期已經發生了嬗變，有的非常成熟。

在小說方面，漢武帝時期也作出了一定的貢獻，也應屬於文學嬗變的範疇。武帝時期正是西漢小說創作的繁榮期。

（4）文學抒情方式的嬗變

在很長一段時間內，兩種文學並行不悖，一為頌歌式的政治文學、娛樂文學，閱讀對象為皇帝及其公眾。一為為自己寫心的私人文學。就抒情方式來說，政治文學、娛樂文學少抒情，私人文學多真實感人的抒情寫志，即便是抒情方式也呈現出由偏重外在世界描摹向內在心靈世界表現的轉向。總體而言，抒情方式因文體不同而又有明顯的差異。

漢賦重在描摹外物，但武帝時代的一些賦作有了許多真實情感的抒發，出現了由「直陳其事」的賦法向隱喻諷刺的「比興」寄託的轉向。

《史記》代表著官方著書向私家著書的性質的變化，它重在敘事，但由於曲折隱晦的抒情贏得了「無韻之離騷」的美譽。文學在漢武帝統治後期呈現出抒情化的傾向，總體而言，抒情由外放轉向內斂。

4. 漢武新政基礎上形成的專制制度對文學的影響

秦朝推行的是由法家作為指導思想的軍事武力、嚴刑酷法為主的霸道政治，漢初推行的卻是重視民生發展經濟的黃老無為之治的王道思想，漢武帝掌權以來，「罷黜百家，獨尊儒術」，但實際上卻是外儒內法，陽儒陰法的外王內霸的政治。這種政治基本上奠定了兩千多年來的封建政治的核心。以詩歌、散文、詞等為代表的中國文學民族風格的形成，與秦始皇以來，尤其是建立在漢武新政基礎上的高度中央集權的專制制度有著密切的關係。專制制度下文人官僚化，物質享受與質性自然的精神追求始終存在矛盾，創作心理深受此種制度影響，文學創作因此呈現出獨特的風貌。這種影響絕非僅只有漢一代，而是至深至遠的。

（三）重點難點

重點問題：漢武帝實施「新政」的背景、內容及影響，漢武帝政治制度文化背景下的漢代文學的發展、特點和演變，漢武新政對當時作家文人心態及創作心理的影響，漢武新政與漢代文學觀念之間的關係，漢武新政與文學嬗變之間的關係，漢武新政對文人創作的影響以及對漢代文學嬗變的影響，《史記》是漢代文學嬗變轉型的典型代表。

難點問題：漢武新政對文人心態、漢代文學嬗變及對後世文學的影響。

（四）主要目標

1. 解析漢武帝及其所實施的「新政」對文人和文學的影響。本課題通過對漢武新政的深入研究，探究帝王特權、專制制度文化對文人創作心態及創作心理的巨大影響。文人既要迎合歌頌，內心又充滿憂慮，在物質享受與精神痛苦的矛盾中生活，總體而言是讚頌的同時有一定的恐懼和質疑，這在當時的詩歌、散文與賦的創作中均有所體現。

2. 研究漢武新政背景下文人創作的轉型與漢代文學的嬗變。武帝時期，漢代文學在文學創作主體、文學觀念、內容形式及風格等方面出現了新變，同時也影響到文學由外而內、文學作品的抒情化傾向等的嬗變轉型，中央集權的專制制度對後世文學的發展有著深遠的影響。

三、思路方法

（一）研究思路

課題從歷史學、政治學、心理學、地理學等角度著手進行跨界研究，緊扣漢武新政與漢代文學嬗變轉型之間的關係來展開，具體思路如下：

從歷史學角度進行客觀深入研究，對有關漢武帝的史料進行全面的搜集、分類、整理，進行定性分析，把握其成長史、心靈史，探討漢武新政的原因和具體表現。從文學創作角度探討新政時期的文學發展概況以及不同統治時期文學的特點和表現。從文化學角度研究漢武新政與文人轉型、文學嬗變的關係問題及對後世文學的影響。從地理學角度研究漢代文化繁榮地的遷移流變。研究戰國到秦漢時期，漢初到武帝時期的文人的流動與文化的關係。

（二）研究方法

1. 文獻文本分析法。對漢武時代的政治制度、文化政策等文獻進行研究分析，對漢武時代文學作品進行深入研究，對漢代文學進行歸納整理，為探討漢武新政與文學嬗變問題打好基礎。

2. 心理分析法。從心態史的角度對漢武帝進行科學深入的分析研究，這樣能夠提升對漢武新政的認識，加深其統治時期所實施的新政對文學發展影響的認識。

3. 個案研究法。對文人作家、作品進行個案分析和研究。

4. 比較研究的方法。通過對武帝之前之後的文學、武帝不同統治時期的文學進行比較研究，歸納漢代文學嬗變轉型的特點、規律和意義。

四、創新之處

（一）本課題採用文化學的研究視角，融匯文學、歷史學、心理學、政治學等學科，堅持跨界研究，將政治制度文化與文人、文學密切結合，著眼於文人心態與創作心理分析，通過考察漢武新政與文人心態、文人創作以及文學嬗變之間的關係，對於文人創作轉型與漢代文學嬗變問題進行科學深入細緻的研究。

（二）本課題在具體微觀研究的基礎上對漢武新政背景下的漢代文學嬗變問題進行宏觀研究，對新政背景下的文學嬗變的表現進行全面系統的總結。

（三）本課題著眼於制度與文學的關係進行研究，以小見大，通過研究漢武時代的制度與文學的關係，立足漢武，把握兩漢，放眼後世，對中央集權制度下的文學進行透視，從宏觀的角度把握後世文學的特質和風貌。

本課題對《史記》從如下方面進行深入的研究：從李陵事件的意義對司馬遷和《史記》的成書及其性質的影響進行深入的研究，認為這個事件玉成了偉大的文史學家，《史記》成為了一部偉大的文史巨著。紀傳體寫人是史傳文學的一大進步，人物往往是通過一個個大大小小的故事構成，形成人生故事化的特點，論文對《史記》的小故事文本進行了品評細讀，有了不少新的發現。關於《史記》的寫心研究，「寫心」在中國古代文學中雖早就存在，但其表現與西方差別非常之大，東方文學的寫心帶有鮮明的民族性。論文從司馬子長之心、歷史人物之心、互見妙法寫心、寫心富有意義四個方面對《史記》寫心學進行初步的探討，希望能引起學界對「中國寫心學」的關注和重視。《史記》為歷史人物寫心分為直寫法與曲寫法兩種。空白法為曲寫法中的一種，就是司馬遷對歷史人物的心理不直接用豐富具體的語言進行揭示，而是簡單描寫，少寫甚至不寫。「互見法」與《史記》的寫心有著密切的關係，互見法的普遍使用表明了對一些歷史人物和歷史事件的看法，反映了子長之心；在通過互見法對不同歷史人物和歷史事件的對比中，表露了歷史人物之心。

從互見法的角度來重新審視韓信的「謀反」，我們能得出相對客觀的結論，韓信謀反之罪是「欲加之罪，何患無辭」。薄太后為周勃的「辯護」、彭越的冤案、蕭何的遭遇等，從互見法的角度分析，可以證明韓信的清白。韓信謀反案在檔案文書中早有記載，司馬遷作為漢朝史官，只能按照「爰書」敘史，這其實是另一種意義的「實錄」。對於韓信的悲慘遭遇，司馬遷有自己的評判，司

馬遷通過多處互見法的靈活運用透露出了許多重要信息。韓信被滅族，這是劉邦、呂后忌憚其能的結果。

司馬遷在《史記》中的「寫心」富有意義，不但表現了歷史人物的心理，而且還借歷史人物、事件來寫出了司馬遷的「心史」，所以《史記》是一部抒情之書，還能有助於「成一家之言」。我們要大力提倡對《史記》寫心學的研究，加強對中國傳記文學的寫心研究；從某種意義上來說，寫心就是寫人，筆者期望能夠在不遠的將來建立起我們自己的傳記寫心學、中國寫心學。

第一章　漢武新政

　　漢武帝，本名劉彘，後改名為劉徹。劉徹名「彘」與司馬相如之父為其命名為「犬子」相似，大概同樣是因為「賤名好養活」的心理使然，直到近現代這種賤名還是非常普遍的，這當然是無可厚非的，我們不可超越歷史去苛責古人。《孝經》曰：「昔者明王之以孝治天下也。」這話對應到漢朝身上，那似乎實在恰切不過，《史記》中漢高祖以後，諸皇帝都加「孝」字，孝惠帝、孝文帝、孝景帝、孝武帝，班固在《漢書》中，武帝之前的皇帝一仍其舊，只是篇名去掉了「孝」字，武帝之後的皇帝，昭帝、宣帝、元帝、成帝、哀帝、平帝，也都加了「孝」字。從名稱廟號的命名原則來講，這裡多位皇帝的確是仁慈恭孝，但景、武二帝難以孝順言之。在文章後面，我們會多次敘到，茲不贅述。

第一節　漢武新政實施的背景

　　漢武帝劉徹生於公元前 156 年，即景帝前元元年，4 歲被冊立為膠東王，7 歲時被冊立為太子，16 歲時，公元前 141 年 3 月 21 日登基，在位 54 年，公元前 87 年 3 月 29 日（後元二年二月丁卯日）駕崩，享年 70 歲。這是漢朝歷史，乃至中國歷史上的一位頗有作為又很具爭議性的帝王。因他突出的個性，因他的長壽，以及在位時間之久，對漢代歷史的發展具有舉足輕重的作用，對後世的影響自然也是深遠的。

一、漢武帝親政前後

　　公元前 141 年劉徹登基，一直到公元前 135 年，竇太后去世，前後 7 年

時間，這一時期是漢武帝躊躇滿志卻又屢受壓制的時期，但是他屢敗屢戰，絕不氣餒，射獵練兵，發展騎兵步兵，網羅各樣人才，為這一天的到來一直做著充分的準備，表現了他百折不撓的性格特徵。

建元六年竇太后崩，之後黃老之學逐漸在主流政治社會不佔優勢，取而代之以重視事功的儒法之學，這就是我們熟悉的「罷黜百家，獨尊儒術」。眾所周知，任何新生事物的出現往往都不是一帆風順的。漢初「孝文、竇后性好黃老，而清靜之化流景、武之間」〔註1〕，直到漢武帝時期，甚至是在漢武帝親政之後，道家在官吏隊伍中仍然有著很大的影響，不少道家人物，如在武帝時任要職的汲黯、鄭當時（《史記·汲鄭列傳》），以及「以修黃老術顯於諸公間」（《史記·袁盎晁錯列傳》）的鄧公之子鄧章等都受到重用。從建元元年開始，漢武帝急不可待地要推行自己的政治主張，他通過賢良對策等方式考察任用了董仲舒、公孫弘、王臧、衛綰、嚴助等人，一大批儒學之士得到重用，他們向漢武帝積極建言要崇儒術、興太學，有的請求早立明堂朝諸侯，如此等等，不一而足，受此影響，天下許多文人士子紛紛上書自薦。這預示著一個嶄新時代的到來。

武帝在未完全親政前，所有重大事項都必須向竇太后奏稟。竇太后崇尚黃老之學，整個朝廷彌漫著濃厚的道家氛圍。武帝即位之前，對當時的國政即有很多設想，一登帝位，即希望能夠在自己統治時期一改漢初以來疲弱卑微的政治現狀，從而實現他的遠大政治理想。他崇尚儒家，扶持儒家，重用儒學之士。即位第二年，詔舉賢良方正直言極諫之士，「上鄉儒術，招賢良，趙綰、王臧等以文學為公卿，欲議古立明堂城南，以朝諸侯。」（《史記·孝武本紀》）董仲舒獻「天人三策」，免丞相衛綰，以竇嬰為相，田蚡為太尉，趙綰為御史大夫，希望通過意識形態的大刀闊斧的改革來實現自己的宏圖偉業。但改革不可避免地遭到了竇太后的堅決反對，「太后好黃老之言，而魏其、武安、趙綰、王臧等務隆推儒術，貶道家言，是以竇太后滋不說魏其等。及建元二年，御史大夫趙綰請無奏事東宮。竇太后大怒，乃罷逐趙綰、王臧等，而免丞相、太尉。」（《史記·魏其武安侯列傳》）「會竇太后治黃老言，不好儒術，使人微得趙綰等奸利事，召案綰、臧，綰、臧自殺，諸所興為者皆廢。」（《史記·孝武本紀》）建元二年趙綰、王臧二人以文學獲罪，被竇太后殺掉，連武帝也無能為力，這

〔註1〕南朝·宋·范曄：《後漢書·樊宏陰識列傳第二十二》，北京：中華書局，1965年，第1126頁。

說明權力還是掌握在以竇太后為核心的道家士人集團手中，如果繼續急躁冒進，不僅僅大業難成，恐怕連自己的皇帝之位都難以保住，所以漢武帝只能暫時迴避矛盾，保護自己，慢慢等待著屬於自己時代的到來。公元前135年，竇太后去世，漢武帝似乎終於等來了屬於自己的時代，但起初實際上還是受到了一定的掣肘。

竇太后去世之時，劉徹22歲，朝政在一定程度上受到其舅田蚡的控制和干預。但田蚡本身難以成事，心胸狹隘，小肚雞腸，作惡多端，嫉賢妒能，自私淫亂，在害死竇嬰之後，不久病死（前131）。自竇太后到田蚡死去，這又是接近4年的時間。從公元前135年開始，到公元前131年田蚡病死，劉徹真正掌控了全部權力，此時劉徹26歲；劉徹在皇帝位54年，成為絕對權力掌控者的歷史長達45年之久。

二、多欲與仁義的統一

汲黯曾經當面批評漢武帝「內多欲而外施仁義」，這個評價是苛刻而又中肯的，武帝非常重視個人各方面的享受，對衣食住行的講究可謂達到了當時的極致。相關記載，在《史記》《漢書》等正史中少見，《西京雜記》卻給我們提供了非常多的有價值的資料。

「初修上林苑，群臣遠方，各獻名果異樹，亦有製為美名，以標奇麗。梨十：紫梨、青梨（實大）、芳梨（實小）、大谷梨、細葉梨、縹葉梨、金葉梨（出琅琊王野家，太守王唐所獻）、瀚海梨（出瀚海北，耐寒不枯）、東王梨（出海中）、紫條梨。棗七：弱枝棗、玉門棗、棠棗、青華棗、梬棗、赤心棗、西王母棗（出崑崙山）。栗四：侯栗、榛栗、瑰栗、嶧陽栗（嶧陽都尉曹龍所獻，大如拳）。桃十：秦桃、櫻桃、緗核桃、金城桃、綺葉桃、紫文桃、霜桃（霜下可食）、胡桃（出西域）、櫻桃、含桃。李十五：紫李、綠李、朱李、黃李、青綺李、青房李、同心李、車下李、含枝李、金枝李、顏淵李（出魯）、羌李、燕李、蠻李、侯李。柰三：白柰、紫柰（花紫色）、綠柰（花綠色）。查三：蠻查、羌查、猴查。椑三：青椑、赤葉椑、烏椑。棠四：赤棠、白棠、青棠、沙棠。梅七：朱梅、紫葉梅、紫花梅、同心梅、麗枝梅、燕梅、猴梅。杏二：文杏（材有文采）、蓬萊杏（東郡都尉于吉所獻。一株花雜五色，六出，云是仙人所食）。桐三：椅桐、梧桐、荊桐。林檎十株。枇杷十株。橙十株。安石榴十株。楟十株。白銀樹十株。黃銀樹十株。槐六百四十株。千年長生樹十株。

萬年長生樹十株。扶老木十株。守宮槐十株。金明樹二十株。搖風樹十株。鳴風樹十株。琉璃樹十株。池離樹十株。離婁樹十株。柟四株。樅七株。白俞（木甸）、桂（木甸）、桂蜀漆樹十株。栝十株。楔四株。楓四株。

　　余就上林令虞淵得朝臣所上木名二千餘種。鄰人石瓊就余求借，一皆遺棄。今以所記憶，列於篇右。」〔註2〕

　　上林苑，作為漢家天子的皇家園林，裏面苗木的種類數量到底有多少？我們不得而知。據作者所言，本來有兩千餘種，只記上述所列，僅就所列而言，觀賞苗木及各種果樹，可謂琳琅滿目，應有盡有，這種記載，難以偽造，必有所本，應該是武帝時上林苑的真實寫照。「普天之下莫非王土，率土之濱莫非王臣」，天下就是孤家寡人，在一定意義上講，為所欲為，隨心所欲，只有這個「半神半人」的天子才可以做到。

　　再如，《西京雜記》卷二：

> 武帝過李夫人。就取玉簪搔頭。自此後宮人搔頭皆用玉。玉價倍貴焉。武帝以象牙為簟，賜李夫人。

> 武帝為七寶床。雜寶按廁寶屏風。列寶帳。設於桂宮。時人謂之四寶宮。

李夫人等宮人搔頭皆用玉，賞賜給李夫人用象牙做的席子。對李夫人可謂寵愛之至。武帝睡七寶床，居四寶宮，可謂奢侈之極。

　　卷四：

> 韓嫣好彈。常以金為丸所失者日有十餘。長安為之語曰苦飢寒。逐金丸。京師兒童。每聞嫣出彈。輒隨之望丸之所落輒拾焉。

> 韓嫣以玳瑁為床。

韓嫣，只是漢武帝的一個近似男寵式的人物，卻能用上金製的彈丸玩彈弓，所居之床用玳瑁裝飾，下屬如此，其主子的奢侈程度可想而知。

> 武帝時，身毒國獻連環羈，皆以白玉作之，馬瑙石為勒，白光琉璃為鞍。鞍在暗室中，常照十餘丈，如晝日。自是長安始盛飾鞍馬，競加雕鏤。或一馬之飾直百金，皆以南海白蜃為珂，紫金為華，以飾其上。猶以不鳴為患，或加以鈴鑷，飾以流蘇，走則如撞鐘磬，動若飛幡葆。後得貳師天馬，帝以玫瑰石為鞍，鏤以金銀鍮石，以

〔註2〕晉・葛洪撰：《西京雜記》，北京：中華書局，1985年，第7～8頁。後引此書，一般不再注出，只在文中標出。

> 綠地五色錦為蔽泥，後稍以熊羆皮為之。熊羆毛有綠光，皆長二尺
> 者，直百金。卓王孫有百餘雙，詔使獻二十枚。

天下以皇帝為中心，盛飾鞍馬，竟成當時風尚，簡直空前絕後，無以復加，這樣的裝飾不懷疑有誇張的成分，但所飾物品皆為現實世界所有，白玉、琉璃、瑪瑙石、紫金、流蘇、熊羆皮、金銀，國家有身毒國，《史記·大宛列傳》：「（大夏）東南有身毒國。」司馬貞《索隱》引孟康曰：「即天竺也，所謂浮圖胡也。」地名有大宛的貳師，還有真實歷史人物，臨邛富人卓王孫，所以，此處記載更可能是客觀事實，如此盛況大概只有漢武帝時代才會有，也只有盛世才會出現。

> 天子筆管，以錯寶為跗，毛皆以秋兔之毫，官師路扈為之。以
> 雜寶為匣，廁以玉璧、翠羽，皆直百金。

> 漢制：天子玉幾，冬則加綈錦其上，謂之綈幾。以象牙為火籠，
> 籠上皆散華文，後宮則五色綾文。以酒為書滴，取其不冰；以玉為
> 硯，亦取其不冰。夏設羽扇，冬設繒扇。公侯皆以竹木為幾，冬則
> 以細屬為橐以憑之，不得加綈錦。

> 武帝時，西域獻吉光裘，入水不濡。上時服此裘以聽朝。

武帝日常所用，筆管、筆匣、玉幾裝飾極盡奢華，讓人歎為觀止。

武帝對於喜好之人出手更是大方闊綽：「武帝時，郭舍人善投壺，以竹為矢，不用棘也。古之投壺，取中而不求還，故實小豆於中，惡其矢躍而出也。郭舍人則激矢令還，一矢百餘反，謂之為驍。言如博之擊梟於掌中，為驍傑也。每為武帝投壺，輒賜金帛。」

武帝死後也是奢侈無限，生時富貴，死後尊寵，衣食住行，無不極致，這是武帝的品格，其實也是那個時代整個官場整個社會的真實寫照。「漢帝送死，皆珠襦玉匣。匣形如鎧甲，連以金縷。武帝匣上皆鏤為蛟、龍、鸞、鳳、龜、麟之像，世謂為蛟龍玉匣。」「漢諸陵寢，皆以竹為簾，簾皆為水紋及龍鳳之像。昭陽殿織珠為簾，風至則鳴，如珩佩之聲。」

漢朝最突出、最嚴重的問題就是貧富懸殊。董仲舒認為盛世時期，竟然出現了如此現象：「富者田連阡陌，貧者無立錐之地。」《西京雜記》：「茂陵富人袁廣漢，藏鏹鉅萬，家僮八九百人。於北邙山下築園，東西四里，南北五里，激流水注其內。構石為山，高十餘丈，連延數里。養白鸚鵡、紫鴛鴦、氂牛、青兕，奇獸怪禽，委積其間。積沙為洲嶼，激水為波潮，其中致江鷗海鶴、孕雛產鷇，延漫林池。奇樹異草，靡不具植。屋皆徘徊連屬，重閣修廊，行之，

移暑不能遍也。廣漢後有罪誅，沒入官園，鳥獸草木，皆移植上林苑中。」上行下效，地方富豪對奢侈享受的追求也發展到了一種極致。

司馬遷在《酷吏列傳》中有很多隱忍而又深刻的揭露和批判，但由於李陵事件的存在，有些人認為這是司馬遷通過另一種方式進行報復，這當然是毫無道理的，武帝死後其他漢代官員的發言也很有說服力。《漢書》卷七十二《王貢兩龔鮑傳》第四十二，貢禹在給當時的皇帝漢元帝上書時說：

「武帝始臨天下，尊賢用士，闢地廣境數千里，自見功大威行，遂從者欲，用度不足，乃行一切之變，使犯法者贖罪，入谷者補吏，是以天下奢侈，官亂民貧，盜賊並起，亡命者眾。郡國恐伏其誅，則擇便巧史書習於計簿能欺上府者，以為右職；姦軌不勝，則取勇猛能操切百姓者，以苛暴威服下者，使居大位。故亡義而有財者顯於世，欺謾而善書者尊於朝，悖逆而勇猛者貴於官。故俗皆曰：『何以孝悌為？財多而光榮。何以禮義為？史書而仕宦。何以謹慎為？勇猛而臨官。』故黥劓而髡鉗者猶復攘臂為政於世，行雖犬彘，家富勢足，目指氣使，是為賢耳。故謂居官而置富者為雄桀，處奸而得利者為壯士，兄勸其弟，父勉其子，俗之壞敗，乃至於是！察其所以然者，皆以犯法得贖罪，求士不得真賢，相守崇財利，誅不行之所致也。」〔註3〕武帝時期以自我為中心的極端專制，極端奢侈，為後世留下了一個爛攤子，最直接、最嚴重的後果就是，「天下之民所為大飢餓死者，是也。今民大饑而死，死又不葬，為犬豬食。人至相食，而廄馬食粟，苦其大肥，氣甚怒至，乃日步作之。王者受命於天，為民父母，固當若此乎！天不見耶？」〔註4〕最後，貢禹激憤地說：「天生聖人，蓋為萬民，非獨使自娛樂而已也。」〔註5〕這是對當朝皇帝說的，是對漢武帝說的，更是對自古至今的所有統治者發出的振聾發聵的為政箴言！

三、是非功過的論說

漢代是中國歷史上一個極為特殊的時期，對中國和中國人的影響至深至

〔註3〕東漢・班固著：《漢書》，北京：中華書局，1962年，第3077頁。
〔註4〕東漢・班固著：《漢書》，北京：中華書局，1962年，第3070頁。
〔註5〕東漢・班固著：《漢書》，北京：中華書局，1962年，第3072頁。

遠至久。「西漢之世，實吾國行郡縣制以後統一最久之時，故外人皆稱吾國人為漢人。而吾人自誇其政俗之美，亦津津曰『兩漢』。」〔註6〕漢初以來，從劉邦開始到文帝時期，統治者一直重視黃老之學，推行「無為之治」，自然無暇顧及政治制度的建設。武帝統治之初「內多欲」，重視事功，急功近利，諸事多通過政令強制推行，在制度建設方面缺乏長遠規劃。董仲舒建議武帝行政應「導之以德，齊之以禮」，而不應「導之以政，齊之以刑」。我們知道，「禮」屬於制度範疇，「齊之以禮」，就是通過制度來建設國家，制度之精神自然就是「德」，也就是儒家所宣揚的仁義思想。政治教化應合乎制度建設要求，才可以用「導之以德」來推動。但如果諸事都通過政令推行而輔之嚴刑峻法，那就變成了「導之以政，齊之以刑」。因此，漢武帝劉徹推行「罷黜百家，表章六經」的政策，可稱為「導之以德」，但實際上與「導之以政」的治國策略相去甚遠，屬於空言教化。因之，呂思勉認為這屬於典型的「離生活而言教化」。西漢最後被王莽以名義上儒家的形式所篡取與長期以來的空言教化有著分不開的關係。

　　武帝統治時期，在取得一系列成績的同時，也暴露出許多尖銳複雜的社會問題，漢武帝統治時期是一個由「強盛宏放到頂點，同時又是一個由盛轉衰的時代」〔註7〕。「這些發展的取得並非沒有遭到非難，也耗費了中國大量的資源。武帝末年的特點是執行緊縮的政策；漢朝的軍隊不再是百戰百勝了。有跡象表明帝國國庫已經空虛；法律和秩序遭到破壞；皇室本身的穩定也受到妒忌、傾軋和暴力的威脅。」〔註8〕

　　歷代學者對漢武帝的功過評價甚多，可謂聚訟千古，莫衷一是。毋庸諱言，在思想文化上，他罷黜百家，獨尊儒術，設立五經博士，建立健全了中央集權的專制制度。對外，他一反對匈奴和親的軟弱保守政策，積極對匈奴用兵，享年70歲，在位54年，與匈奴打了四十多年的仗；而且在西部貫通西域諸國，開創了影響千古的絲綢之路，還溝通西南夷，向南平定了南越、東甌、閩越，東北滅掉衛氏朝鮮，設立四郡，可以說四處用兵，宣威天下；對內，他推行保證帝國暴力機器高速運轉的政治經濟制度，開創了帶有其個人鮮明特點的漢

〔註6〕柳詒徵著：《中國文化史》，上海：東方出版中心，1988年，第304頁。
〔註7〕韓兆琦著：《中國傳記文學史》，石家莊：河北教育出版社，1992年，第50頁。
〔註8〕英・崔瑞德、魯惟一編，楊品泉、張書生、陳高華等譯：《劍橋中國秦漢史》，北京：中國社會科學出版社，1992年，第168頁。

武新政，推行搜刮錢財的經濟制度，維護保障經濟制度的酷吏政治；而且，他極端專制，一切以自我為中心，嗜殺好殺，極為殘暴，死於其手的有平民、官員，還有親人，包括自己的女人和子孫。正如北宋歷史學家司馬光在《資治通鑒》中所評價的：「孝武窮奢極欲，繁刑重斂，內侈宮室，外事四夷，信惑神怪，巡遊無度，使百姓疲敝，起為盜賊。」司馬光認為漢武帝與秦始皇相差無幾。由於漢武帝平生「多欲」，他有數不清的女人、有極其豪華的宮殿行宮，還有應有盡有的奇珍異寶，為了宣示權威，進行了次數繁多的巡行封禪，為了一己之享受，無所不用其極，其奢侈無度創造了近乎空前絕後的歷史。

但對漢武帝的文治武功評價最有說服力的應該是同一時代的司馬遷，他認為漢武帝「外攘夷狄，內修法度」，形成了一種極為宏大的局面，「澤流罔極，海外殊俗，重譯款塞，請來獻見者，不可勝道」（《史記·太史公自序》）〔註9〕。當今皇帝的恩澤廣施無邊，海外那些風俗不同的國家，通過輾轉多重翻譯來到中國的邊關叩開塞門，請求進獻、拜見天子的，多得難以說盡。在文化學術方面，也達到了前所未有的大發展大繁榮。漢武帝「建藏書之策，置寫書之官，下及諸子傳說，皆充秘府」（《漢書·藝文志》），漢興以來，「蕭何次律令，韓信申軍法，張蒼為章程，叔孫通定禮儀，則文學彬彬稍進，詩書往往間出矣。自曹參薦蓋公言黃老，而賈生、晁錯明申、商，公孫弘以儒顯，百年之間，天下遺文古事，靡不畢集太史公」（《史記·太史公自序》）。東漢時期的班固認為武帝在文治方面也作出了巨大貢獻，「興太學，修郊祀，改正朔。定曆數，協音律，作詩樂，號令文章，煥焉可述。」（《漢書·武帝紀》）劉勰在《文心雕龍·時序》中說：「逮孝武崇儒，潤色鴻業，禮樂爭輝，辭藻競騖：柏梁展朝讌之詩，金堤制恤民之詠，徵枚乘以蒲輪，申主父以鼎食，擢公孫之對策，歎倪寬之擬奏，買臣負薪而衣錦，相如滌器而被繡。於是史遷、壽王之徒，嚴、終、枚皋之屬，應對固無方，篇章亦不匱，遺風餘采，莫與比盛。」〔註10〕這都是對漢武帝文治武功的高度評價。

毫無疑問，漢武帝是一個特別重視人才的統治者。他說：「朕獲奉宗廟，夙興以求，夜寐以思，若涉淵水，未知所濟。猗與偉與！何行而可以章先帝之

〔註9〕西漢·司馬遷：《史記》卷一百三十《太史公自序》，北京：中華書局，2014年，第4005頁。

〔註10〕南朝·梁·劉勰著，陸侃如、牟世金譯注：《文心雕龍譯注》，濟南：齊魯書社，1995年，第531頁。後引此書，一般不再注出，只在文中標出。

洪業休德，上參堯舜，下配三王。朕之不敏，不能遠德，此子大夫所睹聞也。賢良明於古今王事之休，受策察問，咸以書對，著之於篇，聯親覽焉。」又說：「夫十室之邑，必有忠信；三人並行，厥有我師。」這表明了他想成就宏偉藍圖的決心和信心。

漢武帝更是能夠打破傳統觀念，在用人上做到了不拘一格。元封五年（公元前 106 年）漢武帝發布了著名的「求賢令」：「蓋有非常之功，必待非常之人，故馬或奔踶而致千里，士或有負俗之累而立功名。夫泛駕之馬，跅馳之士，亦在御之而已。其令州、郡察吏、民有茂材、異等可為將、相及使絕國者。」（《漢書・武帝紀》）龔自珍在專制社會末世喊出的口號，「我勸天公重抖擻，不拘一格降人才」，而在漢武帝時期早就發出了對人才的延攬詔書，雖然在人才政策及待遇方面漢武帝有著或這或那等方面的不足，但其對人才的渴求可見一斑。武帝時期所創立的經濟制度、政治制度和思想文化政策不僅影響到漢朝，也一直對後世產生著深刻的影響。

所以，漢武帝劉徹算是一個功在千秋、利在百代的人物。當然，武帝這一時代的繁榮昌盛，漢武帝的卓越才能起了極大的作用，自然也離不開眾多傑出人才所作出的偉大貢獻，漢武帝也正是依靠這樣一批優秀的才俊才造就了如此輝煌的偉大時代。就對文學的影響來說，「漢武帝心思敏捷，慷慨激昂中又細膩多情，既積極致力於開創盛世，又具有較高文學修養，……（他）既具有政治家的野心，軍事家的謀略，又有改革家的實幹，思想家的遠見，還有文學家的情思，成為中國歷史上獨一無二的漢武大帝。」〔註11〕我們完全可以這樣說，不管你喜不喜歡劉徹這個皇帝，不管你喜不喜歡漢朝這個時代，但我們都不能不承認，漢武帝統治時代是中國歷史上讓後代中國人最為驕傲的時代之一。

第二節　漢武新政的具體內容

漢武帝掌控絕對權力之後，在思想文化、政治、經濟、軍事等方面進行了一系列的改革，初步建立起了比較成熟的影響深遠的以中央皇權為中心的專制制度。「他著手限制同姓及異姓王的勢力，以各種藉口將大半王公的封地

〔註11〕李鳳豔：《漢武帝時期文人活動年表及相關問題研究》，青島大學，2008 年，第 22 頁。

收回。他還頒布律令，規定王公必須將其封地分給自己的所有子嗣，以使封地代代瓜分。他也削減巨商大賈的勢力，通過國家壟斷和徵收商業稅獲得新的財源。在對外關係上，他一反過去的安撫懷柔政策，主張武力征服。他還控制文化，制定了規模極其宏大的典禮儀式。他將最傑出的文人墨客，包括那些在劉姓王公郡國中任職的人延聘入宮，同時取締與之抗衡的其他文化活動。」〔註12〕

一、思想文化政策：由黃老百家到外儒內法

董仲舒的《天人三策》對漢武帝所關心的一系列問題進行了詳盡解答，這篇策文完全可以稱得上是漢代國家治理的基本指導思想。董仲舒以敬天為宏觀指導，以仁義禮樂為教育內容，以興學取士為具體手段，以政治道德教化為基本原則，確立了影響深遠的「獨尊儒術」的思想綱領。建元元年冬十月漢武帝批准了大臣的上奏，正式實施「罷黜百家，獨尊儒術」。從嚴格意義上來說，「罷黜百家，獨尊儒術」絕非一般意義上的儒術獨尊，「而是在漢初文化匯聚基礎上的以儒學為主兼綜眾家的政治一統思想，並建構起適應強大帝國行政需要的大文化圖式」。〔註13〕

《漢書·元帝紀》中宣帝元帝父子的一段對話很能說明問題：「（元帝）嘗侍燕從容言：『陛下持刑太深，宜用儒生。』宣帝作色曰：『漢家自有制度，本以霸王道雜之，奈何純任德教，用周政乎！且俗儒不達時宜，好是古非今，使人眩於名實，不知所守，何足委任？』」元帝對宣帝以刺譏辭語為罪誅殺了楊惲、蓋寬饒等大臣，甚不以為然。宣帝非常生氣，認為元帝不懂國政，「由是疏太子而愛淮陽王」。所謂「漢家自有制度，本以霸王道雜之」，這應該是對西漢武帝前後所實施的政治思想的概括。柳詒徵認為：「實則漢之政治，多沿秦法，間參以儒家之言。」〔註14〕王道、霸道出自戰國時期，戰國列強重視軍事，迷信武力，強調通過武裝戰爭來維護自身安全，同時倚強凌弱，獲得人口土地和財富，這就是霸道。《孟子·齊桓晉文之事章》對王道和霸道思想進行了全面的剖析比較，宣傳了王道，批判了霸道思想。「以德服人」「以力服人」成為王道、霸道的鮮明不同。到漢武帝時期，罷黜百家，獨尊儒術，表面上推行以

〔註12〕美國·伊佩霞編著，趙世瑜，趙世玲，張宏豔譯：《劍橋插圖中國史》，濟南：山東畫報出版社，2002年，第43頁。

〔註13〕許結著：《漢代文學思想史》，北京：人民文學出版社，2010年，第79頁。

〔註14〕柳詒徵著：《中國文化史》，上海：東方出版中心，1988年，第304頁。

德行、仁義為治國之本的王道政治思想，實際上卻輔之以法家的嚴刑酷罰和統治權術來維護中央集權的專制統治。簡單點講，「霸王道雜之」就是儒法並用，恩威並施，軟硬兼施，「令之以文，齊之以武」，文武之道，一張一弛。

　　漢武帝之所以能採納推行獨尊儒術的國策，實際上是因為董仲舒的儒學與早期相比已大不相同，董氏思想其實是在不違背儒學基本原則和精神的基礎和前提下，將儒家基本理論與戰國以來盛行不衰的陰陽五行理論有機結合起來，這樣就使得儒家的倫常政治綱領有了系統論的宇宙觀作為基礎；而且這裡面還借鑒吸收了道家、法家等學說中對自己統治有用的東西，這樣就使得新儒學具有了非常濃厚的法家特色，這樣以來，從理論上變得冠冕堂皇，就從實際上確立了君主專制的神聖地位和穩固的社會統治秩序。「獨尊儒術」標誌著以儒學為主體的大一統的封建主義意識形態的形成，它結束了自春秋以來學術與政治的分離狀態，使儒學由私學轉化為官學，學術與政治融為一體。葛兆光認為，在當時看來，「天」所顯示的自然法則更加明確地被一些基本的數字式的概念所表達，這些概念又被具體化為可操作的技術，於是『天』與『人』之間就被有機地聯繫起來。「其中首先當然是『一』，這是一個可以被理解為『中心』『絕對』『神聖』或『唯一』的概念，在秦漢時代它既是宇宙的中心、唯一的本原、至上的神祇，又是天下一統、君主權威、理性法則、知識基礎和一切的終極依據，『一切都取法於天行或宇宙的結構』。」〔註15〕漢武帝通過思想文化領域的改革，確立的是天子的神聖權力，他的「獨尊儒術」實際上是外儒內法，「他打出《春秋》『大一統』的旗號，不是為復古，而是要求封建諸侯安分守己，不要想入非非；他的所謂法，重在強化統治，而不在於社會變革。」〔註16〕

　　建元六年，公元前 135 年，竇太后去世是漢武帝和漢代歷史的一大轉折。《史記・孝武本紀》載：「後六年，竇太后崩。其明年，徵文學之士公孫弘等。」公孫弘只是一個代表，當時被招用的文學儒者數量不菲。建元元年董仲舒對策，「及仲舒對冊，推明孔氏，抑黜百家。」(《漢書・董仲舒傳》) 初步確定了「罷黜百家，獨尊儒術」的策略。建元五年，開始設立五經博士。但真正實施應該是在竇太后卒後。《史記・儒林列傳》載：「及竇太后崩，武安侯田蚡為丞

〔註15〕葛兆光：《中國思想史》第一卷《七世紀前中國的知識、思想與信仰世界》，上海：復旦大學出版社，2000 年，第 227 頁。
〔註16〕徐朔方：《史漢論稿》，南京：江蘇古籍出版社，1984 年，第 25 頁。

相，絀黃老、刑名百家之言，延文學儒者數百人，而公孫弘以《春秋》白衣為天子三公，封以平津侯。天下之學士靡然鄉風矣。」這時武帝廢黃老，重儒術，但在具體的政治實踐上，他奉行的卻是法家學說。他在國家治理方面推行酷吏制度，實行殘酷的恐怖政治。他所實施的重儒策略客觀地講是外儒內法，陽儒陰法，名實發生嚴重矛盾，因此，在西漢的官僚體系中，造就了一批將儒學作為幌子的道德虛偽人物。

公孫弘，以儒學「對策」通過了漢武帝的一對一考試，從此深得武帝的欣賞，平步青雲，最後官至丞相。與當時武帝朝的丞相要麼被迫自殺、要麼被殺的命運截然不同，他是唯一一個善始善終的。公孫弘「習文法吏事」，屬吏員出身，對公務處理工作非常熟稔，精通與君主相處之道，成為漢武帝身邊少有的政治明星。

《史記·平津侯主父列傳》載：「弘為人恢奇多聞，常稱以為人主病不廣大，人臣病不儉節。弘為布被，食不重肉。後母死，服喪三年。每朝會議，開陳其端，令人主自擇，不肯面折庭爭。於是天子察其行敦厚，辯論有餘，習文法吏事，而又緣飾以儒術，上大說之。」對於一個好大喜功、喜怒無常、嗜殺濫殺的皇帝而言，公孫弘與之相處能夠太平無事的秘訣無非就是善於投其所好。在平常處理公務時，只要按照基本程序和原則即可，他為了討好迎合漢武帝，經常引用儒家經典為依據。公孫弘非常清楚漢武帝的窮奢嗜好，他宣稱做皇帝的患在「不廣大」，而對自己的要求卻是至為苛刻，他說人臣的毛病在於「不儉節」，以迎合武帝。我們常常痛恨「只許州官放火，不許百姓點燈」的做法，但在公孫弘這裡，卻是反其道而行之，州官應盡情放火，百姓自不許點燈。同傳又載：「弘為人恢奇多聞，常稱以為人主病不廣大，人臣病不儉節。弘為布被，食不重肉。」對此，《史記·平準書》有如此評價：「自公孫弘以《春秋》之義繩臣下取漢相，張湯用峻文決理為廷尉，於是見知之法生，而廢格沮誹窮治之獄用矣。」公孫弘以《春秋》大義治理官民，不可思議地做到丞相之職，張湯通過嚴刑峻法做了廷尉，因此當時就產生了如「沮格、誹謗」「不遵天子之命」「見知不舉報」等等稀奇古怪的罪名。

身為丞相的公孫弘自己吃穿非常節儉，俸祿都分給故人賓客，家裏沒有多少餘財。汲黯直言不諱地指責他這是沽名釣譽，公孫卻坦然承認自己有此缺點。武帝竟不追究，還很欣賞公孫弘面對指責時的謙讓儒雅；而實際上，公孫弘「外寬內忌」，心地不純，用心不良，是典型的兩面派。《史記·平津侯主父

列傳》載：「弘為人意忌，外寬內深。諸嘗與弘有卻者，雖詳與善，陰報其禍。殺主父偃，徙董仲舒於膠西，皆弘之力也。」他善於保護自己，卻時常為同僚設套，明明與大臣約好向武帝進諫，到時候卻為了迎合武帝的任何旨意而違反了原來約定。董仲舒不喜歡公孫弘這種阿諛奉迎的奴才做派，公孫弘因之懷恨在心，於是找機會勸武帝任命董仲舒做了膠西相。而膠西王是武帝長兄，非常殘暴，朝廷任命的幾任相都被他殺害了。公孫弘的目的自然就是借刀殺人，欲借膠西王除掉自己的敵人董仲舒。公孫弘甚至建議武帝將汲黯派到皇家權貴聚居區擔任長官，指望汲黯得罪那些權貴，同樣達到借刀殺人的目的。道德如此虛偽、心地如此陰暗狠毒的官員在武帝朝竟然一直得到重用，簡直是匪夷所思！

酷吏張湯也是武帝朝非常著名的官員，他為人狠毒嚴苛，判案唯漢武帝馬首是瞻，重判輕判都要事先注意觀察武帝好惡，完全看武帝臉色行事。張湯審案務使判決符合儒家教義，有時還請儒學博士幫其引經據典。他本人喜法用法，卻因武帝重儒，竟然結交很多儒生。這種做法與公孫弘極為相似。而武帝也認為他為人寬厚，有儒者氣象。如此臣子，都頗受重視，很受重用，正所謂，有什麼樣的臣子，就一定有什麼樣的君主存在。

當然，在這種思想文化政策的指導下，武帝時期，在中央聚集了一大批各式各樣的人才。這些人才以儒生為主，但絕對不僅僅是儒生。據《漢書·嚴助傳》記載：「郡舉賢良，對策百餘人，武帝善助對，繇是獨擢助為中大夫。後得朱買臣、吾丘壽王、司馬相如、主父偃、徐樂、嚴安、東方朔、枚皋、膠倉、終軍、嚴蔥齊等，並在左右。是時征伐四夷，開置邊郡，軍旅數發，內改制度，朝廷多事，屢舉賢良文學之士。」漢武帝在與東方朔的對話中對善辭賦的文士作了自豪的介紹，並表達了對他們的喜愛和看重：「是時朝廷多賢材，上復問朔：『方今公孫丞相、兒大夫、董仲舒、夏侯始昌、司馬相如、吾丘壽王、主父偃、朱買臣、嚴助、汲黯、膠倉、終軍、嚴安、徐樂、司馬遷之倫，皆辯知宏達，溢於文辭，先生自視，何與比哉？』」〔註17〕

漢武帝即位後就用「安車蒲輪」請枚乘和申公出山，此後又多次下詔徵召名士。漢武帝讀司馬相如的賦，恨不得與之同遊，對主父偃、嚴安等人說「公皆安在？何相見之晚也」。他極重視吏民上書，往往事必躬親。他還興太學，

〔註17〕東漢·班固：《漢書》卷六十五《東方朔傳》，北京：中華書局，1997年，第2863頁。

設博士，在郡縣立學校，「令天下郡國，皆立學校官」。通過一系列措施，漢武帝時期出現了人才彬彬之盛的局面。

二、政治制度：由藩國割據到中央一統

（一）藩國政策：此消彼長，強幹弱枝

關於中央天子與諸侯的關係，據《史記·五帝本紀》記載，黃帝時「諸侯咸來賓從」「諸侯咸尊軒轅為天子」、黃帝「置左右大監，監於萬國」，這應該就是早期的封建制度。後來封建制度不斷發展，在周時達到頂峰。近代學者柳詒徵說：「自唐、虞至周皆封建時代，帝王與諸侯分地而治。帝王直轄之地不過方千里……然以其為天下共主，故其政教必足以為各國之模範，而後可以統治諸侯。」〔註 18〕呂思勉認為封建制不應該是最早的，在其前應還有部落時代。他說：「今日極大之國家，其始，未有不自極小之部落來者也」，「故封建以前，實當更立一部族之世之名，然後於義為允也。」〔註 19〕因此，呂思勉認為應該把古代歷史分為部落時代、封建時代和郡縣時代。

這種認識應該說是符合歷史事實的。夏商周三代實行分封制，但不可否認在某個歷史時期某個特殊地區仍然有部落制的存在。商周時期以分封制為主，分封制即分封諸侯的制度。商代以異姓封建為主。周代保留了部分異姓王，分封一些古代帝王的後裔和商的遺民以及功臣，如齊國的姜子牙封於齊，顓頊帝之裔鬻熊封楚，殷商後代微子封宋，舜的後代媯滿封陳等，但以姬姓為主。被封的「諸侯」在地方是最高領導，目的是輔佐周王，他們在封國內繼續分封，通過逐級分封，下級對上級承擔一定的政治、經濟和軍事義務。諸侯國國王可以世襲，擁有相對獨立的行政、財政和軍事大權，商周君王是所有諸侯國的「共主」，周王也稱「周天子」，但周天子對諸侯的權力極其有限，到東周時期，強大的諸侯王竟至於敢到周王城洛陽來「問鼎小大輕重」（《史記·楚世家》），這說明，春秋戰國時期，已經枝強幹弱，周天子已經名存實亡。

秦王嬴政滅六國統一天下，稱始皇帝，書同文，車同軌，統一度量衡，廢除封建制，建立郡縣制，從此中國歷史上開始了專制皇權對全國直接統治的漫長時期。漢初劉邦為打敗項羽，分封了韓信、彭越、黥布等為異姓諸侯王，所佔地域極廣，勢力很大；但擊敗項羽、全國統一後，用了不到十年的時間，漢

〔註 18〕柳詒徵著：《中國文化史》，上海：東方出版中心，1988 年，第 61 頁。
〔註 19〕呂思勉著：《中國制度史》，上海：上海教育出版社，1985 年，第 410 頁。

廷基本就將他們悉數滅掉，異姓王最後只剩下一個長沙王了。漢文帝起初推行強幹弱枝的政策，強化郡縣制，弱化諸侯王國，強化中央集權；異姓王問題解決後，同姓王也出現問題，劉濞等侯王的封地也「分天下半」（《漢書·荊燕吳傳第五》）。景帝時期，吳楚七國發動叛亂，最終他們以失敗告終。七國之亂對中央政府是一個極大的考驗，因為它關係到國家發展的命運存亡問題。發動叛亂的雖號稱七國，但真正的核心是吳王、楚王，對於其他侯王而言，很多都是持觀望態度的。造反的醞釀可謂處心積慮，準備得非常充分，一開始是來勢洶洶，但梁國是必經之地，富可敵國的梁國無形中擔負起了為國防禦的重大任務，正應了最初諸侯王國保衛中央的本意。毫無疑問，當時的戰爭就是一場消耗戰，從性質上來講，吳、楚等國不占任何優勢，地方反對中央，不合民意，絕非正義戰爭。當時的中央政府以及最高領導人得到了大部分民意的支持。所以，對叛軍而言，他們不占天時，不佔地利，更無人和，當然就難以形成強大的合力，經過一段時間的相持形勢，最終就成了毫無戰鬥力的遊兵散勇，連一個吳國都對付不了，又怎麼去與中央抗衡呢？

　　吳楚等國的叛亂向天下證明了一個真理，分封制已經不合時宜了，大一統的中央集權制下的郡縣制已經深入人心。景帝時期所取得的對七國之亂的勝利對天下的王國更是一個震懾，實力難超吳楚，造反絕對沒有好的下場；同時又通過這個事件大大削弱了梁王的實力，強化了中央的統治，收到了一石三鳥的良好效果。景帝時期通過一場平叛戰爭對心懷異心的諸侯王進行了沉重的打擊，造成了強大的震懾，但王國問題的解決最終還是在漢武帝手中完成的。如果說漢景帝是通過武力軍事手段實現了多重目的，那麼漢武帝時期主要是通過文的軟的政治手段最終徹底解決了威脅中央統治的諸侯王國問題。

　　這個問題的解決要歸功於三個臣子：賈誼、晁錯和主父偃，「文帝採賈生之議分齊、趙，景帝用晁錯之計削吳、楚。武帝施主父之冊，下推恩之令，使諸侯王得分戶邑以封子弟，不行黜陟，而藩國自析。」（《漢書·諸侯王表》）效果最明顯的當然是武帝聽從了主父偃的建議，在各諸侯國推行推恩令，通過這種策略來進行有效的削弱侯國的勢力。他說：「願陛下令諸侯得推恩分子弟，以地侯之。彼人人喜得所願，上以德施，實分其國，不削而稍弱矣。」（《史記·平津侯主父列傳》）於是，漢武帝於元朔二年（公元前 127 年）頒行「推恩令」，詔令「諸侯王或欲推私恩分子弟邑者，令各條上，朕且臨定其號名。」（《漢書·王子侯表》）推恩令的實施效果非常明顯，「藩國始分，子弟畢侯」《漢書·武

帝紀》。漢武帝通過「推恩令」的頒布實施，王國問題得到了進一步的解決。不久後，他又通過吹毛求疵的各種手段，藉口諸侯王和列侯的「酎金」成色不足而削奪了大批爵位。在元狩元年武帝又頒行「附益法」「左官律」，限制了諸侯王的政治活動，最終，「諸侯惟得衣食稅租，不與政事」（《漢書·諸侯王表》）。漢武帝通過一系列的軟硬手段，徹底解決了長期困擾漢中央政權的侯國問題。

在中央集權的專制體制中，毫無疑問，皇帝是絕對權力和利益的佔有者，他是「天子」，代表著上天來行使對人的統治權，君權神授，所以稱「天授帝號」或「奉天承運」，這就意味著他基本上不受人間社會的制衡、約束。皇帝直接控制朝廷和官僚機構，官僚機構只是皇權意志的執行者、皇室利益的捍衛者。所以皇權體制實際上就是皇帝獨裁體制〔註20〕。「秦廢封建，而始以天下奉一人矣。」〔註21〕皇權體制在中國漫長的中央集權專制社會中表現出極強的「穩定性」，綿延不絕兩千餘年。以後無論怎麼改朝換代，只是皇權歸屬的改易，絕非體制的改變。這是從秦漢開始的，在武帝手中成熟定型的。

（二）官員大臣：鐵腕治吏，全面控制

文帝景帝時期，可以買官賣官；武帝時期，此風未熄，官場行賄受賄之風盛行。擔任太尉的國舅田蚡權傾朝野，賄賂絡繹不絕，大小通吃，多少通吃。韓安國因對匈奴作戰吃了敗仗被免官，用五百金賄賂田蚡，於是被重新起用，先任北地都尉，後任大司農，成為中二千石的高官。王恢亦因對匈奴作戰失利，武帝準備嚴懲。他以千金向時任丞相的田蚡行賄，希冀通過他向武帝說情，以免死罪。《史記·韓長孺列傳》載：「廷尉當恢逗橈，當斬。恢私行千金丞相蚡。蚡不敢言上，而言於太后曰：『王恢首造馬邑事，今不成而誅恢，是為匈奴報仇也。』上朝太后，太后以丞相言告上。」《史記·平準書》載，武帝時期「入物者補官，出貨者除罪，選舉陵遲，廉恥相冒，武力進用，法嚴令具。興利之臣自此始也」。因為田蚡喜好音樂、狗馬、田宅，行賄者投其所好，一時間「金玉狗馬玩好不可勝數」。

主父偃早年窮困潦倒，後因工於心計和能言善辯而一歲四遷，遂成朝廷重臣，於是明目張膽地索賄受賄，「賂遺累千金」，很快暴富。有人加以勸阻，希

〔註20〕 徐公持：《為什麼要研究秦漢文學》，《文史知識》，2016年第2期，第22頁。
〔註21〕 元·馬端臨：《欽定四庫全書·史部·文獻通考》，卷一，《田賦考》。

望他考慮後果，他竟毫無羞愧地辯解說：「臣結髮遊學四十餘年，身不得遂，親不以為子，昆弟不收，賓客棄我，我阨日久矣。且丈夫生不五鼎食，死即五鼎烹耳。吾日暮途遠，故倒行暴施之。」最終因收受諸侯賄賂和逼迫齊王自殺而遭滅族。

　　大小官員貪腐成風，眼見形勢越來越嚴峻，漢武帝不得不採取措施，加大了反貪反腐的力度。武帝下令推行察舉選官制度，令郡國守相、二千石以通曉儒家經典為標準，每年舉孝、廉各一人於朝廷，經考試後任官。與此同時，漢武帝設十三部刺史，加大監督檢查力度，鼓勵吏民越級上書，詣闕言事，這樣就能從制度上保證從中央到地方的各級官員都處於嚴密的監督之下。一旦發現貪贓枉法的官吏，則予以鐵腕嚴懲，即使皇親國戚、高官顯貴也嚴懲不貸。

　　武帝時期，公孫弘以後的丞相李蔡、莊青翟、趙周、公孫賀、劉屈氂等，大多因貪賄之事而通通被殺，無一善終。《漢書》卷五十八《公孫弘卜式兒寬傳第二十八》載：「（公孫弘）凡為丞相御史六歲，年八十，終丞相位。其後李蔡、嚴青翟、趙周、石慶、公孫賀、劉屈氂繼踵為丞相。自蔡至慶，丞相府客館丘虛而已，至賀、屈氂時壞以為馬廄車庫奴婢室矣。唯慶以惇謹，復終相位，其餘盡伏誅云。」連漢武帝的乳母都差點被殺掉，《西京雜記》卷二「方朔設奇救乳母」：「武帝欲殺乳母，乳母告急於東方朔，朔曰：『帝忍而愎，旁人言之，益死之速耳。汝臨去，但屢顧我，我當設奇激之。』乳母如言，朔在帝側曰：『汝宜速去帝今已大豈念汝乳哺時恩邪？』帝愴然，遂捨之。」〔註22〕

　　為了反貪反腐，武帝重用酷吏，以酷烈手段對付貪腐官吏，使之付出血的代價，當然這裡面也有一些無辜而被冤屈者。漢武帝任用張湯、趙禹對法律進行修改增刪，「文書盈於几閣，典者不能遍睹」，許多條文相差甚遠，有的往往相互矛盾，執法者可以隨意引用法律條文，往往根據關係的疏密與行賄多少來量刑判案，「所欲活則傅生議，所欲陷則予死比」。身份不同，行賄與否，行賄多少不同，往往「罪同而論異」。漢武帝最信任的兩位執法大臣張湯與杜周，是酷吏中的兩個典型代表，他們治獄專以漢武帝意願行事。張湯審案的原則是：武帝意欲重判的，交給苛酷之吏審理。武帝意欲輕釋者，則交給輕平之吏審理。杜周對待罪犯的原則是：武帝意欲排拒者，則加以誣陷。如此執法辦案，貪贓枉法必然司空見慣，一些執法之吏也就迅速暴富。其中更典型的是杜周，此人初為廷史時，僅有一匹身有殘疾的老馬，後來長期擔任廷尉、御史大夫，

─────────────────

〔註22〕晉・葛洪撰：《西京雜記》，北京：中華書局，1985年，第9頁。

晚年「家訾累數鉅萬」。

不可否認，武帝在加大反貪力度的同時，也有意識地表彰廉吏，汲黯、鄭當時、趙禹、尹齊等一批公正執法、廉潔自律的官員得到嘉獎，被樹為表率。通過以上措施，加上其他政策的配合，到武帝晚年，貪污腐敗之風得到一定程度的遏制，已經激化的社會和階級矛盾得到一定程度的緩和，動盪的局面又趨向穩定。

對別人的貪腐，武帝眼裏容不得沙子，但是對自己卻是無比大方奢侈，真正做到了「寬以待己，嚴以待人」。漢武帝好大喜功，極喜歡視察巡遊。在《平準書》中司馬遷不動聲色地揭露了漢武帝嗜殺的罪惡：「其明年，天子始巡郡國。東度河，河東守不意行至，不辦，自殺。行西逾隴，隴西守以行往卒，天子從官不得食，隴西守自殺。於是上北出蕭關，從數萬騎，獵新秦中，以勒邊兵而歸。新秦中或千里無亭徼，於是誅北地太守以下……」武帝還沒有開口呢，地方官早已自殺，因為他們知道活下來的結果一定比自殺更慘；只因地方招待不周竟然將當地的太守以及太守以下的所有官員全部殺掉，一個人在漢武帝眼裏算得了什麼，連自己的皇后、妃子、兒子、孫子都可以隨意誅滅，別人又算得了什麼呢？

我們在思考一個問題，武帝出巡至此，地方官怎麼會招待不周，這個是孟子筆下的「挾泰山以超北海」一類的「不能」之事呢？還是「為長者折枝」一類的「不為」之事呢？如屬「不為」，自當處斬；如屬「不能」，斬之無由，屬濫殺無辜。

那麼，武帝出巡到底是怎樣的規模呢？《史記》《漢書》語焉不詳，我們在《西京雜記》中找到了真正原因，「漢朝輿駕祠甘泉汾陰，備千乘萬騎，太僕執轡，大將軍陪乘，名為大駕。司馬車駕四，中道。辟惡車駕四，中道。記道車駕四，中道。靖室車駕四，中道。象車鼓吹十三人，中道。式道侯二人，駕一。（左右一人）長安都尉四人，騎。（左右各二人）長安亭長十人駕。（左右各五人）長安令車駕三，中道。京兆掾史三人，駕一。（三分）京兆尹車駕四，中道。司隸部京兆從事，都部從事別駕一車。（三分）司隸校尉駕四，中道。廷尉駕四，中道。太僕、宗正引從事，駕四。（左右）太常、光祿、衛尉，駕四。（三分）太尉外部都督令史、賊曹屬、倉曹屬、戶曹屬、東曹掾、西曹掾，駕一。（左右各三）太尉駕四，中道。太尉舍人、祭酒，駕一。（左右）司徒列從，如太尉王公騎。（令史持戟吏亦各八人，鼓吹一部）中護軍騎，中道。

（左右各三行，戟楯、弓矢、鼓吹各一部）步兵校尉、長水校尉，駕一。（左右）隊百匹。（左右）騎隊十。（左右各五）前軍將軍。（左右各二行，戟楯、刀楯、鼓吹各一部，七人）射聲、翊軍校尉，駕三。（左右二行，戟楯、刀楯、鼓吹各一部，七人）驍騎將軍、游擊將軍，駕三。（左右二行，戟楯、刀楯、鼓吹各一部，七人）黃門前部鼓吹，左右各一部，十三人，駕四。前黃麾騎，中道。自此分為八校。（左四右四）護駕御史騎。（左右）御史中丞駕一，中道。謁者僕射駕四。武剛車駕四，中道。九斿車駕四，中道。云罕車駕四，中道。皮軒車駕四，中道。闟戟車駕四，中道。鸞旗車駕四，中道。建華車駕四，中道。（左右）虎賁中郎將車駕二，中道。護駕尚書郎三人，騎。（三分）護駕尚書三，中道。相風烏車駕四，中道。自此分為十二校。（左右各六）殿中御史騎。（左右）典兵中郎騎，中道。高華，中道。罼罕（左右。）御馬。（三分）節十六。（左八右八。）華蓋，中道。自此分為十六校。（左八右八）剛鼓，中道，金根車。自此分為二十校，滿道。左衛將軍，右衛將軍。華蓋。」這種出巡的規模即便放到今天也是難以完成接待任務的，更何況是當時非常弱小落後的郡縣！最最要命的是不通知即巡視，這要一個小小的地方郡縣完成成千上萬人的接待任務，這一定是「不能」，而不是「不為」，漢武帝的這種處罰不就是血腥的殺戮嗎？！

漢武帝的鐵血無情在歷史上也是屈指可數的，妻子、兒女，對他來說只是可有可無的陌生人。《漢書・五行志上》載：「征和二年（四月），……巫蠱事發，帝女諸邑公主、陽石公主、丞相公孫賀、子太僕敬聲、平陽侯曹宗等皆下獄死。七月，使者江充掘蠱太子宮，太子與母皇后議，恐不能自明，乃殺充，舉兵與丞相劉屈氂戰 [註23]，死者數萬人，太子敗走，至湖自殺。明年，屈氂復坐祝詛要斬，妻梟首也。」西漢王朝，自漢武帝後，由盛轉衰，這與武帝的極端殘暴統治有著分不開的關係，而且，自己子嗣眾多，卻遲遲不立太子，最終導致立了太子殺了其母，然後又匆匆撒手人寰的結局，將天下置於年僅數歲的年幼的皇帝又怎麼算負責任的做法。於是，因為複雜尖銳的權力鬥爭，大臣、皇帝與外戚之間又展開了你死我活的血腥鬥爭。

漢武帝濫殺無辜，草菅人命，這在我們平時的歷史教科書中是難以看到的。唐代詩人李商隱的著名七絕《隋宮》對最高統治者的解剖尖銳而深刻：

〔註23〕《漢書・五行志》作「氂」，《漢武・武帝紀》《漢書・公孫卜式兒寬傳》《漢書・武五子傳》等皆作「髦」。

「乘興南遊不戒嚴，九重誰省諫書函？春風舉國裁宮錦，半作障泥半作帆！」〔註 24〕李商隱借短短一首小詩告訴了人們在當時權力高度集中的專制制度中，只要擁有了至高無上的權力，最高統治者就可以隨心所欲，他就能輕而易舉地強迫「舉國」體制完全滿足於最高統治者。他可以對百姓的民脂民膏盡情揮霍，當然，對他來說不叫揮霍，這是上天賦予他的神聖權力，甚至他都可以拿最華貴的絲綢去做龍舟的船帆，或者是做權貴騎馬時遮擋塵土的騎具「障泥」；在這種集權專制體制下，權力沒有受到一點點的「剛性制約」，所以「九重」之下大臣們的無數「諫書函」全成了一張張廢紙而根本無人理睬！為了滿足自己的淫慾，逼迫農民違背農時，為了實現絕對的個人享受，殺掉了一個個進諫的大臣。絕對的權力導致絕對的腐敗，所言極是！如果權力失去有效的監督制約，如果遇到了所謂的昏君壞人，其結果必將是所有人的悲劇和災難！當然擁有最高權力的最高統治者最終也不得不獨自飲盡那杯慘敗的苦酒！我們當然不能將漢武帝與隋煬帝對比，但是通過《隋宮》一詩卻發現，他們的某些做法真的有相似之處。

　　漢武帝與隋煬帝似不能比，但是與短命王朝的奠基者——秦始皇卻可以比，他們二者有著太多的相似之處。秦始皇統一天下的過程中自然打下勝仗無數，漢武帝也打了不少勝仗，終其一生，在位幾十年與匈奴打了幾十場仗，自然是勝多敗少；秦始皇夢想長生不死，漢武帝一生對此也是孜孜追求；秦始皇尊法重法，治天下用重刑酷刑，漢武帝名義上尊儒，實則陽儒陰法，外儒內法，治天下重用酷吏；秦始皇多次巡遊天下，到泰山進行封禪，宣示權力，漢武帝同樣是封禪泰山，天下巡遊。怪不得，毛澤東在《沁園春·雪》中要秦皇、漢武並提，原來他們之間有這麼多驚人的相似之處！

　　司馬遷寫《酷吏列傳》，其矛頭實際上就是針對「今上」——漢武帝的。司馬遷羅列了十多個酷吏，而產生於漢武帝時代的竟然就有十個之多。《蕭相國世家》對劉邦的諷刺與《酷吏列傳》對漢武帝的諷刺就手法上來說有相似之處。對於那些殘酷如虎狼的官吏，司馬遷對他們令人髮指的、慘絕人寰的行為進行了客觀敘述後，全傳用「天子（上）以為能」對漢武帝進行諷刺和批評，共有八次之多。其中酷吏的典型代表——張湯還創造出了駭人聽聞的罪狀——「腹誹」。顏異已經貴為朝廷九卿，只因客人說到某法令初頒時存在某些弊

〔註24〕武漢大學中文系古典文學教研室選注：《新選唐詩三百首》，北京：人民文學出版社，1980 年，第 417 頁。

病，顏異沒有說話，只是微微動了下嘴唇。張湯上奏天子說，顏異身為九卿，不向朝廷進言，只在心中誹謗非難，其罪當死（《平準書》）。結果歷史上竟然就多了個「腹誹」的罪名，這樣一來，公卿大夫多以諂媚逢迎、阿諛奉承取悅於人了。堂堂朝廷重臣竟然被以腹誹罪處死。最廉潔正直的顏異秉公言事，反遭小人暗算而被害，罪狀竟然是「腹誹」，心裏想想就犯了罪，而且是死罪，這樣一來，真真是「欲加之罪，何患無辭」了。即便是在文字獄盛行時期的清朝，似乎也難以找到這樣的冤案了，而如此咄咄怪事竟然發生在被稱為盛世的漢武時期，這真是一個莫大的諷刺！

《平準書》寫了以「腹誹罪」被「論死」的大官員，還有挖空心思為國家賺錢的官員，既寫了漢武帝的嗜殺濫殺，還揉進了卜式的完整故事，這其實都可以看作是「互見法」的靈活運用。司馬遷醉翁之意不在酒，不是為了諷刺張湯，不是為了褒揚卜式，其真正的目的還是諷刺批評「今上」漢武帝。司馬遷通過顏異、卜式的命運遭際的具體描述給我們還原了一個真實的劉徹，這恰恰是通過「互見法」表現出來的。平實的敘述中蘊含著深刻的內涵，此等語在《史記》中，尤其是在漢代人物的傳記中隨處可見，語言簡練，但含蘊深廣，具有微言大義的特點。由於《史記》濃厚的私家著書的特點，更由於自己所遭受的無辜恥辱的刑罰，激發了司馬遷對最高統治階級的揭露和諷刺，從而也大大強化了《史記》的文學性。

（三）地方豪強：遷徙富豪大賈，沉重打擊豪俠

地方豪強勢力，對當時的中央統治也有著一定的負面影響。為了解決長期軍事戰爭造成的國庫虧空，同時也為了全國的政治穩定，漢武帝對豪強劣紳進行了強力打擊，主要措施有二：

第一，將地方郡國豪富遷徙到關中長安地區，對全國地方豪俠進行強力打擊。地方富豪大賈「交通王侯，力過吏勢」（晁錯《論貴粟疏》），以至於朝廷的官員都得「低首仰給」（《平準書》），一定程度上成為了地方的絕對中心，嚴重影響到中央對地方的管理和統治。主父偃上書，提出了解決的辦法：「茂陵初立，天下豪傑並兼併之家，亂眾之民，皆可徙茂陵，內實京師，外銷奸猾，此所謂不誅而害除。」（《史記·平津侯主父列傳》）這真是一舉兩得的好計策，既帶動了京師長安的發展，又抑制了豪強勢力，從而維護了社會治安，強化了國家的統治。於是，漢武帝聽從了他的建議，於建元三年和元朔二年，漢武帝發布詔令，「徙郡國豪桀及訾三百萬以上於茂陵、雲陵」，以有效削弱他們的勢

力和影響。通過幾次強制遷徙，真正遏制了地方豪俠勢力的膨脹，進一步強化了中央集權。

第二，針對游離於體制外的一批地方豪俠，漢武帝任用酷吏予以鐵腕誅除。這些豪俠為霸一方，成為擾亂地方社會治安的毒瘤，「朋黨宗強比周，設財役貧，豪暴侵凌孤弱，恣欲自快」(《史記‧遊俠列傳》)，勾結官吏，為虎作倀，嚴重影響了大漢政權的穩固。漢武帝重用酷吏，採用苛刻刑律和強硬手段對地方豪俠進行了沉重的打擊。不可否認，這裡面也有一些如朱家、郭解等為民做主的義士俠客在鬥爭中被打擊殆盡，但在客觀上，這對強化中央專制集權、抑制地方豪俠方面起了一定的積極作用。

三、經濟政策：千方百計增加財政收入

漢武帝統治時期取得了一系列偉大的成就，但是也暴露出許多尖銳複雜的社會問題。「這些發展的取得並非沒有遭到非難，也耗費了大量中國的資源。武帝末年的特點是執行緊縮的政策；漢朝的軍隊不再是百戰百勝了。有跡象表明帝國國庫已經空虛；法律和秩序遭到破壞；皇室本身的穩定也受到妒忌、傾軋和暴力的威脅。」〔註25〕所以可以說，漢武帝統治時期是一個由「強盛宏放到頂點，同時又是一個由盛轉衰的時代」〔註26〕。

對這個問題，漢元帝時期的琅邪人貢禹有著深刻的分析，他比較了文帝、武帝時期的政治，認為文帝時期是「賞善罰惡，不阿親戚，罪白者伏其誅，疑者以與民，亡贖罪之法，故令行禁止，海內大化，天下斷獄四百，與刑錯亡異。」武帝時期，武帝「自見功大威行，遂從嗜欲，用度不足，乃行一切之變，使犯法者贖罪，入穀者補吏，是以天下奢侈，官亂民貧，盜賊並起，亡命者眾。……故亡義而有財者顯於世，欺謾而善書者尊於朝，悖逆而勇猛者貴於官。」(《漢書‧王貢兩龔鮑傳第四十二》)這樣，兩個時期就形成了鮮明的對比，一褒一貶，愛憎分明，發人深思。《漢書‧刑法志》對武帝時期的法制進行了更具體的闡述：「及至孝武即位，外事四夷之功，內盛耳目之好，徵發煩數，百姓貧耗，窮民犯法，酷吏擊斷，姦軌不勝。……律、令凡三百五十九章，大辟四百九條，千八百八十二事，死罪決事比萬三千四百七十二事。文書盈於几閣，典

〔註25〕英‧崔瑞德、魯惟一編，楊品泉、張書生、陳高華等譯：《劍橋中國秦漢史》，北京：中國社會科學出版社，1992年，第168頁。

〔註26〕韓兆琦著：《中國傳記文學史》，石家莊：河北教育出版社，1992年，第50頁。

者不能遍睹。是以郡國承用者駁，或罪同而論異。奸吏因緣為市，所欲活則傅生議，所欲陷則予死比，議者咸冤傷之。」如此法律讓人手足無措，稍不注意，就落入法網，讓人防不勝防。這都是漢朝人說漢朝皇帝、漢朝人評漢朝事，最客觀，最深刻，也最具說服力。

我們說，漢武帝之所以能夠創造「漢武盛世」的局面，最主要的是得益於漢初幾十年來休養生息政策所積累的巨額物質財富的堅實基礎。當幾十年的積蓄揮霍一空，為了支付龐大的錢、糧、物等的開支，漢武帝不得不採取一系列非同尋常的財政經濟政策。

（一）均輸平準

均輸、平準經濟政策的推出自然是為了有效緩解國家日漸緊張的財政壓力。均輸是由朝廷設立的大農官派出屬官赴各地郡國，對上繳朝廷的貨物根據市場行情沿途出賣，根據國家需求買回朝廷所需貨物。平準是在朝廷設平準官，統一管理經營由各地運往朝廷的貨物，可根據市場行情決定貨物的買賣，避免物價的大起大落，這相當於今天的宏觀調控。均輸、平準的目的自然是為了增加國家的財政收入，如此一來，國家成了最大的商人。由朝廷相關部門直接對物價與貨物進行統一調控，這樣，商賈投機取巧的機會變少，從而導致「富商大賈亡所牟大利，則反本，而萬物不得騰躍。故抑天下之物，名曰『平準』」（《漢書・食貨志第四下》）。通過有效的措施對商賈進行精準打擊，從而對社會產生了一定的引導作用，使得農民安於生產，也使農民相對地少受富商大賈的兼併和盤剝，更重要的是，這兩項舉措有效增加了國家的財政收入。

（二）算緡告緡

近代學者李景星評價《平準書》時說：「《傳》曰：『長國家而務財用者，必自小人矣。』又曰：『小人之使為國家，災害並至。』一篇《平準書》，即是發明此意。其告中敘錢法者六，敘賣爵者七，敘鹽鐵者五，敘告緡者四，敘養馬者四，敘酷吏者六，敘勸分者五，正所謂務財用也。敘東郭咸陽……，正所謂務財用之小人也。敘上下生計困難……，正所謂小人務財用而災害並至也。」〔註27〕上述錢法、賣爵、鹽鐵、告緡、養馬、酷吏、勸分都是「務財用」的方法，總共37種，這些都是漢武帝劉徹為打擊商人勢力、解決財政困難而採取的重要政策。告緡是算緡的延伸。緡是指穿錢的繩索，借指成串的銅錢，亦泛

〔註27〕李景星著：《四史評議》，長沙：嶽麓書社，1986年，第34～35頁。

指錢幣和所擁有的財富。

　　算緡屬於財產稅的一種，是漢初抑商重農政策的重要內容。由於連年征戰，國家財政入不敷出，而商人乘機通過發放高利貸盤剝貧民，導致社會矛盾尖銳化、複雜化。元光六年，武帝決定對商人所擁有的車輛徵稅，大概相當於我們今天的車船使用稅。至元狩四年又下詔「初算緡錢」〔註28〕。政令發布後執行情況很不理想，許多商人隱匿財物，不肯協助政府渡過財政難關。為了解決這個問題，武帝於元鼎三年又下令實行「告緡」，由楊可主管其事。「告緡」就是告發那些符合「算緡」而不交稅的商賈。民告緡者以被告者財富的一半作為獎賞，這樣就大大激發了百姓檢舉的熱情，一時間，楊可告緡遍天下，商賈中家以上幾乎都被告發。實行告緡令的結果是「商賈中家以上大率破，……而縣官有鹽鐵緡錢之故，用益饒矣」（《史記・平準書》），商賈中家以上都因此破產，武帝將沒收的緡錢分配給各個部門。漢武帝正是通過這樣的方法為其開展的內外功業提供了物質上的保證。此項政令解決了短期的財政危機，但從長期來看，殺雞取卵，後果嚴重。「蓋平準之法，乃當時理財盡頭之想，最後之著。自此法興而閭閻之搜刮無遺，亦自此法興而朝廷之體統全失。太史公深惡痛絕，故不憚原原本本縷悉言之。」〔註29〕這種做法打擊了工商業者經營的積極性，遏制了商業的發展，從而最終影響了社會經濟的發展，致使漢朝的發展逐漸走上了下坡路。

（三）鹽鐵專營

　　自戰國以來，煮鹽冶鐵本為民間自由私業。南陽地區的孔氏就是通過冶鐵發財致富的。後來蜀地的卓氏、程氏也都是通過冶鐵成為富翁的。齊地臨近大海，許多人憑藉魚鹽之利，成為巨富。鹽鐵在當時可以自由買賣。但在秦時，鐵似已納入專賣範圍。如《史記・太史公自序》謂：「司馬昌為秦主鐵官，當始皇之時。」漢初，民間鹽鐵仍然可以自由經營。當時政府內憂外困，再加上山東地區水災，民多饑乏，國家財力幾不可支，「冶鑄煮鹽，財或累萬金，而不佐公家之急，黎民重困。」（《史記・平準書》）

〔註28〕具體辦法有三：對各類商人徵收財產稅，稅額為每2000錢納稅一算（120錢）。對手工業者徵收財產稅，稅額為商賈的一半。對車、船徵稅，凡不屬於國家官吏、三老、北邊騎士而擁有的軺車，皆令出一算，商賈所有的軺車則二算。船五丈以上為一算。

〔註29〕李景星著：《四史評議》，長沙：嶽麓書社，1986年，第35頁。

武帝時期，實行鹽鐵國家壟斷經營，「大農上鹽鐵丞孔僅、咸陽言：『山海，天地之藏也，皆宜屬少府，陛下不私，以屬大農佐賦。願募民自給費，因官器作煮鹽，官與牢盆。浮食奇民欲擅管山海之貨，以致富羨，役利細民。其沮事之議，不可勝聽。敢私鑄鐵器煮鹽者，鈦左趾，沒入其器物。郡不出鐵者，置小鐵官，便屬在所縣。』」（《漢書・食貨志第四下》）通過國家在產鹽、鐵地區設置鹽官、鐵官，雇傭勞動力煮鹽、冶鐵，相當於今天的國企，而鹽鐵的經營也屬於官方所有，相當於今天國家所設立的中央到地方的各級鹽業公司，鹽官、鐵官統屬中央的大農管理，鹽鐵生產經營權收歸朝廷，這樣中央就有了穩定的高額壟斷利潤。

（四）統一幣制

漢初，中央政府對經濟沒有統一的管理，沒有統一的幣制標準，在貨幣的鑄造使用上的管理也很混亂；再加上諸侯國相對獨立，各地諸侯都有貨幣發行權，因此全國貨幣盜鑄之風盛行，奸商更是從中賺取巨額利益。面對這種混亂的情況，賈誼上書諫曰：「民用錢，郡縣不同……法錢不立，吏急而壹之虖，則大為煩苛，而力不能勝；縱而弗呵虖，則市肆異用，……奸錢日多，五穀不為多，故銅布於天下，其為禍博矣。」（《漢書・食貨志第四下》）但這並沒有引起當時統治者的重視。

漢武帝建元以來，「縣官往往即多銅而鑄錢，民亦間盜鑄錢，不可勝數。錢益多而輕，物益少而貴」（《史記・平準書》），這都嚴重干擾了國家經濟秩序。各地諸侯王國私自鑄錢，更是對中央經濟力量的削弱。

為了增加國家財政收入，緩解日益緊張的財政危機，漢武帝時期「乃以白鹿皮方尺，緣以繢，為皮幣，值四十萬。王侯、宗室朝覲、聘享，必以皮幣薦璧，然後得行。」（《史記・平準書》）漢武帝規定價值四十萬的白鹿皮幣為王室朝廷朝覲聘享所必備貢品，這簡直是對王侯貴族的赤裸裸的掠奪，侯國權貴意見很大，這種做法自然難以持續。於是，在元狩四年，漢武帝開始將鑄幣權收歸中央，統一鑄造五銖錢，嚴禁地方侯國和私人鑄錢。次年，規定由上林三官專鑄五銖錢。五銖錢的重量、成色都有全國統一的標準，這樣使中央幣制實現了長期的穩定。幣制的鑄造、使用的統一對國家的貨幣流通，穩定商品經濟的發展，增加國家的財政收入有著重要的意義。

漢武帝通過種種常規、非常規的手段措施，對富商大賈和豪強貴族進行了有力的打擊，有效解決了財政捉襟見肘的問題，滿足了四面出擊的財力

物質需求,另一方面,也帶來了一定的惡果,最終導致強大的漢王朝開始由盛轉衰。

四、軍事政策:由被動防禦到四面出擊

漢武帝登基之後,因為受到竇太后的有力控制,不得不韜光養晦,但實際上卻一直做著各方面的準備。這其中,首要的就對匈奴的戰爭準備。武帝之前,漢朝歷代帝王與匈奴關係基本採取的是屈辱的和親政策。這對於漢武帝而言,是絕難接受的。等到竇太后去世後的第二年,漢武帝果斷廢除和親,由此開始了與匈奴長達幾十年的軍事戰爭。

元光二年,漢朝處心積慮,充分準備,欲在馬邑將匈奴一網打盡,但奸細叛徒走漏了信息,致使無功而返,這之後幾十年間漢武帝又對匈奴進行了大小戰役幾十次,大規模的征伐主要有公元前 127 年、前 124 年、前 123 年、前 121 年、前 119 年等幾次,這幾次征伐戰爭傚果明顯,卓有成效。公元前 127 年,漢武帝派衛青、李息率兵出擊雲中,收復了河南地區,解除了匈奴對長安的威脅。公元前 124 年,武帝派遣衛青等襲擊匈奴右賢王,大獲全勝,武帝拜衛青為大將軍。公元前 123 年,武帝派遣衛青率六員大將兩次向定襄出發擊匈奴,斬俘萬餘人。公元前 121 年,漢武帝派霍去病出隴西,越過焉支山西進,入匈奴境千餘里,此次出擊神出鬼沒,深入敵後,大獲全勝,繳獲休屠王的祭天金人。漢武帝置河西四郡,打通了中西走廊,加強了與西域各國的經濟文化交流。

這以後,匈奴又不斷南擾,為徹底擊垮匈奴,公元前 119 年,漢武帝派衛青、霍去病率領 10 萬大軍,分別從定襄、代郡出擊匈奴,展開了一場聲勢浩大的漠北大決戰,由此大敗匈奴,基本上消滅了匈奴的軍事主力,「漢武乘匈奴之困,親行邊陲,威震朔方,而漠南無王庭」〔註30〕,加衛青、霍去病大司馬銜。這幾次戰役的勝利基本解決了匈奴在東北、北方和西北方向的威脅,進一步切斷了匈奴與西羌的聯繫。西漢對匈戰爭的勝利意義重大,使漢初以來北方農業地區所受到的威脅基本解除,內地和邊郡的交往大大加強,邊疆地區的經濟、社會、文化也有了大的發展。同時,匈奴北部對漢威脅的解除,使得漢政權有更多的精力進行東南、西南和西域地區的經營和開發,從而促進了多民族大家庭的融合與發展。

〔註30〕元·脫脫等著:《宋史》,卷398,北京:中華書局,1977 年,第 12103 頁。

　　漢武帝時期，隨著對匈戰爭的進展，張騫兩次出使西域，打通了與西域各國的聯繫，中西交流日益增多，西域和漢朝各種物產互通有無，文化交流源源不斷，絲綢之路的通暢實現了中西之間的全面深入交流，這大大豐富和充實了華夏文明的內容和形式。

第二章　漢武新政與文人心態、
　　　　文學創作心理的關係

　　日本的吉川幸次郎認為：「到了武帝時代，人們認識到，以藝術感染力為目標的語言的製作及鑒賞，是人類生活不可或缺的一部分。此後，這種語言的製作，一直成為中國社會的持續性行為。也就是說，忽視文學的時代轉變為重視文學的時代。中國文學的歷史，在這時候完全揭開了帷幕。即就這一點而言，武帝時代也是中國歷史的轉變期。」〔註1〕而且，這個時期的文學帶有鮮明的時代特徵，「文學在基本上成為受限制的文學是從秦漢開始的。這種限制來自兩個方面：政治的壓力和儒家思想的統治。大抵來說，秦代是單方面地依靠政治的權威，從漢代起則兩手都用」。〔註2〕與之相適應，武帝時期，大一統的中央集權的新政背景下的文人、文學都發生了新變。

第一節　武帝之前的意氣風發的士人

　　秦朝以嚴刑酷罰來治理天下，秦漢以前是亂世，春秋戰國時期諸侯爭強，戰亂頻仍，武帝時期屬於中國歷史上的盛世，直到今天，我們對「漢武盛世」還津津樂道，我們一直認為中國歷史上最令人驕傲、最令人自豪的時代就是「漢唐」，但實際上，唐代倒是自由，漢代也很強大，但就文人士子生存的社

〔註1〕日本・吉川幸次郎著，章培恒等譯：《中國詩史》，合肥：安徽文藝出版社，1986年，第110頁。

〔註2〕章培恒、駱玉明主編：《中國文學史新著》，上海：上海文藝出版社，2007年，第131頁。

會環境來說，戰國時期雖然戰亂不斷，但彼時的文人士子竟然比盛世時期的漢武時代擁有更高的人格尊嚴、更多的人身自由和更為開放的思想文化氛圍。

一、戰國之士：獨立自由，平交王侯

余英時在《士與中國文化》的自序中指出：「如果從孔子算起，中國『士』的傳統至少已延續了兩千五百年，而且流風餘韻至今未絕。這是世界文化史上獨一無二的現象。今天西方人常常稱知識分子為『社會的良心』，認為他們是人類的基本價值（如理性、自由、公平等）的維護者。」〔註3〕這樣的具有社會良心的「士」，具有宗教擔當精神的「知識分子」，在中國歷史上從來就沒有斷絕過。先秦時期，尤其是春秋戰國以來，士人階層出現，這是一個非常特殊的階層，顧頡剛認為「士為低級之貴族」〔註4〕。

實際上，「士」這個階層的身份非常特殊，它處於貴族與庶人之間，一部分是從上到下的，一部分是從下到上的，所以說是上下流動的特殊階層。從政治地位上來說，「士」應該屬於沒落的貴族階層，從周天子到諸侯到卿再到大夫，大夫以下就是士了。從出身上來說他們一般都是根正苗紅的，他們與普通民眾相比還是具有其自身的條件和優勢的，高級家風的淵源、重振家門的勇氣和必要的閱歷使得他們最後成為了有知識、有水平的、在某一方面有突出才能的專門技術人員。另一方面，庶人也可以上升為士。春秋末期，士庶的界限已經很難截然劃分了。通過戰功可以上升為士，在春秋戰國之交以後，有很多庶人通過學術仕進獲得了士的身份。「子張，魯之鄙家也；顏涿聚，梁父之大盜也；學於孔子。段干木，晉國之大駔也，學於子夏。高何、縣子石，齊國之暴者也，指於鄉曲，學於子墨子。索盧參，東方之鉅狡也，學於禽滑黎。此六人者，刑戮死辱之人也。今非徒免於刑戮死辱也，由此為天下名士顯人，以終其壽，王公大人從而禮之，此得之於學也。」（《呂氏春秋·孟夏紀第四》）子張、顏涿聚、段干木、高何、縣子石、索盧參，這六人出身卑賤，但通過後天的學習努力成為了天下之名士顯人。「由於貴族份子不斷地下降為士，特別是庶民階級大量地上升為士，士階層擴大了，性質也起了變化。……這是社會上出現了大批有學問有知識的士人，他們以『仕』為專業。」〔註5〕

〔註3〕余英時：《士與中國文化》，上海：上海人民出版社，1987年，第2頁。
〔註4〕顧頡剛：《史林雜識初編》，北京：中華書局，1963年，第85頁。
〔註5〕余英時：《士與中國文化》，上海：上海人民出版社，1987年，第20頁。

當時列國爭強，爾虞我詐，弱肉強食，這些士人似乎依附於任何人，又不依附於任何人，由此，就決定了他們身份和地位的特殊性。有的憑藉三寸不爛之舌成為可以傾城傾國的顯赫人物，有的憑藉自己的雞鳴狗盜之技僥倖列於門客之列，在意外情況發生時也可以顯山露水，有的刺客俠客一伸手便驚天地、泣鬼神。有的朝秦暮楚，沒有節操，有奶便是娘，唯利祿享受馬首是瞻。如果肯擔任官職享受俸祿，則與君王成為正式的君臣關係；如果不肯做官接受俸祿，關係則在師友之間。有的視名利若糞土，功成名就，淡然隱去；有的功成不受祿，無所羈絆，自由灑脫。有的平交王侯，睥睨群雄，表現出充分的自信和浩然正氣。如此等等，不一而足。

當時，齊國的稷下學宮成為士人的聚居地，成為士人們非常嚮往的理想王國。學宮始建於齊桓公時期（前 374 年～前 357 年），後經幾度盛衰，直到齊被秦所滅才停辦。稷下學宮實行「不任職而論國事」「不治而議論」「無官守，無言責」的方針，學宮的學術氛圍非常濃厚，思想自由開放，不同學派在稷下學宮都能和諧共存。稷下學宮的學者多稱稷下先生，其門徒被譽為稷下學士。齊威王統治時期又進行了擴建。齊宣王時期，非常看重稷下之士，學宮規模和成就達到頂峰。四方遊士學者紛紛而來，「鄒衍、淳于髡、田駢、接子、慎到、環淵之徒七十六人，皆賜列第為上大夫，不治而議論」。（《史記·田敬仲完世家》）諸子百家等各家學派聚集一堂，熱烈辯論，互相交流，共同發展，稷下學宮達到鼎盛時期。

關於「士」的身份地位情況，顏斶的故事很具有代表性。因為顏斶對齊宣王的言行不夠禮貌，對一個國家的最高君主顯得極不尊重，於是齊宣王和其臣子與顏斶展開了激烈的論戰，最終卻以齊宣王折服而告終。齊宣王希望能夠作顏斶的學生弟子，對顏斶佩服得五體投地，「且顏先生與寡人遊，食必太牢，出必乘車，妻子衣服麗都。」顏斶辭去，曰：「夫玉生於山，制則破焉，非弗寶貴矣，然夫璞不完。士生乎鄙野，推選則祿焉，非不得尊遂也，然而形神不全。斶願得歸，晚食以當肉，安步以當車，無罪以當貴，清靜貞正以自虞。制言者王也，盡忠直言者斶也。言要道已備矣，願得賜歸，安行而反臣之邑屋。」則再拜而辭去也。斶知足矣，歸反樸，則終身不辱也〔註6〕。

其他類似的著名的「士」還有，如，《趙策三》寫「虞卿折樓緩」，《魏策四》有「唐雎不辱使命」，《趙策三》有「魯仲連義不帝秦」。柳詒徵對此等「士」

〔註 6〕何建章：《戰國策注釋》，北京：中華書局，1990 年，第 395～397 頁。

之處境竟然流露出幾分神往，他說：「觀戰國時人之議論，可想見其時士氣之盛，故戰國雖為極殘暴極混亂之時，然亦可謂極平等極自由之時。」〔註7〕余英時認為：「在公元前四世紀中葉到前三世紀中葉這一百年之內，知識界的領導人物卻受到戰國王侯的特殊禮遇。他們既不用向王侯臣服，也毋需為生活擔憂。不但如此，他們的議政自由還受到制度化的保障。事實上，他們的主要職責便是『議政事』。在這種情況下古代士的功能實已發揮到最大可能的限度。……先秦所謂『百家爭鳴』的時代主要是和稷下時代相重疊的。」〔註8〕這些士子在某方面有一定的特長，有著極強的人格自尊，平交王侯，看淡名利，奇偉飄逸，自由灑脫。

這些士子身份不一，國籍不同，理想追求、人生境界也大不相同，但在當時國家之間沒有嚴格國籍限制、人員可以自由流動的情形下，他們可以依附於一定的人，他們又可以不依附於任何人，從這個角度上來說，這是他們的共同點。孔子認為士要志於道，曾參說得更為明確：「士不可以不弘毅，任重而道遠。仁以為己任，不亦重乎？死而後已，不亦遠乎？」這一概括精要的闡釋成為後世「士」的立身行事的道義擔當，「所以漢末黨錮領袖如李膺，史言其『高自標持，欲以天下風教是非為己任』，又如陳蕃、范滂則皆『有澄清天下之志』。北宋承五代之澆漓，范仲淹起而提倡『士當先天下之憂而憂，後天下之樂而樂』，終於激動了一代讀書人的理想和豪情。晚明東林人物的『事事關心』一直到最近還能振動現代中國知識分子的心弦。如果根據西方的標準，『士』作為一個承擔著文化使命的特殊階層，自始便在中國史上發揮著『知識分子』的功用。」〔註9〕

二、漢初之士：優游藩國，彬彬之盛

秦朝僅僅存在 15 年的時間就被風起雲湧的農民起義推翻了。楚漢春秋，風雲變幻，漢朝建立以來，推行黃老思想，無為而治，一直到漢景帝時期，雖說對士子的控制越來越嚴，但總體而言，文人士子與先秦相比，還是驚人相似的。漢武帝上臺時，應該是漢代建國以來的最好時期，70 年的休養生息政策為漢武帝打下了堅實的物質基礎，經濟發達，社會富庶，歷代統治者都以黃老

〔註7〕柳詒徵著：《中國文化史》，上海：東方出版中心，1988 年，第 264 頁。
〔註8〕余英時：《士與中國文化》，上海：上海人民出版社，1987 年，第 61 頁。
〔註9〕余英時：《士與中國文化》，上海：上海人民出版社，1987 年，第 2～3 頁。

思想治國，與民休息，不與民爭利，推無為之治，思想文化領域正處在一種極其自由開放的狀態，與戰國時代的百家爭鳴並無二異，因為處於統一的和平盛世時期，所以知識分子階層比戰國時代更為自由安逸。這應是秦王朝被推翻後整個社會對秦朝文化禁錮的撥亂反正，是戰國自由思想文化的大回潮。比如狂生酈食其、張良、韓信、項羽、黃石公，包括司馬談、董仲舒、賈誼、晁錯、馮唐、張釋之、司馬遷等，經過了秦統一之後的嚴酷極不自由的時期，原來被壓抑住的思想火花一下子綻放出來，百花盛開，大放異彩，同時也造就了漢初自由開放、百家爭鳴的異彩紛呈的盛況。這在文學上的表現就是，出現了漢初政論文的勃興，這是對先秦百家爭鳴的隔代繼承與大力發展。

漢初七十年，少有戰事，和平安寧，侯王養士成風，文人士子多依諸侯王，文學歌舞，點綴升平，娛樂消遣，可謂遍地開花，一時之間，眾文人士子優哉游哉，呈現出彬彬之盛的局面。天下最聞名之處，有如下幾個：《漢書·楚元王傳》：元王劉交「多書，多材藝。少時嘗與魯穆生、白生、申公俱受《詩》於浮丘伯」。劉交自作詩傳，號元王詩，楚國成為當時的《詩經》研究中心。吳王劉濞，喜好文術，周圍聚集了大量縱橫游說之士，如鄒陽、嚴忌、枚乘等文學大家，吳地成為當時的文學中心，後圖謀不軌，造反落敗，眾文士轉投梁王劉武，藩國文學創作之地遂遷移至梁，「梁孝王遊於忘懷之館，集諸遊士，各使為賦」。（《西京雜記》卷四）由於梁王身份的特殊性，梁地富可敵國，因此梁國成為毫不遜色於中央的文化中心。七國之亂後，梁有大功，四方文士紛至沓來，丁寬傳《易》，成施、孟、梁丘三家之學，羊勝、公孫詭、韓安國以辯智著稱。（《漢書·文三子傳》）。淮南王劉安，與梁孝王媲美。當時，河間獻王劉德也尊崇文學，搜書藏書甚繁，立《毛詩》《左傳》，山東諸儒，多從附遊。

很多學者認為賈誼應屬於儒家。近代學者劉師培謂：「蓋一時代有一時代流行之學說，而流行之學說影響於文學者至巨。……西漢初年，儒家與道、法、縱橫並立。其時之學，儒家而外，如鄒陽、朱買臣、嚴助等之雄辯，則縱橫家之流也；賈誼《新書》取法韓非，則法家之流也。」很明顯，劉師培認為賈誼為法家人物，英國學者同樣認為賈誼與法家的關係更為密切：「在政治思想方面，他是帝國原則的堅定的維護者，當時，這些原則是以秦的榜樣和制度及所謂的法家哲學家為基礎。他對秦的批評並不是專門打算攻擊商鞅、李斯或秦始皇的目標和政策；相反，它旨在揭露這些人在貫徹他們的原則時的缺點，並告

誠當時漢代的皇帝應如何避免這些錯誤。」〔註10〕這種提法有一定的道理，賈誼接受的教育以儒家為主，但絕不僅侷限於儒家，其思想非常開放，在《鵬鳥賦》中表現出很多道家的思想。在他那個儒學未定於一尊的時代，把他劃入某個學派並不適合。

就西漢的首都長安而言，關中地區隨著政治地位的加強，其文化也得到了快速的發展。漢高祖九年，公元前 198 年，採納劉敬（婁敬）的建議，下令將楚國額昭氏、屈氏、景氏和齊國的田氏等豪門大族十餘萬人遷移至關中地區。其目的是為了加強關中地區的實力，在齊楚這些經濟文化發達大區的豪門大族遷入後，客觀上加強了不同地域間的文化交融，帶動了長安為中心的關中地區的經濟文化社會的快速發展。

但思想領域的自由開放所帶來的生機勃勃的發展，隨著漢武帝登上政壇，就慢慢發生了變化。從戰亂頻仍、自由開放的戰國時代一直到漢初，最後到武帝統治前期，文學和文化發生著微妙的變化。從文學地理學的角度進行探究，我們會發現，漢大賦的成熟定型，漢武氣象的出現，是一個逐漸遷移變化發展的過程，由楚國，到楚地，最後到漢朝統治中心，隨著最高統治者在宮廷內外的楚地歌舞，漸有全國流行之趨勢，隨著武帝時代長期困擾中央的藩國問題的解決，帶有濃鬱楚地色彩的騷風慢慢被代表漢武氣象的歌功頌德潤色鴻業的大賦所代替。

第二節　從楚地騷風到漢武氣象

從秦開始，經西楚，到高祖，延及文帝景帝，一直到漢武帝統治時期，楚風楚歌楚辭楚騷，對漢代文學與文化的影響始終存在，而且在很多時期仍然是中央朝廷和各侯國的文化主流。其原因易知，因秦本來就亡於楚人之手，所以說「楚雖三戶，亡秦必楚」（《史記‧項羽本紀》）。所有的侯國都亡於秦人之手，為什麼單單楚國對秦國的仇恨更深呢？戰國時期，秦國通過歷代君王的不懈努力，尤其是秦孝公任用商鞅實行變法，為秦國的強盛打下了最為堅實的基礎；秦國廢世襲，獎勵耕戰，毫無疑問，秦國的國家實力，尤其是軍事實力在戰國諸雄中無有匹敵。楚國面積最廣，廣大的南方之地名義上都屬於楚國。齊

〔註10〕英‧崔瑞德、魯惟一編，楊品泉、張書生、陳高華等譯：《劍橋中國秦漢史》，
　　　　北京：中國社會科學出版社，1992 年，第 164 頁。

國有魚鹽之利，工商業發達，稷下學宮名聞遐邇，成為當時文人知識分子最為嚮往之地，在各國中文化最發達，國家最富裕。三個國家都有統一中國的願望和條件，楚國被秦人欺騙，楚懷王赴秦難歸，最後楚國為秦所滅，所以，楚國人對此一直是耿耿於懷。從屬地上來講，滅秦的主力多是楚地人，陳勝、吳廣自不必說，劉邦、項羽是楚人，黥布、韓信也是楚人，依附他們的主體自然也以楚人為主。因此，漢初的文化不可避免地帶有濃鬱的楚地色彩，「漢代文化在發展上的一個值得注意的情況，就是南方楚文化的傳入北國。由於推翻秦王朝，建立漢王朝的主要領導者和基本隊伍是從楚國來的，這就把楚文化帶到了北方，給北方文化注入了還保存在楚文化中的那種和原始巫術、神話相聯繫的熱烈的浪漫精神」。〔註11〕

一、漢初的楚地騷風

楚國地域遼闊，楚國歷史久遠，與北方中原地區交流較少，因此，保留著具有鮮明特色的地方文化。《文心雕龍·時序》載：「春秋以後，角戰英雄，六經泥蟠，百家飆駭。方是時也，韓魏力政，燕趙任權；五蠹六虱，嚴於秦令；唯齊、楚兩國，頗有文學。齊開莊衢之第，楚廣蘭臺之宮，孟軻賓館，荀卿幸邑，故稷下扇其清風，蘭陵鬱其茂俗，鄒子以談天飛譽，騶奭以雕龍馳響，屈平聯藻於日月，宋玉交彩於風雲。觀其豔說，則籠罩《雅》《頌》，故知暐燁之奇意，出乎縱橫之詭俗也。」〔註12〕戰國時期，戰亂不斷，七國之中，唯有齊楚兩個國家最為重視文化的建設。相較而言，齊國更重視思辨色彩濃厚的功利性學術的發展，楚國則更重視浪漫色彩濃鬱的審美娛樂性文學的創作。

當然，之所以如此，還是因為兩個國家相對比較富庶，都有著非常有利的地理條件，兩個國家都靠近邊界，不處於鬥爭的中心，相對比較和平安全，在國家發展上比較自由。齊國近海，工商業發達，楚國地處南方，面積最廣，又是魚米之鄉，自然地理條件非常優越，所以，齊楚都非常重視文學學術的建設與發展。與重視學術的齊國明顯不同的是，楚國「宮廷中則主要是『競為侈麗閎衍之辭』的華麗辭賦文學。似乎是意識到好花不常開，好景不常在，這種華麗辭賦至楚襄王時達到頂點。其時宮廷中的唯美作家無疑主要是宋玉、唐勒、

〔註11〕李澤厚、劉綱紀主編：《中國美學史》，第一卷，北京：中國社會科學出版社，1984年，第442頁。
〔註12〕南朝·梁·劉勰著，陸侃如、牟世金譯注：《文心雕龍譯注》，濟南：齊魯書社，1995年，第527頁。

景差等人。」〔註13〕在當時的文學創作中，受制於政治、經濟等客觀條件，文學具有明顯的依附性，如下記載很能說明問題。

> 宋玉因其友見楚襄王，襄王待之無以異，乃讓其友。其友曰：「夫薑桂因地而生，不因地而辛；女因媒而嫁，不因媒而親。子之事王未耳，何怨於我？」宋玉曰：「不然。昔者齊有狡兔，曰東郭㕙，蓋一日而走五百里，於是齊有良狗曰韓盧，亦一日而走五百里。使之瞻見指注，雖良狗猶不及眾兔之塵，若攝纓而縱線之，則狡兔亦不能離也。今子之屬臣也，攝纓縱線與？瞻見指注與？」其友曰：「僕人有過，僕人有過。」詩曰：「將安將樂，棄予如遺。」〔註14〕

這個故事讓我們清楚地感受到了宋玉急切期待得到楚襄王的賞識的心理。

楚襄王二十一年（前278），楚國首都郢都淪陷，退守陳城（今河南淮陽），襄王於此留居十六年之久。後繼的楚孝烈王十年（前253），又移都鉅陽（今在安徽），孝烈王二十二年（前241），終移都壽春。楚國最後的三代楚君幽王、哀王、負芻都定都壽春，楚國於公元前223年終被秦所滅。這三處都城從地域上有一個共同點，那就是都處於淮河流域。楚國亡國之前的五十餘年都與淮河流域有著密切的關係。淮河流域從地理學意義上來說，與齊文化、魯文化等為代表的中原文化非常接近，當時楚文化與齊魯等地的中原文化應有了更多的經濟文化交流。

荀子作為文學史上第一位以賦名篇的作家，他本身就是齊楚兩國文學交流的使者，而漢初的辭賦創作其實正是在此處興盛發達的。楚國辭賦作家的創作體現出更多的宮廷化、修辭化、唯美化、娛樂化，在當時條件下，不可能脫離權力、財富而獨自存在。因此，楚國的辭賦作家應與楚王宗族共遷移，同呼吸，共命運，心連心。「我們可以恰如其分地說，曾經位於辭賦文學之首的荊楚，在當時已經完全被江淮地區取而代之了。」〔註15〕而漢初的辭賦發達地區主要有兩個：一為江淮地區的吳王劉濞之地，一為淮南王所居的原楚國的舊都壽春，他們都愛好辭賦並因此喜歡養客，這恰恰是戰國遺風影響的產物。這兩

〔註13〕 日本・岡村繁著：《周漢文學史考》，上海：上海古籍出版社，2002年，第117頁。

〔註14〕 許維遹集釋：《韓詩外傳集釋》，卷七，第十七章，北京：中華書局，1980年，第259～260頁。

〔註15〕 日本・岡村繁著：《周漢文學史考》，上海：上海古籍出版社，2002年，第120頁。

個地區都屬於戰國時期的楚國。許多作家如枚乘、枚皋、嚴助、朱買臣等皆為吳人，屬舊楚國地區；劉邦為沛人，項羽為宿遷人，跟隨劉項的也多為楚人。所以四面楚歌，十面埋伏，劉邦詠《大風歌》，項羽有《垓下歌》，都是帶有濃鬱楚地色彩的歌謠。

秦朝存在時間短，僅 15 年歷史，且慣用嚴刑酷罰，對思想文化進行嚴格控制，焚書坑儒，禁止挾書，但是從全國意義上來說並沒有產生深刻持久的影響，處於邊遠地區的舊楚地更是因此保持了更多的楚地的鮮明特色。戰國時期，楚辭體創作異常發達，文學作品通過各種方式在楚地廣泛流傳。秦亡後，楚風楚歌伴隨著狂飆突進的反秦義軍而迅速流播天下。再加上，南方水熱條件配合較好，盛產竹子，書寫材料較北方易得，經濟相對發達。這也是楚地文化繁榮的一個客觀原因。

經濟基礎決定上層建築，因此當時的文化基本掌握在極少數人手裏，文化的發展傳承往往受制於經濟狀況。當時能夠讀到書的人是極少數的，直到漢代賈誼時期仍然沒有多大改觀。賈誼年僅十八，能誦詩屬書。孝文皇帝初立，聞賈誼博學，文帝召以為博士。是時賈生年二十餘，在眾大臣中年紀最小。「每詔令議下，諸老先生不能言，賈生盡為之對，人人各如其意所欲出。諸生於是乃以為能，不及也。孝文帝說之，超遷，一歲中至太中大夫。」賈誼一時間躊躇滿志，欲大幹一番事業，但由此得罪了絳、灌、東陽侯、馮敬之屬，後文帝不得不亦疏之，「乃以賈生為長沙王太傅。」（《史記·屈原賈生列傳》）跟隨劉邦打天下的群體多出身社會下層，基本屬於文化水平和素養不高的粗野之人。而漢初開國的顯赫人物在起初幾乎都曾從事過微賤的工作。樊噲屠狗，灌嬰賣繒，蕭何、曹參為獄吏，周勃做過吹鼓手，周昌為小吏，夏侯嬰本是高祖戲耍的玩伴，盧綰和高祖同日生。司馬遷說：「吾適豐、沛，問其遺老，觀故蕭、曹、樊噲、滕公之家，及其素，異哉所聞！方其鼓刀屠狗賣繒之時，豈自知附驥之尾，垂名漢廷，德流子孫哉？」（《史記·樊酈滕灌列傳第三十五》）這與賈誼形成了鮮明的對比，所以賈誼的才華橫溢、誇誇其談、目中無人遭到了眾功臣的嫉妒。

當時的文人士子必須有所依附才談得上成名成家，他們不依附於朝廷，就得依附於富貴之家。文學創作的基礎，自然離不開廣泛的閱讀學習，辭賦的創作更是如此。《西京雜記》「讀千賦乃能作賦」載：「或問揚雄為賦，雄曰：『讀千首賦，乃能為之。』」《北堂書鈔》則曰：「余（桓譚）少好文。見揚子雲賦

頌，欲從學。子雲曰：『能讀千賦，則善之。』」桓譚《新論‧道賦》亦有類似記載：「揚子雲攻於賦，王君大習兵，余欲從二子學，子雲曰：能讀千賦，則閃賦。君大曰：能觀千劍，則曉劍。」劉勰《文心雕龍‧知音》說：「操千曲而後曉聲，觀千劍而後識器。」杜甫說：「讀書破萬卷，下筆如有神。」（《奉贈韋左丞丈二十二韻》）清人蘅塘退士說：「熟讀唐詩三百首，不會吟詩也會吟。」〔註16〕這些論述反覆申明了一個道理，從事文學創作離不開「讀萬卷書，行萬里路」的經歷。大賦創作，越往後越呈現出一定的學術化傾向，到揚雄時期，知識的豐富儲備對於大賦的創作而言，已經成為必備的基礎。武帝時期博士弟子 50 人，到昭帝時增加到百人，宣帝後到數百人，元帝、成帝時期激增到幾千人，自宣帝時，文人士子通過經學獲得仕途升遷的越來越多，而通過辭賦得官者寥寥無幾，即便通過進獻賦頌進入官僚體系，也往往向經學靠近，從而導致了漢賦在後來又發生了一定程度的轉向，這就是漢賦逐漸向經學化和學術化發展。

　　大賦的創作不僅僅是文學，從嚴格意義上說，是一種帶有學術性的文學創作，需要廣博的知識面和極高的文化素養，歷史、文學、地理學、風物學、植物學、動物學、政治學、軍事學、哲學等等方面的學問，都包括在學習的範圍之內，漢代大賦之作，綜合而論，與《史記》一樣，同樣具有「百科全書」的性質。「讀千賦」，當為誇張之詞；但這裡告訴我們的是，廣泛閱讀，必要遊覽，是創作賦的基礎和前提。司馬相如如此，揚雄如此，後來的張衡、左思無不如此。

　　詩歌、短篇小賦的創作更重視靈感，可以須臾即就，但大賦的創作是非常艱苦的事情，往往需要花費數月甚至數年的工夫。《西京雜記》卷二：「司馬相如為上林。意思蕭散，不復與外事相關，控引天地，錯綜古今，忽然如睡，煥然而興，幾百日而後成。其友人盛覽，字長通。牂牁名士，嘗問以作賦。相如曰：合綦組以成文，列錦繡而為質；一經一緯，一宮一商，此賦之跡也。賦家之心，苞括宇宙，總覽人物，斯乃得之於內，不可得而傳。覽乃作合組歌列錦賦而退，終身不復敢言作賦之心矣。」桓譚《新論‧祛蔽》記載揚雄作賦之痛：「余少時見揚子雲麗文，欲繼之，嘗作小賦，用思太劇，立致疾病。子雲亦言，成帝詔作《甘泉賦》，卒暴，遂倦臥，夢五藏出地，以手收內之。及覺，氣病

〔註16〕金性堯注，蘅塘退士編：《唐詩三百首新注》，上海：上海古籍出版社，1993年，第 1 頁。

一年。由此言之，盡思慮傷精神也。」〔註17〕《後漢書》：「衡乃擬班固兩都，作二京賦，因以諷諫。精思傅會，十年乃成。」〔註18〕《晉書》曰：「左思，字太沖，齊國臨淄人也。……造齊都賦，復欲賦《三都》，……乃詣著作郎張載訪岷邛之事，遂構思十年。門庭藩溷皆著紙筆，遇得一句，即便疏之。自以所見不博，求為秘書郎，乃賦成，……司空張華見而歎曰：『班張之流也。使讀之者盡而有餘，久而更新。』於是豪貴之家競相傳寫，洛陽為之紙貴。」〔註19〕由此可見，作賦憑才力，靠博學，好多還需要進行實地調研，一篇有名的賦作往往需要數年乃至十餘年的時間才可完成。

　　一個作家即便具備了創作才能，也必須具備一定的經濟實力才有可能進行文學創作，否則連最基本的書寫材料——竹簡、木牘都無法得到。山東臨沂銀雀山1、2號漢墓是西漢前期的墓葬。「竹書的字體屬早期隸書。1號墓竹簡分長短兩種。長簡占絕大部分，每枚長27.5釐米，寬0.5～0.7釐米，厚0.1～0.2釐米。短簡長約18釐米，寬0.5釐米。竹簡原來用繩分編成冊，長簡大部分3道編繩，短簡2道編繩。」〔註20〕一般來說，每枚竹簡可寫約30字。如此之薄，如此之窄，當時竹簡的製作工藝水平已十分高超。賈誼著《過秦論》，司馬相如造《子虛賦》《上林賦》，晁錯作《論貴粟疏》《賢良對策》，淮南王劉安組織編著《淮南子》，這都應該是作者、組織者們在解決了溫飽問題沒有後顧之憂後的更高文化追求。司馬遷寫《史記》更是如此，如果沒有漢朝政府提供的財力支持，要想完成130卷，五十二萬六千五百字的巨著，單就解決書寫材料的問題都是無法想像的。按每枚30字計算，每部著作需要竹簡17550片，更何況是抄寫了三個版本，這樣就需要約52650枚。這樣的規模，這還單單是書寫的材料，再加上筆、墨、人工，花費就很驚人了，這對於任何一平常百姓人家都是無法完成的。所以，大賦、通史只能出現在這個時期，在這之前那是絕對不可能的。文學、文化是有錢人才能玩得起的東西，沒有雄厚財力作基礎，一切都是妄想。

　　圍繞著劉邦、項羽的許多功臣元老自然是楚人，而楚人掌控權力的結果就

〔註17〕清・孫馮翼輯：《仲長統論・桓子新論・物理論・金樓子》之《桓子新論》，北京：中華書局，1985年，第7頁。

〔註18〕南朝・宋・范曄：《後漢書》，卷59，北京：中華書局，1999年，第1281頁。

〔註19〕唐・房玄齡等撰：《晉書》，北京：中華書局，1974年，第2375～2377頁。

〔註20〕銀雀山漢墓竹簡博物館：《銀雀山漢簡兵書出土30年回眸與展望》，《軍事歷史》，2002年第1期，第12頁。

是，楚風順理成章地成為了文化的主流，「劉邦及其功臣皆起於楚地。建國之
後，其於楚歌、楚舞、楚服、楚聲的偏愛，有極深刻的政治、文化、地域心理
等方面的原因」〔註21〕《垓下歌》《大風歌》《鴻鵠歌》都是楚風的代表。「楚
漢之際，詩教已熄，民間多樂楚聲，劉邦以一亭長登帝位，其風遂亦被宮掖。
蓋秦滅六國，四方怨恨，而楚尤發憤，誓雖三戶必亡秦。於是江湖激昂之士，
遂以楚聲為尚。……楚聲之在漢宮，其見重如此，故後來帝王倉卒言志，概用
其聲。」〔註22〕就漢朝來說，對楚歌楚舞的喜好，高祖發其端，文、景繼之。
上有好之，下必有甚焉，在這種濃厚楚國文化氛圍的影響下，整個西漢前期都
彌漫著濃鬱的楚地騷風的氣息，楚地文化風行西漢之初幾十年，直至文帝、景
帝時期的宮廷內外一直流行，楚歌楚舞應該是從宮廷到社會長期流行的文藝
樣式。

淮南王劉安、河間王劉德、梁孝王劉武等處流行的自然也是楚風，而且影
響所及，遠超他地，甚至超越了中央政府。俗話說：「水往低處流，人往高處
走。」所謂的「高處」，往往是由外在的官職俸祿所決定的。中國傳統文化講
究「學而優則仕」，官職以及與之聯繫的俸祿待遇決定了一個人的價值大小和
社會地位的高低。全社會的人才往往是相對固定的，此消彼長，我多你少。隨
著漢代的休養生息政策的貫徹實施，這種形勢在慢慢發生著變化。

「司馬相如者，蜀郡成都人也，字長卿。少時好讀書，學擊劍，故其親名
之曰犬子。相如既學，慕藺相如之為人，更名相如。以貲為郎，事孝景帝，為
武騎常侍，非其好也。會景帝不好辭賦，是時梁孝王來朝，從游說之士齊人鄒
陽、淮陰枚乘、吳莊忌夫子之徒，相如見而說之，因病免，客遊梁。」（《史記‧
司馬相如列傳》）司馬相如「以貲為郎，事孝景帝，為武騎常侍」，這該如何理
解？在張釋之傳記裏也提到此事，「張廷尉釋之者，堵陽人也，字季。有兄仲
同居。以貲為騎郎，事孝文帝，十歲不得調，無所知名。釋之曰：『久宦減仲
之產，不遂。』欲自免歸。」（《史記‧張釋之馮唐列傳》）「以貲為郎」，我們
以為就是做了朝廷的官員，為什麼做了官還要浪費其兄的家產？裴駰《史記集
解》引三國魏如淳《漢書注》曰：「《漢儀注》『貲五百萬，得為常侍郎。』」「貲」

〔註21〕郭預衡主編：《中國古代文學史長編‧秦漢魏晉南北朝卷》，北京：首都師範大
學出版社，1992年，第8頁。

〔註22〕魯迅：《魯迅全集第九卷‧漢文學史綱要》，北京：人民文學出版社，2005年，
第398～399頁。

「訾」音義皆同，資產，財貨。這說明，張釋之、司馬相如是作為有錢人家的子弟而被宮廷錄用為郎的；但作為郎並不能養活自己，更不要說養家糊口了。為此，清代姚鼐有深入的解釋：「景帝詔云：『訾算十以上乃得官，朕甚愍之，今訾算四得官。』按，此所云官者，皆謂郎也。漢初之制，以郎須有衣馬之飾，乃得侍上，故以訾算。張釋之云『久宦減仲之產』。衛將軍青令舍人具鞍馬絳衣玉具劍是也。漢之仕進，大抵郎侍及侍州郡及卿府辟召三途而已。郎乃宦於皇帝者也，無訾不得宦於皇帝。」〔註23〕以後，司馬相如又擔任了武騎常侍，由郎到武騎常侍，應該花費了巨額財富。所以，後來與文君私奔回到成都「家徒四壁立」。武騎常侍一職不見於《漢書・百官公卿表》，這應該是文景時期設立的臨時性官職。「廣從弟李蔡亦為郎，皆為武騎常侍，秩八百石。嘗從行，有所沖陷折關及格猛獸，而文帝曰：『惜乎，子不遇時！如令子當高帝時，萬戶侯豈足道哉！』」（《史記・李將軍世家》）由此可見，「武騎常侍」這個官職在當時也不受重視，所以在武帝時就被廢掉了。司馬相如離開長安，表面來看是因為「景帝不好辭賦」，但實質上作郎官不僅僅難以養活自己，還需要往裏倒貼錢財，後來升任武騎常侍後，因屬武官，經常在外奔波勞累，司馬相如更是一個文人，缺少時間閱讀寫作，再加上缺少上升發展的空間，而且還可能有一定的生命危險，所以，司馬相如主動辭職離開京都往依梁孝王。

當時的很多侯國，經濟上非常富庶，侯王生活極為奢靡。《五宗世家》載：「魯共王余，以孝景前二年用皇子為淮陽王。二年，吳楚反破後，以孝景前三年徙為魯王。好治宮室苑囿狗馬。季年好音，不喜辭辯。為人吃。」《西京雜記》載：「魯恭王好鬥雞鴨及鵝雁，養孔雀、鵁鶄，俸穀一年費二千石。」〔註24〕其他的侯王也自當不差。司馬相如往依梁王之後，雖無官職，但基本解決了溫飽問題，還能夠過著比較富足的生活，更重要的是得到了寶貴的精神自由。《西京雜記》卷二載：「梁孝王好營宮室苑囿之樂，作曜華之宮，築兔園。園中有百靈山，山有膚寸石，落猿岩，棲龍岫。又有雁池，池間有鶴洲鳧渚。其諸宮觀相連延亙數十里，奇果異樹瑰禽怪獸畢備。王日與宮人賓客弋釣其中。」〔註25〕我們從當時一眾文人所作辭賦可以知道，娛樂之士的生活可謂優哉游哉。

〔註23〕清・姚鼐：《惜抱軒全集・筆記卷四》，北京：中國書店，1991 年，第 565 頁。
〔註24〕晉・葛洪撰：《西京雜記》，北京：中華書局，1985 年，第 15 頁。
〔註25〕晉・葛洪撰：《西京雜記》，北京：中華書局，1985 年，第 15 頁。

　　當時一眾文士，寫作了大量的應酬賦作，據《西京雜記》記載，有枚乘的《柳賦》、路喬如的《鶴賦》、公孫詭的《文鹿賦》、鄒陽的《酒賦》、公孫乘的《月賦》、羊勝的《屏風賦》、鄒陽的《幾賦》等作品。

　　《西京雜記》卷四：

　　　　梁孝王遊於忘憂之館。集諸遊士，各使為賦。

　　　　枚乘為柳賦，其辭曰：忘憂之館，垂條之木。枝逶遲而含紫，葉萋萋而吐綠。出入風雲，去來羽族。既上下而好音，亦黃衣而絳足。蜩螗厲響，蜘蛛吐絲。階草漠漠，白日遲遲。於嗟細柳，流亂輕絲。君王淵穆其度，御群英而翫之。小臣瞽瞶，與此陳詞。於嗟樂兮，於是樽盈縹玉之酒，爵獻金漿之醪。庶羞千族，盈滿六庖。弱絲清管，與風霜而共雕。鏘鍠啾唧，蕭修寂寥。雋乂英旄，列襟聯袍。小臣莫效於鴻毛，空銜鮮而嗽醪。雖復河清海竭，終無增景於邊撩。

　　　　路喬如為鶴賦，其辭曰：白鳥朱冠，鼓翼池幹。舉修距而躍躍，奮皓翅之翻翻。宛修頸而顧步，啄沙磧而相歡。豈忘赤霄之上，忽池籞而盤桓。飲清流而不舉，食稻梁而未安。故知野禽野性，未脫籠樊。賴吾王之廣愛，雖禽鳥兮抱恩。方騰驤而鳴舞，憑朱檻而為歡。

　　　　公孫詭為文鹿賦，其詞曰：麀鹿濯濯，來我槐庭。食我槐葉，懷我德聲。質如緗縛，文如素綦。呦呦相召，小雅之詩。歎丘山之比歲，逢梁王於一時。

　　　　鄒陽為酒賦，其詞曰：清者為酒，濁者為醴；清者聖明，濁者頑騃。皆曲湡丘之麥，釀野田之米。倉風莫預，方金未啟。嗟同物而異味，歎殊才而共侍。流光醳醳，甘滋泥泥。醲釀既成，綠瓷既啟。且筐且漉，載簻載齊（簻chōu，同「篘」，一種竹製的濾酒的器具）。庶民以為歡，君子以為禮。其品類，則沙洛淶鄢，程鄉若下，高公之清。關中白薄，青渚縈停。凝醳醇酎，千日一醒。哲王臨國，綽矣多暇。召皤皤之臣，聚肅肅之賓。安廣坐，列雕屏，綃綺為席，犀璩為鎮。曳長裾，飛廣袖，奮長纓。英偉之士，莞爾而即之。君王憑玉幾，倚玉屏。舉手一勞，四座之士，皆若哺梁肉焉。乃縱酒作倡，傾碗覆觴。右曰宮申，旁亦徵揚。樂只之深，不吳不狂。於是錫名餌，袪夕醉，遣朝酲。吾君壽億萬歲，常與日月爭光。

公孫乘為月賦，其辭曰：月出皦兮，君子之光。鶗雜舞於蘭渚，蟋蟀鳴於西堂。君有禮樂，我有衣裳。猗嗟明月，當心而出。隱員岩而似鉤，蔽修堞而分鏡。既少進以增輝，遂臨庭而高映。炎日匪明，皓璧非淨。躔度運行，陰陽以正。文林辯囿，小臣不佞。

羊勝為屏風賦，其辭曰：屏風鞈匝，蔽我君王。重葩累繡，沓璧連璋。飾以文錦，映以流黃。畫以古烈，顯顯昂昂。藩後宜之，壽考無疆。

韓安國作幾賦不成，鄒陽代作，其辭曰：高樹凌雲，蟠紆煩冤，旁生附枝。王爾公輸之徒，荷斧斤，援葛虆，攀喬枝。上不測之絕頂，伐之以歸。眇者督直，聾者磨礱，齊貢金斧，楚入名工，乃成斯幾。離奇髣佛，似龍盤馬回，鳳去鶯歸。君王憑之，聖德日躋。

鄒陽、安國，罰酒三升，賜枚乘、路喬如絹，人五〔註26〕。

諸人所作，皆為日常生活，全部賦作都為詠物賦，《柳賦》《鶴賦》《文鹿賦》《酒賦》《月賦》《屏風賦》《幾賦》。柳、月為植物之景，文鹿、鶴為家養寵物，酒為所飲之酒，屏風、幾為日常用具。賦作所寫，基本以諸侯國王為中心。由此可見，文人們的創作基本上以侯王為中心，按照命題進行創作，服務的對象毫無疑問就是他們的主人。

在《西京雜記》卷六中還收有一篇詠物賦：

魯恭王得文木一枚，伐以為器，意甚玩之。中山王為賦曰：

麗木離披，生彼高崖。拂天河而布葉，橫日路而擢枝。幼雛羸鷇，單雄寡鶩，紛紜翔集，嘈嗷鳴啼。載重雪而梢勁風，將等歲於二儀。巧匠不識，王子見知。乃命班爾，載斧伐斯，隱若天崩，豁如地裂。華葉分披，條枝摧折。既剟既刊，見其文章。或如龍盤虎踞，復似鶯集鳳翔。青綢紫綬，環璧珪璋。重山累嶂，連波疊浪。奔電屯雲，薄霧濃雰。麕宗驥旅，雜族雉群。蜀繡鴛錦，蓮藻芰文。色比金而有裕，質參玉而無分。裁為用器，曲直舒卷。修竹映池，高松植巘。製為樂器，婉轉蟠紆，鳳將九子，龍導五駒。製為屏風，鬱崒穹隆。製為杖幾，極麗窮美。製為枕案，文章璀璨，彪炳渙汗。製為盤盂，采玩蜘蟵。猗歟君子，其樂只且。

〔註26〕晉・葛洪撰：《西京雜記》，北京：中華書局，1985年，第26～28頁。

恭王大悦，顧盼而笑，賜駿馬二匹〔註27〕。

中山王之賦與鄒陽之賦非常相似，主題相近，句式相似，有的典故多是相同的，寫法也有近似性。這說明，這些文學創作活動在當時的諸侯國之間是可以互相交流的。鄒陽之《幾賦》在梁王門下並不受歡迎，在這次創作大賽中以失敗而告終。這說明，來自於學術發達之地的鄒陽的創作並不符合南方的審美標準。而中山王的創作更具有北方特色。魯王在曲阜，是古時的魯國之地，鄒陽來自臨淄，古時的齊國，這屬於先進的黃河文化，對於辭賦的寫作應該是在加入這個文人群體之後才學習而來的，這是由生活的區域所決定的。由此也可以看出，南北方的文化交融、不同區域的文化交流都在潛移默化的相互影響，這種文人群體的生活和創作意味著一個文學新時代的到來。

二、漢武氣象的形成

戰國時期養士成風，楚國的春申君、趙國的平原君、齊國的孟嘗君、魏國的信陵君後人稱為「戰國四公子」，據說各有門客三千；秦國的呂不韋也養有大量門客，《呂氏春秋》就出自眾門客之手。漢代距戰國不遠，權貴之家一直保留著養士的風氣，前述漢初依附於諸侯的文士身份近似於戰國四公子所養的門客或食客。

《韓信盧綰列傳第三十三》：「趙相周昌見豨賓客隨之者千餘乘，邯鄲官舍皆滿。豨所以待賓客布衣交，皆出客下。豨還之代，周昌乃求入見。見上，具言豨賓客盛甚，擅兵於外數歲，恐有變。」
《吳王濞列傳》：「王專并將其兵，未度淮，諸賓客皆得為將、校尉、行間侯、司馬，獨周丘不用。」《曹丞相世家》：「卿大夫以下吏及賓客見參不事事；來者皆欲有言。」

直到漢景帝、漢武帝時代，仍然有不少權貴喜歡養士。比如，竇嬰養士，「魏其侯竇嬰者，孝文後從兄子也。父世觀津人。喜賓客。」「竇嬰守滎陽，監齊趙兵。七國兵已盡破，封嬰為魏其侯。諸遊士賓客爭歸魏其侯。孝景時每朝議大事，條侯、魏其侯，諸列侯莫敢與亢禮。孝景四年，立栗太子，使魏其侯為太子傅。孝景七年，栗太子廢，魏其數爭不能得。魏其謝病，屏居藍田南山之下數月，諸賓客辯士說之，莫能來。」河間王、淮南王、衡山王等侯王養士少則幾十，多至數千。《西京雜記》卷四載：「河間王德築日華宮。置客館二十餘

〔註27〕晉・葛洪撰：《西京雜記》，北京：中華書局，1985年，第40頁。

區以待學士。自奉養不踰賓客。」《淮南衡山列傳》載：「淮南王安為人好讀書鼓琴，不喜弋獵狗馬馳騁，亦欲以行陰德拊循百姓，流譽天下。……淮南王大喜，厚遺武安侯金財物。陰結賓客，拊循百姓，為畔逆事。」《漢書・淮南衡山濟北王傳》載：「淮南王安為人好書，鼓琴，不喜戈獵狗馬馳騁，亦欲以行陰德拊循百姓，流名譽。招致賓客方術之士數千人」，「衡山王聞淮南王作為畔逆具，亦心結賓客以應之，恐為所併。」

　　漢武帝時期，權貴大臣身邊也有眾多士子。如田蚡養士，「武安侯新欲用事為相，卑下賓客，進名士家居者貴之，欲以傾魏其諸將相。」灌夫也養士：「家累數千萬，食客日數十百人。陂池田園，宗族賓客為權利，橫於潁川。……灌夫家居雖富，然失勢，卿相侍中賓客益衰。」《汲鄭列傳》：「鄭莊、汲黯始列為九卿，廉，內行脩絜。此兩人中廢，家貧，賓客益落。」公孫弘喜歡養士，《西京雜記》「三館待賓」載：「平津侯自以布衣為宰相，乃開東閣，營客館，以招天下之士。其一曰欽賢館，以待大賢；次曰翹材館，以待大才；次曰接士館，以待國士。其有德任毗贊、佐理陰陽者，處欽賢之館。其有才堪九列、將軍二千石者，居翹材之館。其有一介之善、一方之藝，居接士之館。而躬自菲薄、所得俸祿，以奉待之。」《史記・平津侯主父列傳》載：「故人所善賓客，仰衣食，弘奉祿皆以給之，家無所餘。士亦以此賢之。」《漢書・張湯傳》載：「湯至於大吏，內行修，交通賓客飲食，於故人子弟為吏及貧昆弟，調護之尤厚，其造請諸公，不避寒暑。是以湯雖文深意忌不專平，然得此聲譽。」

　　對這個群體，戰國時多稱士、門客或食客，此時往往多稱賓客、辯士或遊士，漢朝的賓客文化與戰國時期驚人相似，這種文化對中國文化具有深遠的影響，特別是在漢初時期，賓客的多少和賓客的性質往往決定了主人的命運前途。大多數賓客趨炎附勢，少有節操，仰人鼻息，形同奴才；有的賓客富有謀略，高瞻遠矚，堅持原則，如枚乘、鄒陽等人；有的將自己的榮華富貴建立在主子身上，期望政治投機，往往以失敗而告終，最後落得個悲慘的命運結局。

　　非但侯王養士，當時的漢文帝也為自己的太子劉啟修築宮室，讓他延攬賓客。這是為其登基作多方面的準備。漢武帝之子衛太子也養有大量門客，所以在諸門客的支持下，他「遂部賓客為將率，與丞相劉屈氂等戰」。（《漢書・武五子傳》）一直到武帝中後期，因為武帝的反感反對，養士之風才漸趨沒落。

《史記·衛將軍驃騎列傳第五十一》蘇建語余曰:「吾嘗責大將軍至尊重,而天下之賢大夫毋稱焉,願將軍觀古名將所招選擇賢者,勉之哉。大將軍謝曰:『自魏其、武安之厚賓客,天子常切齒。彼親附士大夫,招賢絀不肖者,人主之柄也。人臣奉法遵職而已,何與招士!』驃騎亦放此意,其為將如此。」

　　當時文獻將這些文士稱為「游說之士」,如,「(司馬相如)從游說之士齊人鄒陽、淮陰枚乘、吳莊忌夫子之徒」,稱為「娛遊子弟」,「(吳王濞)於吳招致天下娛遊子弟」,或者「遊士」,「吳王濞招致四方遊士。(鄒)陽與吳嚴(莊)忌、枚乘等俱仕吳,皆以文辯著名」。對這些士子而言,立身之本自然是口才和文才。當然,如果沒有依附富貴之門的生活閱歷,是寫不出反映大漢帝國氣象的大賦之作的!如前所言,此時寫作材料為竹簡木牘,且史書也有明文記載。《史記·司馬相如列傳》載漢武帝讀到《子虛賦》而善之,這應該是司馬相如做了工作後的結果,否則,那麼多的竹簡怎麼能到了漢武帝這裡?於是,順理成章,喜歡辭賦的漢武帝召問相如,相如說,《子虛賦》僅寫諸侯之事,未足觀也。他要為再寫一篇天子遊獵賦。「上許,令尚書給筆札。」顏師古注曰:「札,木簡之薄小者也。時未多用紙,故給札以書。」〔註28〕1972年山東臨沂市銀雀山漢墓出土的《唐勒》賦、1977年出土於安徽省阜陽雙古堆《離騷》與《涉江》殘句、1993年江蘇連雲港尹灣漢墓M6出土的《神烏賦》皆用簡牘書寫。漢武帝廣納人才,解決了人才的後顧之憂,客觀上促進刺激了大賦的創作。這相當於中央解決了寫作材料的問題,這是個大問題;沒有中央的雄厚財力保礙,大賦的繁榮發展是不可想像的。

　　具體到司馬相如而言,以前在長安景帝身邊擔任武騎常侍,走南闖北,巡遊天下,行萬里路,開闊了視野,增長了見識,這一段經歷是他寫作《子虛賦》《上林賦》的基礎,後來的梁國等地的物質優裕、精神自由的生活也為後來的大賦創作做好了充分的準備。「周代建都北方之鎬京或洛邑,而陝西、河南、山西、山東一代為其文化中心,故其一切文物富於濃厚之北方色彩,《詩》《書》等六經即是北方之文化。雖在周末,楚有《楚辭》及《莊子》為南方揚眉吐氣耳。漢代先後定都長安洛陽,其政治與文化中心雖猶在北方,然高祖雅愛楚之歌曲。當時諸王中,吳王濞居南方而好客,時與南方文士會聚。楚元王則好《詩經》,著名之詩家皆集其門下。南方之文學於焉大振。嗣後吳王謀反失敗,其門下之文士多相攜北上,仕梁之孝王,梁乃蔚然成為文學之淵藪。孝王既沒,

---

〔註28〕班固撰,顏師古注:《漢書》,北京:中華書局,1962年,第233頁。

南方文士又聚集武帝之宮廷，南方系統之文藝乃得於北方佔有地盤，惟已融入北方之骨氣矣。」〔註29〕

關中地區由於西漢初期積極的移民政策，人口驟增是其最顯著的變化，這也大大促進了當地各個民族、不同區域、不同文化的交融發展。主動、被動遷徙到三輔地區的王公世家、商賈富人、豪傑遊俠在很大程度上影響了京都文化的特點和性質。隨著統一的中央政府的日漸強大，藩國不可避免的衰微，加上各種配套政策的實施，尤其是因辭賦而得官的風氣的影響，人才隨之發生了相應的流動，人才由各地紛紛向中央聚集。日人青木正兒認為：「由於武帝時期的空前強盛與政治、文化的大一統，漢初以來地域文化的影響退居其次，從而形成八方薈萃、氣度恢宏的文化主流。」〔註30〕如果把文化比作花，那麼以前是在楚、吳、梁、淮南等藩國競相綻放，現在在長安一地獨放異彩。這是形勢使然，眾文士在不同諸侯王國之間遷移流動，吳王造反戰敗，淮南王、衡山王陰謀未發而被滅，河間獻王因受武帝懷疑打壓而抑鬱而終，……連竇太后最寵愛的弟弟梁孝王劉武處都不能絕對安全，天下只剩下最安全又最不安全的中央政府，所以，這是不以人的意志為轉移的形勢使然。文人要獲得地位、權力、財富等優越的物質生活條件就不得不進入中央。隨著不同地區的文士自願不自願地向中央集聚，於是開啟了漢代文化史乃至中國文化史上的盛事。

楚文化「使先秦北國的傳統文化發生了深刻變化，產生了把深沉的理性精神和大膽的浪漫幻想結合在一起的生氣勃勃、恢宏偉美的漢文化，這對漢代審美意識和藝術的發展也產生了極為深刻的影響」，〔註31〕帶有不同區域色彩的文化發生了碰撞交流，彼此之間相互影響，互相學習，取長補短，文人作家競爭意識顯著增強，形成了你追我趕的創作熱潮和研究高潮，隨之帶來了漢代文學與文化的大繁榮大發展，最終，地方特色鮮明突出的不同區域文化取而代之以具有顯著漢家氣象的中央帝國文化。

這與文化的繁榮地起初在藩國，後來隨著形勢的變化，漢武帝即位之後，逐漸形成了漢家氣象，這與漢武帝的成長經歷和環境有著密切關係。漢武帝生

〔註29〕 日本・青木正兒著：《中國文學思想史》，臺北：臺灣開明書店印行，1977年，第5頁。

〔註30〕 郭預衡主編：《中國古代文學史長編・秦漢魏晉南北朝卷》，北京：首都師範大學出版社，1992年，第13頁。

〔註31〕 李澤厚、劉綱紀主編：《中國美學史》，第一卷，北京：中國社會科學出版社，1984年，第442頁。

長在帝王之家,特殊的家庭環境和特殊的成長經歷養成了他特殊的性格,舉凡唯我獨尊、盲目自大,自負剛愎、殘暴多疑、熱衷權勢、好大喜功等特徵都與之密切相關。繼承皇位,經過一番周折,終於執掌大權,他的壓抑已久的激情一下子就爆發出來。劉徹生活在中華文化發祥地,生在關中,長在關中,深受三代文化的薰染。雖說也寫有柔美纏綿婉約的楚辭體作品,但他真正喜歡的還是與其地位相匹配的歌功頌德的宏大型的文學和文化。隨著長期困擾中央的王國割據問題的徹底解決,中央專制集權得以完全確立,加之各種配套政策的實施,首都長安自然成為凝聚力和吸引力最強的天下政治中心和經濟中心,在儒家「學而優則仕」思想的影響下,天下才子紛紛從藩國向中央聚攏,長安自然毫無意外地成為整個王朝的文化中心。

各地才子聚集長安,帶來的不僅僅是各地不同類型的文化,更為重要的是形成了南北東西文化的大碰撞大融合,而且,在文化引導上,隨著「罷黜百家,獨尊儒術」的思想文化政策的實施,於是,文學與文化上的楚地騷風慢慢退場,取而代之以雄渾昂揚積極向上的漢武氣象。

第三節　新政背景下的文人矛盾心態

漢武帝自視甚高,理想甚大,他巡遊封禪,都是為了建立「非常之功」,於是他面向全國張開懷抱,廣納天下英才。可以說,他的周圍聚集了那個時代數量最多也最優秀的人才。

漢武帝曾不無自豪地對東方朔誇讚自己身邊人才之盛,如公孫弘、倪寬、董仲舒、夏侯始昌、司馬相如、吾丘壽王、主父偃、朱買臣、嚴助、汲黯、膠倉、終軍、嚴安、徐樂、司馬遷等等,他們都是博學能辯的、文采斐然的文人士子。班固也多次感慨漢武帝得人之盛,武帝身邊除了莊助(嚴助)外,還有朱買臣、吾丘壽王、司馬相如、主父偃、徐樂、嚴安、東方朔、枚皋、膠倉、終軍、嚴蔥奇等,一時間武帝身邊人才之盛達到空前規模。這裡所列舉的都是文士,由此可以看出,這些人才的主要作用有二:一個是為武帝時期的內外政策提出建議、提供參謀;另一個就是為偉大的帝國偉業歌功頌德,所以中央政府、武帝身邊自然成為漢代頌歌的發源地。

劉勰對此時的文學彬彬之盛進行了極高評價:「孝武崇儒,潤色鴻業,禮樂爭輝,辭藻競騖……(諸子)應對固無方,篇章亦不匱,遺風餘采,莫與比

盛。」（《文心雕龍・時序》）安車蒲輪請枚乘，任用枚乘之子枚皋，司馬相如因子虛上林賦被封為郎，這與武帝個人喜愛辭賦等文學的個性有著極大的關係。嚴助「有奇異，輒使為文」，枚皋以作平樂館賦受嘉獎，武帝二十九歲時得皇太子，他和東方朔一起作《皇太子生賦》，冊立衛皇后時，獻賦一首，此外，近從武帝巡幸天下、狩獵、運動，「上有所感，輒使賦之」。這些文人士子「以充沛的情感吟誦著偉大的時代，以發自心靈的感動讚美著上承天命的聖主英王，以激動的情懷謳歌龐大而強盛的帝國，由此，匯成了漢帝國最昂揚的交響樂章」。〔註32〕

一、武帝的文學創作及其意義

漢武帝不僅是辭賦的愛好者、鑒賞者，更是一個詩賦家。由於其身份的特殊性，這對於文學發展的影響是巨大的。魯迅先生認為：「武帝有雄才大略，而頗尚儒術。即位後，丞相衛綰即請奏罷郡國所舉賢良治申商韓非蘇秦張儀之言者。又以安車蒲輪徵申公枚乘等；議立明堂；置五經博士。元光間親策賢良，則董仲舒公孫弘等出焉。又早慕詞賦，喜楚辭，嘗使淮南王安為《離騷》作傳。其所自造《秋風辭》《悼李夫人賦》等，亦入文家堂奧。復立樂府，集趙代秦楚之謳，以李延年為協律都尉，多舉司馬相如等數十人作詩頌，用於天地諸祠，是為《十九章》之歌。延年輒承意絃歌所造詩，謂之新聲曲，實則楚聲之遺，又擴而變之也。」〔註33〕魯迅先生對武帝的文治之功進行了全面的概括總結，給予了極高的評價。

《文選》卷四十五載《秋風辭一首（並序）》：上行幸河東，祠后土，顧視帝京，欣然，中流與群臣飲燕，上歡甚，乃自作《秋風辭》曰：

> 秋風起兮白雲飛，草木黃落兮雁南歸。蘭有秀兮菊有芳，攜佳
> 人兮不能忘。泛樓舡兮濟汾河，橫中流兮揚素波。簫鼓鳴兮發棹歌，
> 歡樂極兮哀情多。少壯幾時兮奈老何！〔註34〕

此辭，《文選》收在「對問、設論、辭、序」類中的「辭」，「辭」類文章僅有武帝此篇與陶淵明的《歸去來兮辭》，都屬於典型的抒情小賦。魯迅先生對此

〔註32〕王洪軍：《「頌述功德」：漢代博士文人詩心蘊藉的時代歌唱》，《齊齊哈爾大學學報》，2010 年第 5 期，第 18 頁。
〔註33〕魯迅，《魯迅全集第九卷・漢文學史綱要》，北京：人民文學出版社，2005 年，420 頁。
〔註34〕李善注：《文選》卷四十五，北京：中華書局，1977 年，第 636 頁。

辭評價極高，認為：「楚聲之在漢宮，其見重如此，故後來帝王倉卒言志，概用其聲，而武帝詞華，實為獨絕。」〔註35〕全賦共九句，句式整齊，去掉「兮」字，兩句七言，七句五言，應屬於典型的楚辭體詩歌，不宜劃入文類。這篇賦重在寫景抒情，起初兩句純寫景，此景為自然之景，然景中含情，為全篇渲染了秋日悲傷蕭瑟的氛圍。接下來用比興手法，表面寫蘭、菊，隱含著佳人的描寫，美好年華，佳人作伴，難以忘懷。接下來四句用賦法敘事寫景，重在寫物事人事，泛舟中流，楫舉棹飛，白浪紛紛，聽歌賞舞，酒酣耳熱，歡樂至極，樂極而悲，至樂至悲。最後兩句一轉，變成了抒發人生永恆的悲哀，人生苦短，樂無復多，由此陷入到古今生存著的全人類的共同的悲哀！

曹丕的《燕歌行》深受此影響，一開篇就讓我們深感似曾相識，這自然是受到了漢武帝《秋風辭》的影響。後來無數詩人作家往往就此主題做了無限的生發，雖然避開了感傷的直白追問，但都或多或少、或直接或間接地流露出人類永恆的死亡悲哀。曹操的《短歌行》：「對酒當歌，人生幾何？譬如朝露，去日苦多。慨當以慷，憂思難忘，以何解愁，唯有杜康。」直抒胸臆，直言其憂。陸機也有四言《短歌行》傳世：「置酒高堂，悲歌臨觴。人壽幾何，逝如朝霜。時無重至，華不再陽。蘋以春暉，蘭以秋芳。來日苦短，去日苦長。今我不樂，蟋蟀在房。樂以會興，悲以別章。豈曰無感，憂為子忘。我酒既旨，我肴既臧。短歌有詠，長夜無荒。」此詩與曹操、劉徹之作從主題上一脈相承。張若虛的《春江花月夜》：「人生代代無窮已，江月年年望相似。不知江月待何人，但見長江送流水。」這裡說的是所有的人，一代代的人的共同的感受，人生一世，月兒長久，雖說閒愁淡淡，但人生無奈之感讓人油然而生。李白的《把酒問月》：「今人不見古時月，今月曾經照古人。古人今人若流水，共看明月皆如此。唯願當歌對酒時，月光長照金樽裏。」李白於此乾脆就拋開了這個傷感的話題，直接借酒澆愁，長醉不醒了。漢武帝此辭可謂直接道出了人生共同的永遠的主題，對後世文學創作產生了至深至遠的影響。

班固在《漢書・外戚傳》中全文收錄了漢武帝哀悼李夫人的賦，「上又自為作賦，以傷悼夫人」。〔註36〕班固認為「上所自造賦二篇」，顏師古注云：「武

〔註35〕 魯迅：《魯迅全集》第九卷《漢文學史綱要》，北京：人民文學出版社，2005年，第399頁。

〔註36〕 東漢・班固：《漢書・外戚傳上》，北京：中華書局，1962年，第3952～3955頁。

帝也。」此賦應該是這兩篇賦中的一篇。這篇賦在不同的文獻中，往往稱呼不同，有稱《李夫人賦》，有稱《傷李夫人賦》，此賦與《秋風辭》大不相同，體現出明顯的散體的性質，此賦更傾向於散文。全賦由正文和亂辭兩部分組成，正文主要通過幻想與追憶，抒發了對失去李夫人的綿綿傷痛和惋惜之情。亂辭再次抒寫了對李夫人年輕早逝的無限痛惜，體現了武帝對李夫人的一片深情。從寫法上來說，這篇賦的突出之處表現在用賦法反覆鋪染敘寫對美好往事的回顧和對李夫人逝後的惋惜和痛苦深情。同時，本賦以幻覺抒哀情，將心理幻境、夢境與眼前實景相結合，這也是文學的一大創造，對後世影響深遠。

　　總體而言，這是一篇成功的抒情小賦，因此成為短篇抒情小賦的先導作品。漢初的騷體抒情賦作，一般借他人他事來抒發作者情感，有的也很成功，也很感人，但總歸是隔了一層。董仲舒、司馬相如、司馬遷等人的短篇抒情小賦抒發了作者的真情實感，但更多地表現了「士不遇」的主題或是勸誡主題，因主題所限，難以明言，不能展開，所以讀者難以窺見作者更具體更全面更真實的情感。漢武帝此賦直接抒發自己的悲傷痛惜的情感，更真實，更細膩，更感人。與簡單的《李夫人歌》相比：「是邪非邪。立而望之。偏何姍姍其來遲。」《李夫人賦》可謂濃墨重彩，痛快淋漓，真摯感人。

　　這篇賦也被看作中國文學史上悼亡賦的開山鼻祖。漢武帝《李夫人賦》後，悼亡賦作不絕如縷，如王粲的《傷夭賦》《思友賦》、曹丕的《悼夭賦》、曹植的《思子賦》、曹髦的《傷魂賦》、潘岳的《悼亡賦》、劉裕的《擬漢武帝李夫人賦》、江淹的《傷愛子賦》《傷友人賦》、李處權的《悼亡賦》等等，皆屬此類。眾多悼亡賦作的次第出現，使悼亡成了中國古代辭賦的重要主題。

二、武帝時期文人的矛盾心態

　　白居易在《醉吟先生墓誌銘》中告訴我們，「外以儒行修其身，中以釋教治其心，旁以山水風月歌詩琴酒樂其志」〔註37〕。這是白居易晚年為自己寫的墓誌銘，這應算是白居易對自己一生的基本總結，用儒家思想來修身，用佛教來調整心態，外加豐富多彩的業餘生活來調節，這其實就是白居易解決其內心矛盾的基本手段。每個人其實都是矛盾著的，古代文人一般都有自我調適的手段方法。矛盾心態的尖銳複雜程度往往與外界有著密切的聯繫。中唐時期政治矛盾突出，而生活在漢武帝盛世時代的文人同樣充滿著矛盾，他們也需要調

〔註37〕顧學頡校點：《白居易集》，北京：中華書局，1979 年，第 1504 頁。

適，受制於資料文獻的匱乏，其手段方法我們難以盡知，但當時佛教尚未傳入中國，道教正在形成之中，道家和山水風月歌詩琴酒應該在其矛盾心態調整所選擇的範圍之內。

戰國時期，列強爭雄，作為稀缺資源的人才，各國爭相吸引禮聘，士對政權有選擇的自由，「此地不留爺，自有留爺處」，各國對各種士子往往倍加禮遇，以期留住真正有用的人才，這樣士人就在一定程度上能保持相對的人身自由和一定的人格尊嚴。漢初以來，文人士子在人生價值取向與戰國幾乎是隔代重續，因為是和平自由的時期，漢初士人與戰國士階層相比更有尊嚴，更為幸福，也更為安全。然而在進入漢中央集權的大一統專制政體之後，文人士子的人生價值、人格尊嚴和自由意志遭到了強有力的壓制，無論是思想還是行為都受到了極大限制，尤其是對那些特立獨行之士來說，他們更感受到獨立自由的人格尊嚴被無情扼殺所帶來的痛苦。司馬遷為不同時代的兩個文人──屈原和賈誼作了合傳，之所以如此，司馬遷「是要指出賈誼的懷才不遇，要為賈誼鳴不平。在司馬遷看來，不論是屈原也好，賈誼也好，都不能逃脫受人排擠、懷才不遇的命運。他不但把這種體會融進《屈原賈生列傳》裏，同時還作《悲士不遇賦》來抒發自己的這種感懷……由此可知，司馬遷那種懷才不遇的感受有多麼深切！」〔註38〕司馬遷表面上將屈原、賈誼寫在一起，雖時代不同，但命運相似，表面上是寫屈原、賈誼，實際上在二人傳記中包含著自己的悲憤的而又無奈的命運遭際。

魯迅先生在《漢文學史綱要》中將西漢「二司馬」放在一節中論述，認為二人命運有相似之處：「武帝時文人，賦莫若司馬相如，文莫若司馬遷，而一則寥寂，一則被刑。蓋雄於文者，常桀驁不欲迎雄主之意，故遇合常不及凡文人。」〔註39〕漢文帝四年（公元前 176 年），賈誼被貶為長沙王太傅，及渡湘水，經過屈原放逐所經之地，聯想到自己的遭遇，油然而生悲意，與其說賈誼是在憑弔屈原，不如說是借憑弔屈原來抒發自我牢騷，尋求自我精神安慰。

這絕非個人的獨特感受，而是專制皇權強化以來的眾多文人士子的共同感受，董仲舒、東方朔、嚴忌、王褒、劉向等等，都通過各種作品流露出共同

〔註38〕趙敏俐：《〈史記・屈原賈生列傳〉的再認識──簡評屈原否定論者對歷史文獻的誤讀》，《中國楚辭學》第六輯，第 74～75 頁。

〔註39〕魯迅著：《魯迅全集第九卷・漢文學史綱要》，北京：人民文學出版社，2005年，第 431 頁。

的生不逢時、懷才不遇之感。「司馬遷之所以用這樣的態度來為屈原立傳，一方面固然是由於自己的遭遇有與屈原相同之處，另一方面也是時代的思潮使然。而這正是來自於漢代大一統的封建社會制度下文人們對於自己的身世命運的一種理解。」〔註40〕漢武帝登上政治舞臺之後，隨著經濟的繁榮，國力的強大，統治集團掠奪擴張的欲望也就隨之越來越強。為了實現其對內對外的物質掠奪，為了保障其內外的有力統治和強力擴張，於是在政治、經濟、法律以及在整個思想文化領域實行高壓專政就勢所必然的了。在思想文化領域裏的最大的標誌就是「罷黜百家，獨尊儒術」，這種舉措一改往日「百花齊放，百家爭鳴」的自由開放的無為之治取而代之以強有力的控制，在經濟領域裏實行的平準、均輸、算緡、告緡，在司法領域推行的酷吏政治，皆是如此。董仲舒在《天人三策》中，將統治階級的統治固定化，將本來世俗的君權神聖化，強調現實的統治和思想的大一統，正順應了漢武帝的心理。這是武帝將儒學確立為統治思想的關鍵，「漢武帝的『尊儒』並不是迂腐地崇拜孔丘和孟軻，而是以儒家理論為口號，以法家統治為目的，此外兼收陰陽五行以及其他一切。對己有用的東西，使之成為一種一切為我所用，一切對我有利的統治手段，就是儒學加酷吏；文雅的說法叫作『雜霸而治』。」〔註41〕漢武帝在位54年，這54年一方面是漢大帝國轟轟烈烈、大有作為、震動世界、彪炳青史的時代，同時也是思想文化領域逐步向高壓專制、封閉禁錮轉化的時代，也是整個國家經濟由繁榮逐步轉向衰落，一直到走向崩潰邊緣的時代。

《資治通鑒》卷十九記載：「上招延士大夫，常如不足；然性嚴峻，群臣雖素所愛信者，或小有犯法，或欺罔，輒按誅之，無所寬假。汲黯諫曰：『陛下求賢甚勞，未盡其用，輒已殺之。以有限之士恣無已之誅，臣恐天下賢才將盡，陛下誰與共為治乎！』黯言之甚怒，上笑而諭之曰：『何世無才，患人不能識之耳，苟能識之，何患無人！夫所謂才者，猶有用之器也，有才而不肯盡用，與無才同，不殺何施！』黯曰：『臣雖不能以言屈陛下，而心猶以為非。願陛下自今改之，無以臣為愚而不知理也。』」〔註42〕人才是天下的人才，以前可以是各地侯王權貴的人才，但現在天下一統，中央集權，天下是漢武帝一

〔註40〕趙敏俐：《〈史記·屈原賈生列傳〉的再認識——簡評屈原否定論者對歷史文獻的誤讀》，《中國楚辭學》第六輯，第75～76頁。

〔註41〕韓兆琦著：《中國傳記文學史》，石家莊：河北教育出版社，1992年，第50頁。

〔註42〕宋·司馬光編著，元·胡三省音注：《資治通鑒》卷十九，《漢紀十一·武帝元狩三年～四年》，北京：中華書局，1956年，第637～638頁。

人的，所有的一切都要為漢武帝一人服務，人才自然就歸漢武帝一人所有，為漢武帝一人所用；能為我用者用之，貴之；不能為我用者，貶之，放之，殺之。「有才而不肯盡用，與無才同，不殺何施」，漢武帝此番言論，令人心驚膽戰。秦漢時期思想上都處於封建社會的早期，而且都採取中央集權的專制獨裁政體，實行嚴格的思想統制。司馬光說此言針對漢武帝時期，其實所有的專制制度莫不如此，只是程度有輕有重罷了！與之相適應，當時的文學就發生了鮮明的變化。「在文學上，不但屈原、宋玉作品裏所體現的重視自身的意識在總體上遭到了挫折，而且在《詩經》的「變風」「變雅」裏的那種從群體出發的批判精神也在總體上消失了。」〔註43〕

作為深受先秦自由士風影響的司馬遷，他理想中的君臣上下關係帶有明顯的先秦特點。司馬遷非常讚賞做國君的禮賢下士，知人善任；為臣子的竭力盡心，報效知己。《史記》中他懷著飽滿的感情寫了許多君臣遇合的理想典型，如燕昭王與樂毅、齊桓公與管仲、魏公子與侯嬴等等。司馬遷批評的是收買與被收買、豢養與被豢養的主子與奴才的關係，歌頌的是如切如磋、如琢如磨的一種比較平等、比較民主的相互鞭策、上下相長的關係。

但是，理想畢竟是理想，與現實有著很大的差距；現實的君臣關係非常嚴酷，伴君如伴虎，因為仗義執言，結果被處以恥辱之刑。司馬遷既要完成父親遺願，又要小心翼翼地在武帝眼皮底下工作生活，既要立德立功立言，又要一定的精神自由，當然還需要有一定的物質需求，這一切都使得其內心時刻充滿了矛盾。司馬遷的遭遇其實是許多士人的共同命運的寫照，總體而言，諸士人與司馬遷大同小異，物質需求需要滿足，仕途升遷也得考慮，還要滿足一定程度的精神自由的需求，但現實嚴酷，一不小心就會因言成禍，「一封朝奏九重天，夕貶潮陽路八千」，這樣的貶謫在唐代是經常性的，但在漢代這還算是好的結局，一旦得罪了漢武帝，往往性命堪憂，家族難保！

漢武帝統治時期，以漢武帝為活動中心的一批辭賦家，如枚皋、嚴助、朱買臣、主父偃等人，在他們進入京都後，其創作也相應地發生了變化。因他們原來依附於權貴侯王之門，有著相對獨立的人身自由和精神自由，一般沒有生命危險，所以一定程度上保留了個人創作的獨立性。等到從各地彙集到京都，卻不得不成為了小心翼翼地點綴太平的文學侍從，他們的創作主要為了供皇

〔註43〕章培恒、駱玉明主編：《中國文學史新著》，上海：上海文藝出版社，2007年，第 132 頁。

帝閱讀，為了取悅孤家寡人，所以多是歌功頌德、潤色鴻業之作。從司馬相如的《子虛》《上林賦》到《長門賦》，反映了眾文人由藩國到中央後的心路歷程，賈誼的《過秦論》只能出現在文帝以前時代，絕難出現在武帝時代，因為他是深受戰國士風氣影響的人物，他在文帝時代都遭受嫉妒暗算，如果是生活在武帝時代，其命運定會更加悲慘。賈誼、枚乘的逝去其實代表著一個開放自由時代的結束，也標誌著一個大一統集權新時代的到來。

　　《長門賦》是一篇非常特殊的寫景抒情賦。關於作者、關於寫作的對象，歷來爭論不斷，但在沒有新的證據出現之前，我們還是把著作權歸為司馬相如為宜；至於是不是寫給陳皇后的，可以說仁者見仁，智者見智。司馬相如的《長門賦》在文學史上具有非常特殊的意義：因為它不但細膩地刻畫出了女主人公遭受冷遇失寵後的孤寂苦悶，而且通過一個人的命運反映了后妃宮女的普遍的共同的不幸遭遇，開啟了中國古代文學史上「宮怨」文學的先河，更重要的還在於，「它本身多少也反映了歷代文人的不幸境遇，就如同宮女后妃一樣，歷代文人其實不過就是統治者手中的工具而已。更嚴重一點說，就像玩物一樣，隨時都有被遺棄的可能」。〔註44〕這是我們在閱讀把握這篇賦時尤其需要重視的一點。

　　這種典型的借他人之酒杯澆自己內心之壘塊的文學創作，反映了武帝統治時期新政制度下眾文人的共同心聲。其實，不僅僅是這篇賦如此，還有很多作品，如東方朔的《答客難》、董仲舒的《士不遇賦》、司馬遷的《悲士不遇賦》《報任安書》等等作品都能說明這個問題。所以「我們讀《長門賦》，就不能把它僅僅當作為陳皇后個人際遇而發的感慨，其中確也有自己的不平之鳴」。〔註45〕司馬長卿、吾丘壽王、枚皋、東方朔、王褒、劉向等眾文人雖然在朝廷中有官位，但充其量只是可有可無的「言語侍從之臣」，「朝夕論思，日月獻納」（班固《文選・兩都賦序》），「頗似俳優淳于髡、優孟之徒」（《漢書・揚雄傳》）。他們平時圍繞在皇帝身邊，因皇上有所感而創作，賦作內容不外乎述行記事。

　　枚皋作為著名文士之子，「上書北闕，自陳枚乘之子。上得大喜，召入見待詔，皋因賦殿中。詔使賦平樂館，善之。拜為郎，使匈奴。……武帝春秋二

〔註44〕劉躍進：《中華文學通覽》，漢代卷，《雄風振采》，北京：中華書局，1997年，第39頁。

〔註45〕劉躍進：《中華文學通覽》，漢代卷，《雄風振采》，北京：中華書局，1997年，第40頁。

十九乃得皇子，群臣喜，故皋與東方朔作《皇太子生賦》及《立皇子禖祝》，受詔所為，皆不從故事，重皇子也」。(《漢書‧賈鄒枚路傳第二十一》) 枚皋常常為了迎和聖意而曲隨其事，這種仰人鼻息的生活並不受重視，因此只能像東方朔、郭舍人等人一樣，「而不得比嚴助等得尊官」。這種特殊的身份與地位，表面上的阿諛與內心裏的委屈鬱悶形成了強烈的矛盾衝突。

司馬遷在中國歷史上成為中國知識分子身份地位變化的具有里程碑意義的標誌。經受了先秦諸子百家思想薰染的司馬遷，非常看重孟子、魯仲連等戰國士人器宇軒昂的浩然正氣和「平交王侯」人格尊嚴，對莊子的視名利如糞土的自由自在的仙風道氣也心嚮往之。先秦士階層一般都擁有獨立的人格，對當時的社會和自然萬物擁有獨立的認識，而且在認識與研究的過程中形成了不受外在環境和客觀條件制約的價值標準和價值判斷，百家爭鳴便是士人的相對獨立人格在思想意識方面的外在表現。而在漢武帝之前，司馬遷還是以看重個人自由和人格尊嚴的士子而自居，在當時也有著相對寬鬆的實現的環境和條件。黃老思想的盛行、政論文的勃興實際上正是先秦士文化得以保存和重振的證明，這種思想對司馬遷的為人處世有著巨大的影響；但遭李陵之禍卻徹底改變了司馬遷的一切。

司馬遷的經歷是一個實踐，是一個轉折，他從崇尚自由、追求個體尊嚴的士子變成了一個表面上唯皇帝馬首是瞻的臣子。其實與司馬遷同時的東方朔早就意識到了這個問題。他在《答客難》中有深刻的理解和認識，「尊之則為將，卑之則為虜；抗之則在青雲之上，抑之則在深淵之下；用之則為虎，不用則為鼠」。尊崇他，他就可以做將領，貶斥他，他就成為了喪失自由的俘虜。提拔他可在青雲之上，抑制他，則只能沉於深淵之下。任用他就能成為威風凜凜的老虎，不用他只能成為縮手縮腳的人人喊打的卑微老鼠。古語說得好，「水至清則無魚，人至察則無徒」，作者的本意或者只是在為自己的官卑辯護和抒發自己不受重用的哀憤，然而在客觀上卻深刻反映了戰國縱橫之士與中央集權專制制度下文士處境的巨大差異，反映了在封建帝王的淫威之下，士人被任意擺佈、懷才不遇、壯志難酬的情態，揭露了封建專制制度下的文士不得不聽任皇帝擺佈的悲哀命運。

從時間上來看，由相對獨立的士子向奴才文人的轉變從秦始皇肇始，到西漢文帝景帝時期有所發展，到武帝時期達到極盛，這種身份的轉變基本完成，前後大致近百年時間。西漢開始的士人階層的規範化對士人有很大影響，這些

被規範化的士人「首先是失去了相對獨立的人格，形成了依附人格，依附於專制政權，其中所謂忠孝節義、綱常倫理都是這種依附人格的表現，其次是士人失去了獨立的價值判斷，而是以外在的標準作為自己價值判斷的標準，喪失了個人的獨立意識，以君主意志為取向，以聖人是非為是非」〔註46〕物質追求的實現是每個個體的自然而然的本能。為了解決這個問題，不得不靠文才口才來獲得物質的滿足和身份地位的實現，規範化的士子不得不失去獨立人格，無論是依附於諸侯王，還是依附於專制皇權，都不得不形成了依附人格。這樣一來，依附人格與個人獨立意識就形成了尖銳衝突，只要生活在專制皇權制度下，這種矛盾心態就始終存在。武帝又是一個個性突出的強權人物，其統治打上了鮮明的個人色彩，因此，武帝時期文士內心的矛盾心態更為複雜，更加尖銳，這種矛盾心態沒有也不敢體現在閱讀對象是公眾尤其是當今皇上漢武帝的作品中。

所以，韓兆琦認為：「《史記》是先秦文化之集大成，司馬遷也是先秦士風、先秦優秀士人思想人格的直接繼承者。但是司馬遷生活在漢武帝『罷黜百家，獨尊儒術』的時代，先秦的許多風氣、思想、人格在這個時代已經不允許再存在了。所以從這個意義上講，司馬遷又是先秦士風、先秦優秀士人思想人格的終結者。」〔註47〕

三、新政背景下文人的創作心理

漢武帝時期，在用人方面進行了大刀闊斧的改革，對後世有著深遠的影響，實行察舉制，常科有舉孝廉、茂才，特科有賢良方正、賢良文學、明經等，以經學取士的做法越來越突出。漢武帝「罷黜百家，獨尊儒術」之後，儒學定於一尊，思想文化一統，而且經學進入官方學校教育系統，與官員選拔相結合，於是經學就成為意識形態建構的重要組成部分。長久以來，儒家學說成了人們安身立命的方式，也在某種程度上塑造了士人的基本性格，並對其時的文學創作及文學風貌產生了很大的影響〔註48〕。文學經學化的結果非常簡單，主流文學多以歌功頌德、潤色鴻業為主。

〔註46〕張國剛、喬治忠著：《中國學術史》，上海：東方出版中心，2002 年，第 196 頁。

〔註47〕韓兆琦：《司馬遷與先秦士風之終結》，《古典文學知識》，1996 年第 3 期，第 45 頁。

〔註48〕邊家珍：《漢代文學論略》，《河南社會科學》，2013 年第 4 期，第 75 頁。

　　武帝尊儒興學，推行政治教化，建立專制制度，將教育、考試和選官三方面結合起來，後來逐漸形成了穩定的培養選拔任用人才的制度，這是武帝時代的開天闢地的創舉，在當時大大推動了社會的進步。但從士人心態的角度來看，這似乎是有得有失的矛盾事情，一方面，文人士子為大一統「盛世」局面歡欣鼓舞從而發出由衷的讚美，並對這種「大好」局面自覺地認同與維護，另一方面，一些文人察覺到了中央集權大一統專制政體下士人個人自由和人身自由的部分消失，於是在私人化的作品中就傳達出了這種鬱悶、彷徨和失落的獨特感受。

　　與司馬遷同時代的東方朔的《答客難》極有代表性，我們可以看到文人的矛盾心態和創作心理的複雜性。行文一開始即將與眾不同的狂生——東方朔——給拋了出來，一般人在朝廷都是小心翼翼的，因為一不小心突然間就會大禍臨頭。東方朔以在朝為官、為皇帝服務而自豪，但這在別人眼裏是難以理解的事情。東方朔說他這是大隱，「大隱隱於朝」，自然與隱居於「深山之中，蒿廬之下」的過著苦行僧一樣的隱士大不一樣，所以自己非常驕傲。但有一點，博士諸先生卻不以為然，因為，如此有才的東方朔竟然一直屈居下僚，「曠日持久，積數十年，官不過侍郎，位不過執戟」，這是不是你的品德有問題啊？還是有什麼別的原因呢？

　　東方朔先是喟然歎息，承認了這個事實，同時通過古今的比較分析，告訴了我們這其中的原因是什麼。作者先分析了蘇秦、張儀的時代，「得士者強，失士者亡，……身處尊位，珍寶充內，外有廩倉，澤及後世，子孫長榮」，又分析了今天士人所處的社會環境，聖帝在上，天下一統，合為一家，令不他出，在人才的使用上沒有競爭，只此一家，別無分店，所以，對各種人才而言，是別無選擇的，「綏之則安，動之則苦；尊之則為將，卑之則為虜；抗之則在青雲之上，抑之則在深泉之下；用之則為虎，不用則為鼠。」今天的時代已經發生了天翻地覆的變化，蘇秦、張儀二人一朝夕之間就可做到高官，我如此有才只能做個郎官，是因為時代變化了的緣故，這叫「時異則事異」。後邊承此意發揮，明確了自己的潔身自好的追求，雖然任此小官，修身是不是就不重要了呢？不是的。接下來，擺事實，講道理，引經據典，對非難嘲笑自己的士人展開了批駁。人無論是生活於亂世還是盛世，都不能忘記修養身心，人的行為只要符合禮義的要求，就無可厚非。自己的修養是長期自覺自為的事情，自己的品行不會因為小人的指責而有所損毀。這就有力地批駁了前邊諸生對自己品

行的指責。

賦文最後，表明了自己的人生理想和態度。才高無友，曲高和寡，是自然而然的事情。樂毅、李斯、酈食其之所以能夠成功，是因為遇到了能賞識他們的君主。言外之意是，我之所以長期沉於下僚，原因非常清楚，是因為自己沒有生活在好的時代，沒有遇到能賞識自己的君主啊！原因在於他生活的這個時代，這不是我無能，最高統治者不重用我，跟我有什麼關係呢？東方朔一直躊躇滿志，希望在漢武盛世時期，得到賞識重用，實現自己的理想抱負，但武帝始終把他當俳優一樣看待，所以從來沒有得到重用，於是他借寫作這篇《答客難》來抨擊現在的社會環境，表達自己的志向，抒發自己的不滿。所以最後東方朔說，你們對我發難，只能是自取其辱，爾燕雀焉知鴻鵠之志哉！

此文，影響至為深遠。在當時及以後，仿作者非常之多，如楊雄的《解嘲》《逐貧賦》，班固的《答賓戲》，張衡的《應間》，蔡邕的《釋悔》，郭璞的《客傲》，以至韓愈的《進學解》《送窮文》，柳宗元的《乞巧文》等作品，皆為《答客難》的擬作。

揚雄的《解嘲》與東方朔的《答客難》在內容和寫法上都極為相像。從形式體制上來說，這兩篇賦都屬於短篇抒情小賦，但採用了主客問答的結構形式，也非常注意語言的對仗、鋪陳，總體來說都是大賦的體制。這兩篇賦雖然一作於武帝時期，一作於成帝時期，但都說明了將皇帝置於至高無上地位的中央集權制度下的文人士子的典型心態，由此可以透視出專制制度、強權政治下文人的複雜創作心理。兩篇賦都闡述了『時異事異』的道理，但是《解嘲》對於戰國和漢代時勢之不同的認識更為深刻，論證也顯得更為充分有力。他在此文中雖說當時是太平盛世，但掌權者大都平平常常之輩，他們把持權力，真正的賢能之士又怎麼可能有機會獲得升遷而位居高官呢？賦文最後說，「若夫藺生收功於章臺，四皓採榮於南山，公孫創虹於金馬，驃騎發跡於祁連，司馬長卿竊訾於卓氏，東方朔割炙於細君。僕誠不能與此數子並，故默然獨守吾太玄。」

第三章　漢武新政背景下的文學嬗變

　　武帝時期，一系列新政政策的實施和強化，標誌著高度專制的中央集權制度已經建立起來，與之相適應，漢武新政背景下的文學也發生了一定的嬗變，這主要表現在：文學創作主體發生了變化，眾文人由藩國向中央聚攏，京都長安成為絕對的文化中心；文學觀念也發生了新變，政治功利性文學觀和私人化娛樂性的文學觀相繼形成；從體制上來說，小賦發生了嬗變，大賦諸形式要素完全具備，體製成熟定型，成為後世大賦的標配；武帝時期，五言詩已經成熟；各體散文發展成熟，小說也有所發展。從抒情的角度來說，文學呈現出偏重外在世界描摹和內在心靈世界表現的共時存在，武帝時代的一些小賦有了許多真實情感的抒發，出現了由「直陳其事」的賦法向隱喻諷刺的「比興」寄託的轉向。《史記》由於曲折隱晦的寫心抒情贏得了「無韻之離騷」的美譽。

第一節　新政與文學創作主體的變化

　　孟子批評梁惠王說：「今也制民之產，仰不足以事父母，俯不足以畜妻子；樂歲終身苦，凶年不免於死亡。此惟救死而恐不贍，奚暇治禮義哉？」[註1]民以食為天，只有在溫飽問題解決的基礎上，才能談道德義理。無獨有偶，美國心理學家馬斯洛也提出了需求層次理論，他認為，人的需求分為五種，像階梯一樣從低到高，按層次逐級遞陞，人只有滿足了低級的需求才能有更高的需求，分別為：生理上的需求，安全上的需求，情感和歸屬的需求，尊重的需求，

〔註 1〕戰國·孟子著，宋·朱熹集注：《四書章句集注·孟子集注·梁惠王上》，濟南：
　　　　齊魯書社，1992 年，第 11 頁。

最終是自我實現的需求。當然也不可否認有個別性的差異，但總體上來說應該是天下公理，無需過多地爭辯。

一、娛遊文人與權貴的人生互補

作為娛遊文人，應該是經濟發展到一定程度，有了腦力勞動和體力勞動的分工後才出現的特殊群體。娛遊文人與戰國以來的門客文化或食客文化有著密切的關係，他們不是依附於權貴之家，就是依附於巨商大賈，以期獲得溫飽問題的解決，進而實現對一定財富的佔有和女色的享受。而權貴們缺少的恰恰是歌舞升平的點綴，多的是寂寞無聊生活的難以打發。就權貴和文人的角度來說，從正反兩面滿足了各自不同的需求，兩者互相補充，各取所需，相得益彰，於是，文人與富貴階層就構成了巧妙的人生互補。富貴之人在滿足了物質的需求、女色的享受之後，有著更高的追求，如娛樂的追求、文化的追求、精神的追求、美的追求等等，這也是個人價值實現與昇華的要求。司馬相如、枚乘等人的部分賦作關心的恰恰是這個問題。古語說得好，「溫飽思淫慾」，淫慾滿足了之後，更關心的是長壽長生的問題，富貴群體所有的一切幾乎都已獲得了充分的滿足，自然就上升到了人的最高要求，即自我實現的要求，需要解決人的生死恐懼的問題，解決向道求仙的問題。

在楚國後期，文人百無一用，只能依附楚國貴族階層，於是從郢都到陳，到鉅陽，到壽春，娛遊文人沒有別的安身立命處世的本事，只能靠取悅權貴換取生活所需。秦統一天下，賦家流離失所，惶惶然若喪家之犬；在秦亡的過程中，如懷王孫子熊心都以為人放牧牛羊為生，其他文人的生活境遇可想而知。漢初以來，眾文人終於找到了用武之地。雖然他們仍然依附權貴，但漢初的統治者，從劉邦起，一直到漢景帝都不愛好辭賦。於是辭賦作家紛紛投向吳、楚等富裕之地，即向以前楚國統治地區的喜歡辭賦的王國聚集，因此，辭賦創作出現了遍地開花的局面。《漢書·藝文志》記載：

> 莊夫子賦二十四篇。名忌，吳人。賈誼賦七篇。洛陽人。枚乘賦九篇。淮陰人。司馬相如賦二十九篇。四川成都人。淮南王賦八十二篇。楚地。淮南王群臣賦四十四篇。生於或遊歷於楚地。太常蓼侯孔臧賦二十篇。魯人。陽丘侯劉郾賦十九篇。屬濟南郡。吾丘壽王賦十五篇。趙人。蔡甲賦一篇。屬地不明。上所自造賦二篇。長安。兒寬賦二篇。今廣饒人。光祿大夫張子僑賦三篇。與王褒同

時也。陽成侯劉德賦九篇。疑為長安人。劉向賦三十三篇。長安人。
王褒賦十六篇。蜀人。右賦二十家，三百六十一篇。

陸賈賦三篇。楚地人。枚皋賦百二十篇。淮陰人。朱建賦二篇。
常侍郎莊忽奇賦十一篇〔註2〕。吳人。枚皋同時。嚴助賦三十五篇。
吳人。朱買臣賦三篇。吳人。宗正劉辟彊賦八篇。疑為長安人。

從籍貫地和旅居地來說，上述賦家主要集中在齊魯、關中、巴蜀和楚國舊地四
大區域，而荊楚之地的賦家更為集中，有的生於此地，有的長期留居此域，楚
國舊地仍然是賦作的主要產地。隨著社會的發展，京都長安的賦作開始慢慢興
盛，這說明長安開始慢慢成為漢朝的文化中心。《藝文志》所載賦家賦作，大
多出現於武帝之前或活躍於武帝時期或稍後，賦作總數有近千篇之多，這說明
漢初休養生息的國策促進了經濟的發展，黃老之學造就的自由開放的文化氛
圍極大地促進了漢賦創作的繁榮。這些賦作的題材主題，應該與依附於諸侯王
時所作之賦大同小異，多記娛遊之樂，往往為酒宴佐歡，要麼是詠物逞才，要
麼是感恩主人；無非是優游生活的娛樂點綴，基本沒有多少政治性的用意。後
來，隨著王國困擾中央問題的徹底解決，地方侯王已經失去了很多特權，再跟
隨他們基本沒有了政治前途，在朝廷的徵召下，眾文士紛紛向中央聚攏，文人
的身份發生了微妙的變化，賦作也相應地有了很大變化。

二、文學的賦頌主流與主悲傾向

隨著眾文人向中央聚攏，漢武帝崇尚壟斷強權，在其身邊形成了弄臣文人
群體，如司馬相如、東方朔等人。從文人的地域流向來分析，隨著漢武帝大一
統政策的貫徹，文人從不同的藩國走向中央帝國，如枚乘、枚皋等。

（一）文學的賦頌主流

建元五年，漢武帝開始設立五經博士。《史記·儒林列傳》：「及竇太后崩，
武安侯田蚡為丞相，絀黃老、刑名百家之言，延文學儒者數百人，而公孫弘以
春秋白衣為天子三公，封以平津侯。天下之學士靡然鄉風矣。」武帝時期博士
弟子50人，昭帝時增加至約百人，宣帝時數百人，元帝、成帝時期激增到幾
千人，博士經學制度早在武帝時期就已形成，由此博士及其弟子構成了博士文

〔註 2〕莊忽奇，《漢書·嚴助傳》作嚴蔥奇。莊忽奇是武帝文學侍從之臣。班固為避
　　　　明帝劉莊諱，將《漢書》中姓名有作「莊」者，皆改為「嚴」。但《漢志》此
　　　　處仍作莊忽奇，張舜徽認為這也是沿用《七略》舊文的緣故。

人群體，董仲舒、公孫弘等人為代表。總體而言，文人的主體已經聚集京都，全面依附皇權。

體制內外，大不相同，「面對完善的中央集權政治，罷黜百家、獨尊儒術的思想統治和以『明經行修』為標準的選士制度，漢代知識分子從先秦繼承而來的干預意識被具體化為從政意識，其思想行為的規範大大加強，個人意識則相對淡化」。〔註3〕任何體制都有一定的規範和標準，具體到專制體制而言，除了一般性的規範要求以外，還有許多圍繞著最高君主的規範要求以外的神聖的「這一個人」，即我們常常聽到的自稱為「朕」「孤」「寡人」的那個人的「金口玉言」操縱著的一切。黑格爾說：「『實體』簡直只是一個人——皇帝——他的法律造成一切的意見。」〔註4〕皇帝「這一個人」以天下為家，百姓都是他的子民，從理論上來講，除了他以外，沒有一個人是自由的。「東方人民還不知道，『精神』——人之所以為人的本質——是自由的，因為他們還不知道，所以他們不自由。他們只知道一個人是自由的。……所以這一個人只是一個專制君主，不是一個自由人。」〔註5〕如果遇到所謂的強勢君主、昏君、暴君，往往難以適應，疲於應付，常常朝不保夕。在這樣的專制體制下，文人士子首先為適應規矩法度而生存，在與最高君主經常接觸時、在「那一個人」手下工作時，又是一種極為特殊的顫顫巍巍如履薄冰的複雜心態。

秦始皇極端追求個人的享受，到漢武帝時期，對個人享受的追求可謂登峰造極，「至漢帝國的強盛，為這些新興地主階級追求奢侈生活提供了更好的客觀物質基礎，從而使他們的享樂意識得到進一步的張揚，形成了一種普遍的追求世俗享樂的生活情調」。〔註6〕就皇帝擁有的女人數量而言，漢武帝時期可以說達到了空前的高度。

秦漢時期的後宮制度大體以皇帝為中心，正妻稱皇后，母親稱帝太后。《漢書》卷七十二《王貢兩龔鮑傳》第四十二，貢禹在給當時的皇帝——漢元帝上書時說：「古者宮室有制，宮女不過九人，秣馬不過八匹；……武帝時又多取

〔註3〕郭預衡主編：《中國文學史長編·秦漢魏晉南北朝卷》，北京：首都師範大學出版社，2000年，第15頁。

〔註4〕德·黑格爾：《歷史哲學》，北京：生活·讀書·新知三聯書店，1956年，第165頁。

〔註5〕德·黑格爾：《歷史哲學》，北京：生活·讀書·新知三聯書店，1956年，第56頁。

〔註6〕趙敏俐：《論漢代文人五言詩與漢代社會思潮》，《社會科學戰線》，1994年第4期，第198頁。

好女至數千人，以填後宮。及棄天下，昭帝幼弱，霍光專事，不知禮正，妄多臧金錢財物，鳥、獸、魚、鱉、牛、馬、虎、豹生禽，凡百九十物，盡瘞臧之，又皆以後宮女置於園陵，大失禮，逆天心，又未必稱武帝意也。昭帝晏駕，光復行之。至孝宣皇帝時，陛下惡有所言，群臣亦隨故事，甚可痛也！故使天下承化，取女皆大過度，諸侯妻妾或至數百人，豪富吏民畜歌者至數十人，是以內多怨女，外多曠夫。」〔註7〕漢武帝時后妃爵位列為八品：皇后、夫人、美人、良人、八子、七子、長使、少使。當時後宮美女已達數千人。這是當時皇帝奢侈荒淫反動生活的真實寫照。不僅僅皇帝如此，這應該也是當時奢侈世風的總體體現。

　　我們現在所發現的漢畫像，製作上往往非常講究，漢畫像經常成為權貴主人漢墓考古發掘的標配。漢畫像一般都是現世生活的再現，人物繁多，分工明確，場景全面，顏色飽滿，物象繁富，表現出鮮明的繁複美，這與大賦的極美、極大、極繁的鋪張揚厲的特點非常相像。唐代王維詩畫俱佳，後人稱之為「詩中有畫，畫中有詩」；而漢代的漢大賦和漢畫像之間的關係是「賦就是畫，畫就是賦」，賦是文字的畫，畫是形象的賦，賦是流動的畫，畫是凝固的賦。當時主流的散體大賦從內容上多以京城、宮殿、苑囿、田獵、歌舞為主，從創作目的上來說，主要是為了潤色鴻業，歌功頌德，歌頌漢武帝的文治武功，反映漢武氣象。武帝時期的文人士子多以賦頌為主，毫無疑問，司馬相如是最偉大的一個，也是最成功的一個，「子虛烏有，寓言淫麗，託風終始，見識博物，有可觀採，蔚為辭宗，賦頌之首」（《漢書·司馬相如列傳》）。這種賦頌傳統影響深遠，兩漢之交的揚雄，東漢的班固、張衡，魏晉時期的左思等賦家基本上都繼承了這種傳統。

（二）武帝時期文學的主悲傾向

　　俗話說，「人往高處走，水往低處流」，依附皇權可以獲得榮華富貴，然而「伴君如伴虎」，有時依附皇權的最終結果往往令人唏噓感歎。嚴助、朱買臣、吾丘壽王都死於非命，死於漢武帝之手。司馬遷遭受宮刑，最後的命運我們不得而知，我們可以推定司馬遷最後之死應與漢武帝有著分不開的關係，與當時眾文人的命運不會有大的不同。班固說，在他生活的時代，《史記》就少了十篇，缺少的原因很可能與漢武帝有關，因為毫不避諱地秉筆直書、客觀實錄得

〔註 7〕東漢·班固著：《漢書》，北京：中華書局，1962 年，第 3070～3071 頁。

罪了漢武帝,最後被漢武帝殺掉,這種可能是最大的。博士狄山的死很具有代表性,這說明在嗜殺濫殺的酷吏橫行的時代,司馬遷的死算不了什麼。

司馬遷在《酷吏列傳》中用隱晦方式告訴我們漢武帝不僅僅是酷吏制度的制定者、推動者,其本身就是最大的酷吏;而在司馬遷看來,吏制恰恰就是在漢武帝統治時期出了大問題的,「酷吏多而吏治壞在武帝世也」〔註8〕。與匈奴是否進行和親,漢武帝讓大臣們進行朝議;既然是朝議,自然應該是暢所欲言,所言不一定有對錯之分。博士狄山認為,應答應匈奴的和親之請,而且擺事實,講道理,說得頭頭是道。上無以答,徵求張湯意見,張湯認為狄山是無知的「愚儒」。這種說法明白無誤地告訴人們,漢武帝「尊儒」只是個幌子,他實際上是披著儒學外衣的外儒內法的人物,否則張湯怎麼敢以「愚儒」稱呼。接下來狄山就批評張湯是「詐忠」,其罪狀是「以深文痛詆諸侯,別疏骨肉,使蕃臣不自安」。他說得非常有道理,一時間也戳到了漢武帝六親不認之痛處,於是漢武帝讓狄山博士管理一郡,一縣,皆曰不能,隨後問能不能『居一障間』,狄山「自度辯窮且下吏」,只好說:『能。』於是漢武帝派遣狄山管理乘鄣。一個多月後,匈奴斬狄山頭而去。劉徹高高在上,以大壓小,步步緊逼,氣勢凌人,其小肚雞腸的度量暴露無遺。博士是學術顧問,不是武將,不懂軍事,將學術型博士派到前線,無疑是將其預判了死刑。這段對話足可以證明漢武帝把本來可以自由發表議論的政治學術問題搞成了以強權壓人的赤裸裸的謀殺。狄山是被匈奴殺死的,但其背後的真正兇手是誰,不言自明,朝堂險惡,此言不虛。

隨著中央集權的專制制度的建立與完善,文人變成了有著各種約束的體制中的臣子,儒學經學化以後,明確了非常森嚴的君臣等級關係,作為臣子要絕對效忠於那個孤家寡人,稍不注意,就會有身死家滅的危險。伴隨著權力而來的就是利益享受,有了權力、利益就有了爭權奪利的鬥爭,利益集團之間的爭鬥不是魚死就是網破,成王敗寇,自古而然;爭鬥的過程中少不了非正常死亡,在新權力集團掌控權力之後為了穩固自己的統治,血腥式的清洗經常發生,往往要進行肆意的殺戮。劉邦、呂后的濫殺功臣,呂后的報復諸劉的行動,周勃、陳平等人發動的誅滅諸呂的政變,眾功臣迎來文帝之後的清洗,文景之時針對所謂造反背叛發動的連坐誅殺,漢武帝時的屠殺更是隨心所欲。他

〔註8〕清·王鳴盛著,黃曙輝點校:《十七史商榷》,上海:上海書店出版社,2005年,第41頁。

在巡行天下時因地方招待不周就濫殺無辜，晚年因巫蠱之禍將自己的兒子、孫子等成千上萬人無情地殺掉，昭帝時期輔政大臣霍光集團與上官桀、眾皇親之間的錯綜複雜的鬥爭，死傷無數，宣帝親政之後又對霍氏家族進行了清算，相連坐數千家，等等。在這樣殘酷的惡劣環境下，雖然文人士子的身份在發生變化，但是其依附性的命運並沒有發生根本的向好發展，有些方面反而更加糟糕。

文人士子作為娛遊文人或寄食門客，其心情好壞、待遇優劣，甚至個體的生死等都與依附的主子息息相關。《曹丞相世家》：「來者皆欲有言。至者，參輒飲以醇酒，度之欲有言，復飲酒，醉而後去，終莫得開說，以為常。」作這樣主子的門客，可以吃香的喝辣的。文帝、景帝、武帝時代仍然有不少權貴喜歡養士。文帝支持兒子劉啟養士，這樣可以為以後作皇帝時治理國家儲備人才，同時也是一種人生的歷練。景帝時期，竇嬰養士。「魏其侯竇嬰者，孝文後從兄子也。父世觀津人。喜賓客。」「竇嬰守滎陽，監齊趙兵。七國兵已盡破，封嬰為魏其侯。諸遊士賓客爭歸魏其侯。」武帝時期，田蚡也喜歡養士：「武安侯新欲用事為相，卑下賓客，進名士家居者貴之，欲以傾魏其諸將相。」灌夫喜養士：「夫不喜文學，好任俠，已然諾。……家累數千萬，食客日數十百人……灌夫家居雖富，然失勢，卿相侍中賓客益衰。」這些賓客說穿了就是食客，「人為財死，鳥為食亡」，他們看重的自然是物質享受，當生活環境不再優裕富足，自然就紛紛作鳥獸散了。鄭當時、汲黯這兩位在司馬遷眼裏算是漢朝僅存的「好官」，他們列為九卿，也喜養士。他們富達時賓客闐門，窮困時門可羅雀。翟公也經歷過這種世態炎涼，於是大署其門曰：「一死一生，乃知交情。一貧一富，乃知交態。一貴一賤，交情乃見。」（《史記‧汲鄭列傳》）翟公一席話，道盡千古人心。這種情況僅涉世態炎涼的道德評價，並無性命之憂，如果跟錯了主子，後果可是非常嚴重。

《韓信盧綰列傳第三十三》載：「陳豨者，……豨賓客隨之者千餘乘，邯鄲官舍皆滿。豨所以待賓客布衣交，皆出客下。豨還之代，周昌乃求入見。見上，具言豨賓客盛甚，擅兵於外數歲，恐有變。」《吳王濞列傳》載：「王專並將其兵，未度淮，諸賓客皆得為將、校尉、行間侯、司馬，獨周丘不用。」文帝時期的淮南王、衡山王，門下文士眾多，《淮南衡山列傳》載：「淮南王安為人好讀書鼓琴，不喜弋獵狗馬馳騁，亦欲以行陰德拊循百姓，流譽天下。……陰結賓客，拊循百姓，為畔逆事。《漢書‧淮南衡山濟北王傳》也有

記載:「淮南王安……招致賓客方術之士數千人」,「衡山王聞淮南王作為畔逆具,亦心結賓客以應之,恐為所併。」最後,這些賓客都因支持、參與謀反統統被殺死。賓客士子來自全國各地,不可否認,有些賓客就是沒有本事的寄食者,但多數應該是在某些方面有一定影響的各懷絕技的投機者,他們一旦跟錯了對象,就會遭遇滅頂之災。這樣的殺戮屢屢出現,悲慘的命運在人們身邊一次次上演,其影響波及社會的角角落落,甚至嚴重影響到當時的人們的處世心態。

中央集權專制制度建立後,最高權力失去了制約,所以利益集團之間鬥爭不斷,非正常死亡頻頻發生,且往往都是極大規模,影響面極大,波及範圍極廣;人生最大的恐懼就是死亡恐懼,而這種非正常死亡更是恐懼中的恐懼。文人群體走向權力中心,原來靈活依附的身份發生了變化,現在成為體制中的一員,常伴皇帝左右,往往就會在不經意間深陷權力爭鬥的漩渦,不知何時何地因何事就葬送了身家性命,這不能不影響到人的心態,影響到文學的風格,因此當時的文學呈現出濃烈的主悲的傾向。

趙敏俐認為:「在漢武盛世及人生得意時尚有悲歎人生短促的情調,那麼,在整個漢代詩樂中出現一種主悲傾向,就不是一種偶然現象,除了複雜的社會政治原因與個人遭際外,它更是漢代社會這種看重個人生命和追求享樂的時代思潮在藝術中的表現。」〔註9〕盛世時代,經濟發達,國力強盛,武帝極盡奢侈的生活作風,引得全國權貴紛紛傚仿,「宗室有土公卿大夫以下,爭於奢侈」(《史記·平準書》),社會奢侈之風在整個社會都在流行。物質生活富足的富貴階層,在娛遊文人的陪襯下,生活富足快樂,而生活越優裕,就越希望這樣的生活能夠永遠繼續下去,所以,與漢武帝一樣,生活越幸福就越怕死亡,就越希望能夠活得長久。但漢武帝一直追求的羽化登仙是注定成功不了的,他最後也成為了秋風中的匆匆過客。武帝的經歷給了很多相同追求者一個痛苦打擊,人只活一世,來世是不可期的,死亡的恐懼無形中得到了放大。所以,漢代詩歌往往表現得非常現實,反映了更多的更真實的世俗情感,於是漢代的文學多了悲傷的情調,這就是「盛世悲音」。

武帝時期四處征伐,連年征戰,死傷無數,《史記》《漢書》中記載甚詳。《史記·匈奴列傳》對漢匈關係,尤其是漢匈戰爭的勝負情況進行了詳細的記

〔註9〕趙敏俐:《論漢代文人五言詩與漢代社會思潮》,《社會科學戰線》,1994 年第4 期,第 199 頁。

錄。長期以來，漢匈戰爭總體呈現出一種膠著的狀態，這一次我勝你負，下一次我敗你勝，經過幾十年的好幾代人艱苦卓絕的鬥爭，漢朝在最後終於佔有了絕對的優勢。

游牧民族從文化上來說是落後的，農業文明自然是先進的。但先進文化並不一定能夠抵禦落後民族的進攻侵略，相反，歷史已經證明，南方先進的農業文明一次次敗在文化落後的野蠻的北方游牧民族手中。游牧文明與農業文明的鬥爭史幾乎貫穿了中國歷史的全部，漢朝的匈奴，唐朝的突厥，宋朝的契丹、女真和蒙古族，明朝的滿族都是如此。作為生活在馬背上的民族，居無定所，來無影去無蹤，這種靈活機動性遠非習慣定居的以步兵為主的農業文明所能及，匈奴在作戰中明顯處於優勢，而以農業文明為主的漢朝處於劣勢。為了取得戰爭的絕對勝利，漢武帝開始大規模訓練騎兵，這樣一來，漢朝就具備了與匈奴作戰的實力。後來，漢朝終於取得了主動權，基本解決了威脅漢朝的匈奴問題。幾十年的征戰，無論勝負都有死傷，每次戰爭的軍民死亡的數字往往都以成百上千甚至以數萬計。作為《鐃歌十八曲》之一的《戰城南》一詩為陣亡者而作，作者借助戰士之口描寫了戰爭的血腥殘忍。余冠英認為這首歌「產生的時代不出武宣兩朝」〔註10〕，戰爭讓成千上萬的熱血男兒為之捐軀異地他鄉，隨之就有成千上萬的家庭陷於悲痛之中。《古歌》一詩沒有直接寫戰爭，但「胡地多飆風，樹木何修修」兩句能讓我們感受到匈奴威脅的真實存在。《悲歌》也是廣大離家在外依附權貴之家的宦遊之士的寄人籬下生活的真實寫照。《十五從軍征》寫老兵從 15 歲服役，一直到 80 歲始得回歸，這說明當時的士兵是多麼稀缺，當時的戰爭是多麼頻繁！

我們前面已經提及武帝時期集中反映的懷才不遇的主題，這是專制強權對人才壓制束縛的宣洩。盛世悲音唱出的是對生命難永的文學永恆的主題。頻繁戰爭、權力鬥爭導致的一次次大規模的死亡，這是在主流大賦代表的頌歌以外的另一種傾向，這就是彌漫在漢代詩歌、小賦、《史記》等私人性文學創作中的濃濃的悲傷情調。

當時的眾文人士子離開了侯王權貴，以為終於等到了實現理想抱負的大好時代，但面對著這樣極有個性的帝王，卻只能小心翼翼，過去朋酒高會的舒服日子一去而不返，今天的借文筆口才生存的日子並不好過，有時還有被砍頭的危險。文學創作主體的身份有了很大變化，但從實質上來說只是所依

〔註10〕余冠英：《漢魏六朝詩選》，北京：人民文學出版社，1978 年，第 25 頁。

附的主子發生了變化。枚皋、司馬相如、東方朔、司馬遷等人的身份多為言語侍從之臣，類似俳優，屬於御用文人，他們的任務多是取悅人君，因此創作多應投皇上之所好，於是武帝時期的文學出現了「潤色鴻業」「歌功頌德」的特點。

　　如前所述，與先秦與漢初相比，武帝時代文人的身份、處世心態及創作心理都發生了大的變化，文學創作的基本特點是曲阿主上，投其所好，目的往往是歌功頌德，屬於政治文學、娛樂文學的範疇。對這些文人士子來說，以前的主子是侯王，現在的主子是天子，不過現在的主子更難伺候，於是他們一方面懷念著那已經回不去的過去，一方面在權力漩渦掙扎，有的是在歌功頌德，說著違心的話，做著違心的事，一方面在權力鬥爭中不得不小心提防，甚至蠅營狗苟，在可能的時候才有一定的真情的流露和爆發，如司馬遷發憤著書，東方朔大發牢騷，於是武帝時期的一些私人化文學創作中反映出了失意文人的共同心聲。

　　武帝時期的一些文學更多的帶有娛樂化的性質，不屬於歌頌傳統，主要的創作目的是娛賓遣興，從感情色調上來說，這屬於歡歌。武帝好大喜功，文學形成了賦頌傳統。國力強盛，社會繁榮，武帝又好奢侈享受，無形中助長了權貴富豪享樂之風的盛行，造成了與政治疏遠的娛樂化文學的歡歌的流行。及時行樂與人生苦短往往是一個問題的兩個方面，及時行樂的同時不可避免地流露出人生短促之悲。武帝的強權專制、窮兵黷武、嗜殺濫殺、造成了大規模的非正常死亡，在全社會不斷地製造著這種死亡的恐怖氣氛，從而進一步強化了這種悲情。悲歌、歡歌與頌歌一起構成了武帝時期文學的多重奏，從多個維度全面深刻地表現出了武帝時代的帶有武帝鮮明個性的文學特質。

　　他們「生逢盛世，是文人幸與不幸之所在。他們的不幸在於淪為言語侍從的卑微地位，幸運的是，他們的御用之作，恰好反映了時代精神。他們不僅是御用文人，也是時代文人，創造並代表了一個時代的文學成就，這正是他們成功的關鍵」。〔註11〕對很多文人而言，這是一個最好的時代，太平盛世，人才輩出，可以有機會展示自己的聰明才智，獲得仕途升遷，證明自己的人生價值，但這也是一個最壞的時代，他們不得不謹小慎微，因為一不小心就動輒得咎，大禍臨頭，死於非命，甚至一門不保。

〔註11〕胡傳志：《西漢文人地位與西漢文學的變遷》，《安徽師大學報》，1992 年第 3 期，第 337 頁。

第二節 新政與文學觀念的轉變

一般人認為，秦漢時期的文學不夠發達，在中國古代文學的歷史長河中並不佔優勢，除了漢賦、《史記》、漢樂府和文人五言詩外，並無多少重要的文學作品，因此，在文學批評和文學理論方面自然就沒有多少值得關注的東西。殊不知，這種認識有失偏頗，非常片面。劉躍進認為：「影響左右中國古代文學發展的最主要理論主張和重要命題，在秦漢時期已經初步提出。」〔註12〕王運熙、顧易生認為：「《史》《漢》中為文學家立傳並詳加評論，……《毛詩序》，王逸《楚辭章句敘》及鄭玄《詩譜序》等……成為漢代文學理論批評新發展的標誌。」〔註13〕漢代時期的思想觀念從先秦漢初的百家爭鳴轉向高度一統，自由言論受到有力地鉗制，政治功利性文學觀形成，與之相適應，取悅主上的應景式的文學作品大量出現，同時沒有政治功能的娛樂性審美性的私人化文學也大量出現，形成了私人化的文學觀。政治性或者教化文學觀與娛樂性私人文學觀在漢代雙峰對峙，根據服務對象的不同或寫作功能的不同，其創作表現出鮮明的特色風貌。從總體上來說，秦漢時期的文學理論批評在多方面有了突出的貢獻，發生了新的變化。具體來說，第一，文學出現了經學化的傾向，第二，「班馬」在史書中的具體做法表明，文學作為一門學科已基本獨立出來，第三，漢賦所代表的大美文學觀在武帝時期成熟定型。

一、文學的經學化

文學經學化，主要體現在漢儒對《詩經》的政治教化說解中，他們把本來真實生動活潑的《詩經》變成了政治功利性極強的政治教化。班固曰：「漢興，魯申公為《詩》訓故，而齊轅固、燕韓生皆為之傳。或取《春秋》，採雜說，咸非其本義。與不得已，魯最為近之。三家皆列於學官。又有毛公之學，自謂子夏所傳，而河間獻王好之，未得立。」（《漢書‧藝文志》）劉歆在《移書讓太常博士》說：「天下眾書，往往頗出，皆諸子傳說，猶廣立於學官，為置博士。……至孝武皇帝，然後鄒、魯、梁、趙，頗有《詩》《禮》《春秋》先師，皆出於建元之間。當此之時，一人不能獨盡其經，或為《雅》，或為《頌》，相合而成。」（《文選》卷四十三《書下》）隨著《詩經》被立為博士，對《詩經》

〔註12〕劉躍進：《秦漢文學編年史》，北京：商務印書館，2006年，第10頁。

〔註13〕王運熙、顧易生主編：《中國文學批評通史》，上海：上海古籍出版社，第一卷，1996年，第345頁。

的解釋進一步官方化，文學變成了經學。對文學進行的經學化解讀必然帶來文化的倫理化、政治化，這樣一來，抒發真性情的文學就變成了政治性功利性的工具，文學的特徵和意義大大降低。

　　文學淪為經學附庸，文人都變成了奴才式文人，司馬遷因為不願意做奴才所以被處以宮刑，就連司馬相如、枚皋等人也被視為倡優。《漢書‧賈鄒枚路傳第二十一》載：「上書北闕，自陳枚乘之子。上得大喜，召入見待詔，皋因賦殿中。詔使賦平樂館，善之。拜為郎，使匈奴。皋不通經術，詼笑類俳倡，為賦頌好嫚戲，以故得媟黷貴倖，比東方朔、郭舍人等，而不得比嚴助等得尊官。」在當時，著作儒的地位也遠在經學之儒之下，「著作者為文儒，說經者為世儒。二儒在世，未知何者為憂。或曰：『文儒不若世儒。世儒說聖人之經，解賢者之傳，義理廣博，無不實見，故在官常位，位最尊者為博士，門徒聚眾，招會千里，身雖死亡，學傳於後。文儒為華淫之說，於世無補，故無常官，弟子門徒不見一人，身死之後，莫有紹傳，此其所以不如世儒者也。』」〔註14〕（《論衡‧書解》）世儒博學，可為常官，能夠做到師徒相傳。而文儒所作文章，華美淫辭，於世無補，且不常官，身死之後，沒有門徒。因此，王充得出結論，文儒不如世儒。接下來，王充為文儒進行了辯護，認為文儒不易，文儒更優。但這只是一家之言，當時社會上應該更重視經學之儒。「自漢武罷黜百家，獨尊儒術以後，儒家既受到政治之庇護，在學術界佔有壓倒性之勢力，其能指導文學，甚至掣肘文學，乃勢所必然之事。」〔註15〕文學經學化的嬗變對文學而言不全是積極性的，但中國古代文學的發展，卻與儒學、經學始終存在著密不可分的關係。詩歌中的諷諭、比興、寄託在詩歌史上始終是一條從未消失過的或明或暗的主線，這是一個客觀現實，每一個治中國文學史、理論批評史的人都不可忽視。

二、「班馬」文學觀

　　先秦時期，文學沒有獨立出來，當時的文學概念跟我們今天大不相同。孔子所教有四方面內容，「文、行、忠、信」，即「四教」；大約分別指文章學術、實踐實行、忠於人事、信義誠信。後世學者將德行、言語、政事、文學看作「孔

〔註14〕東漢‧王充著，黃暉撰：《論衡校釋》，北京：中華書局，1990年，第1150～1151頁。

〔註15〕日本‧青木正兒著：《中國文學思想史》，臺北：臺灣開明書店印行，1977年，第10～11頁。

門四科」，宋代邢昺解釋「文學」為「文章博學」〔註16〕，大致相當於文章學術。文章學術類的優秀弟子，孔子認為有子游和子夏，二人後皆被列入「孔門十哲」。我們自然不能拿今天的文學概念來研究古代文學，尤其是秦漢文學，還是應該用大文學的概念來看待秦漢文學，這才是我們可取的態度。到漢代，文學創作越來越繁榮，司馬遷說「天子恭讓，群臣守義，文辭爛然，甚可觀也」（《史記‧三王世家》），還引用公孫弘的上書讚美漢武帝的詔書是「文章爾雅，訓辭深厚」（《史記‧儒林列傳》）。班固在《漢書‧公孫弘卜式兒寬傳贊》中說武帝時「儒雅則公孫弘、董仲舒、兒寬……文章則司馬遷、相如」，「劉向、王褒以文章顯」。這裡的文章自然指的是以司馬相如的辭賦、司馬遷的人物傳記作品為代表的文學創作，是指作家獨立進行的有一定文采的創作或撰述。司馬遷在《史記》中為屈原、賈誼、司馬相如等人作了傳，對一些文學作品全文載錄，並加了一定的評論，分析了創作心理，這應該算是有意識地將文學與儒學等其他人物加以區別〔註17〕。

　　《史記》《漢書》專門為文學家設立傳記，記載了非常多的重要文學作品，這在中國歷史上是一大創舉。司馬遷、班固等史家用自己的實際行動證明了對文學家和文學作品的重視，這在古代正史中是極少見的。韓非是法家的集大成代表，而《史記》對他的政治主張和政治活動很少敘述，對他的以文采著稱的《說難》卻全文收錄。賈誼的傳記中，對《陳政事疏》《定制疏》兩篇政論文隻字不提，卻全文錄入了《弔屈原賦》《鵩鳥賦》。《魯仲連鄒陽列傳》《司馬相如列傳》等傳都集中著錄作家的作品，而且更重視文學性的作品，這已經體現出了相當超前的文學觀念。司馬遷為司馬相如作傳，饒有興致地詳細記載了司馬相如與卓文君的戀愛故事，吉川幸次郎分析到：「相如的同時代人司馬遷已經在《史記》裏以這種形式、這種態度記載了，用一種肯定的態度敘述並非夫婦的男女因愛情而燃燒的生命之火，這是一種前所未有的嶄新的態度，應該說是顯示時代轉變的一個象徵。」〔註18〕

　　班固作《漢書》為司馬遷設專傳，對於司馬遷的家世及個人經歷部分多採《史記‧太史公自序》，但最後全文載錄了《報任安書》一文，而且，在最後

〔註16〕魏‧何晏注，宋‧邢昺疏，朱漢民整理，張豈之審定：《論語注疏》，北京：北京大學出版社，2000 年，第 160 頁。
〔註17〕邊家珍：《漢代文學論略》，《河南社會科學》，2013 年第 4 期，第 73 頁。
〔註18〕日本‧吉川幸次郎著，章培恒等譯：《中國詩史》，合肥：安徽文藝出版社，1986 年，第 79 頁。

的論贊部分對司馬遷和《史記》進行了全面的評價，就歷史的部分，有褒有貶，還算客觀，畢竟班固著述更多地代表著官方的立場，但對於《史記》的特點更多的是從文學的角度來進行的，「然自劉向、揚雄博極群書，皆稱遷有良史之材，服其善序事理，辨而不華，質而不俚，其文直，其事核，不虛美，不隱惡，故謂之實錄」。(《漢書·司馬遷傳》) 他讚美了司馬遷善於敘事的才幹、文質彬彬的風格以及客觀實錄的精神。同時在《漢書》中班固集中為漢以來的文人做了傳，其中漢武帝時期的文人，如董仲舒、司馬相如、公孫弘、卜式、兒寬、嚴助、朱買臣、吾丘壽王、主父偃、徐樂、嚴安、終軍、王褒、賈捐之、東方朔等人悉數入傳。在《漢書·藝文志》中還特設《詩賦略》，把詩賦與六經諸子分開，對文學進行了初步分類，賦分為屈原賦、陸賈賦、荀卿賦、雜賦四類，外加詩歌共五類，已經是相當明確的認識，這些都屬於文學的範疇。諸種做法是對司馬遷的繼承和發展，同時也是對漢武帝文治之功的肯定。這說明當時對文學和文學家已經有了相當的認同，文學與儒學、經學畢竟是有距離的，文學已經從經學中基本分離出來了。

三、大美文學觀

從美學的角度來說，在秦漢時期已經形成了大而美的美學觀念，漢代的大美文學觀來自於天人感應理論，也是對秦始皇以來的宇宙觀的繼承與發展。專制帝王與廣大士子經過春秋戰國的數百年演進，共同創造了第一帝王秦始皇的一統世界，秦始皇時期的「大」是從三個方面展開的：一是帝王胸懷之大，二是在此基礎上由勾連天人，貫通古今而實現的宇宙之大，三是文人士子通過文藝的創造創新來成就的文人的胸懷之大和文藝所表現出來的宇宙之大。李斯的《諫逐客書》云：「泰山不讓土壤，故能成其大，河海不擇細流，故能就其深。」賈誼的《過秦論》曰：「席捲天下，包舉宇內，囊括四海之意，併吞八荒之心。」李斯的上書還在戰國時期，賈誼的《過秦論》同樣說的是嬴政任秦王時期的雄心壯志，但都是說的未然狀態，以後秦統一天下，雖然終於實現了偉大的理想抱負，但是理想與現實的差距非常之大，偉大、壯大時間太短，而且因為政治軍事制度的殘酷無情，在歷史上僅僅存在了 15 年，這個極權專制的帝國大廈就轟然倒塌。秦始皇獨創的這個「大」大的不徹底，大的不長久，大的讓人口服心不服，甚至讓人厭惡唾棄，讓國人道路以目，歷史已經無數次證明，不恤民意民情、與民意背道而馳的極權統治絕不會存在長久。而真正意

義的「大」是在漢朝漢武帝手裏完成的，偉大的胸懷抱負在其幾十年的強權統治中可謂得到了完全意義上的實現，這種「大」在一定程度上達到了軍事政治上的硬實力和深入人心的軟實力的完美統一，壯懷激烈，氣勢恢宏，讓人心服口服，歎為觀止。

明人胡應麟在《詩藪》中論述唐代詩歌的時代特點時說：「盛唐句如『海日生殘夜，江春入舊年』，中唐句如『風兼殘雪起，河帶斷冰流』，晚唐句如『雞聲茅店月，人跡板橋霜』，皆形容景物，妙絕千古；而盛、中、晚界限斬然。故知文章關氣運，非人力。」〔註19〕（《詩藪·內編》卷四）在胡應麟看來，詩歌是時代的產物，詩歌與時代的關係密切，盛唐、中唐、晚唐詩歌都具有各自的鮮明特點，所以得出了「文章關氣運，非人力」的結論。一定社會政治經濟文化背景與文學的關係或近或遠，不一定成正比；但是文學是時代的產物，一定會打上所屬時代的烙印，這是毋庸置疑的。非常之人能為非常之事，一部偉大的文史巨著的誕生，離不開非常之人，非常之人當然離不開一個特殊的時代，非常之世必待非常之人，非常之人才能成非常之事，所以，我們說唯有人和時代的因緣際會才可能創造出空前絕後的偉大的輝煌。

司馬相如、司馬遷的出生和《天子遊獵賦》《史記》的誕生真可謂生逢其時。正因為生於這個特殊的時代，所以這種宏大的美學觀念在漢賦和《史記》中表現得非常突出，而且已經體現出一定的天人合一的觀念。司馬相如說：「賦家之心，苞括宇宙，總覽人物。」（《西京雜記》卷二）武帝時期文學對生命欲望也有所表現，漢賦中反覆鋪陳，色聲欲塵，即是表現。武帝時期的作家，帶有鮮明的時代性，他們在文學創作上往往體現出更為開闊、更為宏大的眼光與氣魄，「無論它們所寫題材是什麼，其內涵有多麼複雜，基本的指歸都是要頌揚和『光大』神聖的皇權，以『頌聖』取向體現禮樂精神。由此，辭賦受到統治者的正面支持，它的興盛並且躋身於當時主流文學，乃是理所當然」〔註20〕漢大賦呈現出來的是把天下萬物和宇宙時空完全納入其中的巨麗之美，麗是華美，麗是典麗，繁辭麗藻，溫文爾雅，「巨」自然是大，東西南北，上下左右，古代今天，洋洋灑灑，汪洋恣肆，睥睨一切，傲視宇宙。《史記》記載了傳說中的黃帝到漢武帝太初前後的歷史，是中國第一部通史，「究天人之際，

〔註19〕明·胡應麟著，《詩藪》，中華書局，1958年，第57頁。
〔註20〕徐公持，《「禮樂爭輝」與「辭藻競鶩」——關於秦漢文學發展的制度性考察》，《文學遺產》，2011年第1期，第20頁。

通古今之變，成一家之言」，其全書結構是個系統工程，可謂包羅萬象，貫通古今，是全社會全方位的社會史。「大美」的美學觀念在西漢「二司馬」的創作中得到了近乎一致的表現。李澤厚、劉綱紀主編《中國美學史》認為：「漢賦所表現出來的那種『巨麗』之美，那種『苞括宇宙，總覽人物』的宏大氣魄，卻是後人所難以企及的。它在中國藝術的發展史上，第一次鮮明強烈地突出了藝術作為一種自覺的美的創造的特徵，不再只是政治倫理道德的附庸。」〔註21〕

對於漢賦的文學性質，劉勰在《文心雕龍·辨騷》中有精要的論說：「枚賈追風以入麗，馬揚沿波而得奇，其衣被詞人，非一代也。」劉勰認為漢大賦的特點是「追風」「入麗」「沿波」「得奇」，這正說明枚乘、司馬相如以來的漢大賦繼承了楚辭的鋪染奇麗的藝術，已經發展為當時的代表性文學。司馬相如對自己大賦創作的想像虛構的特點已經有了明確的認知，《西京雜記》卷二記載，「司馬相如為上林。意思蕭散，不復與外事相關，控引天地，錯綜古今，忽然如睡，煥然而興，幾百日而後成。其友人盛覽……嘗問以作賦。相如曰：『合綦組以成文，列錦繡而為質；一經一緯，一宮一商，此賦之跡也。賦家之心，苞括宇宙，總覽人物，斯乃得之於內，不可得而傳。』」作家在進行大賦創作時，要發揮想像的翅膀，進行積極的藝術構思，極盡誇張想像之能事，鋪采摛文，鋪張揚厲，這種描述已經表明自己是在進行真正的文學創作了。

正因為如此，龔克昌提出應該把漢賦視為文學自覺時代的起點，「用我們今天所說的所謂自覺地進行藝術創作的標準，我都以為，這個『文學的自覺時代』至少可以再提前三百五十年，即提到漢武帝時代的司馬相如身上。因為根據魯迅先生的標準，我們可以引用漢人或今人常譏諷的漢賦是『勸百而諷一』『曲終而奏雅』『沒其風諭之義』等這些話來作證，這些話正認為漢賦庶幾摒棄了『寓訓勉於詩賦』」。〔註22〕這種文學自覺時代的特點不僅僅體現在賦這種文體中，其實在當時的很多文體、很多作品中都有所體現，而在其時最高統治者漢武帝的創作中可以說有了淋漓盡致的表現。漢武帝在元狩五年大病一場，病癒之後深感人生無常，死亡恐懼越來越甚，從此癡迷上了長壽長生的神仙之術。漢武帝的《李夫人賦》《李夫人歌》《秋風辭》為代表的作品，加上樂府《戰

〔註21〕李澤厚、劉綱紀主編：《中國美學史》，第一卷，北京：中國社會科學出版社，1984年，第443頁。

〔註22〕龔克昌：《論漢賦》，《文史哲》，1981第1期，第61～70頁。

城南》、烏孫公主的《悲愁歌》等作品的集中出現，表現出漢代文學已經發生嬗變的鮮明特徵：這時的文學作品已經從主要歌功頌德、潤色鴻業逐步轉向抒寫真情、思考人生的主題。這種表面上看似頹唐的轉向，實際上正體現出創作主體的個體生命意識的逐漸覺醒和文學的進一步成熟和完善。

第三節　文學體制的新變與成熟

　　文學的主流和文學的主體，是我們在研究文學，尤其是在研究古代文學時應該注意的問題。具體到秦漢時期的文學的主流問題，如果從當時的統治者的眼光來看，被看作「一代之文學」的漢賦自然包括在內，政論散文和其他實用文章也是主流。對統治者來說，只要不符合他們利益和喜好的所有作品都不是主流文學，都應該是被邊緣化的文學，即便是後世被稱為正史之首的司馬遷的《史記》也不例外。在我們今天，依據現在文學的標準，從文學發展的歷史來看，西漢時期的主流文學自然應該是《史記》、漢賦和漢樂府為代表的三類文學作品。當時的主流文學與我們今天所認為的漢代主流文學自然是矛盾的，這樣的認識不僅僅存在於秦漢時期，實際上幾乎所有時代都有類似的「矛盾」的存在。上古、中古文學時期，關於文學的界定自然不能完全按照我們今天的標準來劃分，文學與政治的關係，向來都是密切的，文學可以離開政治，但僅僅是指部分文學，嚴格意義上講，包括隱逸文學、宗教文學、愛情文學等等，都離不開政治而獨立存在。陶淵明的田園詩歌成為中國文學史上的偉大創造與創新，其意義就是與不自由不平等的黑暗官場生活相比較而生發演繹出來的。伯夷叔齊的隱於首陽山，不食周粟，采薇而食，最後活活餓死，從表面上來說，是個人高潔品行的明示，更是政治立場的一種宣示。陶淵明的「小隱隱於市」，「結廬在人境，而無車馬喧」，東方朔的「大隱隱於朝」，白居易的「中隱」隱於地方官，說穿了，其實都是在與政治的權衡角逐的考量下作出的人生抉擇。幾乎每個朝代立國之初的歌功頌德、溜鬚拍馬的文學，在當時的時代都是主流文學，或者簡直可以講都是政治文學，絕對是政治掛帥，當時是無限榮光，但是，大浪淘沙，這些所謂的主流文學最後都被歷史無情地淘汰，後代湮沒無聞，只在文獻中留下一些曾經存在的痕跡，好一點的還有一些形式方面的經驗讓後人可資借鑒。沒有人性觀照，缺少真情流露，一味地歌功頌德拍馬屁的政治文學、道德文學、虛假文學注定是暫時性的，好在歷史是人民書寫的。一些平

日裏歌功頌德者在國家民族大難來臨時往往是最先賣國投榮的一批人，而真正的愛國者往往是平時實事求是，甚至是那些經常批評責備的一部分人，正所謂「愛之深，恨之切」也。古代的歷史、近現代的歷史早已經無數次地證明了這一點。這對於我們今天的對於文學的認識和評價，文學的方針政策的制定以及對作家創作的引導和指導應該具有非常現實的意義。

像《史記》一樣，因為發生了一定程度的文學意義上的嬗變，所以司馬遷和《史記》遭到了漢武帝的摧殘，但幸運的是，《史記》流傳下來，雖然不是全本，不一定全是真本，但應基本保持了原樣。在漢武帝統治時期，思想文化控制和酷吏制度下的文學不可避免地發生了一定程度的嬗變，從文學體制的角度來講，武帝新政背景下的文學嬗變主要表現在如下方面：

一、大賦的成熟定型

在武帝時期，賦的體制發生了極大變化，漢初以來的騷體賦發生了嬗變，大賦已經成熟定型。劉勰《文心雕龍·詮賦》云：「漢初詞人，順流而作。陸賈扣其端，賈誼振其緒，枚馬同其風，王揚騁其勢，皋朔已下，品物畢圖。繁積於宣時，校閱於成世，進御之賦，千有餘首，討其源流，信興楚而盛漢矣。」劉勰對賦的源流進行了梳理，對賦的特點也進行了概括，簡要介紹了賦在西漢的發展，對漢賦而言，直接的源頭就是楚辭，西漢時期在楚辭的基礎上有了大的發展，最終發展成為漢賦，一直到大賦成熟定型；枚乘、司馬相如、王褒、枚皋、東方朔都屬於大賦名家，除了枚乘之外，其他幾位都活躍於漢武帝時期，他們賦作數量眾多，多為應制進御之賦。

西漢成帝河平三年（公元前 26 年），劉向主持了我國歷史上首次大規模的文獻整理工作，撰寫了《別錄》。哀帝時，劉向去世，劉歆繼續乃父工作，撰成我國古代目錄學巨著《七略》。東漢班固創作《漢書》採《七略》作《漢書·藝文志》。《漢書·藝文志》「詩賦略」分五種：屈原類賦家有 20 家，361 篇；陸賈類賦家有 21 家，274 篇，荀卿類賦家有 25 篇，136 篇，雜賦類有 12 家，233 篇，歌詩類有 28 家，314 篇。《藝文志》關於西漢賦家的著錄情況較為複雜，問題很多。後來宋代王應麟《漢書藝文志考證》、明代胡應麟《詩藪雜編》、清代嚴可均《全上古三代秦漢三國六朝文》和姚振宗《漢書藝文志拾補》做了很多補訂工作。這些西漢賦家中，由陸賈、朱建到賈誼，再到枚乘、鄒陽、莊忌，除了鄒陽來自於北方的齊國臨淄之外，其他都是枚乘賦與相如賦的不同，

但都具有一線相連的一致性，這已經意味著一個大賦時代的到來。枚乘賦雖言諸侯，但宣揚的是「要言妙道」，揚正壓邪，形式完備，成為漢大賦成熟的標誌。司馬相如《子虛賦》，是第一篇全面描寫大漢帝國盛大雄偉氣象的賦作，標誌著大賦時代的正式到來，為大賦的到來作了最好的宣傳。

　　由於時代性的不同，諸侯國賦與強大的統一的中央集權帝國文化的文學創作體現出鮮明的不同。日人岡村繁認為：「辭賦文學最初發祥於楚國郢都的宮廷文壇；而以漢代辭賦文學為主體考察的話，則可以說楚王室在淮水流域東遷以後的數十年間是真正向漢賦演變過渡的出發點。」楚國衰亡後，經過了秦朝的短暫統治，漢初在江淮一帶零星傳播的辭賦文學又開始興盛起來。最先是由依附於漢高祖的楚國北地出生的陸賈、朱建等將一種與中原歌謠形式相混合的北楚繫辭賦帶入了漢初宮廷，這種辭賦一直持續到文景時代。而楚國舊地的江淮地區則直接繼承了原來楚國的辭賦傳統。這是與已經發生了新變的北楚繫辭賦不同的傳統的楚國辭賦。東部吳王劉濞宮廷文壇中枚乘、莊忌，定都於壽春的淮南王劉安宮廷裏的文壇君臣酬唱，促進了辭賦在漢初楚國舊地的創作與發展。劉濞反叛滅亡後諸文人移至梁孝王宮廷，他們繼續著原來的酬唱生活。

　　所以，整個漢初是北楚系的、變形了的長安宮廷辭賦與本地系的、傳統的江淮辭賦遙遙相對獨立發展的過程。在武帝統治時代，這種狀況發生了變化。武帝愛好辭賦，而且能夠親自作賦，於是莊助（嚴助）、朱買臣、嚴蔥奇、枚皋等江淮作家以及莊忌的弟子作家們被詔入長安，「從而宮廷中的辭賦文學主導權開始為他們掌握。由此，具有楚辭文學傳統的江淮繫辭賦與武帝以後長安的宮廷辭賦，兩者的系譜緊密地連結了起來」〔註23〕南方江淮繫辭賦與北方繫辭賦在武帝朝交融，南方系作家開始掌控了文壇的主導，但並不意味著北方繫辭賦退出了歷史舞臺，這實際上是在武帝朝完成了南北文化的一次深入的交融。一種嶄新的變化往往需要一個偉大的人物來完成，這個人物就是司馬相如，「承認這種辭賦文學，也就是意味著忽視文學的生活已經轉變成了重視文學的生活。這種轉變，雖說肯定是由聚集在嗜好辭賦的武帝周圍的文人們協力完成的，但特別成為這個轉變的中心及動力的天才，則是司馬相如。如果認為歷史有待於天才來完成其必然進程的話，那麼司馬相如就

〔註23〕 日本・岡村繁著：《周漢文學史考》，上海：上海古籍出版社，2002年，第133頁。

正是這種天才」。〔註24〕

　　我們知道大賦的創作必須有廣泛而深厚的基礎，就司馬相如而言，他喜歡讀書，還習過擊劍，有著豐富的人生閱歷，他從巴蜀到京都，在經常性的工作中四處遊歷，後來離開京都往依梁孝王，過上了朋酒高會的優游自得的日子，孝王亡後，回到成都臨邛，巧妙地贏得了卓文君的芳心，然後連夜私奔，最後終於成為富人。這是「讀萬卷書，行萬里路」的生動典型。司馬遷著史也離不開這樣的經歷。司馬相如在漫遊中國的過程中，領略了不同地區的風土人情，客觀上取得了不同區域文化碰撞交融的效果，實現了南方巴蜀、荊楚、吳越地區諸文化的交流以及與北方中原文化的大融合。即便如此，大賦的創作還是很艱苦的事情。《西京雜記》卷二：「司馬相如為上林。意思蕭散，不復與外事相關，控引天地，錯綜古今，忽然如睡，煥然而興，幾百日而後成。」大賦的創作既需要上天之助，還需要廣泛深入的閱歷，必須得具有深厚的文化素養，這幾方面是缺一不可的。

　　我們都知道漢大賦的主要特點之一是在功能上的「勸百諷一」傾向，其實從這種賦的閱讀對象來講，首先是適應了皇權體制的需要，能夠光宗耀祖、揚名後世，可以獲得功名利祿的享受和待遇。這是作賦的目的和意義所決定的。「勸百諷一」之說最早由東漢揚雄提出。他對西漢的大賦創作傾向很不滿意，認為那都是些「靡麗之賦」（《漢書·司馬相如傳》）；因為大賦以歌頌鼓勵為主，而諷諫部分所佔比例太少。其實，班固也明確指出，揚雄本人的賦作本身就具有如此特點，跟西漢時期賦作相比併無二致，「漢興，枚乘、司馬相如，下及揚子雲，競為侈麗閎衍之詞，沒其風諭之義。」（《漢書·藝文志》）其實，班固的代表作《兩都賦》也具有「勸百諷一」的特點。東漢辭賦家，如張衡的《二京賦》、王延壽的《魯靈光殿賦》等作品，「初極宏侈之辭，終以約簡之制」（皇甫謐《三都賦序》），同樣主要是歌功頌德的名篇。

　　從賦的發源地來深入研究，就會發現，漢大賦的這種頌歌特點與楚國的賦作可謂一脈相承。屈原之後，宋玉成為最著名的代表賦家，其賦作特點非常鮮明，辭賦創作以統治者為中心，為取悅統治者而寫。如《風賦》，楚襄王問風是不是有君王與庶人之別？宋玉認為楚王之風本與庶人之風不同。接下來就對清涼的大王之雄風、哀傷的庶人之雌風展開了盡情渲染，前者文辭華美雄

〔註24〕日本·吉川幸次郎著，章培恒等譯：《中國詩史》，合肥：安徽文藝出版社，1986年，第75頁。

麗，後者文辭沉鬱哀傷，以此取悅了楚襄王。這種描寫帶有一定的物質基礎，但總體是肉麻的阿諛奉承，這種創作的態度、風格也體現在《高唐賦》《神女賦》《登徒子好色賦》等其他賦作中。當賦作的閱讀對象不再是決定自己前途命運的權貴時，如在《九辯》中，宋玉就可以表現出自己的真情實感。只要依附的身份地位不變，閱讀的對象不變，宋玉、唐勒、景差等人的賦作就只能表現在前一類賦作中，用高超的寫作技法、華美的辭藻和阿諛逢迎的態度來進行賦的製作。

　　無論是楚國的宮廷文人，還是漢初以來的漢武帝時期，乃至兩漢時期的所有依附於權力中心的「著名宮廷文人們的言行恰如擅長應變的天才商賈那樣，能夠敏捷感悟各種不同類型的顧客們的意向，具有全身心投入、察言觀色、臨機處置的絕妙神技」〔註25〕。漢代散體大賦作家的這種實際表現，是由賦的閱讀對象和作賦的目的決定的，或者說這是由當時的以皇帝為中心的中央集權制度決定的。一般人喜歡聽好話，喜歡被戴高帽子，所以從統治者的角度來說，自然是喜愛正面讚揚的鼓勵讚美，至於其中一點「諷」的成分，也完全可以接受，因為這正符合「潤色鴻業」之需，也很有助於其「聖明君主」正面形象的樹立。「所以『勸百諷一』的漢賦，既符合禮樂制度精神，亦很投合帝王的胃口。司馬相如、枚皋還有班固等人受到的青睞和寵信，就是明證。要之，辭賦以自身的體式特徵，取得了制度的認可和重視；加上它與楚辭的先天血脈傳承關係，得到楚人出身漢代皇室人物的特別鍾愛和欣賞，這就使得辭賦在漢代取得了特殊的有利發展環境，其前景自然一派光明。」〔註26〕

　　漢賦文學是繼《詩經》之後的又一個繁榮的文化，《詩經》與漢賦之間的關係，從時間上來說，是前後關係，從文體上來說，漢賦吸收了《詩經》的句法、章法、鋪陳直敘的手法，帶有詩的特點；從功用上來說，許多學者也用《詩經》來類比漢賦，比如關注漢賦是否具備《詩經》關注現實的諷諭性質，所以就有了「勸百諷一」之說，有了揚雄的「壯夫不為」的「雕蟲小技」之論。到武帝、宣帝時期，大賦勃興，一方面，言語侍從之臣司馬相如等人「朝夕論思，日月獻納」；另一方面，公卿大臣兒寬等能文之士出現，「蓋奏御者千有餘篇」，所以，大漢之文章，竟至於與理想時代的三代炳焉同風。東漢時期的班固還認

〔註25〕日本・岡村繁著：《周漢文學史考》，上海：上海古籍出版社，2002年，第156頁。

〔註26〕徐公持：《為什麼要研究秦漢文學》，《文史知識》，2016年第2期，第27頁。

為漢賦具有教化的功用，「或以抒下情而通諷諭，或以宣上德而盡忠孝，雍容揄揚，著於後嗣，抑亦雅頌之亞也。」(《文選・兩都賦序》)這是對《詩經》的傳承與復興。

大賦的成熟以及發展，跟統治者的喜好有密切關係，武帝喜歡文學，欣賞文學，所以非常重視對文人士子的網羅，重視思想文化建設，而且他喜歡作賦，不僅僅是一個文學的擁躉，還是文學的創作者。這對文學的促進作用是巨大的，當然也有一定的負面影響。因為這兩個方面的原因，造成了文學在武帝統治時期的嬗變。武帝時期的司馬相如，其《子虛賦》是為了取悅皇帝而獲得優厚的待遇和滿意的前途而作，也是為了揚名天下，青史留名。揚雄成名於成帝時期，因為漢成帝喜歡辭賦，班固同為大賦作家，同樣是因為漢和帝愛好文學，張衡的《兩都賦》也作於漢和帝時期。這些大賦之作要麼歌功頌德，屬於政治文學的範疇，要麼是太平盛世的點綴與裝飾，屬於娛樂文學的範疇。大賦多外在世界窮形盡相的描摹與歌頌，少有個人感情色彩的抒發。這都是由閱讀對象、賦作的功能和所處時代決定的。

大賦作家都有小賦之作，即反映個人真性情的作品，這類賦作往往篇幅短小，因此可以說，短篇抒情小賦不是東漢以後才出現的。董仲舒的《士不遇賦》，司馬遷的《悲士不遇賦》，司馬相如的《美人賦》《大人賦》《長門賦》，東方朔的《答客難》，揚雄的《解嘲》《逐貧賦》，漢武帝的《李夫人賦》等等作品都不應劃入大賦的範圍，都屬於小賦，皆以抒情言志為主。歷來的文學史都認為班固的《歸田賦》代表著短篇抒情小賦的成熟，這是不符合文學發展的實際的。

具體到大賦來講，大賦的體制只有在武帝時代才會成熟。武帝統治時期，大賦的創作蔚然成風，影響甚大，也可以說武帝時期的統治決定了大賦成為了漢代的「一代之文學」，「武帝時代，以司馬相如為中心，自覺地以出入儒學為背景，不自覺地以遊俠風氣為養料，完全確立了修辭性語言這一新價值。它是一個開端，後來中國中世的文學史就是沿著這條道路向前發展的」〔註27〕

以司馬相如為代表的大賦文學在文學史上具有重要的意義，「相如文學只是現存文學的發展，而未必是創造。但儘管如此，它仍然具有劃時代的意義，這就是它的修辭性。……以《子虛賦》為代表的司馬相如諸賦那樣極度促進辭

〔註27〕 日本・吉川幸次郎著，章培恒等譯：《中國詩史》，合肥：安徽文藝出版社，1986年，第95頁。

賦文學修辭性的作品，則是從未有過的。它積極搜集與羅列了脫離日常生活的、陌生的、然而又是整齊的詞彙、它的每一字每一句，都經過精選，完全清除了那些在《楚辭》裏還殘留著的簡單用詞」〔註28〕。從修辭的角度來講，司馬相如的大賦的修辭已臻於完善的境界。從文學史上來說，這是具有劃時代意義的偉大創舉。「基於這種認識，不屬於歷來語言範疇的新範疇語言確立了，這就是純粹以美的快感為目的的語言。如果說以美的快感為目的的語言就是文學的話，就必須認為中國文學史的正式開幕是在司馬相如時代。……在藝術史上，這也意味著歷來藝術中所沒有的新藝術的誕生。」揚雄對大賦的批評，其「出發點是惡意的，但卻揭示了相如語言與工藝相通的性質。總而言之，這是一種新價值的確立。」〔註29〕

二、五言詩歌的發展成熟

《詩經》的成書一般來說有「采詩說」「獻詩說」「刪詩說」三種說法，一般認為「采詩說」「獻詩說」可信，「刪詩說」不可信。「行人」從各地採集來詩歌後，彙集到樂官那裡，進行整理。今人朱自清認為，《詩經》的編審權很可能在周王朝的太師之手，「那時各國都養著一班樂工，各國使臣來往、宴會時都得奏樂唱歌。太師們不但得搜集本國樂歌，還得搜集別國樂歌。不但搜集樂詞，還得搜集樂譜。……他們搜得的歌謠，有些是樂歌，有些是徒歌。徒歌得合樂才好用。……除了這種搜集的歌謠以外，太師們所保存的還有……典禮的詩」。〔註30〕這段話基本描述出了《詩經》的成書過程。但是僅靠太師一人，是無法完成這個工作的，就采詩、獻詩而言，其背後應該有一個比較龐大的系統，因為，這樣的工作任何一個諸侯國都無法完成，非天下共主周天子王朝不可。還有，朱自清認為平民的作品不會入選，這個也是站不住腳的，因采詩的目的在於上下溝通交流，「王者可以觀風俗知得失，自考正也」，如《碩鼠》《伐檀》《南山》一類的不少詩歌應該是採自民間的平民的詩歌。

東周時期禮崩樂壞，秦代又發生了意圖滅絕思想文化的焚書坑儒，這種古老的「采詩」「獻詩」傳統，到漢初已廢棄良久。直到漢武帝時期，國家強盛，

〔註28〕 日本・吉川幸次郎著，章培恒等譯：《中國詩史》，合肥：安徽文藝出版社，1986年，第 84 頁。

〔註29〕 日本・吉川幸次郎著，章培恒等譯：《中國詩史》，合肥：安徽文藝出版社，1986年，第 88 頁。

〔註30〕 朱自清：《經典常談》，北京：北京出版社，1942 年，第 626 頁。

經濟發達，才開始著手建立完善的禮樂制度。元狩三年（公元前 120 年），漢武帝詔立樂府，以李延年為協律都尉，「從《漢書·藝文志》著錄採自民間的漢樂府歌詩 138 篇以及流傳至今的諸多漢樂府作品來看，武帝設立樂府或擴大樂府機構職能的貢獻是巨大的」。〔註31〕樂府機關建立起來，派使者從全國各地收集民間歌辭，然後要求文士進行文辭的修改完善，也要求他們進行詩歌的創作，對這兩類匯總過來的詩歌進行音樂的加工。司馬相如等著名文士也會參與到寫作、修改、完善的工作中來，《郊廟歌辭》中的「郊祀歌」等就出自文人之手。樂府之建立並有效運轉，在文學史上是一件大事。班固說：「自孝武立樂府而採歌謠，於是有代趙之謳，秦楚之風，皆感於哀樂，緣事而發，亦可以觀風俗、知薄厚云。」（《漢書·藝文志》）漢代採集詩歌的目的與《詩經》是一樣的，「觀風俗、知薄厚」，當然絕不會完全一樣，變化了的時代賦予了樂府詩歌以新的意義。這是漢武帝重建禮樂制度的重要組成部分，這是與尊儒、重儒性質一致的思想文化建設，最終目的當然還是為了宣揚自己的國威，樹立自己的偉大形象。

漢樂府歌辭成為文學史上的一大嶄新景觀，漢代民歌多保存在《樂府詩集》中的「鼓吹曲辭」「橫吹曲辭」「相和歌辭」和「雜歌謠辭」部分，很多漢代優秀詩歌大多以此種方式被保存下來的。《漢鐃歌》中的《上陵》一首非常特殊：

> 上陵何美美，下津風以寒。問客從何來，言從水中央。桂樹為君船，
> 青絲為君笮，木蘭為君棹，黃金錯其間。滄海之雀赤翅鴻，白雁隨。
> 山林乍開乍合，曾不知日月明。醴泉之水，光澤何蔚蔚。芝為車，
> 龍為馬，覽遨遊，四海外。甘露初二年，芝生銅池中，仙人下來飲，
> 延壽千萬歲。〔註32〕

這首詩歌基本為五言詩，詩中明確時間為甘露二年，即公元前 52 年，距離漢武帝駕崩僅 35 年。當時詩歌自然都能入樂演奏，從《上陵》的歌詞樣式推測，至少在宣帝時代，五言節奏的詩歌已基本定型，並成為宮廷歌曲的一個組成部分。

趙敏俐認為：「今存《漢鼓吹鐃歌》18 曲在形式上以五言與雜言為主，也

〔註31〕梅新林：《中國古代文學地理形態與演變》，上海師範大學博士論文，2004 年，第 419 頁。

〔註32〕宋·郭茂倩編：《樂府詩集》，卷十六，北京：中華書局，1979 年，第 239 頁。

迴異於中國先秦傳統詩騷體式。這種巨大的歷史轉折，已經標誌了漢代不是『詩歌中衰的時代』，而是中國詩歌形式發展的活躍時代。」〔註33〕這一組歌本是軍樂，但歌辭內容比較駁雜，有敘寫戰爭的，有紀祥瑞的，有表武功的，也有一些詩歌關涉了男女愛情。對於《鐃歌》的產生年代，余冠英非常肯定地認為「不出武帝和宣帝（劉詢）兩朝」〔註34〕。有的詩歌中也出現了五言的成分，如《有所思》：「何用問遺君？雙珠玳瑁簪，用玉紹繚之。聞君有他心，拉雜摧燒之。」（《樂府詩集》卷十六）這幾句從形式上來說已經是工整的五言詩了。還有四篇有曲無辭。詩歌在流傳的過程中，自有訛誤，也有大量失傳。日人吉川幸次郎認為：「漢鐃歌十八曲所具有的熾烈的內容，在中國詩歌史上，劃出了一個新的時期。……這些歌曲的伴奏音樂可以想像是熾烈的，與此相比毫不遜色，其歌辭的內容也同樣是熾烈的。雖然這些歌辭中充滿了難解的文字，但在這難解的文字內部若隱若現、能夠看出其熾烈感情的部分，也還不少。而且可以看出，這樣熾烈的程度，是先秦文學中所缺乏的。」〔註35〕在此基礎上，作出了自己的結論：「中國詩歌的感情，到漢代歌謠開始得到充分的解放，短簫鐃歌十八首在其中也起了有力的作用。……我是把它們作為漢代詩歌、並且從語言來看不是後漢而是前漢的詩歌。」〔註36〕由此可以推定，在武帝時期應該有不少成熟的五言詩歌。

　　而且，當時詩人的社會地位並不低下，詩歌作品的重要性並不亞於當時的一代之文學——漢賦。《西京雜記》：「司馬長卿賦，時人皆稱典而麗，雖詩人之作，不能加也。揚子雲曰：『長卿賦不似從人間來，起神化所至邪？子雲學相如為賦而弗逮，故雅服焉。』」揚子雲以司馬相如為楷模，但自歎弗如，所以說，司馬相如的賦有若神助，非人力所及。作為漢大賦首屈一指的偉大賦家，它的美也僅僅是趕得上詩人的詩歌而已。可以推測得知，詩歌短小精悍，典雅華美，多用於宮廷娛樂，以及各種祭祀活動，能入樂歌唱，歌舞樂三者合一，具有明顯的政治性、宗教性、娛樂性和易於傳唱的普及性，詩歌具備了更多的

〔註33〕趙敏俐：《論漢帝國的統一強盛與漢詩創作的繁榮》，《東北師大學報》，1988年第6期，第65頁。

〔註34〕余冠英：《漢魏六朝詩選》，北京：人民文學出版社，1978年，第25頁。

〔註35〕日本·吉川幸次郎著，章培恒等譯：《中國詩史》，合肥：安徽文藝出版社，1986年，第110頁。

〔註36〕日本·吉川幸次郎著，章培恒等譯：《中國詩史》，合肥：安徽文藝出版社，1986年，第112頁。

藝術功能。在當時應是最受歡迎的文學樣式。漢賦多歌功頌德，潤色鴻業，稍有諷諭，但往往忽略不計，可稱之為為權貴裝潢門面或者娛賓遣興的政治文學、娛樂文學，從創作者角度來說，多為取悅主上，具有功利性的目的。大賦雖大，但從另一個方面來看，這個「大」也成為影響其廣泛傳播的瓶頸，洋洋灑灑幾百言，多者上千言，僅可誦讀，不能歌唱，而且服務對象非常狹窄，多是權貴王侯，難以廣泛流播，在文學史上屬於一代之文學，但是從受眾方面來說，又屬於典型的小眾文學，大賦承擔的更多的是政治功能。從詩賦在當時的實際地位來說，賦擅其名，詩占其實，這應該是符合歷史實際的。

蕭滌非同樣認為漢初至武帝時期為五言之孕育時期，「五言本出於民間歌謠，不出於文士製作。但在此時期中，民間是否已有一種五言歌謠，則無可徵信。藉曰有之，而其時樂府尚未立為專署，復無采詩之舉，亦必歸湮沒無聞。今日吾人所可得而確言者，即此時雖無全篇五言，然已有全篇五言化之傾向」。《史記·項羽本紀》，《史記正義》注引《楚漢春秋》，虞姬所和之歌為：「漢兵已略地，四面楚歌聲。大王意氣盡，賤妾何聊生。」《楚漢春秋》的作者陸賈，漢初人，司馬遷著漢代歷史，多引用此書，「是此歌作於漢之初年，而其體已如此，頗疑其時民間已有一種五言歌也。又此時新聲尚未輸入，而戚夫人習於楚歌。（為我楚舞，我為楚歌）亦足證五言實出於中國固有之聲調，而不當於鐃歌中求五言之蹤跡也。」〔註37〕另外，如「戚夫人之歌」，見《漢書·外戚傳上》：「子為王，母為虜，終日舂薄暮，常與死為伍！相離三千里，當誰使告女。」〔註38〕詩歌去掉開頭兩句，就成了純五言形式，與後來的五言詩相比，毫不遜色。如此看來，遠在《鐃歌》之前就已經有了相對完整的五言詩了。

在漢武帝之前，五言的形式就已散見於先秦文獻的記載中了，如《論語·微子》：「楚狂接輿過孔子而歌曰：『鳳兮鳳兮，何德之衰。往者不可諫，來者猶可追。已而已而，今之從政者殆而。』」《莊子·人間世》也記載了這個故事，同樣記載了這首歌，「往者不可諫，來者猶可追」兩句是典型的五言體，從修辭上講還是工整的對仗，而且出現在不同的文獻中，說明在社會上已經廣泛流傳。在《孟子·離婁上》：「有孺子歌曰：『滄浪之水清兮，可以濯我纓。滄浪之水濁兮，可以濯我足。』」《楚辭·漁父》中的老漁翁對此歌也有吟詠，如將

〔註37〕蕭滌非：《漢魏六朝樂府文學史》，臺北：長安出版社，1976年，第18～19頁。
〔註38〕東漢·班固：《漢書》，北京：中華書局，1962年，第3937頁。

句尾的「兮」字去掉，就基本是五言體制了。因此，《文心雕龍‧明詩》說：「孺子滄浪，亦有全曲。」

　　《古歌》一詩去掉開頭幾句雜言，最後六句就成了地道的五言詩，而且有的詩句在《行行重行行》等「古詩十九首」中多次出現。《悲歌》最後四句也是很工整的五言詩。這都證明了在武帝時代五言詩已基本成熟的判斷。「古辭」是漢代的舊歌，來自於戰國楚地。《樂府詩集》卷四十一《相和歌辭》中的「楚調曲」中的「古辭」下還有《白頭吟》兩首，《怨詩行》一首。這三首詩歌全為五言形式。由此，我們可以得出基本的結論，五言詩的形成與樂府關係緊密，與民間歌謠密不可分，與楚地的民歌的關係尤其密切。

　　蕭滌非認為武帝到宣帝時期為五言之發生時期，斷定《文心雕龍‧明詩篇》：「孝武愛文，……莫見五言」的說法屬於誤解，「故錢大昕《十駕齋養新錄》遂謂：『要之此體之興，必不在景武之世。』而或者又以為定讞，此實大謬。不知《文心》所謂『莫見五言』者，謂『辭人遺翰』耳，豈謂西漢一代樂府歌謠，並『莫見五言』哉？故下續云：『案暇豫憂歌，遠見春秋，邪徑童謠，近在成世，閱時取證，則五言久矣。』引邪徑童謠，其意正以明五言之興，當在成帝以前也。……吾人已知五言出於民間，而民間歌謠之採集，則始於武帝，故吾人得一反錢氏之言曰：『要之此體之興，必在武帝之世。』」

　　然後又舉了《江南曲》：「江南可採蓮，蓮葉何田田。魚戲蓮葉間，魚戲蓮葉東，魚戲蓮葉西，魚戲蓮葉南，魚戲蓮葉北。」此詩同屬於工整的五言體，仍然保留著可以入樂歌唱的痕跡。蕭滌非認為：「篇章之簡短，文字之質樸，意境之單純，在在足以表現出奇作品之特性，度亦以此，易於傳誦，故源遠而流長焉。」確信為武帝時期的毫無爭議的作品是《李延年歌》：「北方有佳人，絕世而獨立。一顧傾人城，再顧傾人國。寧不知傾城與傾國，佳人難再得！」在《玉臺新詠》收錄此歌時去掉了『寧不知』三字，這樣一來，這首詩就成為了純五言詩，「意當時所採趙代秦楚之謳，其中必有純五言者，延年既為協律都尉，總領樂府，因效其體而為此歌，復於第五句衍寧不知三字以為變曲，此三字亦如詞曲中之襯字耳，吾人即認此為純五言歌，固無不可也。』」〔註39〕就李延年的這首歌而言，有人認為簡單幼稚，但如果去掉「寧不知」三字後，就變成了工整的五言詩，從前述五言詩的發展過程看，岡村繁認為「毋寧說當

〔註39〕蕭滌非：《漢魏六朝樂府文學史》，臺北：長安出版社，1976年，第19～20頁。

時五言詩已經到了基本成熟的階段」〔註40〕。這首詩內容主題明確，道理清楚，誇張手法令人印象深刻，語言通俗易懂，聽起來極易讓人產生共鳴，漢武帝聽後立刻引起了濃厚的興趣，於是就有了與李夫人的纏綿故事。

無獨有偶，武帝時代還流行著另一首形式完整的成熟的五言詩：「何以孝悌為？財多而光榮。何以禮義為？史書而仕宦。何以謹慎為？勇猛而臨官。」〔註41〕意思是，要孝悌何用？錢財多了就光榮。要禮義何用？善於讀書為文就能顯貴。要謹慎何用？兇狠殘暴就能做官。這首詩歌尖銳而深刻地反映了武帝統治時期西漢王朝的真實情況，該詩主題鮮明，言辭犀利，句法整齊，筆法有力，巧妙地連用三個設問修辭將當時社會官場的腐化墮落真實揭露出來。這樣的五言詩再不成熟，哪樣的算成熟呢？！章培恒、駱玉明主編的《中國文學史新著》認為：「漢武帝太初元年以前出現《古詩》十九首中的『東城高且長』『凜凜歲雲暮』那樣的作品也就並無不可理解之處了。」〔註42〕明確認定在漢武帝時期已經出現了藝術非常成熟的五言詩歌了。

武帝以後，經濟凋敝，國力衰弱，為了減少開支，節約成本，於是在元帝初元元年大幅度地裁減樂府工作人員，「六月，以民疾疫，令大官損膳，減樂府員，省苑馬，以振困乏」。(《漢書·元帝紀》) 至成帝時，謁者常山王禹弟子宋曅等上書，認為應該興助教化，放鄭近雅，以風示海內，揚名後世，但此事不了了之。不過也說明樂府在當時已經不受重視。到漢和帝時，認為樂府多鄭衛之音，敗壞社會風氣，「是時，鄭聲尤甚。黃門名倡丙強、景武之屬富顯於世，貴戚五侯定陵、富平外戚之家淫侈過度，至與人主爭女樂。」哀帝時下詔「罷樂府官。郊祭樂及古兵法武樂，在經非鄭、衛之樂者，條奏，別屬他官」。(《漢書·哀帝紀》) 漢哀帝綏和二年「六月，詔曰：『鄭聲淫而亂樂，聖王所放，其罷樂府。』」

漢武以後，經濟困頓，國力衰弱，民生艱難，國家財政難以維持，政府已經無法正常運轉，天災人禍條件下，對這種缺乏主流特點少有積極意義的完全娛樂性的鄭衛之音，皇帝大臣甚是反感，先是裁減，後來直接關閉，必要的樂官別屬他官。為什麼要罷樂府？我們看當時的樂府的組織構成，就知道當時朝

〔註40〕日本·岡村繁著：《周漢文學史考》，上海：上海古籍出版社，2002 年，第 169 頁。

〔註41〕東漢·班固著：《漢書》，北京：中華書局，1962 年，第 3077 頁。

〔註42〕章培恒、駱玉明主編：《中國文學史新著》，上海：上海文藝出版社，2007 年，第 196 頁。

臣為什麼會一致同意「罷樂府」了。

丞相孔光、大司空何武奏：

> 郊祭樂人員六十二人，給祠南北郊。大樂鼓員六人，《嘉至》鼓員十人，邯鄲鼓員二人，騎吹鼓員三人，江南鼓員二人，淮南鼓員四人，巴俞鼓員三十六人，歌鼓員二十四人，楚嚴鼓員一人，梁皇鼓員四人，臨淮鼓員二十五人，茲邡鼓員三人，凡鼓十二，員百二十八人，朝賀置酒陳殿下，應古兵法。外郊祭員十三人，諸族樂人兼《雲招》給祠南郊用六十七人，兼給事雅樂用四人，夜誦員五人，剛、別柎員二人，給《盛德》主調篪員二人，聽工以律知日冬夏至一人，鐘工、磬工、簫工員各一人，僕射二人主領諸樂人，皆不可罷。竽工員三人，一人可罷。琴工員五人，三人可罷。柱工員二人，一人可罷。繩弦工員六人，四人可罷。鄭四會員六十二人，一人給事雅樂，六十一人可罷。張瑟員八人，七人可罷。《安世樂》鼓員二十人，十九人可罷。沛吹鼓員十二人，族歌鼓員二十七人，陳吹鼓員十三人，商樂鼓員十四人，東海鼓員十六人，長樂鼓員十三人，緱樂鼓員十三人，凡鼓八，員百二十八人，朝賀置酒，陳前殿房中，不應經法。治竽員五人，楚鼓員六人，常從倡三十人，常從象人四人，詔隨常從倡十六人，秦倡員二十九人，秦倡象人員三人，詔隨秦倡一人，雅大人員九人，朝賀置酒為樂。楚四會員十七人，巴四會員十二人，銚四會員十二人，齊四會員十九人，蔡謳員三人，齊謳員六人，竽瑟鍾磬員五人，皆鄭聲，可罷。師學百四十二人，其七十二人給大官挏馬酒，其七十人可罷。大凡八百二十九人，其三百八十八人不可罷，可領屬大樂，其四百四十一人不應經法，或鄭衛之聲，皆可罷。（《漢書》卷二十二《禮樂志》第二）

此時登記在冊的樂府從業人員竟然達到了 829 人，數字龐大，這是一個純粹消費的群體，對於財政出現問題的政府，要支撐它正常運轉並不輕鬆。這以後，只保留了 388 人，裁掉了 441 人。在罷樂府這一過程中，大量的音樂從業人員，包括創作、編曲、歌唱、演奏、舞蹈等人員離開了宮廷，走向了民間，對他們而言失去了國家的身份，要自謀職業，這是不幸的，從心底裏也是不情願的，但對於文藝的傳播、對文學的發展來說卻是一件好事，這些專業人員將這一技藝帶到了長安周邊以及全國各地。因為這些人缺少別的

謀生本領，也不願意從事其他髒累重的行當，還是希望通過賣藝獲得生存，離開皇帝官府，那麼他們不是依附於官員之家，就是依附於富人之家，要麼就在民間賣藝，這樣一來，與《上陵》類似的歌詩於是大規模地傳播開來，因此，大大促進了宮廷樂府歌詩的傳播，客觀上為五言詩歌進入民間，促進宮廷文學與民間文學的融合起了重要作用，同時也加速了樂府宮廷詩歌的通俗化、民間化和娛樂化。

　　因為朝廷禁絕通俗甚至輕俗的鄭衛之音，所以，在當時民間應該流傳著大量可以入樂歌唱的五言詩歌，但在朝廷禁絕的形勢下，這些詩歌在比較隱秘的圈子中恣意生長著。從我們前述漢賦發展史的規律來看，漢賦的創作與經濟國力具有一定的或緊或鬆的聯繫。賦家離不開權貴的財力支持，在漢武帝統治中後期，經濟凋敝，迷信神仙，濫用武力，肆意殺戮，這樣就破壞了大賦存在的基礎和條件，於是引起了賦作的進一步嬗變轉型。同樣，由於中央政府的政策干預，表面上似乎打壓了五言詩歌，但實際上卻使得這種詩歌形式能夠充分地與民間詩歌結合，反而促進了五言詩歌的發展，「然百姓漸漬日久，又不制雅樂有以相變，豪富吏民湛沔自若，陵夷壞於王莽」。（《漢書》卷二十二《禮樂志》第二）這些詩歌因為缺少了官方的支持，我們難以看到，少有保存，只是在某個歷史時期，像魯恭王發現古書一樣，才得以重見天日。但，如此大規模的「樂人」（其中定有部分可以創作的詩人），基本跟俳優的地位近似，文人被比作俳優，說明俳優的地位不高，樂人的地位在官方也不會高，在被裁減後依附富貴之家，成為娛樂從業人員，本來原來樂府中的歌詩作者就十分模糊，這樣一來，「歌曲」的作者就更難以留下名字。「古詩十九首」不一定出自這些人，但應該與這些人有一定的關係。如果非得將「古詩十九首」具體到某位作家身上，這不符合歷史事實，除非發現了更新的史料和更確切的證據。筆者認為與「古詩十九首」一樣的大量古詩很可能就產生在此時及以後的某個時期。

　　關於《古詩十九首》的作者和時代問題，差不多算得上中國古代文學史上最具爭議的話題了。就時代講，有西漢說，東漢說，有魏晉說等等，就作者講，有枚乘說、蘇李說，傅毅說、曹王說等等，可謂眾說紛紜，聚訟不已。近些年來，木齋力主作者曹植說，這也未成為定論。從文學地理學的角度來講，主推曹植說也是值得商榷的。因為在這些詩歌中有著大量的南方江南風物的描寫，「從我們現在掌握的材料看，曹氏父子似乎沒有在江南遊歷或出仕

的經歷」。〔註43〕趙敏俐認為：「以《古詩十九首》為代表的漢代文人五言詩，主要表現的不是東漢末年社會動亂時代文人士子的羈旅愁懷，而和自漢初起就產生的一種社會思潮緊緊相關。……因為它表現的是新興地主階級的享樂意識和生命意識，所以帶有較強的世俗化色彩。」〔註44〕章培恒、駱玉明認同劉勰的說法，認為《古詩十九首》是在從西漢到東漢乃至魏晉的漫長時期裏，由不同的作家陸續寫成的一組詩。《新著》肯定《凜凜歲雲暮》《東城高且長》二詩是太初改曆之前的作品。因從漢朝建國一直到漢武帝太初年間，都以農曆十月作為一歲之始。詩中歲暮時節應為農曆九月，所以此時才會有「螻蛄夕鳴悲」，野外的景色才可能是「秋草萋已綠」，而這種物象的描寫如果發生在十二月卻是不可能的事情〔註45〕。而且，在具體論述中，也將這兩首詩放到了西漢時期，明確認定在武帝時期五言詩已經發展成熟，藝術上取得了很高的成就。

　　漢代詩歌，除了一部分宮廷詩歌具有宗教性以外，其他多敘事，重抒情，片面闡發政治意義的詩歌少之又少，所有的詩歌都具有鮮明的音樂性，多數是可以入樂歌唱的，歌舞一體，還具有通俗性的特點，幾乎所有的詩歌都用白描手法或賦法來寫，朗朗上口，明白如話，真實抒情，通俗易懂，具有鮮明的娛樂性和強烈的抒情性，與漢儒解詩的經學化形成鮮明對比。漢代五言詩，繼承了《詩經》「饑者歌其食，勞者歌其事」的關注現實的寫實精神，「感於哀樂，緣事而發」，寫真實事，抒真情感，成為我國文學史上一座重要的豐碑。要之，五言詩歌在樂府一系和民間一系共同發展，樂府機關保存的詩歌經過樂工和文人之手，隨著後來政府對樂府的改革減損，直到關停樂府，實現了官方文人詩歌與民間詩歌的充分融合。

　　至此，我們可以得出基本的結論，漢武時代四言詩歌、雜言詩歌、楚辭體詩歌相互交融，互相影響，詩歌出現了重要的嬗變，在中國文學史上具有重要影響的五言詩歌已經初步成熟，並且有了相當的發展和繁榮。關於文人五言詩的出現時間，在現有文獻資料的情形下，除個別可以確定外，多數難以確知，但產生於兩漢之間，應大體無誤。漢武帝時期開樂府，促進了樂府詩的出現，

〔註43〕劉躍進：《文學史研究的多種可能性》，《社會科學研究》，2010年第2期，第49頁。

〔註44〕趙敏俐：《論漢代文人五言詩與漢代社會思潮》，《社會科學戰線》，1994年第4期，第202頁。

〔註45〕章培恒、駱玉明主編：《中國文學史新著》，上海：上海文藝出版社，2007年，第193～194頁。

從而直接間接地促進了文人五言詩的繁榮。

三、各體散文的新變與發展

在漢武帝統治時代，歷史散文向史傳散文發展，傳記文學基本成熟，《史記》成為一部社會史；政論散文向抒情散文變化發展。在《史記》之前，有多部歷史著作問世，如《尚書》《國語》《左傳》《戰國策》等著作，先秦時期文史哲雜糅，文學、歷史之間沒有明確的界限，這些著作都已有了一定的文學描寫；但它們的主要目的不是為了寫人，只是為後世的寫人文學打下了一定的材料基礎。而唯有《史記》可以稱得上是「史傳文學的輝煌突起」〔註46〕。如果打個比方，歷史散文的發展在以前是沉積期，是蟲卵期，《史記》才做到了化繭為蝶，實現了華麗的蛻變。司馬遷的「《史記》在重視歷史真實的前提下，同時講文采，講誇張，講想像，於是就爆發性地寫出了這樣一部既是歷史又是文學的千古傑作」〔註47〕關於《史記》代表的文學嬗變問題，我們後邊有專章論述，於茲不贅。

秦漢時期制式化朝政實用文章非常發達，在漢武帝時期已經完善成熟。朝政文章的政治應用性很強，因此受到皇權專制體制的特別重視。所謂「制式化」，徐公持認為就是通過對文章的格式化來體現等級規範和制度精神。制式化文章一般可分為兩類：君主文章和臣下文章。關於這兩類文章的特點和要求，東漢蔡邕給予了全面明確的解說：「漢天子……其命令一曰策書，二曰制書，三曰詔書，四曰戒書。」〔註48〕文類不同，寫法也不一樣。不同的文類有不同的講究，這就需要注意「寫法的制式化」。針對關於臣下上書君主的四種文類，蔡邕對於每種文類的寫法也都進行了具體的闡釋。

不同文類的寫法格式及功能規定都有著上下尊卑等級制度的鮮明不同。從身份上來講，君臣之間界限分明，彼此之間有著不可逾越的鴻溝，君主絕不寫「章」「表」，臣下不能也不敢寫「詔」「冊」。因為，制式化文章屬於專制體制及禮樂制度的重要組成部分，對於廣大熱衷仕途的文士及其在朝文臣武將而言，必須認真學習並熟練運用。到漢武帝時期，制式化文章與前代相比發生了嬗變，有的制式文章已經非常成熟，而且體現出突出的個性特徵和鮮明的時

〔註46〕韓兆琦著：《中國傳記文學史》，石家莊：河北教育出版社，1992年，第6頁。
〔註47〕韓兆琦著：《中國傳記文學史》，石家莊：河北教育出版社，1992年，第6頁。
〔註48〕東漢·蔡邕：《獨斷》卷上，影印文淵閣四庫全書，子部，第850～76頁。

代特徵。

　　下面我們只就詔書一體展開簡要論述。據清代嚴可均的《全上古三代秦漢三國六朝文全漢文》中記載，漢高祖有詔令類文書33篇，漢惠帝僅1篇，說明權力掌控在其母呂后手中，漢文帝有30篇，漢景帝有15篇，漢武帝多至90篇，漢昭帝僅14篇，這與其年齡尚小有關，還掌握不了這種文體的寫作，漢宣帝多至58篇，漢元帝有37篇，漢成帝有35篇，漢哀帝有30篇。從篇數上看，漢武帝以90篇位列冠軍；從詔書字數上講，武帝的《報桑弘羊等請屯田輪臺詔》長達631字，篇幅最長。我們再結合逯欽立《先秦漢魏晉南北朝詩》來分析，漢武帝有詩7首，寫作文章100篇，《秋風辭》嚴、逯二書皆收，這樣算來，武帝詩文總計106篇，除去詩歌，還有文章100篇，其中詔書文體共81篇。我們根據徐公持、劉躍進二位先生的意見，對秦漢文學要按照漢代的文學觀念，也就是今天的大文學觀念來判定，具體到漢武帝的詔令等制式文章，語言典雅，形式有散有駢，後期以駢為主，內容豐富多彩，個性鮮明，很有氣勢，體現出武帝自身的個性情感和獨特的人格魅力，讀其文如見其人，自然應歸於文學散文的範疇。

　　詔書在秦始皇時期開始發展，到漢代逐漸發展定型，大多數詔書在漢武帝時期已經嬗變成熟。漢武帝時期是詔書發展的最重要階段，漢武帝的詔書總體而言呈現出鮮明的文學特徵，獨具個人魅力，在詔書的發展史上大放異彩。漢武帝的詔書的特點與之成長經歷和個人身份密切相關，其內容非常豐富，情感自由充沛，文辭儒雅，說明具有較高的文化素養。在其詔書中對儒家經典經常引用、化用，這也解釋了漢武帝為什麼要推行尊儒、重儒的國策。其所作詔書在漢代文學乃至中國散文史上都具有獨特而重要的意義。

　　漢代詔書與漢賦之間存在著相互影響的關係，詔書由上對下，受眾廣泛，由於作者身份的特殊性，漢武帝詔書理所當然地成為了寫作的榜樣標杆，從而對漢大賦的創作發展產生了很大的促進作用。漢大賦在武帝時期無比繁榮的原因，「上有好之，下必有甚焉」，這與漢武帝的個人喜好有著分不開的關係。或者可以說這正是當時「漢武氣象」所代表的國力強大、疆域遼闊、經濟發展、文化繁榮在文學上的集中體現。與其說武帝喜歡雄奇闊大、辭藻華美、句式整飭的文學，毋寧說是武帝推動創造了這樣的文學，而這恰好也是武帝詔書的最重要特點。對漢武帝而言，他喜歡辭賦，尤其是喜歡大賦，而閱讀大賦是需要較高的文化素養的，在長期閱讀學習的過程中，提升了自己的閱讀鑒賞和寫作

水平，從而增強了詔書的文學性。徐公持認為制式文章即形成於武帝時期，「由於制式文章與皇權體制的特殊親密關聯，故而自秦漢開始，制式文章長盛不衰，……要之，作為中國古代文章主流文體的制式文章，就形成於秦、漢」。〔註49〕漢武帝認為，「賢良」「文學」要熟悉「古今王事之體」，接受皇帝「策」問的考試，「賢良」「文學」以「對問」文章回應，展示自己的水平和能力。這種一對一的考試可以考出真才實學，發現真正優秀人才，「於是董仲舒、公孫弘等出焉」（《漢書·武帝紀》）。憑藉真才實學就可以得官，這對廣大文士而言是一大好事，於是，自然而然地就促進了對制式文章的學習，相應地推動了決定對策水平高低的儒家經典的深入學習。

此外，在小說的發展方面，武帝時期有了一定發展，漢武帝也作出了一定的貢獻，因此也應屬於文學嬗變的範疇。有學者認為，在《漢志》（《漢書·藝文志》）著錄的 15 家 1390 篇小說中，明確為武帝時期的就有《封禪方說》《待詔臣饒心術》《虞初周說》等 3 家，共 986 篇，約占《漢志》小說總量的 71%。其中，《虞初周說》943 篇，雄踞各家之首，無怪乎張衡《西京賦》稱「小說九百，本自《虞初》」，把它視為小說之祖。這些簡單的數據統計表明，武帝時期正是西漢小說創作的繁榮期。秦皇、漢武在追求長生不老方面，有著驚人的相似，秦始皇沒有能夠長生，連長壽都談不上，享年 49 歲，最後因求仙而暴斃，身體腐爛發臭，「會暑，上輼車臭，乃詔從官令車載一石鮑魚，以亂其臭。」（《史記·秦始皇本紀》）。漢武帝仍不死心，希望現世的榮華富貴能夠永永遠遠，甚至於表示，只要長生不老，老婆孩子都可以拋棄，「漢武帝不接受教訓，緊步秦始皇后塵，成為一個狂熱的神仙迷。他封泰山，希望能成仙登天；遊名山，企圖與神會；又相信黃帝乘龍上天的迷信，以為『吾誠得如黃帝，吾視去妻子如脫屣耳』」。〔註50〕當然，神仙是不存在的，長生不老藥是找不到的，但漢武帝執迷不悟，追仙、迷仙之想並沒有絲毫地減弱，相反越來越癡迷，於是在建章宮北太液池中建起了蓬萊、方丈、瀛洲、壺梁，聊以寄託神仙之思。武帝時期的小說，《封禪方說》和《虞初周說》這兩部的作者基本為方士，小說內容也具體可考，基本為神異之事。武帝時期的方士小說自與後代小說概念不一樣，但虛構神異的特點還是一致的。這些小說大多是作者為了功利性的目的

〔註49〕徐公持：《為什麼要研究秦漢文學》，《文史知識》，2016 年第 2 期，第 25 頁。

〔註50〕劉躍進：《中華文學通覽》，漢代卷，《雄風振采》，北京：中華書局，1997 年，第 188 頁。

而迎合武帝長生不老的喜好而搜集編撰出來的。於是，在後來的小說家中，漢武帝就成為小說中的重要主人公，如《漢武故事》等。這個特點跟武帝時期的臣下所進獻的制式文章、大賦創作的目的是一樣的，都是為了投其所好，從而獲得自己所渴求的名利財富。

武帝從年輕起就癡迷神仙，於是在極為漫長的歷史時期，始終不改變長壽長生乃至成仙的追求，不僅僅在都城皇宮內外接見各種各樣的人，接受各種各樣的仙方，如李少君、少翁、寬舒、謬忌、欒大、公孫卿、丁公、虞初等絡繹不絕，向漢武帝進獻奇方異藥。漢武帝多次封禪，從元封元年至漢武帝死前 2 年，共 22 年間，漢武帝到泰山舉行封禪祭祀 8 次，平均不足 3 年一次，這方面的花費簡直是天文數字，多次封禪的目的也很明確，還是希望能遇見神仙，希望能夠得道成仙。《史記・封禪書》載：「方士之候祠神人，入海求蓬萊，終無有驗。而公孫卿之候神者，猶以大人之跡為解，無有效。天子益怠厭方士之怪迂語矣，然羈縻不絕，冀遇其真。自此之後，方士言神祠者彌眾，然其效可睹矣。」神仙當然是不存在的，求仙對當時的政治造成了深刻的影響，但從文學發展的角度來看，卻大大刺激了神仙小說的發展。《漢書・藝文志》中與神仙道家相關的著作數量不菲。《漢武故事》《漢武內傳》《十洲記》《洞冥記》等小說都以漢武帝的求仙作為內容。武帝時方士虞初自洛陽抵達長安授侍郎，號為使者，《漢書・藝文志》載：「《虞初周說》九百四十三篇。河南人，武帝時以方士侍郎號黃車使者。」《西京賦》曰：「小說九百，本自虞初。」漢武帝成了仙話的主角，漢武帝的生活也成為了仙話中的重要題材。自此後，漢武帝也經常出入後來的神仙小說之中了。

第四節　文學抒情方式的嬗變

秦漢時期形成的皇權專制體制具有強權「獨斷」性格，它對社會生活實行全方位的強力控制。尤其是漢武帝親政以來，所實施的種種新政，更是將這種中央集權的專制政治體制日益發展，從而達到了完善成熟的地步。這種強權體制不可避免地對文學、文化產生了深遠的影響，在武帝新政實施的背景下，直接引起了各體文學的抒情方式的嬗變。

漢武帝統治時期，重視文治武功，推行了一系列思想文化政策，建立了完備森嚴的專制制度，長期不懈的重視事功的努力，加上高度專制的政治制

度造就了漢武盛世；同時，也帶來了文人作家心態的變化，這促成了文學從主要描摹外在客觀世界的通史、大賦向重在表現內在心靈的抒情作品的轉變。在很長一段時間內，兩種文學並行不悖，一是頌歌式的政治文學、娛樂文學，閱讀對象為皇帝及其公眾。一是為自己寫心的私人文學。就抒情方式來說，政治文學、娛樂文學少有抒情，而私人文學多有真實感人的抒情寫志，即抒情方式呈現出由偏重外在世界描摹向內在心靈世界表現的轉向。文學在漢武帝統治後期呈現出抒情化的傾向，總體而言，抒情方式因文體不同而又有明顯的差異。

劉師培認為：「文章有生死之別，不可不知。有活躍之氣者為生，無活躍之氣者為死。文章之最有生氣者，莫過於前三史。《史記》記事最為生動，後人觀之猶身歷其境。如《項羽本紀》中敘鉅鹿之戰及鴻門之會、垓下之敗，皆句句活躍。《周昌列傳》敘諫廢太子，其活躍情形，溢於紙上。又《刺客列傳》敘荊軻刺秦王一段，亦鬚眉畢現。……諸傳，敘述生動，亦與《史》《漢》相同。大抵記事文之生死皆繫於用筆；善用筆者，工於摹寫神情，故筆姿活躍；不善於用筆者，文章板滯，毫無生動之氣，與抄書無異。夫文章之所以生動，或由於筆姿天然超脫，或由於記事傳神。如畫蝴蝶然，工於畫者既肖其形，復能傳其栩栩欲活之神；不工於畫者徒能得其形似而已。」〔註51〕在劉師培看來，文章生者成功，死者失敗，《史記》《漢書》《後漢書》在正史中屬於有生氣者，而三史中《史記》更為成功，「工於摹寫神情」，記事最為生動，寫人「既肖其形」，又能「傳其栩栩欲活之神」，形神必備，才會生動逼真，栩栩如生。

劉氏所言，從表面看來，說的是敘事，但只要涉及到「神」，那就與歷史人物之神以及作者的思想感情扯上了關係。所以，這種寫法就影響到文學的抒情方式。中國自古以來，史傳文學重敘事，詩歌多是抒情，但如果細究來，就會發現，史傳文學中多有抒情，而且是曲折委婉的抒情。《史記》代表著官方著書向私家著書的性質的變化，它重在敘事，但由於曲折隱晦的抒情贏得了「無韻之離騷」的美譽。明人茅坤評《史記》說：「今人讀游俠傳，即欲輕生；讀屈原賈誼傳，即欲流涕；讀莊周、魯仲連傳，即欲遺世；讀李廣傳，即欲立鬥；讀石建傳，即欲俯躬；讀信陵、平原君傳，即欲養士。若是者何哉？蓋各

〔註51〕劉師培：《中國中古文學史漢魏六朝專家文研究》，北京：商務印書館，2010年，第133頁。

得其物之情，而肆之於心故也，而固非區區句字之激射者也。」〔註52〕茅坤這段話形象地描繪出《史記》給予讀者的強烈的情感感染。《史記》是「愛的頌歌，恨的詛曲，是飽含著作者滿腔血淚的悲憤詩」，但這種情感，作者在書很難表現，甚至不能直接流露，因為他寫的是「史」，要以歷史人物為中心，要盡可能的客觀真實。

「一切歷史都是當代史」「歷史是任人打扮的小姑娘」的說法，讓我們知道，對於一個遭受了不公正待遇的偉大史家而言，不可能不抒發自己的情感，否則「成一家之言」的創作宗旨就無法實現，但這個抒情是隱晦的，曲折的，也是客觀的，理性的，更是巧妙的，真摯的。「他是一個歷史家，他只能在寫人敘事的過程中寓褒貶，別善惡。他在那些偉大、崇高、善良的人物身上，賦予了他們以理想的光輝，從而表現了自己對這種理想政治、理想道德的追求；他在那些卑鄙、姦邪、陰險的人物身上，也更突出了他們作為一股反動勢力的那種腐朽醜惡的本質特徵，流露了自己對這些人的無比憤怒與輕蔑，表現了自己的唾棄與鞭撻。」〔註53〕劉熙載在《藝概·文概》中說：「學《離騷》得其情者為太史公，得其辭者為司馬長卿。長卿雖非無得於情，要是辭一邊居多，離形得似，當以史公為尚。」魯迅先生在《漢文學史綱要》中說：「（子長）恨為弄臣，寄心楮墨，感身世之戮辱，傳畸人於千秋，雖背《春秋》之義，固不失為史家之絕唱，無韻之《離騷》矣。」劉熙載和魯迅先生的論述也都注意到了《史記》灌注情感、用生命寫作的抒情性特點，形象地描畫了《史記》給予讀者的情感感染，並且都把《史記》與我國文學史上的著名抒情長詩《離騷》相類比，這說明它們之間有某種可比性，或者說對於《史記》的抒情性具有共同的認識。

《史記》有抒發窮愁的成分，但還是在規矩範圍之內的；即便含有抒發自我感慨的成分，也還是客觀述史。《史記》為「千古至文」，能貫通古今，經緯天地。實事求是地講，《史記》更是一部抒情之作，其抒情來源於不幸的身世遭遇，司馬遷在或直接或委婉地抒發感慨、激憤的同時，暴露出最高統治者的本來面目，將所謂的高人一等的聖人賢君拉下了神壇，「怨誹」「謗書」等說法不準確，因為這恰恰是客觀的實錄，這正是司馬遷對於中國歷史乃至中華文化

〔註52〕楊燕起、陳可青、賴長揚匯輯：《茅鹿文集》卷三，《史記集評》，北京：華文出版社，2005年，第172頁。

〔註53〕韓兆琦著：《中國傳記文學史》，石家莊：河北教育出版社，1992年，第50頁。

所作出的偉大貢獻。

詩歌從《詩經》始，經《楚辭》，至漢代詩歌，都是以抒情為主，個別詩篇也有敘事，但主要還是為抒情服務的。漢樂府以敘事為主，但文人詩歌卻以抒情見長，當然漢樂府中也不乏寫景抒情的名篇，「漢鐃歌十八曲……的伴奏音樂可以想像是熾烈的，……其歌辭的內容也同樣是熾烈的。雖然這些歌辭中充滿了難解的文字，但在這難解的文字內部若隱若現、能夠看出其熾烈感情的部分，也還不少。而且可以看出，這樣熾烈的程度，是先秦文學中所缺乏的」。〔註54〕我們如果拿《有所思》和《上邪》，與《詩經》中的《谷風》和《氓》進行比較，就會發現，兩者的區別實在是太明顯了，像前者的直接熾烈傾瀉式的抒情在《詩經》中是難以找到的。再比如，《戰城南》對當時複雜悲慘的戰爭的描寫已經到了讓人驚心動魄的程度，如此奇妙的構思，可以說超過了以往任何詩歌，這豈止是變風變雅，簡直成為現實主義、自然主義的佳作了。所以，吉川幸次郎認為：「中國詩歌的感情，到漢代歌謠開始得到充分的解放，短簫鐃歌十八首在其中也起了有力的作用。」〔註55〕

漢賦重在描摹外物，出現了由「直陳其事」的賦法向隱喻諷刺的「比興」寄託的轉向。大賦本來創作者就不多，真正稱得上優秀大賦的作品，我們今天看到的寥寥可數。但當時賦作的數量非常可觀，至少在班固那個時代，賦的數量還有約千篇之多。大賦少有抒情，如果說有真情實感的話，也多是阿諛奉承式的歌頌。但是，從司馬相如到揚雄已經開始有了新變，到班固、張衡時期已經有了更多的現實意義。這說明，在儒學日益盛行的時代，只講究片面歌頌的賦已經失去了市場，從功能上來說，賦逐漸向《詩經》靠近，開始講究諷諭、比興和寄託了。而且，大賦盛行的時代，小賦一直都有市場，武帝時代的一些賦作，如《美人賦》《長門賦》《悲士不遇賦》《答客難》等有了許多真實情感的抒發，重在抒情言志，關注現實，抒發真情實感。對外在客觀世界的窮形盡相的描摹歌頌與對內在主觀世界的真實表現形成了漢代賦作的奇妙的文學景觀。之所以如此，當然離不開當時的時代，離不開這千古一帝，離不開他所創立的政治制度。

〔註54〕 日本・吉川幸次郎著，章培恒等譯：《中國詩史》，合肥：安徽文藝出版社，1986年，第110頁。

〔註55〕 日本・吉川幸次郎著，章培恒等譯：《中國詩史》，合肥：安徽文藝出版社，1986年，第112頁。

第四章 《史記》──漢代文學嬗變的典範之作

　　公元前98年，司馬遷遭逢李陵之禍，被囚禁獄中，最終遭遇了宮刑。於是就有了如下我們大家似曾相識的熟悉的一段名言：「夫《詩》《書》隱約者，欲遂其志之思也。昔西伯拘羑里，演《周易》；孔子厄陳、蔡，作《春秋》；屈原放逐，著《離騷》；左丘失明，厥有《國語》；孫子臏腳，而論兵法；不韋遷蜀，世傳《呂覽》；韓非囚秦，《說難》《孤憤》；《詩》三百篇，大抵賢聖發憤之所為作也。此人皆意有所鬱結，不得通其道也，故述往事，思來者。」（《史記‧太史公自序》）這是司馬遷的鬱憤之言，這是自我安慰之言，這是恨的詛歌，這更是堅強者的命運之歌。

　　毫無疑問，《史記》是發憤之作，是偉大之作。從某種意義上說，《史記》絕不僅僅是一部普普通通的史學著作，它是司馬遷用自己的全部心血乃至生命鎔鑄而成的一部偉大的具有「百科全書」性質的文史巨著。筆者一直以來都認為《史記》稱得上是中國歷史上一部「空前絕後」的偉大作品。「空前絕後」這個詞好像有點誇張，但這個評價對《史記》而言其實是合乎情理、恰如其分的。從文學角度來看，由於司馬遷的半官方半私人性質著史的特性，加上司馬遷遭受了宮刑的沉痛打擊，所以司馬遷在《史記》中表現出鮮明的個性色彩，借歷史人物傳記抒發了自己的豐富複雜的情感，尤其是在許多悲劇人物傳記中寄託了自己的身世之感，這樣就大大強化了《史記》的文學性，舉凡《史記》的鮮明個性、《史記》的傳奇色彩、《史記》的抒情、《史記》的批判精神以及《史記》的諷刺藝術等，無論在此之前還是之後，在歷代史書中都找不到像《史

記》這樣個性特色鮮明的著作。從史傳散文、傳記文學發展的角度來講,這是一次極為重要的嬗變轉型,司馬遷被譽為「文史祖宗」,《史記》成為了正史之首,開創了繁榮近兩千年的敘事文學的輝煌。從史學上來說,《史記》的通史特徵、紀傳體的編寫體例、實錄的精神等也都是影響深遠,無以過之。而這一切都出自一人之手,真可謂前無古人,後無來者。一定社會政治經濟文化背景與文學的關係或近或遠,不一定成正比。但是文學是時代的產物,一定會打上所屬時代的烙印,這是毋庸置疑的。漢武帝說:「蓋有非常之功,必待非常之人。」(《漢書·武帝紀》)非常之人能為非常之事,一部偉大的文史巨著的誕生,離不開非常之人,非常之人當然也離不開一個特殊的時代,唯有人和時代的因緣際會才可能創造出空前絕後的輝煌〔註1〕。

　　作為一部產生於武帝統治時期的文史巨著,《史記》具有鮮明的時代特點。對《史記》作出評價的學者,自班固以來代不乏人,但《西京雜記》的評價似乎沒有引起足夠的重視,筆者認為這應該是《漢書》以來的對《史記》作出的最客觀中肯的評價。我們知道,《漢書》對《史記》有褒有貶,而《西京雜記》對司馬遷和《史記》進行了全面肯定,評價甚高:「司馬遷發憤作《史記》百三十篇,先達稱為良史之才。其以伯夷居列傳之首,以為善而無報也;為《項羽本紀》,以踞高位者非關有德也。及其序屈原、賈誼,辭旨抑揚,悲而不傷,亦近代之偉才也。」〔註2〕這是說《史記》既照顧到了史學,又強調了文學,司馬遷是近代之偉才,也是中國歷史上首屈一指的偉大人物。《史記》最全面深刻地代表了武帝時代的文學嬗變:它以歷史人物為中心來寫史,開創了紀傳體,寫人物時巧妙地使用互見法,非常注意把握其主導性格,塑造了一個個鮮明生動的人物形象;《史記》的語言藝術非常高超,敘述語言可繁可簡,應用自如,很多人物口語幾近達到了「聞其聲如見其人」的個性化的高度;《史記》是一部悲劇之書,悲劇人物的寫作非常成功,在這些人物的傳記中融入了自己的身世之感,所以讀來相當感人,所以李長之認為:「因為他有命運感,所以他有著深切的悲劇意識,他讚賞那些不顧命運的渺茫而依然奮鬥,卻又終於失敗了的偉大人格。」〔註3〕《史記》更是一部「成一家之言」的抒情之書,如

〔註1〕張學成、李梅著:《史記講讀》,濟南:山東人民出版社,2013年,第10頁。
〔註2〕晉·葛洪撰:《西京雜記》,北京:中華書局,1985年,第25~26頁。
〔註3〕李長之著:《司馬遷之人格與風格》,北京:生活·讀書·新知三聯書店,1984年,第326頁。

此等等，不一而足。關於這個問題，中國古代、近代、現當代學者以及外國學者所述甚多，限於篇幅，本書著重從李陵事件之意義、「不虛美」「不隱惡」的客觀實錄、紀傳體寫人與人生故事化和《史記》寫心學芻論等四個方面談談對《史記》為代表的文學嬗變轉型問題的理解和認識。

第一節 李陵事件之意義

司馬遷因為替李陵說了幾句公允話、實在話，而且自己的初衷是為了解今上劉徹之困惑，紓解武帝之尷尬，然而好心被當成了驢肝肺，被當今皇上打入牢獄，最終遭受了恥辱的宮刑！我們知道天上是不會掉餡餅的，但禍從天降的事卻常常發生；這件事在司馬遷的人生中，恰似晴天爆炸的大霹靂，讓司馬遷痛不欲生，差點輕生自殺，幸好最後還是隱忍「苟活」下來，但這件事也將一個普普通通的史官玉成了空前絕後的文史大師。

一、李陵事件之來龍去脈

司馬遷被處以宮刑，習慣上稱為「遭李陵之禍」，而事實上，李陵的「投降」，背後反映的是李氏家族與漢武帝及外戚集團之間的長期、複雜的矛盾，「李陵之禍的真正原因，是李陵家族與漢武帝及其外戚集團之間的長期私人恩怨所致。然後由此牽連到司馬遷，並捲入其中，釀成遭受宮刑的禍端」。〔註4〕因為漢武帝寵幸衛子夫，引起了陳阿嬌及其母親長公主劉嫖的不滿，於是長公主囚禁了衛青，欲置衛青於死地，衛青在其好兄弟公孫敖等人的幫助下，才僥倖保住了性命。後來公孫敖因故失侯，衛青在出擊匈奴時為保證公孫敖立功，將本為前將軍的李廣併入右將軍趙食其部，結果李廣因迷路失期而最終自殺。後來，李廣之子李敢報復衛青，擊傷了衛青，霍去病為給舅舅出氣，竟然射殺了李敢。漢武帝不能公正執法，袒護霍去病，竟公然說謊，說李敢是被鹿「觸殺」的。

關於李陵事件，《史記》《漢書》均有記載。《史記·李將軍列傳》載，李陵成年後，被選任為建章監，李陵善射，關愛士卒。天子認為李氏世世為將，讓他負責管理八百騎。他曾經帶兵深入匈奴二千餘里，過居延視察地形，沒有

〔註4〕鍾書林：《司馬遷遭受宮刑原因再探》，《文學遺產》，2011 年第 1 期，第 126 頁。

碰到敵人，平安歸還。後來，李陵拜為騎都尉，將丹陽楚人五千人，教射酒泉、張掖以屯衛胡。「天漢二年（前99年）秋，貳師將軍李廣利將三萬騎擊匈奴右賢王於祁連天山，而使陵將其射士步兵五千人出居延北可千餘里，欲以分匈奴兵，毋令專走貳師也。」這樣做的目的非常明顯，就是吸引匈奴兵力，確保漢武帝的大舅子李廣利的勝利。「陵既至期還，而單于以兵八萬圍擊陵軍。陵軍五千人，兵矢既盡，士死者過半，而所殺傷匈奴亦萬餘人。且引且戰，連鬥八日，還未到居延百餘里，匈奴遮狹絕道，陵食乏而救兵不到，虜急擊招降陵。」

　　《漢書·李廣蘇建傳》所記最詳：天漢二年（前99年），貳師將軍率三萬騎兵出兵酒泉，在天山攻擊匈奴右賢王。皇上召見李陵，想讓他擔任貳師將軍的輜重運輸任務，大概只是負責後勤管理的一般將官。李陵是個很有個性的人，他自視甚高，打心底裏不願意做靠裙帶關係當上將軍的李廣利的下屬。漢武帝說話向來是直來直去，說「已經沒有騎兵了」，李陵回答無須騎兵，臣願以少擊眾，只要步兵五千人就可以打進單于王庭。如此魄力實在驚人，因為對於習慣了馬上生活、馬上作戰的靈活機動性極強的匈奴人而言，步兵與之較量，自然是不占任何優勢的。可即便是讓他帶著步兵，他也不願做李廣利的下屬隨從。漢武帝不好強求，也被他的勇猛打動了，便答應了李陵的請求。李陵孤軍深入，沒有援軍，自然是不可以的。於是漢武帝命令強弩都尉老將路博德率兵在途中迎接李陵軍。路博德原是伏波將軍，就像李陵恥於做李廣利的後援一樣，老將路博德也恥於做年輕將軍李陵的後衛。路博德上奏說：「正當秋天匈奴馬肥之際，不可與之交戰，臣願留李陵到春天，同時率酒泉、張掖騎兵各五千人，一起出擊東西潗稽，一定可以擒獲單于。」書奏上以後，皇上大怒，懷疑李陵後悔不想出兵，竟然讓路博德上書，這是二人沆瀣一氣！如此一來，自己的大舅子便要孤軍深入，怎麼能確保獲得出擊的勝利呢？這還了得，臣子竟然不聽我的，漢武帝便下詔對路博德說：「我想派給李陵騎兵，他說『欲以少擊眾』。如今匈奴進入西河，我軍應率兵奔向西河，你要去鉤營阻擋敵軍。」又下詔對李陵說：「從九月出發，出兵遮虜鄣，到東潗稽山南龍勒水邊，來回尋找匈奴，要是沒有發現敵軍，便從浞野侯趙破奴的舊路抵達受降城休整兵士，按騎兵驛站安排休整。」〔註5〕

　　李陵「為人自奇士，事親孝，與士信，臨財廉，取予義，分別有讓，恭儉下人，常思奮不顧身以徇國家之急」。李陵在接到命令後，立即帶兵長驅直入，

〔註5〕東漢·班固：《李廣蘇建傳》，《漢書》，北京：中華書局，1997年，第2451頁。

士卒同心，取得了一個又一個的勝利。「李陵提步卒不滿五千，深踐戎馬之地，足歷王庭，垂餌虎口，橫挑強胡，卬億萬之師，與單於連戰十餘日，所殺過當。虜救死扶傷不給，旃裘之君長咸震怖，乃悉徵左右賢王，舉引弓之民，一國共攻而圍之。」但猛虎架不住一群狼，李陵孤軍深入，缺乏援兵，而匈奴傾全力圍攻，形勢岌岌可危，「轉鬥千里，矢盡道窮，救兵不至，士卒死傷如積。」但在如此艱險的情形下，「李陵一呼勞軍，士無不起，躬流涕，沬血飲泣，張空拳，冒白刃，北首爭死敵」，表現出了上下同心，共同禦敵，不怕犧牲的可歌可泣的精神。在「陵未沒時，使有來報，漢公卿王侯皆奉觴上壽。」最後內無糧草，外無救兵，幾乎全軍覆沒，不得不戰敗投降。這個消息傳到後方朝廷，「主上為之食不甘味，聽朝不怡。大臣憂懼，不知所出。」〔註6〕（《漢書·司馬遷傳·報任安書》）

李廣利遠征天山，天山即今之甘肅和青海之間的南祁連山，李陵出兵至東濬稽山南龍勒水，即今蒙古人民共和國境內西南部。路博德的出征路線，據《漢書·李廣蘇建傳》記載是「引兵走西河，遮鉤營之道」，鉤營之道當在今內蒙古自治區境內。如此看來，這次出擊匈奴分兵三路，互無接應，基本屬於單打獨鬥。李陵最後全軍覆沒，投降匈奴，是因為老將路博德以為其後援而為恥，漢武帝於是讓他出兵西河，使得李陵孤軍奮戰沒有救援，這實際上是因漢武帝領導錯誤而導致的悲劇。

而李廣利基本是個庸才，此次出征匈奴，漢武帝本想讓他立功而獲封，然而他帶領著三萬騎兵未遇匈奴主力，卻打得大敗而還。漢武帝見兩路兵敗，內心沮喪，顏面上過不去。於是，阿諛逢迎之臣下，都諱言貳師之敗，全把責任推到了李陵身上。司馬遷對朝中大臣耍兩面派的做法很看不慣。當漢武帝召問時，「僕懷欲陳之，而未有路，適會召問，即以此指推言陵功，欲以廣主上之意，塞睚眥之辭。」意思是，我內心打算向皇上陳述上面的看法，而沒有得到適當的機會，恰逢皇上召見，詢問我的看法，我就根據這些意見來論述李陵的功勞，想以此來寬慰皇上的胸懷，堵塞那些攻擊、誣陷的言論。而司馬遷與李陵並無深交，「夫僕與李陵俱居門下，素非相善也，趣捨異路，未嘗銜盃酒接殷勤之歡。」這完全是就事論事，秉持一顆公心，抱著為皇帝分憂解困的初衷來發表對李陵事件的看法的。司馬遷說：「僕竊不自料其卑賤，見主上慘悽怛悼，誠欲效其款款之愚。以為李陵素與士大夫絕甘分少，能得人之死力，雖古

〔註6〕東漢·班固：《司馬遷傳》，《漢書》，北京：中華書局，1997年，第2729頁。

名將不過也。身雖陷敗，彼觀其意，且欲得其當而報漢。事已無可奈何，其所摧敗，功亦足以暴於天下。」意為由於敵我兵力懸殊，李陵帶少數將士轉戰千里，且後無援兵，仍然殺傷近萬敵軍，司馬遷認為古代的名將也不過如此！至於李陵力竭投降，司馬遷以為是不得已而為之，他還可能找機會主動報答國家的……」，「明主不深曉，以為僕沮貳師，而為李陵游說，遂下於理。」（《漢書·司馬遷傳》）

李陵「投降」之後，漢武帝也同情李陵的戰敗投降是因為沒有援兵，所以派公孫敖深入匈奴以迎接李陵回漢。結果，公孫敖回報說李陵已經真正投降，正幫匈奴練兵抗擊漢軍，漢武帝大怒，「族陵家，母弟妻子皆伏誅」，後來李陵知道此事，非常痛心，「陵痛其家以李緒而誅，使人刺殺緒。」（《漢書·李廣蘇建傳》）公孫敖官職不高，與李氏家族的悲劇卻有著極為密切的關係，「李陵派人刺殺李緒的事，是司馬遷死後才揭曉的事，因而《史記》中未能記載。……在《漢書》中，只是客觀地敘述了公孫敖編造謊言，誤殺李陵一家的歷史真實。」〔註7〕因為漢武帝的偏袒外家，導致了李氏家族的悲劇，同時也導致了司馬遷的悲劇，「敗降匈奴一事改變了李陵的一生，使他從此在孤寂痛苦的淵藪中終其一生；而因著為李陵言致下腐刑一事，也改變了司馬遷的一生。」〔註8〕的確如此，自此後，原來循規蹈矩、恪盡職守、奉法循理的史官司馬遷死掉了，一個高瞻遠矚、犀利睿智、沉鬱激憤、多愁善感的司馬遷誕生了。他有著無比的自信和超乎常人的堅強，堅信自己能夠成功，他見慣了世態的炎涼，漠視了別人的冷言冷語；他勇於堅持，十年磨一劍，像蘇秦一樣頭懸樑、錐刺股，一筆一劃，工工整整地寫下了五十二萬六千五百字。

司馬遷通過自己的努力和堅持，終於讓他及他的父親乃至司馬家族青史留名，名傳千古，這是偉大的事業，足可以永垂不朽！愚蠢的人和智慧的人、一般人和有成就的人都會經歷坎坷和失敗，人生都會經歷失去，但他們的不同就在於智慧的人、成功的人能從失敗中獲得經驗和奮起的力量，能夠正確看待得失，一次的失去往往能夠換來更大的收穫。因了《史記》這部書，司馬遷成為了中國古代少有的偉大的史學家、文學家和思想家。

〔註7〕鍾書林：《司馬遷遭受宮刑原因再探》，《文學遺產》，2011 年第 1 期，第 127 頁。

〔註8〕何寄澎：《〈漢書〉李陵書寫的深層意涵》，《文學遺產》，2010 年第 1 期，第 21 頁。

二、人生思考

「五福」中第一福是壽，最後一福是「考終命」，即善終，就是要享盡天年。人要生活得幸福，離開得安詳。人大概是世間所有生物中對生死最為敏感的一類。人們往往自詡是高級、理性的動物，但實際上，作為萬靈之長的人在駕馭萬物的同時，也要付出極大的代價。這就是，要面臨死亡的恐懼和威脅。

死亡問題是人生最大的問題，「生年不滿百，常懷千歲憂」（《古詩十九首》），「千古艱難惟一死，傷心豈獨息夫人」（清·鄧漢儀《題息夫人廟》）〔註9〕。南唐詩人江為被朋友連累，判處死刑，押赴刑場，臨刑前賦詩一首：「街鼓侵人急，西傾日欲斜。黃泉無旅店，今夜宿誰家？」〔註10〕生命在這個時候不得不戛然而止，「他生未卜此生休」，此生真實真切，他生難以卜知，作者卻想像從此岸向彼岸的過渡中尋找暫時歇腳的處所，對生的渴望超出了對死的畏懼，表面的達觀所表達的是內心被迫離世的淒慘和彷徨。人一般從青年開始會時不時地想起死亡這個問題，隨著時間的推移，年齡的增大，閱歷的增多，死亡問題會更經常地一次一次浮現於人的腦海，止不住痛苦地浮想聯翩：如果我不在了，我的親友會怎樣地傷悲難過，世界離了我會否變了樣子等等。但是一想到一個人死後，對他自己而言，一切的一切都將毫無意義，這時死亡的恐懼就會從每一個正常人的心中油然升起。人的生命是寶貴的，人的生命只有一次。所以人在生死關頭要慎於選擇，要死得重於泰山，萬不可死如鴻毛之輕。人既不能無原則地苟且求生，更不能糊塗一時自暴自棄、隨便輕生。在司馬遷時代，他接受了宮刑，隱忍苟活下來，並不是說明司馬遷怕死，其實，他並不怕死，在《史記》眾多人物傳記中有許許多多的面臨生死抉擇的例子，司馬遷讚美了一些人的勇敢決絕的死，那是「重於泰山」，也肯定了一些人的隱忍苟活。如果不能死得光榮，那就堅持活下來，活下來是為了更有價值的事。在某種意義上說，活是比死更為痛苦、更為堅強的事情。

司馬遷既然要完成父親的臨終遺囑，因沒有能力支付五十萬錢的巨額贖金，只能身陷囹圄，見識了牢獄中受到的侮辱，「身非木石，獨與法吏為伍，深幽囹圄之中，誰可告愬者！」（《報任安書》）他只能接受屈辱的刑罰，並且不得不選擇隱忍苟活下去。對於牢獄中的經歷和感受，司馬遷語焉不詳，但從

〔註9〕清·鄧漢儀：《題息夫人廟》，清·沈德潛：《清詩別裁集》，石家莊：河北人民出版社，1997年，第238頁。

〔註10〕清·李調元：《全五代詩》，成都：巴蜀書社，1992年，第807頁。

有過牢獄經歷的傳記人物那裡我們會有真切的體會。絳侯周勃從監獄中僥倖得以被釋放，重獲自由後感慨地說：「吾嘗將百萬軍，然安知獄吏之貴乎！」韓安國在獄中遭受了獄吏田甲的百般侮辱，韓安國說，「死灰獨不復然」，田甲放肆地說，「然即溺之」。的確，勢利的小人平時只是甘心情願的卑微小人，但在英雄失勢時卻往往趁人之危，去嘲諷、譏笑甚至侮辱他們。這種行為是卑劣、可恥的小人行徑。這個故事從一個側面告訴我們當時真實的監獄裏面是多麼的可怕！正因此，飛將軍李廣為了避免受到侮辱而拒絕接受刀筆之吏的審問憤而自殺。

這一切都告訴我們，司馬遷在獄中已經遭受了極大的侮辱，但事情遠沒有結束。接下來的是他遭受宮刑後內心裏難以言說的痛苦，但他積極進行自我溝通、自我安慰、自我療救。在遭遇了痛苦的極端打擊之後，司馬遷認識到了這個真理：自己的寫作已經開始，完成一部巨著自有充分的條件，人只能被毀滅，不能被打敗，你有權戕害我的身體，有本事按下我高昂的頭顱，卻不能讓一顆跳躍的心靈馴服。他認為人應該有所追求，勇於開始，堅持不懈，才能最終作出應有的貢獻。父親的遺囑成為他活下去的精神支柱，這同樣也讓他知恥而後勇。生命不息，奮鬥不止。他勇敢地堅持下來，這一堅持就是十多年，在這十多年中，他忍受了怎樣的非議與白眼啊！內存耿耿忠心，然而卻遭到了人生最大的痛苦和最極端的侮辱，他的內心該有著怎樣的痛苦和傷悲啊！「且負下未易居，下流多謗議。僕以口語遇遭此禍，重為鄉黨戮笑，污辱先人，亦何面目復上父母之丘墓乎？雖累百世，垢彌甚耳！是以腸一日而九回，居則忽忽若有所亡，出則不知所如往。每念斯恥，汗未嘗不發背沾衣也。」許多人在遇到困難挫折後經常會說「連死的心都有」，而如果司馬遷式的刑罰降臨到一般人身上，早不知道死了多少次了。

司馬遷堅持活了下來，他認為世間的萬事萬物都有存在的價值，對一個人來說，他存在的人生價值不該只是為了自己而活著，自己不應因遭受了恥辱之刑就自尋短見。在《季布欒布列傳》的「太史公曰」中司馬遷對生死問題作了較詳細深入的說明：「以項羽之氣，而季布以勇顯於楚，身屢軍搴旗者數矣，可謂壯士。然至被刑戮，為人奴而不死，何其下也！彼必自負其材，故受辱而不羞，欲有所用其未足也，故終為漢名將。賢者誠重其死。夫婢妾賤人感慨而自殺者，非能勇也，其計劃無復之耳。欒布哭彭越，趣湯如歸者，彼誠知所處，不自重其死。雖往古烈士，何以加哉！」面對「力拔山兮氣蓋世」的項羽，季

布竟然能夠在楚地揚名，最後蒙受屈辱活了下去，是因為他認為無謂地死去毫無意義，於是隱忍苟活，最終成為漢朝的名將。這不正是司馬遷在為自己接受宮刑而「苟活」作的辯護嗎？！自己如果死去，自己的才幹同樣無法施展，更無從完成父親的遺囑了！

　　人生在世，不可能一帆風順，遇到些溝溝坎坎是人生常態；大起大落，遭受極端的痛苦和打擊屬非常態。而常態人生和非常態人生往往表現各異，迥然不同。司馬遷未遭遇李陵事件之前屬於常態人生，在常態下司馬遷跟很多人一樣，打算做個「循吏」，想當知識分子中的勞動模範。「主上幸以先人之故，使得奉薄技，出入周衛之中。僕以為戴盆何以望天，故絕賓客之知，忘室家之業，日夜思竭其不肖之材力，務一心營職，以求親媚於主上。」（《報任安書》）他忙於工作，而無暇交遊，用今天的話說就是沒有良好的人際關係。這應該符合司馬遷的實際，身陷囹圄後，「交遊莫救，左右親近不為一言」證明了這一點。

　　他生於漢武盛世，出身於史官世家，接受了良好的教育，打下了紮實的古文閱讀與文獻整理的深厚功底；他讀萬卷書，行萬里路，積累了豐富的書面知識，搜集了極有價值的趣味橫生的故事資料；他有理想，有抱負，對未來躊躇滿志。這一切都為後來《史記》的著作打下了堅實的基礎。如果沒有李陵事件，司馬遷是不是就一定能夠成為漢武帝朝的優秀臣子呢？這是一個很有意思的引人深思的話題。從《史記》中我們讀到的是，《循吏列傳》中沒有漢代的官吏，這告訴我們，漢代尤其是漢武帝時代並不具備循吏產生和存在的環境和條件。漢武帝時代因為內外多欲，四面用兵，所以不得不借助酷吏制度來支付維穩和四方用兵所需要的巨額花費。司馬遷時代，酷吏大行其道，根本沒有循吏的立足之地。所以司馬遷是做不成循吏的。那司馬遷為什麼不做酷吏呢？良心的驅使與知識分子的自立自由自在的追求使得司馬遷又不忍心去做酷吏。除了酷吏和循吏以外，最常見的官吏其實就是奴才式的官員，而作為知識分子的司馬遷當然是不屑於做這類沒有人格尊嚴、體現不出人生價值的奴才的。

三、發憤著書

　　正如司馬遷所言，死亡並不可怕，死亡並不困難，關鍵是怎樣對待死，怎樣死才有意義，才更有價值。這才是司馬遷所關注之處。在有些時候，人活著比死去更為艱難。對司馬遷而言，尤其是遭受了為人所不齒的刑罰之後。人活

著不單單是吃喝玩樂，還要活得有意義、有價值；如果過得是沒有意義、沒有價值的生活，那麼吃喝玩樂也就失去了意義。司馬遷認為人生價值最直接的體現就是「要留清名在人間」。他在《報任安書》中說：「立名者，行之極也。」自己之「所以隱忍苟活，函糞土之中而不辭者，恨私心有所不盡，鄙沒世而文采不表於後世也」（《漢書‧司馬遷傳》）。

作為一位偉大的歷史學家，他熟悉歷史上「倜儻非常之人」，西伯、仲尼、屈原、左丘明、孫子、呂不韋、韓非，他們都是經歷了逆境，周文王被拘禁推演《周易》，孔子受困作《春秋》，屈原被放逐作《離騷》，左丘失明編有《國語》，孫子斷腳寫《兵法》，呂不韋遭貶官傳《呂氏春秋》，韓非囚秦寫《說難》《孤憤》……自古至今，成就大事業者，尤其是留下著述的偉人往往都是經歷過磨難後「發憤」的產物。他們遭受了痛苦之後，因發憤有了一部部偉大的論著，《詩經》三百篇，都是「賢聖發憤之所為作」也。我的經歷跟他們相比又有什麼區別呢？他們能夠著作傳世，青史留名，我也一定會成功！「是以就極刑而無慍色。僕誠已著此書，藏之名山，傳之其人通邑大都，則僕償前辱之責，雖萬被戮，豈有悔哉！」〔註11〕這就是著名的「發憤著書」說。

一個人與其屈辱地死去，不如堅強地活著，有的人死了，他還活著，活在一代代人民的心中。在《越王句踐世家》中也有類似的表述，句踐打了敗仗，被困會稽，喟然歎息道：「難道我將於此了結一生嗎？」大臣文種說：「商湯被囚禁夏臺，周文王被困羑里，晉國重耳逃翟，齊國小白逃莒，而他們終至稱王稱霸天下。由此觀之，我們今日處境何嘗不能成為以後的福呢？」一番話說服了句踐。句踐回國後痛下決心，苦心經營，臥薪嚐膽，不忘國恥。他親身耕作，夫人親手織布，自力更生，作百姓的表率。他飲食上「食不加肉，衣不重採」；他對賢人能做到彬彬有禮，委曲求全。他招待賓客熱情誠懇，他還能救濟窮人，悼慰死者，撫恤生者，與百姓共同勞作。最後經過二十餘年的苦心經營，終於打敗吳國，滅掉吳國。塞翁失馬，焉知非福。前面這一段話大概也是司馬遷對自己的安慰和激勵吧。

他有感於時代的要求和父親的諄諄教導，立志要繼孔子寫出第二部《春秋》式的著作。自己活下來的原因是為了實現最大的孝，「拾遺補缺，成一家之言，厥協《六經》異傳，整齊百家雜語，藏之名山，副在京師，俟後世聖人君子」，最終完成父親遺囑，立身揚名，光宗耀祖，青史留名，敘述歷史往事，

〔註11〕東漢‧班固：《漢書》，北京：中華書局，1997年，第2735頁。

以引起後來者的生的思考。《史記》人物的宦海沉浮、悲悲喜喜和生生死死，一個個活生生的故事蘊含著極為豐富的人生哲理。

本身就是歷史學家，研究的又是一個個活生生的歷史人物，司馬遷從許多與自己有相似經歷的前代賢人那裡獲得了著作《史記》的強大動力。當然不可否認，他之所以能夠堅強活下來還是父親的臨終遺囑起了重大作用。在《報任安書》中，司馬遷把「發憤著書」的情緒推廣到極致，認為成就偉大事業者必然經歷過不尋常的困惑、困難和困境。自然而然，司馬遷自己的成功與前代聖賢偉人是一樣的。我們常說，逆境出人才，其實順境也能創造人才，但不遭受逆境鍛鍊的人往往經不起意外的傷害和打擊。司馬遷的這種思想對後世的影響是積極的。人不可能一輩子都是順境，在遇到逆境時要自強不息，知難而進，百鍊成鋼，從而才有可能使壞事變成好事。司馬遷承受了肉體的無情摧殘和精神的極度崩潰，但是，他以極強的意志力「隱忍苟活」下來，努力「抗爭」，把創作「成一家之言」的《史記》作為了自己生活下去的最大精神支柱。在創作中，把自己的真實感受融入到歷史人物的傳記和歷史事件的評價中。司馬遷之所以偉大還在於他能夠超越一己的悲劇意識，沒有斤斤計較於一己的悲劇遭遇，達到了對人類普遍命運體認的高度。他把自己對人生社會歷史的深切體驗昇華到對於真、善、美的理想的永恆追求上了。劉熙載說：「太史公文，悲世之意多，憤世之意少，是以立身常在高處。」可以說，司馬遷的悲劇抒情帶有鮮明的個性特色，是十分獨特的自我表現，還帶有一定的普遍性，他是為時代和遭受相似命運的百姓發出呼聲。所以，他的抒情既是個性情感的流露，同時又表現了人類普遍情感的本質。

人生在世誰還能遇到比司馬遷更大的痛苦和挫折呢？人生在世，生命不息，奮鬥不止，同時也是欲望無止的。欲望是永恆存在的，欲望也是多方面的，有愛和被愛的欲望，對於名譽的欲望，對物質財富的欲望，等等。而在所有的欲望當中，性的欲望無論如何都是非常重要的。俗語云：男人是通過征服世界來征服女人的，而女人往往是通過征服男人來征服世界的。還有這樣的說法：男人失去愛情還有事業，女人失去了愛情就失去了一切。這種說法當然是不正確的，但告訴了我們在男尊女卑的社會裏，愛情對男人女人的確有著不同的意義。對於司馬遷而言，這方面的欲望只是欲望而已。遭受了宮刑的刑罰對司馬遷而言是奇恥大辱，這使得他的心理也發生了一定程度的「變態」，而變態的心理往往需要發洩。許多自願不自願成為太監宦官者有不

少成為了精神變態的社會毒瘤；他們的發洩也是變態的，東漢、盛唐時的宦官干政，明、清時的太監亂政，他們瘋狂聚斂財富，家裏妻妾成群，義子義孫難以勝數。這樣的發洩往往會對江山社稷、國家社會造成很大危害。司馬遷的「變態」心理也促使他要發洩，然而他發洩的方式又是與眾不同的，幾乎是獨一無二的，他把一腔熱血都傾注到了偉大的著史工作中去了。這在中國乃至在世界史上都是一個極為特殊的例子。從某種意義上說，《史記》絕不僅僅是一部普普通通的史學著作，它是司馬遷用自己的全部心血乃至生命鎔鑄而成的一部偉大的著作。

就是這樣一部偉大的文史巨著，而在兩漢時期，乃至在以後很長一個時期，一般人卻是見不到《史記》，難以讀到《史記》的。《漢書·宣元六王傳》記載：後年來朝，（東平思王宇）上疏求諸子及《太史公書》，上以問大將軍王鳳，對曰：「臣聞諸侯朝聘，考文章，正法度，非禮不言。今東平王幸得來朝，不思制節謹度，以防危失，而求諸書，非朝聘之義也。諸子書或反經術，非聖人；或明鬼神，信物怪；《太史公書》有戰國縱橫權譎之謀，漢興之初謀臣奇策，天官災異，地形厄塞：皆不宜在諸侯王。不可予。不許之辭宜曰：『《五經》聖人所制，萬事靡不畢載。王審樂道，傅相皆儒者，旦夕講誦，足以正身虞意。夫小辯破義，小道不通，致遠恐泥，皆不足以留意。諸益於經術者，不愛於王。』對奏，天子如鳳言，遂不與。」東平思王劉宇為宣帝之子，元帝之弟，當時向皇帝漢哀帝請求諸子之書和《史記》，都沒有得到允許，作為這樣一個身份特殊的人都無法讀到《史記》，更何況是當時的一般人了？！《史記》當時稱《太史公書》，原因非常清楚，因為這部書裏「有戰國縱橫權譎之謀，漢興之初謀臣奇策，天官災異，地形厄塞：皆不宜在諸侯王」，擔心這些侯王閱讀後活學活用，會對中央造成一定的威脅。從另一個方面來看，司馬遷所著《史記》在武帝以後的社會知名度很高，但一般人是難以見到原書的。《漢書·司馬遷傳》載：「遷既死後，其書稍出。宣帝時，遷外孫平通侯楊惲祖述其書，遂宣布焉。」對「祖述」這個詞，筆者認為很有研究的價值。祖，效法；仿傚。述，闡述；發揚。《禮記·中庸》說：「仲尼祖述堯舜，憲章文武。」〔註12〕《漢書·卷七十二·龔舍傳》載：「其言祖述王吉、貢禹之意，為大夫二歲餘，遷丞相司直。」劉勰的《文心雕龍·雜文》：「蔡

〔註12〕 李學勤主編：《十三經注疏·禮記正義》，北京：北京大學出版社，1999 年，第 1459 頁。

邑釋誨，體奧而文炳；景純客傲，情見而採蔚：雖迭相祖述，然屬篇之高者也。」由此看來，「祖述」合起來應該就是效法遵循闡發前人的學說或行為，對先人的「立言」之作，主要的是繼承，但有一定的發揚發揮。漢宣帝殺死了司馬遷的外孫楊惲，是不是與這個有關係呢？五鳳二年十二月，「平通侯楊惲坐前為光祿勳有罪，免為庶人。不悔過，怨望，大逆不道，要斬。」（《漢書·宣帝紀》）楊惲落得個腰斬於市的結局，與秦朝丞相李斯驚人相似，李斯是作繭自縛，罪有應得，楊惲當時已是平民，只因一篇稍微「放肆」些的書信就被處死，這樣未免重了些。

如果將「祖述」這事放大了看，那麼就比較容易理解了。這種做法與漢武帝可謂一脈相承，專制政權的脈脈溫情往往都是假的，只要認為對自己的統治有威脅，往往除之而後快。臣子百姓在他們眼中，類同螻蟻草芥。寧可錯殺成千上萬，也不可放過一個，哪怕只是一點可能的潛在威脅。楊惲的死與司馬遷的最終命運是不是有某種關係呢？司馬遷在當時觸怒了漢武帝，因此到班固著《漢書》時就已少了 10 篇。是不是可以這樣思考？因為司馬遷的客觀實錄，漢武帝處死了司馬遷，毀掉了一些自己無法接受的篇章。因此案為當朝第一要案，司馬遷因文而獲罪，朝廷中沒有人敢於記下隻言片語，所以關於司馬遷晚年的生平在歷史上湮沒無聞。也可能正是因為這個原因，《史記》在西漢時期基本沒有流傳，楊惲祖述傳播《史記》又一次惹怒了漢宣帝，最終被腰斬於市。

司馬遷的命運充滿了必然，也充滿著偶然，其遭遇是同時代無數文人士子共同命運的真實寫照。從《史記》成書的角度來說，只有他才可以完成這樣一部史書，也只有這個時代才能夠出現這樣一部巨著。從個人角度來說，更合適司馬遷生活的時代應該是百花齊放、百家爭鳴的自由民主時代，他生錯了時代。司馬遷由於受到先秦戰國時期的文化薰染，以及家風家教的影響，所養成的戰國士人性格與已經完善成熟的專制集權制度格格不入，因此因言獲罪，最終可能因書致禍。對司馬遷來說，「吾敬吾皇，吾更愛真理」，「寧鳴而死，不默而生」，既然不讓他說話，他就沉默下來，但是在社會人際交往中的沉默是為了更好地爆發，他在《史記》的撰著中秉持良心，「不虛美」，「不隱惡」，實錄敘史，最大可能地為我們還原了相對真實相對客觀的歷史。正是漢武統治時代的巨大轉變，才導致了司馬遷的悲劇，也正是司馬遷個人與漢武帝、與整個專制體制的矛盾，才鑄就了這樣一部偉大的文史巨著。

第二節 「不虛美」「不隱惡」的客觀實錄

《史記》是實錄的典型代表，劉向、揚雄贊許為「實錄」，班固在《漢書》中轉述劉向、揚雄二人語，稱司馬遷「善序事理，辨而不華，質而不俚，其文直，其事核，不虛美，不隱惡，故謂之實錄」〔註13〕。劉勰在《文心雕龍‧史傳》中評價《史記》有「實錄無隱之旨」的特點〔註14〕。「實錄」和「善序事理」其實就是中國史官秉筆直書的優良傳統的具體體現。司馬遷著史的主要目的是為了「通古今之變」，無論是「本紀」的「序帝王」，「世家」的「記侯國」，還是「表」的「繫時事」，「書」的「詳制度」，「列傳」的「志人物」，全都是敘事。「序」，敘述，即敘事。「善」有技法高超之意。司馬遷著錄《史記》的最終目的為「成一家之言」，就是要在記敘歷史的發展變化中闡明歷史發展演變的內在規律，表明自己的思想和認識，這就是「理」。關於《史記》「實錄」的特點，幾乎成為歷代學者的共識。

班彪班固父子、揚雄、劉勰、劉知幾等學者對《史記》的撰著雖仍有微詞，然而事實上《史記》一書已然無可爭議地成為中國正史的楷模標範，在中華文化史屬於傑出的偉大創造，無論如何都不能抹殺司馬遷所作出的偉大貢獻。

一、奇形異貌聖事的相關記載

我們在研讀《史記》時卻意外地發現，在《史記》中竟然存在大量似與「實錄」不相符合的矛盾性描寫，筆者姑且將有關描寫概括為「奇形異貌聖事」。司馬遷尊崇孔子，將自己的編史敘史與孔子的編著《春秋》相類比，這本身就是對孔子的景仰和禮讚。「子不語怪力亂神」，孔子對怪神等的態度若何，這不是本書要論述的範疇，我們暫且不論；如果以孔子作為標榜，那麼司馬遷在《史記》中也不應該有怪力亂神的記錄敘寫，但事實上，在《史記》中似乎神神怪怪的人事並不少見。

我們先看《五帝本紀》中的黃帝：黃帝，「生而神靈，弱而能言，幼而徇齊，長而敦敏，成而聰明。軒轅之時，神農氏世衰。諸侯相侵伐，暴虐百姓，而神農氏弗能征。於是軒轅乃習用干戈，以征不享，諸侯咸來賓從。而蚩尤最為暴，莫能伐。炎帝欲侵陵諸侯，諸侯咸歸軒轅。軒轅乃修德振兵，治五氣，

〔註13〕漢‧班固：《漢書》，北京：中華書局，1997 年，第 2738 頁。
〔註14〕南朝宋‧劉勰：《增訂文心雕龍校注》，北京：中華書局，1995 年，第 206 頁。

蓺五種，撫萬民，度四方，教熊羆貔貅貙虎，以與炎帝戰於阪泉之野。」皇帝
作為中華民族共同的祖先，他身而神靈，長而敦敏，教練熊羆貔貅貙虎，征伐
蚩尤炎帝，自然具有超凡的神力。

　　再來看幾個始祖誕生的記載：

　　　　《殷本紀》中的契：「殷契，母曰簡狄，有娀氏之女，為帝嚳次
　　妃。三人行浴，見玄鳥墮其卵，簡狄取吞之，因孕生契。」

　　　　《周本紀》中的后稷：「周后稷，名棄。其母有邰氏女，曰姜原。
　　姜原為帝嚳元妃。姜原出野，見巨人跡，心忻然說，欲踐之，踐之
　　而身動如孕者。居期而生子，以為不祥，棄之隘巷，馬牛過者皆辟
　　不踐；徙置之林中，適會山林多人，遷之；而棄渠中冰上，飛鳥以
　　其翼覆薦之。姜原以為神，遂收養長之。初欲棄之，因名曰棄。」

　　　　《秦本紀》中的秦之始祖大業：「秦之先，帝顓頊之苗裔孫曰女
　　脩。女脩織，玄鳥隕卵，女脩吞之，生子大業。」

這些記載，如契、后稷、大業的出生，都與部落始祖的出生有關。《呂氏春
秋·恃君覽》：「昔太古嘗無君矣，其民聚生群處，知母不知父，無親戚兄弟
夫妻男女之別。」〔註15〕郭沫若認為：「原始的人只知有母而不知有父，這
在歐洲是前世紀的後半期才發現了的。但在中國是已經老早就有人倡道
了。」「黃帝以來的五帝和三王的祖先的誕生傳說都是『感天而生，知有母
而不知有父』，那正表明是一野合的雜交時代或者血族群婚的母系社會。」
〔註16〕母系氏族社會時期聖王多感天而生，「感天」而生是假，難以確定父
親是真。母系氏族社會時期，男女之間並不實行一夫一妻制，唯一能確認的
是生母，難以確定生父。對此，孫作雲有更詳細的解說：「周人知道他們的
女老祖宗姜嫄無夫而生子，但到《二雅》時代，他們已經是文明人了，再不
敢正視這種野蠻事實，便把這種極原始的風俗說成了靈異，說姜嫄履『帝』
跡而生子。但我們知道，在原始社會里根本就沒有上帝信仰的，——上帝是
階級社會的產物，是人間有了統一的帝王以後，反映到天上，天上才有這樣
統一的上帝。因此，肯定地說，說姜嫄履帝跡而生子，顯然是後代的訛傳、

〔註15〕秦·呂不韋：《呂氏春秋全譯》，貴陽：貴州人民出版社，1997 年，第 741～
　　　742 頁。

〔註16〕郭沫若：《郭沫若全集》第一卷之《中國古代社會研究》，北京：人民出版社，
　　　1982 年，第 20 頁。

或作詩的人的故意粉飾。」〔註17〕

　　我們再來看漢文帝的出生：「始姬少時，與管夫人、趙子兒相愛，約曰：『先貴無相忘。』已而管夫人、趙子兒先幸漢王。漢王坐河南宮成皋臺，此兩美人相與笑薄姬初時約。漢王聞之，問其故，兩人具以實告漢王。漢王心慘然，憐薄姬，是日召而幸之。薄姬曰：『昨暮夜妾夢蒼龍據吾腹。』高帝曰：『此貴徵也，吾為女遂成之。』一幸生男，是為代王。」（《外戚世家》）

　　還有漢武帝的出身：「王太后，槐里人，母曰臧兒。臧兒者，故燕王臧荼孫也。臧兒嫁為槐里王仲妻，生男曰信，與兩女。而仲死，臧兒更嫁長陵田氏，生男蚡、勝。臧兒長女嫁為金王孫婦，生一女矣，而臧兒卜筮之，曰兩女皆當貴。因欲奇兩女，乃奪金氏。金氏怒，不肯予決，乃內之太子宮。太子幸愛之，生三女一男。男方在身時，王美人夢日入其懷。以告太子，太子曰：『此貴徵也。』未生而孝文帝崩，孝景帝即位，王夫人生男。」（《外戚世家》）

　　以後文帝、武帝的出生與始祖神話的記載性質明顯不同，這是時代社會發展的必然結果。《史記》有關記載零星，並不多見，但《高祖本紀》卻是例外，有關劉邦的神奇怪異的記載非常集中。

二、關於劉邦的神怪記載

　　　　《高祖本紀》：「父曰太公，母曰劉媼。其先劉媼嘗息大澤之陂，
　　　　夢與神遇。是時雷電晦冥，太公往視，則見蛟龍於其上。已而有身，
　　　　遂產高祖。」

劉邦雖然有父有母，但「感天而生」的思維告訴我們，劉邦與上古時期許多部落始祖的出生具有統一性，這其中的內在邏輯就是劉邦絕非常人。正因此，最後能成為漢朝的開國君主。班固《白虎通義》云：「聖人皆有表異。」〔註18〕然後舉了帝嚳駢齒、舜重瞳子、禹耳三漏、皋陶馬喙、湯臂三肘、文王四乳等各種聖人異表的例子。《史記·孔子世家》載：「孔子，魯襄公二十二年而孔子生。生而首上圩頂，故因名曰丘云。字仲尼，姓孔氏。」（《孔子世家》）孔子生下來頭頂部就呈圩狀。何謂「圩」？四周高中間低的地形。因孔子為聖人，所以一生下來就與眾不同。《史記·項羽本紀》在「太史公曰」部分，司馬遷感歎道：「吾聞之周生曰：『舜目蓋重瞳子』，又聞項羽亦重瞳子。羽豈其苗裔

〔註17〕孫作云：《詩經與周代社會研究》，北京：中華書局，1966年，第6頁。
〔註18〕漢·班固：《白虎通義》，欽定四庫全書薈要，影印本。

邪？何興之暴也！」《集解》注：「《尸子》曰：『舜兩眸子，是謂重瞳。』」意
為眼中有兩個瞳仁，現代醫學和光學理論告訴我們，真正的重瞳子現象不可能
存在。眼睛構造的客觀規律告訴我們，人眼絕不可能生有兩個瞳孔。如果果真
如此，那就一定是生了嚴重的眼病，患了這種眼病還能成為一代梟雄，那就真
是天方夜譚了！〔註19〕

　　不過，在中國歷史上，重瞳子的記載卻屢見不鮮。《晉書》卷二十二呂光
「及長，身長八尺四寸，目重瞳子，左肘有肉印」。《梁書》卷十三記載沈約「左
目重瞳子，腰有紫志，聰明過人」，沈約更為神奇，一個重瞳，另一個正常。
《隋書》卷六十四記載魚俱羅「相表異人，目有重瞳，陰為帝之所忌」。直到
《明史》中還有類似記載，「明玉珍，隨州人。身長八尺餘，目重瞳子」（《明
史》卷一百二十三）。這基本形成了共識，史書作者相信重瞳子的存在，這是
固定的沿襲說法，其中真義，很多人包括正史作者都不一定瞭解，其已成為對
神異之人的固定化敘事。司馬遷所記非常審慎，自己說的非常明確，只是聽別
人說，並不是說他已經相信這種說法，從現代意義上對神話傳說的細節進行分
析，犯了以今律古的錯誤，顯然並不合適。

　　這種現象規律也印證在劉邦身上。劉邦父母為布衣出身，並不神奇，也不
高貴，但「聖人異表，聖人異貌」的思維告訴我們，身為開國之君的劉邦身上
一定有許多不尋常之處。這裡告訴了我們劉邦極為神奇的出生，神奇絕非偶
然，而是多見，在一個人身上多見既久，也就成了平常。接下來，司馬遷就反
覆摹寫劉邦的「異貌」：

　　　　高祖為人，隆準而龍顏，美鬚髯，左股有七十二黑子。

　　　　常從王媼、武負貰酒，醉臥，武負、王媼見其上常有龍，怪之。
劉邦長相與眾不同，「隆準」，高鼻樑。「龍顏」，這是比喻說法，說劉邦長著像
龍一樣的長面容。因此後代往往諛稱皇帝面貌為「龍顏」，皇帝高興稱「龍顏
大悅」，不高興稱「龍顏大怒」，觸犯了皇帝稱為批逆龍鱗。「美鬚髯」，鬚為下
頜之鬚，髯為兩頰之鬚，大致相當於今天的絡腮鬍子。「左股」，左邊大腿上長
著七十二顆黑子。一個人如果具備了上述一點即可算特殊，而那麼多神奇怪異
之徵集中到一人身上，豈非咄咄怪事？高祖「好酒及色」，「常從王媼、武負貰
酒，醉臥，武負、王媼見其上常有龍，怪之。」劉邦「龍蛇」附體，非同常人，
嚇得武負、王媼「折券棄責」，折斷券契，不再要賬，常行此法，高祖既得酒

_____

〔註19〕劉保明：《「重瞳子」新解》，《武漢大學學報》，1987年第4期，第93頁。

喝，又少花錢，還神化了自己，可謂一舉多得。

從上述記載可以看出，一般開國君主往往都非同尋常，此等例子在劉邦之前已多有之，而後世亦常多見。《後漢書》上說，東漢光武帝劉秀「美鬚眉，大口，隆準，日角」，鬍鬚眉毛是美的，長著大嘴，也是高鼻樑，「日角」，額骨中央部分隆起，形狀如日（《後漢書‧光武帝紀》）。舊時相術家認為此為大貴之相。額頭中間骨頭隆起，暗示劉秀和真龍之間存在著血緣關係。而在隋文帝楊堅的傳記中就有點離奇過分。《隋書》說他出生時頭上長角，「遍體鱗起」，手掌上有「王」字，上肢長，下肢短（《隋書‧帝紀一》）。以現代人的眼光看，楊堅絕對屬於畸形兒，這種描寫倒不像是神話，而是異化了，十足怪物，怎能稱帝？

劉邦擁有迥異於常人的多樣「異貌」，還有常人所沒有的種種「異行」：

高祖為亭長時，常告歸之田。呂后與兩子居田中耨，有一老父過請飲，呂后因餔之。老父相呂后曰：「夫人天下貴人。」令相兩子，見孝惠，曰：「夫人所以貴者，乃此男也。」相魯元，亦皆貴。老父已去，高祖適從旁舍來，呂后具言客有過，相我子母皆大貴。高祖問，曰：「未遠。」乃追及，問老父。老父曰：「鄉者夫人、嬰兒皆似君，君相貴不可言。」高祖乃謝曰：「誠如父言，不敢忘德。」及高祖貴，遂不知老父處。

高祖以亭長為縣送徒酈山，徒多道亡。自度比至皆亡之。到豐西澤中，止飲，夜乃解縱所送徒。曰：「公等皆去，吾亦從此逝矣！」徒中壯士願從者十餘人。高祖被酒，夜徑澤中，令一人行前。行前者還報曰：「前有大蛇當徑，願還。」高祖醉，曰：「壯士行，何畏！」乃前，拔劍擊斬蛇。蛇遂分為兩，徑開。行數里，醉，因臥。後人來至蛇所，有一老嫗夜哭。人問何哭，嫗曰：「人殺吾子，故哭之。」人曰：「嫗子何為見殺？」嫗曰：「吾子，白帝子也，化為蛇，當道，今為赤帝子斬之，故哭。」人乃以嫗為不誠，欲告之，嫗因忽不見。後人至，高祖覺。後人告高祖，高祖乃心獨喜，自負。諸從者日益畏之。

相面一事難以明說，但與高祖計謀有關應無大的問題。「及高祖貴，遂不知老父處。」我們可以從兩方面來理解：一是漢高祖是言而無信、忘恩負義之人。如果相面老人存在，說明劉邦一貫言而無信，這與滴水之恩、湧泉相報的韓信形成鮮明對比，是不折不扣的諷刺。二是該故事本就是杜撰而來，只有劉邦家人參與，別人不曉，相士本不存在，又如何能報恩呢？

當然司馬遷在記載這些奇聞異事的同時，用曲筆隱語告訴了讀者其中的

奧秘之所在。如「左股有七十二黑子」,除劉邦和呂后外,似乎沒人可查證黑子的具體數目。高祖貴為天子,有龍顏異象,酒店多次「龍蛇」附身;此處又有斬蛇之舉,可見劉邦與一般北方人的極為怕蛇大不一樣,「龍蛇」是劉邦的「心愛」之物,非常之人才可行非常之事。「好酒及色」是原因,「常從王媼、武負貰酒,醉臥,武負、王媼見其上常有龍」是過程,最終的結果是「兩家常折券棄責」,所以醉翁之意不在酒,在乎騙吃騙喝也。斬蛇,一者可能與酒有關,因此有「酒壯慫人膽」之說。一者可能是劉邦與親近之人合作搬演的一齣戲。老嫗之子被殺僅老嫗一人之語,無人可證。所言赤帝子與白帝子都應是劉邦事先授意安排的產物。

異行,即神事,如果與劉邦以後的貴為天子聯繫起來,那就成了聖事。我們可以將《史記》中圍繞著始祖、帝王、聖人的神神怪怪的記載概括為「奇形異貌聖事」的描寫。雖然我們前面作了客觀審慎的分析,但對一個具有嚴肅態度、嚴謹精神的文史大家來說,寫了這麼多神神怪怪的東西,總是難以理解,其實這都是司馬遷的實錄。在《五帝本紀》中司馬遷說得非常清楚:「學者多稱五帝,尚矣。……而百家言黃帝,其文不雅馴,縉紳先生難言之。……余並論次,擇其言尤雅者,故著為本紀書首。」無獨有偶,在《蘇秦列傳》中也說:「然世言蘇秦多異,異時事有類之者皆附之蘇秦。……吾故列其行事,次其時序,毋令獨蒙惡聲焉。」《刺客列傳》:「世言荊軻,其稱太子丹之命,『天雨粟,馬生角』也,太過。」《大宛列傳》:「《禹本紀》言『河出崑崙。崑崙其高二千五百餘里,日月所相避隱為光明也。』……《禹本紀》《山海經》所有怪物,余不敢言之也。」由此可見,看似荒誕不經的描寫,定是其來有自;比如來自於《詩經》《山海經》《左傳》《戰國策》等書的記載,而且《史記》中所記已經是經過雅化選擇後的結果,這同樣是實錄。同理,關於劉邦的一系列神神怪怪的描寫,也絕非史公一人之杜撰,是另一種意義的實錄,作為本朝的開國皇帝,當朝皇帝的曾祖父,不論從司馬遷的角度來說,還是從史學家的職業道德來說,都必須尊重事實,講求客觀實錄,所有記載都講究其來有自。雖然在其他文獻中難以找到有關材料,這種實錄,應該來自於楚漢爭霸以來百姓一直口耳相傳至子長生活年代的各種傳說,這自然也是實錄,這是與前一類有所區別的另一種意義的實錄。如果就實錄問題對司馬遷進行批評,那就是苛責了,不單不能指責,反而我們應該佩服肯定司馬遷,由於他的這種獨特意義的實錄,給我們留下了那麼多有意思、更有意義的史實史料。

三、互見法觀照下的真實態度

對於上述圍繞著劉邦而發生的「奇形異貌聖事」的描寫，司馬遷的態度是什麼，著作中並未明言，只是客觀實錄，並不表明自己的態度。如果只是如此，那必定低估了司馬遷的智商。在《史記》中司馬遷有一種塑造人物、靈活安排材料的方法，那就是互見法。

一般認為，「互見法」就是司馬遷在《史記》中開創的組織安排材料以反映歷史、表現人物的一種寫作方法；即將一個人的事蹟分散在不同地方，而以其本傳為主，或將同一件事分散在不同地方，而以一個地方的敘述為主。蘇洵認為互見法的根本特徵是「本傳晦之，而他傳發之」。筆者一直認為，司馬遷非常高明，他的高明表現在很多方面。性質相同的事情在不同處有記載，因為涉及人物不同，事件不一，所以，記載程度就不一樣，有的只有表沒有裏，有的有表有裏。通過它們之間的聯繫，透過表象看本質，通過別的地方的本質也能搞清楚有的地方的表象，即一個地方的問題的答案能夠來解釋另一個地方的問題〔註20〕。這正是互見法的靈活運用。

圍繞著劉邦記載的如此多的奇形異貌聖事，我們前面已經提及，這是另一種意義的實錄，是對當時社會現實的實錄。那麼司馬遷對這些神異之事的真實態度是什麼呢？我們在解開謎底之前，首先來看與之有著密切聯繫的故事。

《田單列傳》先敘田單家世，再敘田單之不被人重視，後來在逃亡的危急關頭，田單「令其宗人盡斷其車軸末而傅鐵籠」，這就見出田單的富有智謀和超前意識。而此小小改造之舉保全了田氏宗族，同時也使得他在國難之時揚名於世而得以成為即墨將軍，正是因為此次的牛刀小試，才有了後面奇謀的運用，在即墨之戰中以火牛陣而出奇制勝，最終一舉收復了七十餘座城池，光復了國家，自己也被封為安平君。

因為前邊的特出表現，田單被任命為齊國孤城即墨的將軍。「燕昭王卒，惠王立，與樂毅有隙」，田單利用這個機會，使用反間計，使燕國免掉了樂毅。田單「縱反間於燕，宣言曰：『齊王已死，城之不拔者二耳。樂毅畏誅而不敢歸，以伐齊為名，實欲連兵南面而王齊。齊人未附，故且緩攻即墨以待其事。齊人所懼，唯恐他將之來，即墨殘矣。』」意為樂毅狼子野心，竟然想占齊地

〔註20〕張學成：《韓信謀反真相再探》，《中州學刊》，2016年第8期，第123頁。

自立為王。燕王竟然就相信了，於是派騎劫代替樂毅。深得軍心、善於指揮的樂毅一走，再加上燕軍士兵長期離家，即墨久攻不下，這樣就為齊創造了有利條件。

> 田單乃令城中人食必祭其先祖於庭，飛鳥悉翔舞城中下食。燕人怪之。田單因宣言曰：「神來下教我。」乃令城中人曰：「當有神人為我師。」有一卒曰：「臣可以為師乎？」因反走。田單乃起，引還，東鄉坐，師事之。卒曰：「臣欺君，誠無能也。」田單曰：「子勿言也！」因師之。每出約束，必稱神師。

此處「神人為師」的記載頗耐人尋味，值得我們認真深入研究。關於田單之事，《戰國策》亦有記載，《史記》詳記逃亡、固齊、復齊，對田單復齊之後所記非常簡略；而在《戰國策》中則恰恰與之相反，詳記復齊之後，對復齊過程則至為簡單，僅曰：「燕攻齊，取七十餘城，唯莒、即墨不下。齊田單以即墨破燕，殺騎劫。」「燕攻齊，齊破。閔王奔莒，淖齒殺閔王。田單守即墨之城，破燕兵，復齊墟。」〔註21〕司馬遷所據若何，暫時不清楚，但我們可以肯定的是，必非杜撰，一定有記載依據。我們著重分析「神人教我」「神人為師」之事，此處記載得如此具體生動真切，因此所有讀者都至為清楚，這就是典型的裝神弄鬼。無獨有偶，《陳涉世家》中亦有類似記載。陳勝、吳廣決定起事前，找占卜之人預測吉凶，占卜之人知道他們的意圖，說道：「足下事皆成，有功。然足下卜之鬼乎！」這哪裏是占卜，這不就是明明白白地裝神弄鬼糊弄人嗎？負責占卜的還是凡人，沒有足夠的說服力和影響力，在那個時代，鬼神具有更大的影響力。於是陳勝、吳廣用朱砂在一塊白綢子上寫了「陳勝王」三個字，塞進別人用網捕來的魚的肚子裏。戍卒買魚回來煮食，發現了魚肚中的帛書，在鬼神文化發達的時代，這樣的事情自然而然就引起了大眾的跪拜稱服。陳勝的頭上罩上了神聖的光環，這無形中讓人感覺陳勝做王是上天的旨意。接下來，趁熱打鐵，陳勝又暗派吳廣到駐地附近一草木叢生的古廟裏，在夜裏燃起篝火，模仿狐狸聲音叫喊道：「大楚興，陳勝王。」戍卒們在深更半夜聽到這種淒厲的鳴叫聲，都非常恐懼；恐懼之餘，一個神化的得到上天庇佑的超人形象就深入人心了。一系列工作做下來，以後的起事就順理成章地易如反掌起來。

這樣說來，清代的太平天國運動中的著名領袖楊秀清搞的「天父下凡」的

〔註21〕何建章：《戰國策》，北京：中華書局，1990年，第451、461頁。

鬼把戲，據筆者估計也應該受到了《史記》的「啟發」。從 1854 年初的兩年半時間，楊秀清假託「天父下凡」二十多次。「天父下凡」時，不論白天黑夜，連天王洪秀都在被傳召到場跪聽「天父」聖旨。早期聖旨還具有一定的積極意義，後來的聖旨多無關正事，多與天京內部的利益、權力鬥爭密切相關。「天父」，當然是楊秀清了，對相關犯了錯誤的人員往往要「斬首示眾」。自己妻妾成群，卻不讓下屬甚至高官過夫妻生活。冬官又正丞相陳宗揚等竟然因夫妻同宿、吸食洋煙而被斬首示眾，天官又正丞相曾水源等因不敬東王而被斬首示眾；就連北王韋昌輝也因家人未到齊參拜而被杖責四十大板。現在看來是非常可笑的事情了。其實司馬遷在《史記》裏把這些鬼把戲都給徹底解了密，這在當時來說是很不簡單的。

　　徐朔方認為：「《史記》關於劉邦的種種無稽之談都不是作者為了盡忠漢朝，為了鞏固漢朝的封建統治而捏造出來的。項羽、韓信、張良以及其他人物的傳記也混雜著性質相近的軼事。司馬遷曾經親自訪問了劉邦、項羽的起義地區，當時在偉大歷史事件過去之後不過七、八十年光景。自覺不自覺地經過誇張、附會、以訛傳訛的流傳過程，最後形成這些封建迷信的傳說。它們應是司馬遷的調查所得，一些更加『不雅馴』的說法可能已經被他淘汰。」〔註22〕這種理解，我們認為部分成立，從互見法的使用我們可以知道，主要的原因並不在此，絕非自然形成，而是有意為之。

　　劉邦母親劉媼與神結合而生劉邦，劉邦左邊大腿有七十二顆黑子，劉邦酒店醉酒後龍蛇附身，還有劉邦斬蛇起義、劉邦所居之處有龍虎之氣等等神奇的描寫，司馬遷對這些明顯荒誕不經的糊弄人的鬼把戲進行了「實錄」。為什麼叫「實錄」呢？因為，司馬遷必定也不相信這些唬人的東西，但在司馬遷所生活的時代，這應該是漢統一天下的過程中以及統一以後漢朝百姓口耳相傳、婦孺皆知的事情，司馬遷不得不「如實」記錄。而在《淮陰侯列傳》中韓信被殺，表面上看是犯了謀反罪，而實際上這也是另一種意義的「實錄」，「當時爰書之辭，史公敘當時事但能仍而載之」〔註23〕。「爰書」，即當時的司法文書，就是當時審案判案的文書。蕭何、曹參、陳平、周勃、周亞夫、樊噲等人的傳記都明確清楚地證明了檔案文書的存在，而韓信作為大漢朝第一冤案，「爰書」自然是檔案文書的一部分，政府部門的檔案文書記載得清清楚楚，史書作者不得

〔註22〕徐朔方：《史漢論稿》，南京：江蘇古籍出版社，1984 年，第 7 頁。
〔註23〕清·郭嵩燾：《史記箚記》，北京：商務印書館，1957 年，第 315 頁。

不「如實」記載，而對於這個功高蓋世英雄的悲慘遭遇，司馬遷是有自己的評判的。

劉邦神怪之事，田單神人教我之事，陳勝吳廣魚書狐叫之事本身都是神神怪怪的記載，性質上具有緊密的聯繫，完全可以歸於互見法的範疇，但不同處的記載程度不同，我們通過別處的「裏」，如田單故事、陳涉故事的真相本質，就能知曉劉邦神怪現象表象的現實本質之特性。劉邦神化自己的出生，關於劉邦身上種種神奇的描寫，是為了神化自己，同樣是為了達到田單、陳涉的目的──給自己披上一層神秘的面紗，為了麻醉蒙蔽廣大的人民群眾，一句話，就是為了達到「君權神授」的目的。

《左傳》中說得好：「國之大事，在祀與戎。」「戎」指軍隊、戰爭，槍桿子裏面出政權，這個道理大家都懂；「祀」指祭祀，通過宗教把大家的思想控制起來，就是狠抓意識形態。「天人感應」是漢代重要哲學課題，董仲舒大力提倡之。董仲舒認為：「天者，萬物之祖，萬物非天不生。」〔註24〕「天之生萬物也，以養人。」〔註25〕自然，劉邦為母親感天神而生──「感生」，這樣做的目的是神化了自己的出生，自己不是凡人，為上天所生，從而給他戴上了一個神聖而神秘的光環。

在科學並不發達的古代，編造這樣的奇聞異事，讓人非常容易相信。百姓相信的結果就是神化了自己。一般說來，開國皇帝神化自己的目的非常明確，因皇帝是上天之子，前代皇帝照樣是上天之子，那麼，這個權力是上天所賦予的，普通人無權輕易奪去，有資格決定改朝換代的只有至高無上的上天。因此，赤帝子斬白帝子的故事，告訴我們劉邦的代秦建漢是上應天命，這叫君權神授。這就進一步告訴人們，由秦到漢的天命的交接是合法的，已經得到了上天的應允，老百姓自然就得乖乖順從、臣服。

再如：秦始皇帝常曰：「東南有天子氣。」於是因東遊以厭之。高祖即自疑，亡匿，隱於芒、碭山澤岩石之間。呂后與人俱求，常得之。高祖怪問之。呂后曰：「季所居上常有雲氣，故從往常得季。」高祖心喜。沛中子弟或聞之，多欲附者矣。

此處之「氣」，指氣數，主吉凶之氣。古代方士稱可通過觀雲氣預知吉凶禍福。「天子氣」即預示將有天子出現之氣。秦始皇擔心天子氣對自己的統治

〔註24〕蘇與：《春秋繁露義證》，鍾哲，點校，北京：中華書局，1992年，第410頁。
〔註25〕秦・呂不韋：《呂氏春秋全譯》，貴陽：貴州人民出版社，1997年，第151頁。

有害，於是東遊以鎮住其氣。

以上描寫明顯受到了古老文化傳統中的「天人合一」觀念，以及「感生異貌」思想的影響。無疑，從科學的角度來看，這些記載確屬無稽之談。但是我們並不能因此說司馬遷的《史記》不合「正史」之要求。這用「實錄」史觀解釋不過去，只能說，這種傳奇性的記載體現了司馬遷「愛奇」的追求。如果我們理性分析一下，就會發現此種做法又不僅僅是「愛奇」而已。因為在司馬遷生活的時代，上述神奇古怪的故事傳說應該眾口傳誦、婦孺皆知。司馬遷非常清楚，此類事件純粹子虛烏有，但司馬遷又不得不「如實」記錄。因為劉邦的表面上離奇古怪的事情從根本上來說還是劉邦自己一人的「獨創」，算不上嚴格意義上的好奇。所以從這個意義上來說，這又是客觀的實錄了。

第三節　紀傳體寫人與人生故事化

《史記》的紀傳體特徵對後世的影響巨大而深遠。宋朝的陳振孫說：「六藝之後，有四人焉：摭實而又文采者，左氏也；憑虛而有理致者，莊子也；屈原變國風、雅、頌而為離騷；及子長易編年而為紀傳，皆前未有其比，後可以為法，非豪傑特起之士，其孰能為之？」〔註26〕此處之「六藝」指「六經」，分別指《詩》《書》《禮》《易》《樂》《春秋》等六部儒家經典著作。陳振孫認為，「六經」之後文化領域有四位文化名人，分別為：左丘明、莊周、屈原和司馬遷，四人中，我們從其字裏行間能夠看出陳氏心中最偉大的名人自然是司馬遷，因為他首創了紀傳體。這種體例使得《史記》成為正史之首，而且為後世所有正史所沿襲，代代傳承，在世界史上創造了偉大的連綿不絕的史傳敘事的高峰，如此奇偉之功，誰能超越！

一、紀傳體寫人

所謂紀傳體，就是通過用為人物紀傳的方式來反映歷史發展變化的史書編寫體例。編年體重視時間的先後，人物的所作所為往往被無情的時間分割得支離破碎。國別體分國別來記錄歷史，分國別後主要還是以時間為序來敘史。這兩種體例都沒有將人物放在至關重要的地位上。歷史歸根到底是人的歷史，

〔註26〕宋・陳振孫撰：《直齋書錄解題》，卷四，上海：上海古籍出版社，1987年，第97頁。

只有在司馬遷創造的紀傳體中，才開始史無前例地重視人的存在和生活，重視人的性格、心靈和命運，重視人之所以為人的獨特精神和人生價值。

　　《史記》中寫了上千個人物，寫得比較成功、個性比較鮮明、能夠給人留下深刻印象的難以勝數，如孫武、孫臏、吳起、屈原、賈誼、司馬相如、闔閭、夫差、句踐、伍子胥、范蠡、文種、豫讓、聶政、荊軻、李斯、趙高、胡亥、項羽、劉邦、呂后、韓信、張良、陳平、周勃、周亞夫、李廣、韓安國、衛青、霍去病、竇嬰、田蚡等等，就有近百個之多。徐朔方認為：「《史記》傳紀文學的代表作不僅具有曲折的故事情節和動人的細節描寫，而且它們都在一定程度上具有典型化的特點。《史記》很多人物描寫可以說都處於以真人真事為起點到以典型人物為終點的兩點之間的不同階段上，從帶有某些典型化、半典型化到近乎完全的典型人物止。」〔註27〕

　　在傳記人物的選擇上，司馬遷在《史記》中運用了前所未有的全社會全方位的透視視角，在重視權力階層的同時，一定程度上做到了平視和俯視，將社會不同階層的歷史人物寫入了史書，這些不同階層的歷史人物從事著不同的活動，有著不同的人生命運。無論是帝王將相，還是平民百姓，無論是貴族官僚，還是三教九流，有成功者，有失敗者，有讓人感慨讚歎的剛烈英雄，也有令人不齒的無恥小人，此外，還有美女、才子、食客、刺客、遊俠、大將、謀士等等，這些人物出身不同，經歷有別，性格有異，但每個人有每個人的故事，這些人物的不同經歷和命運共同反映了豐富多彩的社會人生，反映出了歷史的複雜多變的必然性和偶然性。

　　歸結起來，每個人的一生雖不一樣，但都無非是成功與失敗兩種。有的如張良、陳平，善始善終，樂享人生；有的如范雎、蔡澤，坎坎坷坷，窮而後達，笑到最後；有的如李斯、韓信，曾經散發過耀眼的光芒，曾有過輝煌的成功，但最後結局淒慘可悲；但無論是哪一種人生，司馬遷都寫得有聲有色。比如，對漢朝開國皇帝劉邦人物形象的塑造，司馬遷用力甚多，劉邦被寫活了，栩栩如生，形神畢肖，如現目前，給讀者留下了深刻的印象。對此，王長華評價到：「中國封建社會的皇帝可數以百計，但沒有一個皇帝豐富如劉邦者。後人評其為流氓也好，無賴也罷，而每一種評判都只能道出劉邦的一個側面。劉邦這種豐富性、多面性恰恰是通過司馬遷《史記》中的記載，特別是其中一系列似真似幻的、對其奇異之舉的描寫展現出來的。事實上，在後來中國人的心目中，

〔註27〕徐朔方：《史漢論稿》，南京：江蘇古籍出版社，1984年，第18頁。

劉邦已不僅僅是漢代的開國皇帝，而且是一個不學有術的文化精神的真正體現者，是一個活生生、含蘊豐富、魅力永存的藝術形象。」〔註28〕如此成功的人物舉不勝舉。

這些人物能夠給人留下深刻印象的原因在於，司馬遷通過各種方法表現出了他們各自的鮮明個性。日人齋藤正謙在《拙堂文話》中說：「子長同敘智者，子房有子房風姿，陳平有陳平風姿。同敘勇者，廉頗有廉頗面目，樊噲有樊噲面目。同敘刺客，豫讓之與專諸，聶政之與荊軻，才一語出，乃覺口氣各不同。《高祖本紀》，見寬仁之氣，動於紙上；《項羽本紀》，覺暗惡叱吒來薄人。讀一部《史記》，如直接當時人，親睹其事，親聞其語，使人乍喜乍愕，乍懼乍泣，不能自止。是子長敘事入神處。」〔註29〕眾多歷史人物有的差別很大，有的在身份和經歷上非常相似，司馬遷都能夠把他們的同和不同、似和不似鮮明地表現出來。像《項羽本紀》中的項羽和劉邦的區別，一個粗，一個細；一個勇猛，一個韌柔；一個殘忍，一個寬厚；一個年輕稚嫩，一個老成持重；一個率直，一個虛偽；一個坦蕩，一個自私；一個光明磊落，一個陰險狡詐；一個獨斷專行，難以容人，一個轉益多師，從善如流……好像在同時代乃至以後的歷史、文學中都很難找得出這樣反差如此之大的人物形象來。

我們在《項羽本紀》中的「鴻門宴」裏已經接觸到了樊噲這個人物。樊噲本來是個殺狗的屠夫，可是他粗中有細，勇中帶謀，在「鴻門宴」的表現給人留下了深刻的印象。他英勇無畏，闖入宴會，在宴席上有猛士之風，言辭犀利，有理有力，這讓項羽無言以對，同時也證明了劉邦集團赴宴確是有備而來。因為樊噲娶了呂后的妹妹呂嬃，所以劉邦也非常看重這個連襟，而樊噲在歷史轉折的關鍵時刻的表現也是可圈可點的。

第一次是在秦亡但項羽稱霸的危機時刻：

> 沛公入秦宮，宮室帷帳狗馬重寶婦女以千數，意欲留居之。樊噲諫沛公出舍，沛公不聽。良曰：「夫秦為無道，故沛公得至此。夫為天下除殘賊，宜縞素為資。今始入秦，即安其樂，此所謂『助桀為虐』。且『忠言逆耳利於行，毒藥苦口利於病』，願沛公聽樊噲

〔註28〕 王長華：《〈史記〉傳記非史筆描寫及其文學效應》，《文藝理論研究》，1992 年第 3 期，第 45 頁。

〔註29〕 日本．瀧川資言箋注：《史記會注考證》引《拙堂文話》，上海：上海古籍出版社，1986 年，第 5340 頁。

言。」（《史記·留侯世家》）

雖然秦已投降，劉邦先入關中，但劉邦畢竟有著僥倖的原因，如果不是項羽在鉅鹿、在北路打敗了、牽制了秦朝的優勢兵力的話，劉邦的進入關中是不可思議的事情。現在項羽、劉邦實力懸殊之時，卻貪圖眼前的享樂，實在是目光短淺，無異於自尋短見。樊噲、張良的苦口婆心說服了劉邦，於是「沛公乃還軍霸上」。

第二次，劉邦終於在韓信、彭越、黥布等人的佐助下，打敗項羽，統一天下。但由於獎勵政策的不公，開始猜忌功臣，對功臣趕盡殺絕，一時間天下紛紛造反。劉邦夫婦設計除掉了韓信、彭越，於是黥布因恐懼而造反：

> 先黥布反時，高祖嘗病甚，惡見人，臥禁中，詔戶者無得入群臣。群臣絳、灌等莫敢入。十餘日，噲乃排闥直入，大臣隨之。上獨枕一宦者臥。噲等見上流涕曰：「始陛下與臣等起豐沛，定天下，何其壯也！今天下已定，又何憊也！且陛下病甚，大臣震恐，不見臣等計事，顧獨與一宦者絕乎？且陛下獨不見趙高之事乎？」（《史記·樊酈滕灌列傳》）

第一次樊噲是配角，張良是主角。第二次，樊噲成了地地道道的領導者。這一段話擺事實，講道理，有理有據，用激將之法促使劉邦振作起來，劉邦的特殊身份決定了必須以國事為重，才能挽狂瀾於既倒。如此鮮明生動形象的人物，我們讀來有似曾相識之感，會讓我們不由自主地想到後來《三國演義》中的張飛，《水滸傳》中的李逵，《說岳全傳》中的牛皋，《楊家將演義》中的孟良，等等，他既像這一個，又像那一個，或者說，既不像這一個，又不像那一個，卻是活生生的無可替代的獨一無二的「這一個」。由此可見，正是因為劉邦身邊有一大批像樊噲這樣的忠誠、勇猛還有智謀的人物，所以劉邦才笑到了最後。

二、人生故事化

毫無疑問，《史記》是一部史書，且為正史之首，是後代史書的楷模；毋庸置疑，《史記》又是一部文學巨著，它用為人物紀傳的方式表現歷史的變化和發展。《史記》最突出的貢獻就是寫人，《左傳》《戰國策》寫人，受到時空限制，難以有效集中和展開。而《史記》的紀傳體的創造使人物活動在時、空方面獲得了極大拓展，可以突破時間，可以超越空間，這樣就給人物的集中和形象的塑造和表現創造了極為有利的條件，與《左傳》《戰國策》相比，《史記》

在寫人上的突破主要表現在以下三個方面：其一，《史記》不受時空限制，粗線條勾勒，進行細節描寫，粗細可以自由結合。其二，由於時間的連續和空間的拓寬，實現了多側面寫人的目的，這樣使人物描寫由平面化轉向立體化。從傳主本身來說，既可寫這個人多方面的才能、功績，也可以寫其思想的變化發展；從傳主與其他人物的關係來說，既可以主帶賓，也可以賓襯主。其三，傳記以人物為中心，容易形成曲折生動的故事情節〔註30〕。

紀傳體的《史記》從文學角度來看，就是歷史的傳記化，人生的故事化。人物形象只有有了鮮明的個性才能讓人更容易記住，而個性的表現卻是需要手段的。對於司馬遷而言，他表現人物個性的最主要的手段就是情節結構的故事化，或言人生故事化，即把人物言行化為一個個生動具體的故事（或言事件），人以事顯，用以揭示歷史人物生活的人生概貌，表現出其突出鮮明的人物個性，塑造出清晰的人物形象；而《史記》又是史書，活生生的人物形象通過一個又一個的事件刻畫出來後，事因人行，歷史變得生動真實而傳之久遠。就故事化的人生，或言人生的故事化的問題上，我們要深入分析，對大多數的列傳而言，人物的一生是由一個個大大小小的故事構成的，故事的表現形式靈活多樣。具體而言，體現在《史記》中，有大故事、小故事、故事的凝縮和集中——場面以及構成故事的重要因素——細節描寫等〔註31〕。

運用重大事件、典型故事表現人物自有它的長處，規模宏大，人物眾多，事件複雜，便於塑造人物群像。生活瑣事和小故事在塑造人物形象、表現人物性格特徵方面的作用和意義也不可小覷，它們具有重大事件、典型故事所不具備的優點，「尺有所短，寸有所長」，它們可以活靈活現地展現出人物的內心世界和獨特的精神風貌，幾乎可以給人留下「過目不忘」的深刻印象，甚至能夠讓人記住一輩子。所以，童年時期、少年時期的一次驚喜、一次傷悲，甚至一次驚嚇都會伴隨一個人的一生。由於重大事件涉及的人多、面廣、事繁、關係複雜，我們在平時的閱讀中往往對重大事件只有籠統、模糊的印象，而一些人事關係簡單卻蘊涵深厚的小故事、生活瑣事卻能讓我們如數家珍，歷久難忘，甚至會成為一輩子的記憶。所以，我們重點講述生活瑣事或小故事對於歷史人物的影響。

〔註30〕 張新科：《史傳文學中人物形象的建立——從〈左傳〉到〈史記〉》，《陝西師大學報》，1988 年第 1 期，第 33～39 頁。

〔註31〕 張學成、李梅著：《〈史記〉講讀》，濟南：山東人民出版社，2013 年，第 156 頁。

（一）見鼠而歎，成就了李斯，又毀掉了李斯

我們首先來看《李斯列傳》中的生活瑣事。

> （李斯）年少時，為郡小吏，見吏舍廁中鼠食不潔，近人犬，
> 數驚恐之。斯入倉，觀倉中鼠，食積粟，居大廡之下，不見人犬之
> 憂。於是李斯乃歎曰：「人之賢不肖，譬如鼠矣，在所自處耳！」乃
> 從荀卿學帝王之術。

李斯早年曾經做過郡中的差吏，秦朝分全國為三十六郡，其時之郡相當於今天的省，那麼郡小吏應該相當於今天省級機關的公務員，在我們今天可是炙手可熱的工作，但在當時，李斯竟然厭倦而逃離，這大概就是古今不同吧。有一次李斯如廁，忽然看到了來廁所偷吃不潔之物的老鼠，老鼠見到人自然嚇得倉皇而逃。俗話說，狗改不了吃屎，而狗們也喜歡食用這不潔之物，狗與老鼠相比，一大一小，力量懸殊，狗兒來了，同樣食不潔之物的老鼠只得抱頭鼠竄。我們平時常說「狗拿耗子多管閒事」，就這個故事來看，狗拿耗子還是有原因的呢。因為耗子竟然來搶它的「美食」，狗見了耗子自然就犬牙差互了。這件事本來沒有引起李斯太多的感慨，這世間的一切就怕比，有的一比之後會心甘，有的一比之後就很不甘心了。

又有一次，李斯到糧倉裏去，有了驚人的發現，糧倉裏的老鼠吃的是堆積如山的糧食，居住在高大的房屋裏，平時難以見到人的出出入入，更不要說看到狗的身影了，這裡簡直就是老鼠的天堂。同樣都是老鼠，為什麼這廁所中的和倉庫中的差別就這麼大呢？當然，答案非常簡單，他們之間的區別只是因為生活環境不同而造成的截然不同的結果。這樣兩相對比後，李斯認為人要像倉中鼠一樣快樂無憂地活著，不能像廁所中的老鼠一樣卑微下賤地活著。現時不自由的清苦生活與廁所中的老鼠又有什麼區別呢？李斯從老鼠這裡獲得了向上的力量，於是毅然決然地辭去郡中小吏的職務，轉而跟隨荀卿進修輔佐帝王的本領。李斯從荀卿那裡學到了法家思想的精髓，後來和韓非一樣成為法家的重要代表人物。如單純從史學角度來看，這種細瑣小事對歷史的發展似乎是沒有意義的，但如果深究下來，似乎又大有意義。

歷史是活生生的人的歷史。李斯的人生追求就是以自我為中心，將自我享受看作人生最重要的東西。他的人生哲學中雖然也有國家、有君王，但它們在與自我利祿享受發生矛盾的時候只能是屈居其後，他最為看重的還是自我的利益和個人享受。秦始皇臨死前吩咐趙高草就的詔書具有極為重要的意義，這

就是對於他死後國事的安排，它決定著國家的命運前途。始皇死後，李斯大權在握，完全可以呼風喚雨，一個趙高又算得了什麼呢？但是李斯卻因為自我利益的考量而同意篡改遺詔，中國歷史上第一個短命王朝本來有機會改弦易轍變成一個強大的長命的王朝，非常遺憾的是，因為李斯的喪失原則而葬送了這種可能。唐代詩人胡曾在《殺子谷》中寫道：「舉國賢良盡淚垂，扶蘇屈死樹邊時。至今谷口泉嗚咽，猶似秦人恨李斯。」假設李斯能堅持原則，仁慈的扶蘇繼承了皇位，順從民意，廢除暴政，實行順從民心的政策，秦朝很可能就不會是一個短命王朝了，而很可能成為一個長命王朝，那後來有沒有漢朝都是另說！我們今天許多人的民族都得改寫。當然歷史不能假設，但是在一定情況下的假設可以讓我們更好地發現歷史的本質。歷史是偶然的，又是必然的。

俗話說，成也蕭何，敗也蕭何。李斯為了像倉中鼠一樣快樂幸福並且有尊嚴地活著，他的一生一直向著這個目標而不懈努力奮鬥。李斯因「見鼠」之歎而促使自己進修深造最終走向了一人之下、萬人之上的地位。他最後也恰恰是因為過於追求自我利祿的享受而最終走向了滅亡。李斯在其人生關鍵時期有過多次「人生之歎」：貴為丞相之歎，篡改遺詔之歎，具五刑之歎，臨刑之歎。這都是李斯在其人生選擇的關鍵時刻作出了對自己「有利」但又違背做人、做事原則的抉擇後所發出的感歎。司馬遷對於李斯的外似剛愎卻內實游移的矛盾狀態進行了反覆揭示：秦統一後因不與民休息，官逼民反，農民起義風起雲湧，這時他想知難而退，卻又捨不得已經到手的富貴榮華；在趙高廢立之際，他開始好像大義凜然，要以身殉國，堅決與亂臣賊子作鬥爭，可最後經趙高曉之以利害，馬上又退縮主動妥協，他是把個人和家族的享受放在第一位的；後來，秦二世昏庸無道，無所不為，胡作非為，他想犯顏直諫，但一旦二世責問，馬上擔心會影響自己已經擁有的利祿享受，於是立刻苟合求容，所以他人生一切的選擇都是圍繞著最初的「見鼠之歎」發展而來的，「見鼠之歎」成為他人生抉擇的主線和靈魂。通過這樣的瑣事，司馬遷告訴我們，李斯因為自我的利祿享受的追求成就了李斯，也因為對自我利祿享受的過分追求而喪失原則，最終毀掉了李斯；也可以這樣說，老鼠刺激了李斯，成就了李斯，但倉中老鼠生活的追求也毀滅了李斯。宋代詩人薛季宣說得好：「剛從孫卿學帝王，為羞貧賤速危亡。威嚴無復人居上，自處應慚廁鼠方。」〔註32〕李斯羞於廁中鼠的生

〔註32〕宋·薛季宣：《李斯》其三，柯愈春編：《神州人物篇》，北京：光明日報出版
　　　 社，1987年，第100頁。

活,羨慕倉中鼠的生活,結果最後的結局卻連廁中鼠都不如,這不啻是一大諷刺。這樣的人,這樣的事難道只在秦朝才有嗎!以後的歷史中可謂代不乏人,其實在今天,在我們的身邊就有許多這樣的可悲可歎可憐又可恨的李斯們。

李斯見鼠的故事給人們的啟示很多,在此我們主要談以下兩點:

首先,李斯的成功給了我們有益的啟示。李斯不甘於卑賤,不甘於貧窮,發憤苦讀,努力奮鬥,從而抓住機會改變了自己的命運,走向了人生的成功。我們青年人也不要安於現狀,一段時間就要習慣將自己的心態歸零,我們現在所擁有的一切,吃的穿的用的,一般都是父母給我們創造的。人不能選擇時代,每個人都是特定時代的人,人更無法選擇自己的父母,對我們無法改變的東西只能坦然接受,否則只會毀了自己,坑了親人。一直到今天,很多官二代、富二代、星二代「拼爹」的結果往往是坑了自己的親爹,害了自己的親娘。對於父母而言,家教是一定要有的。沒有好的家教,養了沒有素質的孩子,往往會禍殃及己,今天這樣的孩子比比皆是,而在《史記》中也不乏這樣的例子。

周亞夫的悲劇跟家教不嚴有著分不開的關係,這也可以說是漢代的富二代因為拼爹卻坑了爹的經典案例。周亞夫的兒子為父親買了一批天子才可用的陪葬的甲盾,找了一部分人來搬運,搬運完了卻不付給人家工錢,人家當面是敢怒而不敢言的,卻偷偷地向政府告發。最終周亞夫被牽連其中。而當時漢景帝為自己兒子考慮,正好要找藉口除掉自視甚高、難以控制的良將之才——周亞夫。曾經出將入相的功臣元老,最終的結果是活活餓死,生生氣死於大獄之中(《絳侯周勃世家》)。周亞夫的死無疑與其家教不嚴有關,富二代並沒有對錯之分,但沒有家教的富二代卻一定能夠帶來麻煩禍患,周亞夫最終被餓死的悲劇與此有關,這無疑成了悲劇的導火索。對於年輕人而言,要正確對待父母提供的一切,憂不過喜,劣不甚悲,得意淡然,失意泰然,我們現時最重要的東西其實就是學習的態度、習慣以及我們所具有的水平和能力,我們想要有什麼樣的未來,就需要今天付出什麼樣的努力。

其次,君子愛財,要取之以道。對於我們所汲汲追求的東西,是自己的終歸是自己的,不是自己的莫要強求,這就叫「命裏有時終須有,命裏無時莫強求」,凡事講原則,做人有底線,在大是大非的原則性問題上千萬不能出錯。人生關鍵處往往只有幾步,我們一定要走好這幾步,萬不可一失足成千古恨,違背了原則,喪失了底線,強求而來的東西並不能帶來幸福,可能最後還是要失去,甚至有時還會丟掉無價的自由和寶貴的生命。花無百日紅,盛時難長久。

一個王朝有盛衰興亡的變化，一個人的榮華富貴也不一定能長久，人要知足才能常樂，懂得急流勇退才是人生的大智慧。

（二）韓信臉皮雖厚，卻是知情重義之人

對於創建了偉大功績的韓信，司馬遷是崇拜備至同情有加的。有關韓信的小故事，在《淮陰侯列傳》中竟然極為罕見地集中敘述了多則：一寄食南昌亭長，二寄食漂母，三忍袴下之辱。第一個故事，寄食南昌亭長，類似於我們今天的「蹭飯」。親人朋友偶而來吃幾頓無關大礙，但如果一個非親非故、好吃懶做的人在一個人家裏一連「蹭飯」幾個月，不討厭不心煩的恐怕就沒幾個了；南昌亭長及其妻的表現是人之常情，本無可厚非，韓信「怒」的反應其實不應該博得別人的同情〔註33〕。從韓信的角度來看，自己胸有大志，寄食南昌亭長只是暫時之舉，待其日後發達一定會滴水之恩湧泉相報。

「寄食漂母」的故事頗有意味。韓信在護城河邊釣魚，當時沒有任何污染，河水潔淨，水美魚肥情理之中，所以一條魚就很容易地咬了鉤。餓得心裏慌慌的韓信見一條大魚這麼快就咬了鉤，高興得忘乎所以，可是樂極生悲，沒吃過幾頓飽飯的韓信竟然餓得連魚竿都拽不住，那條大魚竟然活生生地把魚竿都給拉走了。一個身高馬大的青年竟然落魄到如此境地，慈眉善目的老太太油然而生憐憫之心，將自己帶的饅頭或麵餅分給了韓信一些。而韓信此時喜出望外，於是天天過來釣魚，釣魚是假，蹭飯是真，最後，韓信感恩戴德，發出宏願，待以後發達定要感恩重謝。類似話語似乎也應跟南昌亭長夫妻言及，但人家並不看好這個連自己都養活不了的「無用」之人。老太太的話其實就是南昌亭長夫妻的心聲，並非說明老太太比南昌亭長夫妻更博愛更人道。此時的韓信有什麼尊嚴可言啊！從以後的發展來看，這兩件事說明英雄有得時、有不得時，韓信此時不得時，英雄還無用武之地。

「忍袴（胯）下之辱」故事更是盡人皆知。韓信雖然是武士，但並非一魯莽之士，而是文武雙全之人、臉皮至厚之人，這厚臉皮應該是從蹭飯那裡鍛鍊來的，如若沒有屢敗屢蹭，大概就沒有後來的忍袴下之辱了。當然如果與劉邦比，那只是小巫見大巫，韓信只是厚臉皮而已，而劉邦則多了黑心腸。如果韓信能夠在厚臉皮的基礎上再加上黑心腸，也許天下就非劉邦所有了。其實劉邦也蹭過飯，劉邦兄弟四人，大哥劉伯死得早。當初劉邦微賤時，為了躲避災難，

〔註33〕張學成著：《史記人生藝術十講》，北京：清華大學出版社，2015年，第33頁。

常常帶賓客到大嫂家去蹭飯。久而久之，大嫂非常討厭劉邦，但又不好當面拒絕，於是就想出了一個主意。有一次，劉邦和賓客來蹭飯吃時，她就假裝羹湯已吃完，用勺子刮鍋邊，發出很大的響聲，讓人以為鍋裏已空了，劉邦此時正是饑腸轆轆，看到並無可食，只得悻悻然地離開。後來，竟然讓劉邦發現了這個秘密：於是就怨恨起這個大嫂，而且一直是懷恨在心，耿耿於懷。等到高祖當了皇帝，分封兄弟親人，唯獨不封大哥之子。太上皇為孫子說情，高祖說：「我不是忘記封他，因為他的母親太不像長輩了。」於是才封她的兒子信為羹頡侯（《楚元王世家》）。「羹頡侯」這個封號大概是說羹湯已盡之意，即便是看在父親的面子上封了侄子為侯，但這種帶有挖苦意味的標簽式的封賞其實是對其大嫂和自己侄子的長久的侮辱。劉邦如此做法太不厚道，與韓信沒法相提並論。

韓信忍胯下之辱的表現就是不願發怒，這給我們的啟示是，韓信能夠用心思考，能夠權衡利弊，知曉孰輕孰重。如果選擇與少年鬥氣，要麼兩敗俱傷，要麼一死一逃，要麼身陷囹圄，而這都與韓信的遠大志向相違背，小不忍則亂大謀。這裡體現出的是韓信大丈夫能屈能伸的可貴品質；這裡體現的不是「君子報仇，十年不晚」的小肚雞腸式的狹隘，而是高瞻遠矚的遠大理想境界。「信孰視之，俛出袴下，蒲伏」，這既是動作神態描寫，又是細節描寫，既活靈活現地寫出了韓信激烈的思想鬥爭，又反映了少年屠戶對韓信的恣意凌辱。

司馬遷寫這麼多瑣事，並非隨意而為，而是有著明確的目的。韓信是知恩重情之人，韓信無比忠誠，在最有能力、最有條件造反時沒有造反，最後卻被誣以謀反之罪。司馬遷自己無限忠誠，抱著為皇帝解困、為李陵打抱不平的想法說了自己的心裏話，結果卻遭受了恥辱之刑。兩個人，一文一武，結果卻都成了悲劇之人，發人深省，耐人尋味。司馬遷寫這些瑣事的最大目的大概是要告訴世人，韓信是仁義之人，是知恩圖報之人，是重視然諾之人。等到韓信作了楚王，沒有忘記曾經許下的諾言，韓信回到楚國，將三個故事的主人公都一一請來，對漂母賜以千金，對南昌亭長賜百錢，把侮辱自己的少年屠戶安排到自己手下，作了楚中尉。同時向諸將相宣布：「這是壯士，他當初侮辱我時，我難道不能殺掉他嗎？殺了他對我毫無意義，成不了我的英名，正因為當初我忍了下來，所以今天作了楚王。」寄食南昌亭長、從漂母食這樣的小恩小惠尚且記得報答，對於劉邦的所謂大恩大德，韓信又怎麼會忘記呢！韓信最終因謀反的罪名而被滅族，一定是「欲加之罪，何患無辭」！

通過這樣幾件瑣事，不僅生動地描繪出韓信的形象，而且預示著他未來的成敗，讓讀者對其主要性格有了更深層次的認識。韓信的幾件瑣事對於其形象的塑造顯得極為重要，這幾乎成為了韓信的「代言」：「忍辱袴下」體現出「小不忍，則亂大謀」的中華傳統智慧；「漂母之恩，報以千金」更是散發出知恩、感恩的人性光輝。而這與高祖劉邦形成了鮮明對比，劉邦早年對相面老人說，富貴後一定重謝之，結果，富貴後就忘記了當年許下的諾言。對於在生死關頭放自己一馬的丁公，竟然在建國後卻除之而後快，還大言不慚地說，殺掉丁公的原因竟然是「丁公為項王臣不忠」，其忘恩負義之嘴臉暴露無遺。

從韓信的瑣事我們可以看出其「知恩必報」的仁義、「忍辱負重」的堅韌性格以及獨到的長遠眼光。這給我們的啟示是，一個「一飯之恩必報償」的重情重義之人，一個能忍善忍的冷靜理性之人是一定會作出一番驚天動地的偉大事業的。韓信之所以有以後的「明修棧道，暗渡陳倉」「背水為營，拔幟易幟」「四面楚歌，十面埋伏」的經典戰例，其實在早年的生活瑣事中就已顯現出了徵兆。因此，今人在研究韓信的熟諳兵法、用兵如神之時，應重視與其未得志時的瑣事密切聯繫。由此可見，人物瑣事在塑造人物方面有著獨特的作用，能夠給讀者以豐富的啟迪。

（三）陳平佐漢，志見社肉

陳平丞相傳記中也照樣少不了小故事的出現。陳平為宰分社肉的故事，僅三十六字，全由對話組成。「里中社，平為宰，分肉食甚均。父老曰：『善，陳孺子之為宰！』平曰：『嗟乎，使平得宰天下，亦如是肉矣！』」（《陳丞相世家》）

社稷在古代一般連用，指國家，如江山社稷。《說文》：「社，地主也。」《禮記‧郊特牲》：「社，祭土。」《孝經援神契》曰：「社者，土地之主也。稷者，五穀之長也。」〔註34〕社，指土地神。古代封土築壇為社，栽種其土所宜之樹，以為祀社神之所在。從古代一直到我們今天的許多地方，都還保留著祭祀土地神的風俗，即社日。社日祭祀一般一年分為春社、秋社。春社為祈求五穀豐登，秋社為慶賀一年豐收。魯迅先生的《社戲》就來源於社日祭祀，社戲的最早目的應該是娛神，後來成為民間的娛樂活動。

宋代大詩人陸游作了很多跟社日有關的詩歌，比如《社鼓》《社酒》《社肉》《社雨》《遊山西村》等等，其中《社肉》詩曰：「社日取社豬，燔炙香滿村。

〔註34〕南朝宋‧范曄：《後漢書》，北京：中華書局，1965年，第3200頁。

饑鴉集街樹，老巫立廟門。雖無牲牢盛，古禮亦略存。醉歸懷餘肉，沾遺遍諸孫。」〔註35〕社肉是祭祀土地神后分給當地百姓們吃的肉。既然是祭祀之肉，當為福物，於是陸游將其分遍自己所有的孫子。陳平負責分社肉，將肉分得讓老百姓都很滿意。這說明了什麼問題呢？分社肉其實是一件很不好做的事，因為肉有肥有瘦，部位不同，價格也不同，所以，直到現在，在吃肉的問題上，一般人都是會「挑肥揀瘦」的。而陳平分肉，卻能分得讓父老都滿意，說明他會分，他瞭解父老的家庭貧富狀況，因此能瞭解不同人的實際需求。當然將這件工作做得讓所有父老都滿意的根本原因還是在於陳平的人緣好，有良好的人際關係，而這恰恰是作為一位政治家所不可缺少的素質。故事正面抒寫了陳平的抱負和懷才不遇的慨歎，對話中父老的讚歎也反映了陳平的為人。對話雖短，僅僅三十來字，卻具有故事性，使讀者如見其人，且簡短的故事中還能映照出陳平所遇雖艱險坎坷卻能善始善終的原因。

> 及平長，可娶妻，富人莫肯與者，貧者平亦恥之。久之，戶牖富人有張負，張負女孫五嫁而夫輒死，人莫敢娶。平欲得之。……
> 平既娶張氏女，資用益饒，游道日廣。

我們由陳平娶妻之瑣事可以看出，陳平其實是張氏女的第六任丈夫，其前五任都死於非命。即便放到我們今天，一般人也是不敢接受這位有嚴重剋夫之嫌的寡婦作為自己妻子的。但陳平與眾不同，不在乎自己是第五還是第六任，一者說明此人有無神論思想；一者說明他看重的是其家的豐厚資產，這可以成為他人生事業的啟動資金。就娶妻事而言，似乎表明陳平是「嫌貧愛富」的，這好似是道德污點，但經濟基礎決定上層建築，而這正是陳平為了實現富達理想而作的必要的物質準備。就分社肉事而言，陳平高人一等，胸懷豪邁，志向遠大，與吳起「取卿相之尊」的志向是差不多的。但是吳起失敗了，陳平卻成功了。一失敗一成功的原因主要在於二人性格的不同，吳起「刻薄寡恩」，只知埋頭幹事，不懂與人相處，雖在很多國家工作過，也曾擔任過重要的職務，卻始終沒有學會為自己創造良好的人際關係；而陳平恰恰相反，陳平的適應性強，懂得與各種人打交道，這正是他後來成功的重要原因。

接下去他一步步穩步上升，無論誰掌權，陳平都能左右逢源，逢凶化吉，遇難成祥。這得益於他淵博的知識，極善於察言觀色的本領，更重要的是人際

〔註35〕南宋·陸游著，錢仲聯校注：《劍南詩稿校注》卷53，上海：上海古籍出版社，1985年，第3135頁。

關係的熟諳和利用。劉邦在位時受到重用，呂后掌權後能做丞相，在漢文帝時通過手段成為了當時大漢帝國唯一的「丞相」，可謂富貴之極，真可以稱得上漢初政壇上的不倒翁了，當然最終也實現了自己「宰天下」的偉大目標。陳平一生多用奇謀，用計離間項羽君臣，瓦解了楚軍的凝聚力；採取聲東擊西之策，幫助劉邦滎陽突圍；與張良一道暗勸劉邦封韓信為王；高祖征討匈奴，他又用陰計巧解白城之圍……。他的一生真的可以說是功勳卓著、彪炳千秋了。可見，司馬遷對陳平人物形象的刻畫，對陳平與眾不同的才智的展露，通過以上兩件瑣事便「見微知著」地概括出來。

（四）戰國田單，出神入化

　　《史記》中的人物瑣事或小故事往往具有典型性的特徵，能夠概括出該人物最具代表性的一面，也可以表現出人物的主要性格，或者隱喻了歷史人物的最終命運。《田單列傳》先敘田單家世，再敘田單之不被人重視，接著寫道：

> 及燕使樂毅伐破齊，齊湣王出奔，已而保莒城。燕師長驅平齊，
> 而田單走安平，令其宗人盡斷其車軸末而傅鐵籠。已而燕軍攻安平，
> 城壞，齊人走，爭塗，以轊折車敗，為燕所虜，唯田單宗人以鐵籠
> 故得脫，東保即墨。燕既盡降齊城，唯獨莒、即墨不下。燕軍聞齊
> 王在莒，並兵攻之。淖齒既殺湣王於莒，因堅守，距燕軍，數年不
> 下。燕引兵東圍即墨，即墨大夫出與戰，敗死。城中相與推田單，
> 曰：「安平之戰，田單宗人以鐵籠得全，習兵。」立以為將軍，以即
> 墨距燕。

狹路相逢勇者勝，置於死地而後生。在逃亡的危急關頭，往往能看出一個人的非同尋常的超前意識。田單「令其宗人盡斷其車軸末而傅鐵籠」之策，見出田單的富有智謀和超前的意識。而這個小小的改造之舉保全了田氏宗族，同時也使得他在國難之時揚名於世而得以成為即墨將軍，正是因為此次的牛刀小試，才有了後面奇謀的運用，在即墨之戰中以火牛陣而出奇制勝，最終一舉收復了七十餘座城池，光復了國家，自己也被封為安平君。

　　因為前邊的突出表現，田單被任命為齊國孤城即墨的將軍。「燕昭王卒，惠王立，與樂毅有隙」，田單利用這個機會，使用反間計，使燕國免掉了樂毅。田單「縱反間於燕，宣言曰：『齊王已死，城之不拔者二耳。樂毅畏誅而不敢歸，以伐齊為名，實欲連兵南面而王齊。齊人未附，故且緩攻即墨以待其事。齊人所懼，唯恐他將之來，即墨殘矣。』」意思是樂毅狼子野心，竟然想占齊

地自立為王。燕王竟然就相信了，於是派騎劫代替樂毅。深得軍心、善於指揮的樂毅一走，再加上燕軍士兵長期離家，即墨久攻不下，這樣就為齊創造了有利條件。

> 田單乃令城中人食必祭其先祖於庭，飛鳥悉翔舞城中下食。燕人怪之。田單因宣言曰：「神來下教我。」乃令城中人曰：「當有神人為我師。」有一卒曰：「臣可以為師乎？」因反走。田單乃起，引還，東鄉坐，師事之。卒曰：「臣欺君，誠無能也。」田單曰：「子勿言也！」因師之。每出約束，必稱神師。乃宣言曰：「吾唯懼燕軍之劓所得齊卒，置之前行，與我戰，即墨敗矣。」燕人聞之，如其言。城中人見齊諸降者盡劓，皆怒，堅守，唯恐見得。單又縱反間曰：「吾懼燕人掘吾城外冢墓，僇先人，可為寒心。」燕軍盡掘壟墓，燒死人。即墨人從城上望見，皆涕泣，俱欲出戰，怒自十倍。

一個本來是要開個玩笑的大膽的軍士就這樣莫名其妙地成了「神師」。接下來，每當田單發布命令時，都要宣稱是神師旨意。田單通過情報人員的工作讓投降燕人的齊國士兵的鼻子割下來，而且作戰時讓這些沒了鼻子的人站在最前邊，這一下子就打消了一些人投降的念頭，有些人早已堅持不住了，本來還想找機會投降的，沒想到投降後竟然「享受」了如此待遇，過著生不如死的生活，於是就堅定了固守之心。田單又通過反間計讓燕軍把城里人的埋在城外的祖先的墳墓給挖掉，即墨人從城上望見祖先墳墓被糟蹋得不成樣子，於是一個個怒不可遏。這樣一來，即墨軍民上下一心，同仇敵愾，只要等到合適的時機，一定會產生強大的戰鬥力的。兩個故事講下來，熟悉地形、懂得指揮的樂毅被免職，田單抓住機會，強化了即墨城內軍民對燕軍的憤怒，堅定了把守城池的決心，創造了對自己有利的條件，形勢朝著有利於田單的方向發展，「萬事俱備，只欠東風」，最後的勝利指日可待，田單的聰明才智、深謀遠略可見一斑。

接下來的「火牛陣」的故事寫得更是奇崛警人。「田單乃收城中得千餘牛，為絳繒衣，畫以五彩龍文，束兵刃於其角，而灌脂束葦於尾，燒其端。鑿城數十穴，夜縱牛，壯士五千人隨其後。牛尾熱，怒而奔燕軍，燕軍夜大驚。牛尾炬火光明炫燿，燕軍視之皆龍文，所觸盡死傷。五千人因銜枚擊之，而城中鼓譟從之，老弱皆擊銅器為聲，聲動天地。燕軍大駭，敗走。齊人遂夷殺其將騎劫。」（《田單列傳》）「為絳繒衣，畫以五彩龍文」是為了將牛神化起到「驚天地，泣鬼神」的效果，「束兵刃於其角」，牛就有了格鬥的利器，一旦受到驚嚇

或被激怒就會成為勇往直前、所向披靡的猛士，而「灌脂束葦於尾，燒其端」則成為「神牛」戰鬥的動力。通過奇妙的構思、細緻的描寫、誇張的效果把田單的智謀表現得淋漓盡致，簡直是出神入化，正因此，才有了「燕軍擾亂奔走，齊人追亡逐北，所過城邑皆畔燕而歸田單，兵日益多，乘勝，燕日敗亡，卒至河上，而齊七十餘城皆復為齊」的傳奇化的效果。《史記》中的故事大多如此，都帶有一定的傳奇性，而傳奇性正是文學性的突出表現。

（五）人生故事的特徵和意義

一個個大大小小的故事，可以說在《史記》人物傳記中是隨處可見的。這些故事除了暗含著傳記人物的成敗人生以外，還有著極為豐富的特點。最鮮明的特點，筆者認為首先是故事的哲理性，因為幾乎每個故事都包含著一定的人生哲理。我們知道項羽英雄一世，卻最終走向了窮途末路，這從項羽小時候的學習瑣事就可以看出來。「項籍少時，學書不成，去，學劍，又不成〔註36〕。項梁怒之。籍曰：『書足以記名姓而已。劍一人敵，不足學，學萬人敵。』於是項梁乃教籍兵法，籍大喜，略知其意，又不肯竟學。」學習貴在堅持，項羽學習常常有始無終；學習貴在深入，項羽偏偏淺嘗輒止。成大事者往往文理兼通，文武雙全，項羽卻是文不成，武不就，生性浮躁，沉不下心，沒有養成冷靜、理性、沉穩的脾性，只有自傲自負的一身霸氣。這樣的人沒有很深的文化素養，這樣的人有勇無謀，這樣的人最終走向悲劇的結局也在情理之中了。

李廣的因私心而殺霸陵尉、殺羌已降者、以射為賭等等故事，反映出李廣心胸狹隘的性格，最終導致了李廣難封、引刀自剄的悲劇結局，這都包含著人生處世的哲理。一個人要有廣闊的心胸氣度，才可能擁有美好的未來。

李斯的「見鼠之歎」告訴我們因利祿和個人的享受促使李斯走向了成功，同時也因此而走向了舉家敗亡的結局。「君子愛財，取之有道」，做事講原則，為人有底線，之所以要有原則底線，就因為它不僅關係到大的方面，而且也會影響到小的方面。「覆巢之下，豈有完卵」，不尊重原則，缺少底線，在人生大是大非的原則性問題上出現了問題，最後能有好的結果才真的成了問題呢！

李斯的故事告訴我們，君子愛財，一定要取之有道。堅持原則很重要，「勿

〔註36〕作者按：中華書局本作「學書不成，去學劍，又不成」，多本同。而《漢書·陳勝項籍傳》斷為：「學書不成，去；學劍又不成，去。」（中華書局，1962 年，第 1796 頁），《史記》中「去」多作「離開」講，《漢書》斷句是。本文據此改。

以惡小而為之，勿以善小而不為」，不能因為小事就放鬆了對自己的要求，進而放棄了多少年來形成的意識、習慣和價值觀。所以說，泰山不拒細壤，故能成其高；江海不擇細流，故能就其深。我們一定得記住：世間的一切「大」其實都是從「小」開始的，沒有平時的點點滴滴的奉獻與付出，又怎會有最後的大的成功呢？我們在欣賞花的嬌豔欲滴、萬紫千紅時，卻忘記了葉的新陳代謝，根在黑暗中的堅強伸展。

如果一個人缺乏原則性，只圖個人利祿享受，只看眼前，不顧長遠，或早或晚，一定會有窮途末路、後悔莫及的那一天。貪利一定要付出代價，即便不被抓到，也要遭受良心的譴責。掛一漏萬畢竟是少數，天網恢恢疏而不漏才是永恆，不是不報，時候未到，人在做，天在看，所以我們一定要敏於事而慎於言，凡事要三思而後行。

在《史記》中，許多瑣事還具有對比性，如李廣對待霸陵尉和韓安國對待田甲的瑣事就構成了鮮明的對比，通過對比能夠表現出不同人物的不同性格，同時也反映了一定的哲理，告訴我們李廣之所以不得封侯的原因正與其狹隘的心胸有一定的關聯。

有關劉邦和項羽的瑣事也形成了奇妙的對比。「項王見秦宮室皆以燒殘破，又心懷思欲東歸，曰：『富貴不歸故鄉，如衣繡夜行，誰知之者！』說者曰：『人言楚人沐猴而冠耳，果然。』項王聞之，烹說者。」(《項羽本紀》) 而劉邦入關前即「諸所過毋得掠鹵，秦人憙」；一入關就與關中父老「約法三章」，「殺人者死，傷人及盜抵罪。餘悉除去秦法。諸吏人皆案堵如故。凡吾所以來，為父老除害，非有所侵暴，無恐！」這樣「秦人大喜」；接著又拒絕接受犒勞慰問，「倉粟多，非乏，不欲費人」，「人又益喜，唯恐沛公不為秦王」(《高祖本紀》) 而秦人對項羽的態度是，「項羽遂西，屠燒咸陽秦宮室，所過無不殘破。秦人大失望。」通過這一系列的對比，我們看到了項羽的剛愎自用、鼠目寸光、政治短視而又草菅人命的本性，這些都為其悲劇的結局埋下了伏筆，也注定了他最終失敗的命運。

西方有諺語說得好，At 20 years of the will reigns; at 30 the wit; at 40 the judgment. 20 歲時我們按意願做事；30 歲時我們憑智慧做事；40 歲時我們靠判斷做事。項羽起事時只有 24 歲，而劉邦已經 48 歲，項羽正是憑意願做事的時期，為了報家仇國恨，於是「力拔山兮氣蓋世」，專打硬仗，打下一個地方就要大開殺戒，一直到最後滅秦殺人放火，終於實現了多少年來的幾輩人的滅秦

夙願；但滅秦後卻失去了奮鬥的動力，沒有了明確的目標和方向，顯得非常被動，一直被人牽著鼻子走。而劉邦起事時就是為了「大丈夫當如此也」的偉大理想抱負，臨事雖然也有感情用事時，但能夠注意兼聽，善於吸取別人的意見和建議，富有智謀，善耍心計，「仁而愛人，喜施，意豁如也」。劉邦往往能夠在理性分析的基礎上作出準確的判斷，他勝不驕敗不餒，在項羽面前表現得成熟老道，深有城府，給一般人的感覺，劉邦就是一個理性的冷靜的大方的愛人的平易近人的老者。二人對比如此懸殊，項羽在劉邦面前活脫脫就是一個長不大的愣頭青，而劉邦則是一位典型的成熟政治家的形象。他表現得親民愛民，善於俘獲民心，我們知道得民心者得天下，自然楚漢之爭的結果也就不難知曉了。

在寫人物瑣事時，司馬遷還非常注意前後對照。《史記》中人物瑣事的前後照應，既讓人充分認識到人物形象的發展變化和人物傳記結構的完整，又更好地突出了人物的性格特徵。在《史記》中，同一人物在瑣事中表現出前後的對比和照應，這在韓信身上表現得最為突出。韓信早期落魄江湖時忍辱胯下和受漂母之恩是最具代表性的兩件瑣事。隨著時間的推移，司馬遷沒忘記與之前相互照應。重賞漂母，並且不報復少年屠戶：「召辱己之少年令出胯下者以為楚中尉。告諸將相曰：『此壯士也。方辱我時，我寧不能殺之邪？殺之無名，故忍而就於此。』」韓信心胸寬廣、知恩圖報，而且還對忍胯下之辱的行為作了闡釋，告訴讀者當初作此選擇的原因。在韓信功成名就之後不僅不實施報復，而且還對其予以任用提拔，充分顯示出超出常人的寬廣度量。

《史記》中的人物瑣事多為司馬遷漫遊時從傳記人物的故鄉搜集而來，故事往往發生在老百姓的身邊，是他們親眼所見、親耳所聞，所以有一定的現實性；又因百姓口耳相傳，添油加醋，進行了無意識地藝術再創造、再加工，所以多帶有誇張虛構性的成分，再加之司馬遷本身就好「奇」，所以，《史記》中的歷史人物多帶有明顯的傳奇色彩。

> 初，田嬰有子四十餘人，其賤妾有子名文，文以五月五日生。嬰告其母曰：「勿舉也。」其母竊舉生之。及長，其母因兄弟而見其子文於田嬰。田嬰怒其母曰：「吾令若去此子，而敢生之，何也？」文頓首，因曰：「君所以不舉五月子者，何故？」嬰曰：「五月子者，長與戶齊，將不利其父母。」文曰：「人生受命於天乎？將受命於戶邪？」嬰默然。文曰：「必受命於天，君何憂焉。必受命於戶，則可

　　高其戶耳，誰能至者！」嬰曰：「子休矣。」(《孟嘗君列傳》)
此故事不見於《戰國策》，蓋為司馬遷遊歷薛地時從當地搜集而來。孟嘗君之
父田嬰有子四十多人，而孟嘗君之母身份卑微，又因出生於五月，而被田嬰明
確告知禁止養育，然而就是這樣一個命運多舛的孩子，最後卻被封為太子，實
乃傳奇之事。看來，命運之說並不可信，也並不可靠。謀事在人，成事在天，
後天的努力才可以決定一個人的成功與否。

　　《商君列傳》一開頭就寫了這樣一則曲折動人的小故事：

　　　　商君者，衛之諸庶孽公子也，名鞅，姓公孫氏，其祖本姬姓也。
　　鞅少好刑名之學，事魏相公叔座為中庶子。公叔座知其賢，未及進。
　　會座病，魏惠王親往問病，曰：「公叔病有如不可諱，將奈社稷何？」
　　公叔曰：「座之中庶子公孫鞅，年雖少，有奇才，願王舉國而聽之。」
　　王嘿然。王且去，座屏人言曰：「王即不聽用鞅，必殺之，無令出境。」
　　王許諾而去。公叔座召鞅謝曰：「今者王問可以為相者，我言若，王
　　色不許我。我方先君後臣，因謂王即弗用鞅，當殺之。王許我。汝
　　可疾去矣，且見禽。」鞅曰：「彼王不能用君之言任臣，又安能用君
　　之言殺臣乎？」卒不去。惠王既去，而謂左右曰：「公叔病甚，悲乎，
　　欲令寡人以國聽公孫鞅也，豈不悖哉！」

一國之君魏惠王拜訪病中的國相公叔座，此為一奇，由此可以看出其尊賢重賢
的一面。君主交談中問及國相之接班人問題，更可看出公叔座的重要性，公叔
座有感於事情之非同尋常，舉薦了名不見經傳的青年公孫鞅，此又為一奇，俗
話說「人之將死，其言也善」，主賢臣忠，國之幸事，魏惠王如若聽從國相之
建議，這該是多令人欣慰的事啊！但接下去故事一轉，司馬遷用了「王嘿然」，
「嘿」一般認為通「默」，默然無語的樣子。與後邊相聯繫，我們可以想見，
這個「默然」中其實還包含著些驚訝，甚至都有些目瞪口呆，說不定還伴隨著
微微的聲音。這就戳穿了魏惠王尊賢的假象，其不識人、不信人，更不懂得用
人，而且表現得也很沒有涵養。此為離奇一轉。繼之，公叔座明知魏惠王不會
用鞅，屏退眾人，與王附耳悄悄勸說魏惠王，建議對公孫鞅這樣的極為優秀的
人才，如果魏國不加重用的話，必須除掉他，以免放虎歸山，遺留後患。這讓
讀者一下子為公孫鞅揪緊了心弦，擔心起了他的命運。而魏惠王離開以後，公
叔座把勸殺一事告訴了商鞅，又讓讀者把心放到了肚裏。公叔座能識人，能薦
人，且能愛才；對國君忠心耿耿，坦坦蕩蕩。此又一轉又一奇。而公孫鞅的回

答又證明了其才能遠在公叔座之上：「彼王不能用君之言任臣，又安能用君之言殺臣乎？」這從表面來看是為了突顯公叔座，而司馬遷的真實目的還是為了烘托公孫鞅。張新科認為《史記》的人物的語言已經達到了個性化的高度，「人物形象由概括化向個性化邁進，個性化的語言是第一步，也是關鍵的一部。在史傳文學發展過程中，司馬遷跨出的這一步具有重要意義，他繼承了《左傳》《戰國策》的長處並大膽創新，使個性化的人物首先以語言取勝，這個貢獻值得重視」。〔註37〕如此簡單的卻有個性化的語言，將商鞅的胸有成竹給表現出來，這就是以個性化的語言取勝。

　　《史記》的人物語言描寫非常成功，有的已經達到了個性化的程度。王長華認為：「司馬遷的人物對話語言描寫，大到群臣班列、列國盟約的大場面，小到家庭燕飲、夫妻對坐的小場景，上至項羽、劉邦這些叱吒風雲的時代英雄，下到遊俠刺客這些難見經傳的市井細民，只要一開口說話，差不多每個人都可以通過語言對話顯示出身份標誌和性格特徵，這實在是不易做到的。」〔註38〕魏惠王離開之後對左右的感慨又進一步暴露出其缺乏政治策謀和遠見的愚蠢、平庸。通過這樣層層進、層層轉、層層奇的手法，條分縷析，抽絲剝繭，從而讓讀者通過對比認清了三個人物，又突顯出了商鞅這個中心人物。這也讓讀者明白了一個道理，認識一個人不容易，推薦一個人更不容易，而人才獲得重用更是難上加難。

　　小故事、生活瑣事一般涉及的人物不多，人物關係相對比較簡單，人物行動的場景往往相對固定單一，變化不是很大，一般的故事具有趣味性，有的還具有深刻的內涵，多數故事往往具有強烈的戲劇性，並且有較尖銳的戲劇衝突，非常適合舞臺搬演。而且，多數小故事都有成功的心理描寫，有的有臺詞，有對話，有自白，多數還有表情刻畫，這一切都為後世作家進行再創作提供了廣闊的空間。

　　無論是大故事還是小故事，其戲劇性都非常鮮明，往往引人入勝，發人深省。比如，「吳宮教戰」的故事，看似兒戲，卻不是兒戲，裏面深藏著軍事兵家帶兵打仗的原理。再如，「霸王別姬」的故事，「力拔山兮氣蓋世」的英雄竟

〔註37〕張新科：《史傳文學中人物形象的建立——從〈左傳〉到〈史記〉》，《陝西師大學報》，1988年第1期，第36頁。

〔註38〕王長華：《〈史記〉傳記非史筆描寫及其文學效應》，《文藝理論研究》，1992年第3期，第43頁。

然走到了窮途末路的悲慘境地，以至於連自己的愛妾都難以保護，其內心之情感通過《垓下歌》生動地表現出來，於是，《霸王別姬》就成為了京劇中的經典曲目。因為項羽自私、無奈、傷感的複雜情感的流露，所以，後代的改編再創造最後都是以虞姬自殺而告終。

生活瑣事雖小，但具有典型的戲劇因素，麻雀雖小，五臟俱全，因此，有的小故事敷衍成大故事，就成了經典的演出曲目，如「蕭何月下追韓信」的故事。有的大故事，如「將相和」「趙氏孤兒」等，都早已成為舞臺上長盛不衰的經典戲劇故事。

從歷史的角度而言，這些生活瑣事或小故事於歷史的發展並無多大關係，完全是可有可無的，當然可以一刪了之。刪去這些小故事對於王朝的更替、歷史的發展沒有任何影響，但從文學角度來說，卻意義重大。在今天，研究《史記》者，大多數是從文學角度出發，是把《史記》當作了一部文學巨著來研究的。人物瑣事或小故事於歷史人物性格的表現、人物形象的塑造方面大有意義，為我們表現出了歷史人物的獨特個性，或簡潔或詳盡地神化了人物形象的質感。王長華認為：「在《史記》中，小故事出現的頻率相當高，除上述提到的兩則外，像大家耳熟能詳的《陳涉世家》《項羽本紀》《高祖本紀》《李斯列傳》等傳紀中，都有相當出色的運用小故事的例子，這些小故事一般都蘊含著明顯而強烈的象徵意味。這樣的小故事已經出現，就具有預示人物未來發展和命運走向的意義，這在機械照搬史法的守舊史家著作中難以見到，而我們則正是在這些方面看到並肯定它的文學價值的。」〔註39〕大大小小的故事，有自白，有對話，有動作，有細節描寫，有表情神態，還有高超的細緻入微的心理描寫。許多故事往往具有以小見大的特點，隱喻了決定一個人人生命運的主導性格。有些曲折生動、妙趣橫生的小故事中隱含著某些方面的原理法則，具有一定的哲理性，透露出司馬遷對社會歷史人生的獨特思考。所以，徐朔方說：「《史記》首先是歷史著作；但是從某些局部的片段來說，卻首先是文學作品。作為歷史著作，這些片段應該加以刪減。作為文學作品，確實不可多得的佳作。」〔註40〕大多數生活瑣事和小故事的存在是司馬遷漫遊成果的體現，是《史記》成為一部文學著作的重要因素，可以說大大強化了《史記》的文學性。

〔註39〕王長華：《〈史記〉傳記非史筆描寫及其文學效應》，《文藝理論研究》，1992年第3期，第44頁。
〔註40〕徐朔方：《史漢論稿》，南京：江蘇古籍出版社，1984年，第19頁。

第四節 《史記》寫心學芻論

日本著名文史學家吉川幸次郎對司馬遷的《史記》給予了高度評價，他認為：「希羅多德是西方歷史之父，漢代司馬遷在公元前一世紀寫的《史記》，則是我們東方歷史之父。」〔註41〕這裡對司馬遷和《史記》作出了極高評價。而明末清初傑出的點評家金聖歎把《史記》評為「六才子書」之一，他說：「隱忍以就功名，為史公一生之心。」這裡初步提到了司馬遷著史用「心」的問題。

一般認為，在正史與野史之間有著明確的分野，正史客觀真實，野史荒誕不經。宋代史學家司馬光卻認為：「實錄正史未必皆可據，野史小說未必皆無憑。」因此他在編撰《資治通鑑》時，也採及野史小說。錢鍾書為此評價道：「夫稗史小說、野語街談，即未可憑以考信人事，亦每足據以觇人情而征人心。」〔註42〕史書中的人物多為已經故去的歷史人物，對於創作者而言，歷史人物的心理我們難以知曉，其心理描寫也是難於完成的。

作為正史之首，毫無疑問，《史記》是一部嚴肅的歷史著作。史書自然有史書的撰寫規範，它首先要遵循實錄的原則。因為史書的最大生命就是真實客觀。那麼史家敘事傳人一定要講究其來有自，必須有所依據才能下筆，比如前代當代的檔案文書、現有的文獻典籍篇章，還有針對有關人員的採訪，對歷史故地的實地考察等等，否則信口開河，閉門造車，就失去了存在的價值。史家在為人物作傳時，只能借助人物自身的言行和場合進行極為有限地議論生發，藉此表現人物行為，刻畫人物的性格。而由於歷史著作的科學性以及史官工作的客觀性，從嚴肅意義上來說應完全排斥作者依靠心理分析去描寫完全看不到聽不到的歷史人物的內心生活。正因此，文學和史學才成為兩個不同的學科。從這個角度說，史書應該儘量減少甚至杜絕人物心理活動的描寫。那麼，在《史記》中，事實到底如何呢？我們稍後回答這個問題。

一、寫心古已有之

現在我們所接觸到的「心理」「心理活動」「心理描寫」等名詞概念，都來自西方話語體系，屬於心理學的範疇。其實在我們古老的文化語境中早有更準確的說法，那就是「寫心」。《詩經‧小雅》之《裳裳者華》：「裳裳者華，其葉

〔註41〕日本‧吉川幸次郎著，章培恒等譯：《中國詩史》，合肥：安徽文藝出版社，1986年，第 96 頁。

〔註42〕錢鍾書著：《管錐編》第 1 冊，北京：中華書局，1986 年，第 2711 頁。

湑兮。我覯之子，我心寫兮。我心寫兮，是以有譽處兮。」「寫」通「瀉」，指心情舒暢。「言我見之子，則我心為之輸寫也。我心為之輸寫兮，是以眾口交推，常安樂而處之兮。」〔註43〕這是說心中話都傾吐出來，憂愁消除了，心情自然就舒暢了。《小雅·蓼蕭》：「蓼彼蕭斯，零露湑兮。既見君子，我心寫兮。燕笑語兮，是以有譽處兮。」這裡與《裳裳者華》的「寫心」意義相同。「寫心」之「寫」，繁體為「寫」，《說文解字》釋：「置物也。謂去此注彼也。曲禮曰：器之溉者不寫，其餘皆寫。注云：寫者，傳己器中乃食之也。小雅曰：我心寫兮。傳云：輸寫其心也。」段玉裁《說文解字》注：「寫，凡傾吐曰寫。」本義為將一個東西放到另一容器中，後來引申有傾瀉之意，後來，感情的傾吐、傾訴也叫「寫」。朱熹注曰：「寫，輸寫也，我心寫而無留恨矣。」〔註44〕最後就有了我們所熟悉的書寫、抒發的意義。

有人說，「心」作為心臟而言，它指的是身體五臟器官之一——心臟，只指人體中的一種生理結構，它跟心理、心理活動又有什麼關係呢？實際上，此「心」非彼「心」，「心」絕非只是一個生理學的術語。《素問·靈蘭秘典論》曰：「心者，生之本，神之變也。」心為人生命的根本，也用來表示看不見摸不著的「神」的變化。《醫宗金鑒》云：「形之精粹處名心。」動物和植物一旦長大成形，那麼其形的至精至粹之處就是心。「動物之心者，形若垂蓮，中含天之所賦，虛靈不昧之靈性也。」「天之所賦」，猶如人的精卵之合成，在「心」的概念中，已是包含了個體的生成和發展，乃至人之為人的道理〔註45〕。

成書於戰國時代的《列子》記載了一個非常具有現代意義的故事：魯國的公扈和趙國的齊嬰因志向精氣不相匹配，本來，一個人的心臟功能強大則志氣強大，心臟功能弱小則志氣弱小，他們二人正好相反，為了兩個人各適其性，扁鵲為他們施行了換心手術，手術後二人遂之恢復了健康。這個故事告訴我們「心」的重要性。心臟以及通過其血液的循環，融會貫通於整個生物有機體，是所有生命形式的核心部分。最近幾十年心臟移植手術的發展，越來越多的個案顯示：在心臟移植之後，更換了一個生理性的器官幾乎是改變了一個人的性格，改變了一個人的生活方式，或者說簡直變成了另外一個人〔註46〕。

〔註43〕清·王先謙撰：《詩三家義集疏》，北京：中華書局，1987 年，第 771 頁。
〔註44〕《辭源》，北京：商務印書館，1996 年，第 1023 頁。
〔註45〕申荷永著：《中國文學化心理學心要》，北京：人民出版社，2001 年，第 32 頁。
〔註46〕申荷永著：《中國文學化心理學心要》，北京：人民出版社，2001 年，第 17 頁。

　　在中國傳統文化中，「心」之含義廣泛，諸如思想、情感、意識，乃至態度、性格和意志都在「心」的意義範圍之內。所以，《禮記・大學疏》說：「總包萬慮謂之心。」此「心」意義範圍最廣，舉凡前述意義都包括在內。《易經・繫辭》云：「二人同心，其利斷金。」這是共同的情感、願望、追求。《詩經・小雅》也說：「他人有心，予忖度之。」這裡是心思、想法。「心」還被稱為智慧之所，《管子・心術》說：「心之在體，君之位也；九竅之有職，官之分也。心處其道，九竅循理；嗜欲充益，目不見色，耳不聞聲。」〔註47〕心臟就像是一國之君，各種器官的功能就像百官的不同分工。心臟運轉正常，各器官就能合理運作。這樣一來，「心」就具有了西方「心理學」的含義，它超越了「心臟」，同時也超越了「大腦」。中國古人用「心」來指代人的靈性、智慧，表示人的心理、心靈與精神世界，這實在是非常高明的創造。

　　「寫心」當然不是一個新名詞，在中國古已有之。班固《漢書》中的記載應該算是比較早的說法：「吏見者皆輸寫心腹，無所隱匿，咸願為用，僵仆無所避。」〔註48〕《文心雕龍》也多次提到「寫心」的問題，《物色》篇云：「是以詩人感物，聯類不窮；流連萬象之際，沉吟視聽之區。寫氣圖貌，既隨物以宛轉；屬採附聲，亦與心而徘徊。」〔註49〕文學創作中作者之心與創作對象密切相關，在很多時候文學創作其實就是寫心的過程。《序志》篇專門提到了「文心」的問題，「夫『文心』者，言為文之用心也。」〔註50〕「生也有涯，無涯惟智。逐物實難，憑性良易。傲岸泉石，咀嚼文義。文果載心，余心有寄」〔註51〕，「為文用心」「文果載心」都是「寫心」的大致情狀。

　　魏晉時候，「寫心」一詞正式出現在文學家的筆下。張華《答何劭》二首之一：「是用感嘉貺，寫心出中誠。發篇雖溫麗，無乃違其情。」〔註52〕向秀的《思舊賦》更是明確地提到，「佇駕言其將邁兮，故援翰以寫心」，這跟我們

〔註47〕李山譯注：《管子》，北京：中華書局，2009年，第191頁。

〔註48〕東漢・班固：《漢書》，北京：中華書局，1997年，第3201頁。

〔註49〕南朝・梁・劉勰著，陸侃如、牟世金譯注：《文心雕龍譯注》，濟南：齊魯書社，1995年，第549頁。

〔註50〕南朝・梁・劉勰著，陸侃如、牟世金譯注：《文心雕龍譯注》，濟南：齊魯書社，1995年，第602頁。

〔註51〕南朝・梁・劉勰著，陸侃如、牟世金譯注：《文心雕龍譯注》，濟南：齊魯書社，1995年，第611～612頁。

〔註52〕唐・李善注：《文選》卷二十四，北京：中華書局，1977年，第343～344頁。

今天的「寫心」基本同義，《辭源》解釋「寫心」為抒發心意，專門舉了這個例子〔註53〕。陶淵明在《贈長沙公族孫》中寫道：「遙遙三湘，滔滔九江。山川阻遠，行李時通。何以寫心？貽此話言。進賈雖微，終焉為山。」〔註54〕由此開始，在後來的文學作品中，「寫心」這個詞就經常出現了。李白在《酬岑勳見尋就元丹丘對酒相待，以詩見招》：「黃鶴東南來，寄書寫心曲。」《雪溪夜宴詩》（屈大夫歌）：「敢寫心兮歌一曲，無誚余持杯以淹留。」蘇軾說：「軾倦遊滋久，寤寐懷歸。空詠甘棠之思，莫展維桑之敬。悵焉永望，言不寫心。」（《答李寶文啟》）南宋的陳郁在《藏一話腴》中說：「寫照非畫科比，蓋寫形不難，寫心惟難。」〔註55〕這裡是說畫畫，描繪人的心靈非常之難，文學創作自然也需要寫出人的心靈，正因為難，所以才可貴。陳郁進一步論述道：「蓋寫其形必傳其神，傳其神必寫其心。」〔註56〕人物畫要想打動人，必須描繪傳達出這個人的神態風貌才算成功，文學創作更重視寫心，寫心的最高要求就是活靈活現，栩栩如生，形神畢肖。從唐開始，寫心這個詞就開始高頻出現，成為對一個人的內在心理、心情、思想、精神等的全面概括。

在中國古代文獻中，「寫意」堪稱「寫心」的孿生兄弟，「寫意」出現的時間比較早、出現的次數也比較多。《戰國策》：「故寡人以子之知慮為：辯足以道人，危足以持難，忠可以寫意，信可以遠期。」〔註57〕這裡的表述跟文學寫作畢竟有些距離，但也是人的內在心意的一種表達。陳後主《與詹事江總書》的最後說：「遺跡餘文，觸目增泫。絕弦投筆，恒有酸恨。以卿同志，聊復敘懷。涕之無從，言不寫意。」〔註58〕此處之「寫意」與「寫心」幾無區別。因後來「寫意」變成了中國畫的一種表現技法，「寫意」俗稱「粗筆」，它是與「工筆」相對而言的，意指通過洗練自由的筆法著重表現描繪對象的意態風神。為了與美術學上的意義區分開來，所以，我們還是採用「寫心」這個術語。「寫

〔註53〕唐・房玄齡等著：《晉書》卷四十九，列傳第十九，北京：中華書局，1974年，第1375頁。

〔註54〕袁行霈撰：《陶淵明集箋注》，北京：中華書局，2003年，第18頁。

〔註55〕南宋・陳郁撰：《藏一話腴・外編卷下》，文淵閣四庫全書，子部，雜家類，第865～569頁。

〔註56〕南宋・陳郁撰：《藏一話腴・外編卷下》，文淵閣四庫全書，子部，雜家類，第865～570頁。

〔註57〕何建章校釋：《戰國策注釋》，北京：中華書局，1990年，第697頁。

〔註58〕清・許槤選編，駱禮剛譯：《六朝文絜全譯》，貴陽：貴州人民出版社，2005年，第186頁。

心」與西方心理學體系中的心理活動大不相同，「寫心」不等同於心理活動描寫，它們之間的關係屬於包含和被包含的關係，心理活動描寫更具體，而「寫心」包含了心理活動，從內涵及外延來說更廣泛，它還包括心情、心志、情感、思想等等內容，不僅僅指文學作品之心，還包括作者之心。中國的小說、戲劇繁榮時間較晚，而且小說中直接「寫心」的成分較少，因此，「寫心」這個概念在詩文中出現較多。

　　總體而言，「寫心」近似抒情，《尚書·堯典》：「詩言志，歌永言，聲依永，律和聲。」《詩大序》說：「情動於中而行於言，言之不足故嗟歎之。」陸機《文賦》說：「詩緣情而綺靡，賦體物而瀏亮。」《詩經·氓》就是非常成功的寫心名篇，「送子涉淇，至于頓丘。匪我愆期，子無良媒。將子無怒，秋以為期。乘彼垝垣，以望復關。不見復關，泣涕漣漣。既見復關，載笑載言。爾卜爾筮，體無咎言。以爾車來，以我賄遷。桑之未落，其葉沃若。于嗟鳩兮，無食桑葚！于嗟女兮，無與士耽！士之耽兮，猶可說也。女之耽兮，不可說也。」作者以女主人公的口吻，寫出了自己熱戀、失戀到被拋棄的複雜心路歷程，同時巧妙地表現出了男主人公追求、熱戀、變心的全過程，引人深思，令人警醒。除此之外，《詩經》中大量的抒情詩都是寫心的典範，成熟較早，影響深遠。《離騷》也是非常典型的寫心言志的名篇。

　　就寫心與寫人的關係來說，寫心是非常重要的寫人手段，在一定程度上甚至可以說，寫心就是寫人，寫人重在寫心，寫心在表現人物性格、塑造人物形象方面有著極為重要的意義。我們要建立起自己的文學理論話語體系，老祖宗早就創造了屬於我們的貼切的術語，我們要積極使用，大力弘揚，廣泛傳播。對於西方的文學理論，我們應該秉持拿來主義的態度，但絕非不分青紅皂白地拿來就用，這樣往往驢唇不對馬嘴，最後丟棄自信，喪失自我，這種自貶自低的做法絕不可取。我們要建立起具有中國特色、中國特徵、貼近中國文學發展現實的「寫心學」理論體系。

　　「寫心」在中國古代文學中雖早就存在，但其表現與西方差別非常之大。西方文學中往往對人物心理進行大段大段地直接描寫，這在中國古代文學中是極其罕見的，東方文學的寫心帶有鮮明的民族性。法國小說家莫泊桑的《項鍊》、大仲馬的《茶花女》、司湯達的《紅與黑》都有著篇幅不短的心理描寫，有的地方動輒十幾頁乃至幾十頁之多。雨果起初對此並不理解，且頗有微詞：「我想閱讀這本書，你怎能看到 40 頁以上呢？」可是到了他的《悲慘世界》

裏，心理描寫竟也成為塑造主人公的重要手段。在這部小說中，雨果塑造男主人公讓·瓦爾讓的重要手段就是心理描寫，其他重要人物如吉爾諾曼老人、沙威和馬里於斯也有篇幅可觀的心理描寫。鄭克魯認為，心理描寫在展示人物的思想變化、揭示人物的精神面貌和性格特點上起到了決定性的作用〔註59〕。

　　寫心對文學作品而言非常重要，即便在東方文學中寫心部分占比較少，但它與文學的關係也是極為密切的，文學作品有沒有寫心，寫心手段和水平的高低優劣往往決定著文學作品成就的高低。雖然如此，但是「寫心」怎麼可以與歷史著作聯繫到一起的呢？它們之間難道有什麼必然的關係嗎？魯迅先生對《史記》的定評「史家之絕唱，無韻之離騷」其實已經告訴了我們其中的答案，《史記》不僅僅是一部偉大的紀傳體歷史巨著，還是一部具有濃鬱抒情特色的文學巨著，既然是「抒情之書」，這裡面一定少不了「寫心」的存在。

　　司馬遷的《史記》自然是歷史上大大小小的歷史人物的傳記，由於所生活的特殊時代，所經歷的特殊人生遭際，使得這一部史書具有了抒情的內容。清人劉熙載言：「太史公文，精神氣血，無所不具。……第論其惻怛之情，抑揚之致，則得於《詩三百篇》及《離騷》居多。學《離騷》得其情者為太史公，得其辭者為司馬長卿。」〔註60〕抒情的隱含意義其實就是寫心，寫的是誰的心呢？這個問題不難回答，自然是歷史人物之心，還有自己之心，有的學者甚至認為「司馬遷的《史記》，不但為中華民族述史，而且為中華民族寫心。他寫歷史，不只是進行歷史的評價和裁判，而且繼承和發揚『善善惡惡，賢賢賤不肖』的傳統，把自己作為民族的良心」。〔註61〕下面，我們從司馬子長之心、歷史人物之心、互見妙法寫心、寫心富有意義四個方面對《史記》的寫心學進行初步的探討，希望能起到拋磚引玉的作用，引起學界對中國寫心學的關注和重視，爭取早日建立起帶有民族特色的屬於我們自己的《史記》寫心學、傳記文學寫心學、詩詞寫心學、小說寫心學，乃至建立起我們的古代文學寫心學、中國文學寫心學。

二、司馬子長之心

　　司馬遷說自己的創作宗旨非常明確，是為了「究天人之際，通古今之變，

〔註59〕鄭克魯：《論雨果小說的心理描寫》，《上海師範大學學報》，2002 年第 6 期，第 81～82 頁。

〔註60〕清·劉熙載：《藝概》，上海：上海古籍出版社，1978 年，第 12 頁。

〔註61〕可永雪：《史記文學性界說》，《內蒙古師大學報》，1995 年第 3 期，第 46 頁。

成一家之言」(《史記‧太史公自序》),言外之意是通過對歷史人物命運、歷史事件的記錄,探究上天自然與普通人事之間的關係,由此打通古今歷史興衰發展變化的規律,最終像百家諸子一樣著書立說,以表達自己對政治、歷史、人生的看法、主張和思想。從這個角度來講,《史記》也成了一部子書。只不過,這部子書不是通過直接說理來宣揚自己的學說的,而是通過歷史的編輯記錄來曲折表現的。此處所指,就是要探究天人之間存在著什麼樣的關係,自然更有人與人之間關係的把握。魯迅先生把《史記》比作「無韻之離騷」,其中的含義不言自明。我們都知道,《離騷》是中國文學史上最早的由文人獨創的具有自敘傳性質的長篇政治抒情詩;言外之意非常明確,《史記》同樣是一部抒情之書;既然是抒情,抒發的首先是作者司馬遷的豐富複雜的感情。李晚芳認為《史記》「諸傳諸贊,半藉以抒其憤忿不平之氣」〔註62〕。李長之說:「我們更必須注意《史記》在是一部歷史書之外,又是一部文藝創作,從來的史書沒有像它這樣具有作者個人的色彩的。其中有他自己的生活經驗,生活背境,有他自己的情感作用,有他自己的肺腑和心腸。所以這不但是一部包括古今上下的史書,而且是司馬遷自己的一部絕好傳記。」〔註63〕《史記》是幾千年的歷史,是多個王朝、無數國家的興衰史,是眾多歷史人物悲喜人生的紀傳,更是司馬遷自己的絕妙傳記。在《史記》中「寫自己之心」,司馬遷是通過整部史書表現出來的。我們先講司馬子長之心,只是為了敘述方便,其實在歷史人物之心和互見妙法寫心部分都有司馬遷己心的或多或少、或直接或間接的反映。

(一)對天地:敬畏和詰問雜糅

由於時代和職業的原因,司馬遷不可能完全拋棄天人感應說,但是他卻從人物傳記的縝密分析中表現出了大膽的懷疑。他強調天人相分,認為天道與人事是並不相感應的。好人不一定有好報;壞人也不一定會有惡報。他在《伯夷列傳》中對現實社會這種好人往往不得好報、壞人常常好事占盡的不公平世道提出了激憤的責問。平常人們都說「天道無親,常與善人」,可是像伯夷、叔齊這樣的善人,品行如此的高潔,最後竟然活活地餓死了!孔子的七十二個賢

〔註62〕清‧李晚芳:《讀史管見‧讀史摘微》,引自楊燕起等編《歷代名家評史記》,北京:北京師範大學出版社,1986年,第32頁。

〔註63〕李長之:《司馬遷之人格與風格》,北京:生活‧讀書‧新知三聯書店,1984年,第220頁。

能的學生中,他最喜歡的是顏淵,可顏淵活著時,家裏往往空空如也,整天只能吃糠咽菜,最後早早地離開了人世。如果上天讓好人得好報的話,又怎麼會發生這樣的事情?!強盜頭子盜跖每天濫殺無辜,吃人之肉,「聚黨數千人橫行天下」,最後竟然長壽而終。天意到底若何?司馬遷感到非常困惑,如果有所謂天道的話,這個天道是正確的還是錯誤的呢?!

到了武帝時期,「操行不軌,專犯忌諱」的人能夠「終身逸樂,富厚累世不絕」;反之,厚道正直之人卻常常「遇禍災者」。這是怎樣的世道?這又是怎樣的天道?司馬遷對天道如此激憤、懷疑甚至責問,不僅僅是因伯夷、叔齊之遭遇而生發,更重要的還是借他人之酒杯澆自己內心之塊壘,其實正是自己的遭遇使然。在踏入政壇之初,司馬遷認為自己應該做個奉公守法、鞠躬盡瘁、竭盡忠誠的臣子楷模,對自己的工作可謂盡心盡力,兢兢業業;可是,就因為自己為李陵說了幾句公道話,竟然被打入大獄,慘遭宮刑,蒙受了莫大的恥辱。自己的這種遭遇加深了他對天道有無是非的懷疑,因此就有了《伯夷列傳》中的強烈的感慨和責問。

司馬遷在有的作品中,難以抑制自己的情感,主動介入到歷史人物和歷史事件的評價中,採用夾敘夾議法來表明自己的見解和評價。《伯夷列傳》和《屈原賈生列傳》是最有代表性的篇章,他採用敘議結合法寫伯夷、叔齊和屈原,在屈原傳記中議論的部分竟然占到了全文的一半。在傳記最後,司馬遷闡發了自己的感慨和對所謂天道的責問。毫無疑問,屈原和伯夷、叔齊一樣都是不折不扣的好人,他們卻都遭受了如此不堪的命運,司馬遷對這個是有自己的看法的。姚苧田評論道:「宕過一筆,不覺暢發胸中之憤。此實借酒杯澆塊壘,非傳伯夷之本意矣。須分別思之。」[註64]所以明人茅坤說此篇是「以議論行敘事體」。這種獨特的寫法,究其原因,一是受史料稀缺的限制。關於屈原,除了《史記》的有關論述,直到現在我們也找不到多少有價值的史料。二是同病相憐、惺惺相惜的心態。通過夾敘夾議的寫法,既介紹了屈原的基本史實,又讚美了屈原的愛國精神;同時又借屈原揭示了自己的內心世界,對他的悲劇遭遇寄予了深深的同情。為什麼將屈原和賈誼合在一起?李景星說:「以古今人合傳,一部《史記》只得數篇。魯仲連、鄒陽外,此篇最著。蓋魯仲連、鄒陽以性情合,此篇以遭際合也。通篇多用虛筆,以抑鬱難遏之氣,寫懷才不遇之

〔註64〕清‧姚苧田選評,王興康、周旻佳點校,谷玉注釋:《史記菁華錄》,上海:上海古籍出版社,2007年,第84頁。

感，豈獨屈、賈二人合傳，直作屈、賈、司馬三人合傳獨可也。」〔註65〕這一篇不是兩人的合傳，而應該乾脆看成是屈原、賈誼和司馬遷三個人的傳記，李景星的認識生動而又深刻。這樣的評價告訴我們在屈原傳記裏面飽含著的是作者的真情實感的宣洩。

（二）對權貴：歌頌與揭露互見

皇帝自然是權貴中的權貴，司馬遷用多種手法表達了自己對當代政治的思考和看法。這無論在當時還是在以後，都是需要很大勇氣的，甚至會以付出生命作為代價的。司馬遷之所以敢於這樣做，原因之一是史官述史的職業要求，要編著一部信史，自然要「不虛美，不隱惡」，盡可能客觀「實錄」。通過互見法，我們可以清楚地知道，司馬遷對劉邦進行了真實全面的再現，既肯定了他抓住機遇、凝聚團隊、屢敗屢戰最終成功堅韌不拔的雄才大略的一面，同時也把他的流氓地痞作風以及濫殺功臣的罪惡淋漓盡致地展現了出來。而對漢文帝更多的是欣賞、肯定和毫不吝嗇的歌頌讚美。當然史學家的職業要求也提醒司馬遷不能忽略文帝身上的缺點，對此，在《淮南衡山列傳》《佞倖列傳》等傳中也有恰到的揭示。漢景帝和漢武帝在他們本人的傳記中到底是什麼樣子，我們並不知道，但是《三國志》中的一段記載給我們披露了一定的信息。

> 《三國志·魏書·王肅傳》載：「帝（曹叡）又問：『司馬遷以受刑之故，內懷隱切，著《史記》非貶孝武，令人切齒。』對（王肅）曰：『司馬遷記事，不虛美，不隱惡。劉向、揚雄服其善敘事，有良史之才，謂之實錄。漢武帝聞其述《史記》，取孝景及己本紀覽之，於是大怒，削而投之。於今此兩紀有錄無書。後遭李陵事，遂下遷蠶室。此為隱切在孝武，而不在於史遷也。』」〔註66〕

隱切，有隱忍、激切、尖刻意。在曹叡看來，司馬遷因直言而遭受宮刑，所以懷恨在心，於是在史書中「非貶孝武」，說劉徹的壞話。而王肅之回答卻告訴我們，司馬遷為劉啟、劉徹父子作傳在受宮刑之前，所以，事實不是司馬「隱切」，「隱切」之人恰恰是劉徹。「大怒，削而投之」，所以後世讀者再也看不到《孝景本紀》《今上本紀》的真正面目了。王肅所言定有所本，應非杜撰。「不虛美，不隱惡」的客觀實錄並不一定能夠完全做到，但盡最大可能如實為劉徹

〔註65〕李景星：《四史評議·史記評議》，長沙：嶽麓書社，1986年，第77頁。
〔註66〕西晉·陳壽：《王肅傳》，《三國志·魏書》，北京：中華書局，1997年，第418頁。

等最高統治者作傳應該是不爭的事實。我們已經難以見到這二傳的真實面目，但司馬遷還是通過互見法將這父子倆的真實面貌表現出來了。《封禪書》《酷吏列傳》《衛青霍去病列傳》《外戚世家》《佞倖列傳》等作品就是最好的說明，他們殘忍、自私、冷酷、專斷的真實一面暴露無遺。對其他權貴的態度同樣是讚美與批判並存，這在呂后、曹參、蕭何、田蚡，公孫弘、周勃、周亞夫、韓信等人身上都有很好的體現。

互見法的使用往往是由於兩方面的原因，第一是因為畏，最高統治者的傳記，對於其陰暗面、黑暗面的揭露是不得不如此，如對劉邦、劉啟、劉徹等人的處理。第二是因為愛，人無完人，金無足赤，對一些作出偉大功績的功勳人物，因愛所以隱晦之，如廉頗、魏無忌、項羽、韓信、周勃等人。從文學的角度來看，這有利於文學性的增強，有利於人物形象的塑造，這種做法也避免了不必要的重複。

在中國古代的名人聖人，尤其是皇權人物那裡，流行著「天人感應」說，劉徹的曾祖父劉邦的出生就帶有神秘色彩，劉邦的母親被蛟龍所幸，因而產下的天生特種，那是感天而生，於是這個感天而生的神奇的人物身上有著許多神奇的現象，如大腿有 72 顆黑子，斬蛇起義，所居之處往往有龍蛇之氣等等。文帝的出生也是非常神奇的，「漢王……召而幸之。薄姬曰：『昨暮夜妾夢蒼龍據吾腹。』高帝曰：『此貴徵也，吾為女遂成之。』一幸生男，是為代王。」〔註67〕（《史記・外戚世家》）景帝的出生同樣如此，「男方在身時，王美人夢日入其懷。以告太子，太子曰：『此貴徵也。』未生而孝文帝崩，孝景帝即位，王夫人生男。」（《史記・外戚世家》）劉徹的出生與其曾祖一樣，也帶有神秘的色彩，《史記》《漢書》均明言之，王夫人夢日而生劉徹。

這樣的事蹟我們大可不必當真，那麼負責記載的史官是何種心理呢？難道也是相信了這種種看似神奇實則荒誕的傳說故事？其實，司馬遷不會愚蠢到這種程度，他自然是不會相信這些離奇古怪的迷信的。無論是劉徹的出生，還是圍繞著劉邦的一系列神奇故事都是有關當事人基於一個相近的目的編演出來的。司馬遷對這些明顯荒誕不經的糊弄人的鬼把戲進行了「實錄」。為什麼叫「實錄」呢？因為，司馬遷必定也不相信這些唬人的東西，但在司馬遷所

〔註67〕西漢・司馬遷著，裴駰集解、司馬貞索隱、張守節正義，顧頡剛等標點，趙生群等修訂：《史記》（三家注），北京：中華書局，2014 年，第 2391 頁。後引此書，一般不再注出，只在文中標出。

生活的時代，這應該是當時人盡皆知的事，司馬遷不得不「如實」記錄。但通過同類事情的聯繫，我們通過別處的「裏」，如田單故事、陳涉故事的本質，就能知曉劉邦傳奇現象表象的現實本質之特性。劉邦就是為了達到「君權神授」的目的。可笑的是，時間已經過去了兩千多年，今天還有許多善男信女，以至許多官員白領，甚或高級知識分子都對一些看不清、走不正，甚至吃不好、喝不足、無以自業的相面算卦人士竟然還深信不疑，真是讓人匪夷所思了。

《史記》被奉為正史之首，榜樣的力量是無窮的，其實背後是權力的原因造成了如此的中國特色的敘事。這個問題，這個現象其實與我們的主題也有關係，因為，司馬遷的《史記》本來就誕生在漢武新政的大文化背景下。這本身就是新政影響下的文學嬗變的典型代表。這也是專制高壓制度下的不得不的「客觀」敘事，裏面隱含著司馬遷對特殊歷史人物和歷史事件的褒貶情感，隱含著一定的認識和思想評價。受此影響，後來的史書也因為相近的原因，於是，類似的記載長盛不衰。「在人們心目中，凡是仿傚『天』的，就能夠擁有『天』的神秘與權威，於是，這種『天』的意義，在祭祀儀式中轉化為神秘的支配力量，在占卜儀式中轉化為神秘的對應關係，在時間生活中又顯現為神秘的希望世界，支撐起人們的信心，也為人們解決種種困厄。不僅是一般民眾，就連掌握了世間權力的天子與貴族也相信合理依據和權力基礎來自於『天』……這種對『天』的崇敬與效法，成了一種不言自明的合理性的來源，在普遍和一般的知識與思想水平上的人們的心目中，『天』仍然具有無比崇高的地位，天是自然的天象，是終極的境界，是至上的神祇，還是一種不言自明的前提和依據。」〔註68〕

皇帝往往被稱為天子，按照蔡邕在《獨斷》中的說法，天子是「夷狄之人所稱」，為什麼稱天子呢？「父天母地，故稱天子」。「天子」就是「皇帝」，「皇帝」就是「天子」，但「天子」的意義不等同於皇帝，「天子」強調「超人」的出身的神的性質，「皇帝」重視常人的功績。「天子實在就是中心，各事都由他來決斷，國家和人民的福利因此都聽命於他。」〔註69〕而「皇帝」的尊號，是襲用了秦始皇的做法，秦始皇認為，自己滅掉六國，統一中國，功莫大焉！「自

〔註68〕葛兆光：《中國思想史》第一卷《七世紀前中國的知識、思想與信仰世界》，上海：復旦大學出版社，2000年，第227頁。

〔註69〕德・黑格爾：《歷史哲學》，北京：生活・讀書・新知三聯書店，1956年，第170頁。

以德兼三皇，功包五帝」，所以「皇」「帝」並稱，皇帝者，「王者至尊四號之別名」〔註70〕。高祖沿襲，後代並無更易。這成為文明古國兩千多年以來對最高統治者的特定稱呼。當然，他們之所以這樣做的目的，就是為了天賦神權，君權神授，達到神化自己、神化權力、麻痺百姓的目的。

漢武帝劉徹繼承者漢昭帝的出生自然也不會尋常，《漢書・外戚傳上》記載：「（鉤弋夫人）大有寵，泰始三年生昭帝，號鉤弋子。任身十四月乃生，上曰：『聞昔堯十四月而生，今鉤弋亦然。』乃命其所生門曰堯母門。後衛太子敗，而燕王旦、廣陵王胥多過失，寵姬王夫人男齊懷王、李夫人男昌邑哀王皆蚤薨，鉤弋子年五六歲，壯大多知，上常言『類我』，又感其生與眾異，甚奇愛之，心欲立焉，以其年稚母少，恐女主顓恣亂國家，猶與久之。」有其母必有其子，子貴母榮，於是，連鉤弋夫人都被神化了，「武帝巡狩過河間，望氣者言此有奇女，天子亟使使召之。既至，女兩手皆拳，上自披之，手即時伸。由是得幸，號曰拳夫人。」〔註71〕河間有奇女，奇女奇在何處，她的兩隻手張不開，據說生下來即如此，畸形已久，即便是現代醫學也無可奈何，可漢武帝稍稍用力，兩拳即能伸開，如果後邊所述屬實的話，那前邊必定是杜撰編造，如果前邊所述屬實的話，那麼後邊一定杜撰，張開手，結果發現了一個玉鉤，《史記索隱》引《列仙傳》云：「發手得一玉鉤，故號焉。」〔註72〕看來，這是上天的恩賜，這個女人只能是王的女人，所以，自然而然就成為漢武帝的妃子。

既然是奇人，與之有關的奇事自然更多。懷孕，從科學上來說，十月懷胎，一朝分娩，這是自然規律，提前些日子，拖後些日子都是正常的，但十四個月才生，那就神乎其神了。由此可見此女人心機之深，背後當有名人指點。所生之子也僥倖成為太子，「得幸武帝，生子一人，昭帝是也。這自然都是上天所賜，但立鉤弋子為太子後，按照一般的理解，本可以子貴母榮，卻遇到了與其他皇帝大不相同的漢武帝，為了兒子能夠獨立掌控權力，不受外戚干涉，逼死了昭帝的母親。「武帝年七十，乃生昭帝。昭帝立時，年五歲耳。」（《史記・外戚世家》）「後數日，帝譴責鉤弋夫人。夫人脫簪珥叩頭。帝曰：『引持去，

〔註70〕 東漢・蔡邕：《獨斷》卷上，影印文淵閣四庫全書，子部，第850～76頁。
〔註71〕 東漢・班固著：《漢書》，北京：中華書局，1962年，第3956頁。後引此書，一般不再注出，只在文中標出。
〔註72〕 西漢・司馬遷著，裴駰集解、司馬貞索隱、張守節正義，顧頡剛等標點，趙生群等修訂：《史記》（三家注），北京：中華書局，2014年，第2406頁。

送掖庭獄！』夫人還顧，帝曰：『趣行，女不得活！』夫人死雲陽宮。」（《史記‧外戚世家》）一個處心積慮算計著那個「孤家寡人」以及眾多妃子的奇異女人，最後竟然遭受那個男人的不是算計的算計，這在鉤弋夫人來看，一定是始料未及的，當然也一定是後悔莫及的。早知如此，何必當初。此事在《漢書‧外戚傳上》中予以避諱，「鉤弋婕妤從幸甘泉，有過見譴，以憂死，因葬雲陽。後上疾病，乃立鉤弋子為皇太子。」宣帝身上也有著神奇的光芒，《漢書‧宣帝紀》：「時會朝請，捨長安尚冠里，身足下有毛，臥居數有光耀。」

總而言之，漢朝歷代君主，大多有極不尋常的出生經歷。帝王們神化了自己的出身，就神化了自己的權力，西方講究天賦人權，東方講究天賦神權，君權神授，神權的代表就是上天之子──天子皇帝。「外在的宇宙仍是判斷與理解的基本依據。當時人們普遍認定，『天』不僅是人類生存於其中的空間與時間，還是人類理解和判斷一切的基本依據，仿傚『天』構造，模擬『天』的運行，遵循『天』的規則，就可以獲得思想與行為的合理性。」〔註73〕

（三）對自己：感恩與憤懣交織

《太史公自序》這篇傳記非常特殊，絕非一普通序言，我們把這篇作品定性為司馬家族的傳記，因其位於列傳之中，是 130 篇列傳的最後一篇，也是全書的最後一篇，自然應該歸於列傳之類，當然它還承擔了後來的「序」或「後記」的功能。在這篇傳記中，司馬遷自敘家世，簡介父親和自己的生平，重點寫了自己創作《史記》的原因、過程和自己的感受。這裡面體現出來的首先是自己的感恩、歌頌之情：「漢興以來，至明天子，獲符瑞，封禪，改正朔，易服色，受命於穆清，澤流罔極，海外殊俗，重譯款塞，請來獻見者，不可勝道。……且余嘗掌其官，廢明聖盛德不載，滅功臣世家賢大夫之業不述，墮先人所言，罪莫大焉。」如果在《史記》中寫心的話，這一篇自然是最合適的。但是我們仔細研究這篇作品之後就會發現，真正的寫心主要體現在這一段，「七年而太史公遭李陵之禍，幽於縲絏。乃喟然而歎曰：『是余之罪也夫！是余之罪也夫！身毀不用矣。』退而深惟曰：『夫詩書隱約者，欲遂其志之思也。昔西伯拘羑里……此人皆意有所鬱結，不得通其道也，故述往事，思來者。』」這裡高度概括，並未展開。

在司馬遷的所有作品中，真正做到痛快淋漓寫心的作品應該是《報任安

〔註73〕葛兆光：《中國思想史》，上海：復旦大學出版社，2000 年，第 226 頁。

書》，但此篇不見於《史記》，於茲不贅。如前所述，司馬遷未遭遇李陵事件之前屬於常態人生，在常態下司馬遷跟很多人一樣，打算做個「循吏」，想當知識分子中的勞動模範。司馬遷以事業為重，忙於工作，無心交遊，自然沒有良好的人際關係可言，所以災難來臨時無法選擇用金錢贖罪的文明方式，只能通過接受野蠻恥辱的宮刑以「苟活」於世。

司馬遷在「太史公曰」部分從幕後走向臺前，往往能夠比較直接地表達自己的思想情感。在《管晏列傳》中，「太史公曰」部分，司馬遷對管仲、晏子進行了極高的評價：「管仲，世所謂賢臣，然孔子小之。豈以為周道衰微，桓公既賢，而不勉之至王，乃稱霸哉？語曰『將順其美，匡救其惡，故上下能相親也』。豈管仲之謂乎？方晏子伏莊公尸哭之，成禮然後去，豈所謂『見義不為無勇』者邪？至其諫說，犯君之顏，此所謂『見義不為無勇』者邪？至其諫說，犯君之顏，此所謂『進思盡忠，退思補過』者哉！假令晏子而在，余雖為之執鞭，所忻慕焉。」司馬遷在為晏子作傳時抒發的是政治家的感慨，通過一個小故事將晏子的識人、得人、重用人的美好素質恰當準確地表現出來。司馬遷為自己寫心，當然不是直抒胸臆，而是借他人傳記來曲折委婉地表達，即借他人之酒杯澆自己內心之壘塊是也。《屈原賈生列傳》用大段大段的議論贊美抒情，表達了對於屈原的蘇世高潔、獨立不遷、始終不改其志的「雖九死其尤未悔」的偉大理想和人格的由衷讚美。《魏公子列傳》表達的是對禮賢下士如魏公子信陵君一樣的理想政治家的讚美。秦漢以來的歷史人物傳記中，因為去古未遠，司馬遷對這一時代的人物事件具有深刻而清醒的認識，對其中的悲劇性人物和特殊事件往往感同身受，在這些歷史人物身上，作者寄予了更多的身世之感。對傳記人物理解深刻，情感容易共鳴，與之相適應，作者之心就表現得更普遍，抒發的情感也更感人。

《伍子胥列傳》的「太史公曰」部分，司馬遷對伍子胥的奇偉人生進行了毫不吝嗇的讚美：「向令伍子胥從奢俱死，何異螻蟻。棄小義，雪大恥，名垂於後世，悲夫！方子胥窘於江上，道乞食，志豈嘗須臾忘郢邪？故隱忍就功名，非烈丈夫孰能致此哉？」人生在世走一遭，一定要活出個人樣來，要活他個光明磊落，活他個轟轟烈烈，不要輕於鴻毛，要重於泰山，要彪炳史冊，青史留名，要讓自己的人生具有真正的意義和價值。司馬遷正面肯定了伍子胥的選擇，唯其如此才可能「棄小義，雪大恥」，報殺父之仇，成就一世英名；自己選擇了恥辱的刑罰，最後也是為了光宗耀祖，揚名後世，自己也做到了，同伍

子胥一樣也實現了偉大的夙願，自己完成了父親的囑託，修成了史書，而且司馬家族在《史記》中佔有重要一席，《太史公自序》就是為自己、為死不瞑目的父親，為他們司馬家族寫的傳，司馬遷真的做到了，他的史書成為中國乃至世界上的偉大文化巨著，自己也成為中國少有的世界文化名人。

《絳侯周勃世家》「太史公曰」中司馬遷對絳侯能抓住機會，由普通人做到丞相而感喟讚美，有對他雖有驚天偉業，最後卻只能作個小小的縣侯，甚至被關到大獄中差點丟掉了性命的悲歡同情。同時又讚美了周亞夫挽救國家危難的偉大功績，但是對他不知虛心學習，最終竟然絕食吐血而死的命運表示深深惋惜。時代變了，統治者換了，自己能謹守節操，堅持原則，卻難保一世平安。這是在責怪周亞夫呢？還是責怪當時的那個時代呢？司馬遷肯定了周勃、周亞夫的歷史功績，同時對於他們的悲劇結局表達了深深的同情。

《史記》以《五帝本紀》始，接著記載了夏、商、周和秦、漢的盛衰興亡，在《太史公自序》中概括揭示了各代王朝興亡變化的原因，「桀、紂失其道而湯、武作，周失其道而春秋作」，桀、紂、周「失其道」的「道」有治國之術的意思，但更多地指的應是道義、仁義，是統治天下、治理天下的指導思想和意識形態。秦「失其政」的「政」大概指的是具體意義上的政治權柄。接下來，陳勝稱王凡六月而終，也失敗了。其最終失敗的原因之一是脫離人民群眾，「涉之為王沉沉者」，遠離了百姓的生活，失去了人民的支持，希望獲得最後的勝利無異於癡人說夢。原因之二是主要的，就是因用人不當而造成了失敗。「陳王以朱房為中正，胡武為司過，主司群臣。諸將徇地，至，令之不是者，繫而罪之，以苛察為忠。其所不善者，弗下吏，輒自治之。陳王信用之。」陳勝竟然信任重用這樣的人，所以司馬遷最後下了如此斷語：「諸將以其故不親附，此其所以敗也。」（《陳涉世家》）「得道多助，失道寡助」，脫離群眾，失去了民心的支持，必將走向失敗。

在《酈生陸賈列傳》中，陸賈時時在劉邦面前稱說詩書，「高帝罵之曰：『乃公居馬上而得之，安事詩書！』陸生曰：『居馬上得之，寧可以馬上治之乎？且湯武逆取而以順守之，文武並用，長久之術也。昔者吳王夫差、智伯極武而亡；秦任刑法不變，卒滅趙氏。鄉使秦已併天下，行仁義，法先聖，陛下安得而有之？』」劉邦對自己的臣子竟然稱「乃公」，翻譯過來，意為「你老子我」「你爹」，此稱呼暴露出劉邦素質之低下。這種稱呼幾乎對每個人都用過，我們一直以為劉邦對張良非常尊重，幾乎言聽計從，但是劉邦也對張

良這樣罵過。《史記》中的秦漢歷史司馬遷也有所本，「據《左氏》《國語》，採《世本》《戰國策》，述《楚漢春秋》，接其後事，訖於天漢」（《漢書‧司馬遷傳》），陸賈的《楚漢春秋》對司馬遷的《史記》影響很大，很多資料都被直接採用。「淮陰武王反，上自擊之。張良居守。上體不安，臥輜車中，行三四里。留侯走東追上，簪墮被髮，及輜車，排戶曰：『陛下即棄天下，欲以王葬乎？以布衣葬乎？』上罵曰：『若翁，天子也，何故以王及布衣葬乎？』良曰：『淮南反於東，淮陰害於西，恐陛下倚溝壑而終也。』」〔註74〕「若翁」即「乃公」，這樣粗俗的稱呼用在了劉邦平時言必稱子房的張良身上讓人還是有些詫異。不過，這從另一個方面也證明了劉邦的確粗魯。最後，陸賈據理力爭，終於說服了劉邦。這告訴我們：形勢發生了變化，相應的管理措施、治理策略也要發生變化。天下靠武力奪取，但是要守住自己的江山，卻要靠仁義，靠文武並用，靠符合人民利益的方針政策，如果沒有採取與已經變化了的形勢相適應的策略措施，得之易，失之也易。依此道理繼續推論下去，結論非常清楚：如果漢不順從民意，用不了多久，也會重蹈秦短命的覆轍。這實際上正是發展觀點的具體運用。

在《淮南衡山列傳》一傳中司馬遷多次運用了複筆手法，毫無疑問，複筆手法是文學藝術的手法，「所謂複筆，就是指反覆使用完全重複或者基本相似的語句來描寫同一件事情、同一個人物、同一種表情、同一個動作，從而加強表達的效果、抒情的成分和感染的力量」〔註75〕。「欲發」「未發」，這裡的複筆的作用和意義是什麼呢？要造反，未造反，多次出現，反覆言之，史公之意，應不難領會。「路見不平一聲吼，該出手時就出手」，你處心積慮地要造反，結果一次次準備，一次次改變，一次次放棄，最終失去了任何的可能，以前的所有的準備都成了一場空。大丈夫當斷則斷，不斷則亂，要造反就早造反，乾脆利落，不成功便成仁，即便失敗了也敗的光明磊落，不負此生，總比被人滿門抄斬要好得多。這是不是史公的原意呢？

《史記菁華錄》在《陳丞相世家》中作了如此點評：「《淮陰侯傳》先載漂母及市中年少等瑣事，後一一應之。此傳亦先載伯兄之賢，張負之識，以後無一筆照顧，而獨以陰禍絕世為一傳之結。夫陰禍固與長厚背馳者也。削此存彼，

〔註74〕西漢‧陸賈著，劉曉東等點校：《二十五別史‧楚漢春秋》，濟南：齊魯書社，2000 年，第 8 頁。
〔註75〕俞樟華：《史記藝術論》，北京：華文出版社，2002 年，第 129～130 頁。

史公之於平也豈不嚴哉！凡此須於文字處會之。」〔註76〕史公書法非常注重前後照應，商鞅、吳起、李斯、韓信、周亞夫等人傳記，都能做到前後照應，而在陳平傳記中「無一筆照顧」，說明陳平之為人「以陰禍絕世」，史公對這個人的評價自然不是很高，在韓信、周勃等人傳記中的讚美和同情，表達了對陳平為人的不屑態度，隱含了深深的批評之意。在司馬遷看來，人要感恩，滴水之恩，湧泉相報，人要信實，說話算話，人要厚道，重情重義，但這些與精於謀劃算計的陳平、劉邦等人是扯不上關係的。在《蕭相國世家》中，姚苧田認為曹參是「因信之力而參獨擅其名」，在「及信已滅，而列侯成功，唯獨參擅其名」後，姚氏點評道：「非薄參也。正痛惜淮陰耳。」在「太史公曰」的總評中說：「此《贊》言簡而意甚長，不滿平陽意最為顯著。」〔註77〕

三、歷史人物之心

　　由於先秦歷史人物的傳記體現出的主要是司馬遷的編輯整理之功，因此我們所論主要依據秦漢以來的歷史人物傳記。司馬遷非常重視傳主的「為人」，這說明他已經把歷史人物作為人性的人、人的自身來看待，而且已經「把寫人引向寫心，引向人物的精神世界」。〔註78〕這種手法用「曰」表示，標誌鮮明，通過通俗明白的語言，讓人物直接表達自己的心聲。這種手法在先秦史傳散文中早已出現，如《左傳·宣公二年》中的鉏麑槐下之詞，如《國語·晉語九》中的「董叔將娶於范氏」，如《戰國策·秦策一》中的蘇秦發憤讀書的道白，等等。

　　作為正史之首，毫無疑問，《史記》是一部嚴肅的歷史著作。史家在為人物作傳時，只能借助人物自身的言行和所處環境進行有限地生發，藉此描述人物行為，反映人物心靈，表現人物的性格，塑造人物的獨特形象。由於歷史著作的科學性、真實性的限制，從嚴格意義上來說，應排斥作者依靠心理分析、想像以及誇張等手段去寫那無法看到、聽到的人物的內在心靈變化。但是在被譽為「正史之首」的《史記》的人物傳記中卻有著數量不菲的心理的描寫。

〔註76〕 清·姚苧田選評，王興康、周旻佳點校，谷玉注釋：《史記菁華錄》，上海：上海古籍出版社，2007年，第76頁。

〔註77〕 清·姚苧田選評，王興康、周旻佳點校，谷玉注釋：《史記菁華錄》，上海：上海古籍出版社，2007年，第70頁。

〔註78〕 可永雪：《從關注「為人」到「心靈」大師——司馬遷對人心人性的探究》，《渭南師範學院學報》，2005年第3期，第3頁。

　　吳琦幸認為：「司馬遷的《史記》將中國史傳式的寫作發展到一個成熟的階段。他將《左傳》《戰國策》《國語》中已經有的講故事、寫人物等虛擬成份和手法運用得更加嫻熟，特別是他在人物的描寫、刻畫上，加進了很多心理活動和對話，跟他善於虛構的文學才能有關。……通過對史料的加工，在不影響全體真實的情況下，進行文學性的、虛構的再創造。」〔註79〕對這些歷史人物的寫心自然離不開想像、虛構等藝術手段的使用，從實質上來說，這是通過文學手段來完成史書的撰述的，寫心的存在更是《史記》成為一部文學巨著的極為重要的因素。這樣看來，正史中也少不了「未必皆可據」的成分。從歷史人物寫心藝術的角度去把握《史記》，為我們重新評估、認識《史記》一書提供了一個極好的視角，可以大大深化我們對《史記》一書文學性的理解和認識。

　　針對《史記》歷史人物的寫心進行專門深入研究極有意義，但是近十年以來，學術界相關研究甚少，基本停留在十多年前的水平，沒有創新性的突破；或者說，這個論題沒有引起學術界的足夠重視，至今尚未有全面、系統而深入的研究。2002 年由全國幾十所高等院校《史記》研究專家集體編撰的《史記教程》對「寫心」有專節敘述，認為《史記》人物寫心的方法主要有三種：第一，讓人物通過獨白、對話、文章、人物自唱歌曲等表白心跡。第二，用心理動詞直接揭示人物的內心世界。第三，借別人之言辭間接揭示〔註80〕。這幾乎成為當時對這個問題的定評。2009 年張新科主編的《史記概論》在「《史記》的寫人藝術」一章於「善於通過心理描寫刻畫人物的性格」一節提到了心理描寫的方法〔註81〕，與《史記教程》相比較，說法大同小異，並無多少突破。除此之外，還有一些學者也對這個問題進行了研究，但從總體上來說，只是在某一點上有所開掘，有的從夢的角度進行了研究，有的從具體歷史人物分析的角度進行了探討，但都缺乏必要的深度、廣度與一定的理論高度，基本上沒有超出兩本教材概括的水平。

　　就文學寫心這個角度，我們拿《史記》與相近時代史書進行比較，我們發現主要有三種情況：

　　一、原樣搬用，如《刺客列傳》荊軻故事基本採自《戰國策》荊軻故事。

〔註79〕吳琦幸：《論亞紀實傳統和非虛構小說》，《文藝理論研究》，2010 年第 6 期，第 66 頁。

〔註80〕安平秋、張大可、俞樟華：《史記教程》，北京：華文出版社，2002 年，第 233～235 頁。

〔註81〕張新科：《史記概論》，西安：陝西師範大學出版社，2009 年，第 91～93 頁。

　　二、進步提升，如《孫子吳起列傳》中的孫子故事。東漢時期的趙曄編的《吳越春秋》，被紀昀稱為「小說家言」，有人認為可以看作歷史演義性質的著作。其書所記一般也有所本，而且有更多的口耳相傳的材料，這些不一定被司馬遷所掌握。從這個角度來看，難以判定說孰前孰後。

　　　　孫子者，名武，吳人也。善為兵法，闢隱深居，世人莫知其能。
　　胥乃明於鑒辯，知孫子可以折衝銷敵。乃一旦與吳王論兵，七薦孫
　　子。吳王曰：「子胥託言進士，欲以自納。」而召孫子，問以兵法，
　　每陳一篇，王不知口之稱善。其意大悅。問曰：「兵法寧可以小試
　　耶？」孫子曰：「可，可以小試於後宮之女。」王曰：「諾。」孫子
　　曰：「得大王寵姬二人以為軍隊長，各將一隊。」……〔註82〕

與《史記》相比，此故事簡單呆滯，不夠生動，還是由孫子主動提出用後宮之女進行演練，而且竟然還請求讓大王的寵姬擔任隊長，這就與後來的殺死二寵妃產生了矛盾。從寫心的要求來講，司馬遷寫的孫子故事更加合情合理。在「吳宮教戰」中，變成由吳王主動提出，這樣將其演繹成了生動曲折、妙趣橫生而又寓意深刻的故事。按照產生時代來說，《吳越春秋》在後，但從情理上來說，竟然不如《史記》生動，正可以證明《史記》的文學價值之高。

　　三、退步變差，如《孟嘗君列傳》中的「馮諼客孟嘗君」故事，與《戰國策》相比，寫心成分顯著減少，還去掉了想像誇張，故事更真實了，卻因更真實的敘事而少了很多神趣，歷史性顯著增強了，但文學性幾乎喪失殆盡。

　　寫心對文學的重要作用不言而喻，人物心理的描寫刻畫、人物心靈的展現反映是表現人物性格的重要手段，通過人物心理的真實生動描寫，可以更好地塑造活靈活現的人物形象，如何寫心又是故事情節的重要組成部分，好的寫心可有效推動故事情節的發展。《史記》非常重視歷史人物的寫心，在《史記》中，司馬遷對一些重要人物的心理活動都能精心描繪，而且方法多樣。筆者認為，可以將《史記》中的寫心分為「直寫法」與「曲寫法」兩種。

（一）直寫法

　　「直寫法」意為對人物的心理直接描寫，主要有如下幾種方法：

　　第一、讓人物通過獨白、對話、文章來表白心跡。《李斯列傳》：「斯出獄，與其中子俱執，顧謂其中子曰：『吾欲與若復牽黃犬俱出上蔡東門逐狡兔，豈

〔註82〕漢·趙曄撰：《吳越春秋》，南京：江蘇古籍出版社，1999 年，第 40～41 頁。

可得乎？』遂父子相哭。而夷三族。」〔註83〕從貴為丞相之尊到被夷滅三族，實屬可憐、可悲、可歎。那麼李斯到最後究竟後悔了沒有呢？後悔應該是肯定的，但知道的時候已經晚了，世上畢竟沒有賣後悔藥的。李斯最後的臨終遺言證明自己確實後悔了，從中我們能夠感受到他所經過的大風大浪、大是大非、極窮極貴，但最後都悔之晚矣。我們推測他的真實本意，到底是說自己不該做官呢？還是說應該及時引退呢？也許兼而有之吧。無論如何，這恐怕只有李斯自己曉得了。

第二、通過心理動詞直接揭示人物心理，此法史公所用最多。《蕭相國世家》中，蕭何「從其計，漢王大說」，「相國從其計，高帝乃大喜」，「於是相國從其計，上乃大說」〔註84〕，都是直接用心理動詞對劉邦的心理活動作了細緻深入的揭露。因為「說」「喜」都印證了蕭何門客的結論。多次重複的心理描寫也是對劉邦居心叵測的陰暗心理進行的不露聲色地巧妙諷刺和批評。《酷吏列傳》中，司馬遷對那些虎狼官吏的令人髮指、慘絕人寰的行為進行了如實敘述後，用「天子（上）以為能」〔註85〕來寫漢武帝的心理，竟至八次之多，複筆手法的使用也鮮明地表達了司馬遷對漢武帝政治的態度。

第三、以行動描寫來表現人物心理。《淮陰侯列傳》「忍胯下之辱」的故事，「信孰視之，俛出袴下，蒲伏」，這既是動作神態描寫，又是細節描寫，既活靈活現地寫出了韓信激烈的思想鬥爭，又反映了少年屠戶對韓信的恣意凌辱。《萬石張叔列傳》：「（石奮）無文學，恭謹無與比。」石奮沒讀過幾本書，文化素質不高，但他的最大優點就是對上司領導無比順從、無比恭敬，用我們今天的話說就是非常聽話，這一點天下沒有人能夠比得上。石奮長子建、次子甲、次子乙、次子慶，皆以馴行孝謹處世，也沒有什麼本事，都繼承了石奮聽話的優良傳統，所以都能官至二千石。於是景帝曰：「石君及四子皆二千石，人臣尊寵乃集其門。」一父四子皆為二千石，加起來就是一萬石，所以景帝稱石奮為「萬石君」。這是「萬石君」稱號的由來。寫石奮「必朝服」見子孫，「上時賜食於家，必稽首俯伏而食之，如在上前」，貌似一本正經，恭敬無比，

〔註83〕西漢・司馬遷：《史記》，南朝・宋・裴駰集解，唐・司馬貞索隱，唐・張守節正義，顧頡剛等標點，北京：中華書局，2014 年，第 3107 頁。

〔註84〕西漢・司馬遷：《史記》，南朝・宋・裴駰集解，唐・司馬貞索隱，唐・張守節正義，顧頡剛等標點，北京：中華書局，2014 年，第 2447～2450 頁。

〔註85〕西漢・司馬遷：《史記》，南朝・宋・裴駰集解，唐・司馬貞索隱，唐・張守節正義，顧頡剛等標點，北京：中華書局，2014 年，第 3809～3888 頁。

實際上作者卻嘲笑了他的迂腐無能。

石奮長子石建在人前，好像不會說話，笨得厲害，其實這是假象，一旦打起小報告來，誰都趕不上他，說起來是滔滔不絕，口若懸河。「事有可言，屏人恣言，極切；至廷見，如不能言者。是以上乃親尊禮之。」竇嬰、田蚡交惡時，石建作郎中令，東朝廷辯，大臣們莫衷一是，「是時郎中令石建為上分別言兩人事」。(《魏其武安侯列傳》)最終的結果是竇嬰被處死。大概石建跟漢武帝講清楚了其中的利害得失，一個是失勢了的外戚舅姥爺，一個是得到母親寵愛的正得勢的舅舅，在二者發生矛盾的時候，「兩利相權取其重，兩害相權取其輕」，最終漢武帝還是放棄了心中不願放棄的竇嬰。這樣兩相對比下來，他的虛偽就暴露無遺了。

> 石建為郎中令，上書奏事，事下，建讀之，曰：「誤書！『馬』
> 者與尾當五，今乃四，不足一。上譴死矣！」甚惶恐。

石建有次上書奏事，後來，所上的奏章被皇帝批下來了，石建在讀自己上的奏章時，發現裏面有個錯字，嚇得驚叫起來，「壞了，壞了，寫錯字了！篆體的馬字下曲筆為尾，加四點為四足，共五筆，現在我竟然只寫了四筆，缺了一筆。我將要受到皇帝的譴責，大概活不成了。」如此小事，石建竟然如此看重，還非常地誠惶誠恐。這裡，司馬遷將一個人的可笑、愚昧活畫出來了。

石奮的小兒子石慶為太僕，為皇帝駕車出行，皇上問有幾匹馬駕車，這樣的問題，一目了然，有獨馬，有兩馬，有四馬，有六馬等等，皇帝不會用獨馬，也不會用兩馬，答案應該是脫口而出，但石慶的做法卻出乎我們所有人的意料。他用馬鞭子指著拉車的馬，仔細認真地數了起來，從左到右數一次，「1匹，2匹，3匹，4匹，5匹，6匹。」再從右到左數一次，「1匹，2匹，3匹，4匹，5匹，6匹。」最後鄭重舉手向皇上報告：「一共有六匹馬。」司馬遷說，石慶在石奮的四個兒子中是最為簡易的了，竟然也幹出了如此可笑的事情來，其他的就可想而知了。表面上的恭謹、規矩、嚴肅、認真，似乎是褒，但實則是貶味十足，取得了極佳的諷刺效果。

再有「起之為將，與士卒最下者同衣食。臥不設席，行不騎乘，親裹贏糧，與士卒分勞苦。卒有病疽者，起為吮之。卒母聞而哭之。人曰：「子卒也，而將軍自吮其疽，何哭為？」母曰：「非然也。往年吳公吮其父，其父戰不旋踵，遂死於敵。吳公今又吮其子，妾不知其死所矣。是以哭之。」(《孫子吳起列傳》)這是通過戰不旋踵的行動來寫心，具體見後面空白法的分析。

　　第四、通過補敘來寫人物心理。《李將軍列傳》：「頃之，家居數歲。廣家與故潁陰侯孫屏野居藍田南山中射獵。嘗夜從一騎出，從人田間飲。還至霸陵亭，霸陵尉醉，呵止廣。廣騎曰：『故李將軍。』尉曰：『今將軍尚不得夜行，何乃故也！』止廣宿亭下。居無何，匈奴入殺遼西太守，敗韓將軍，後韓將軍徙右北平。於是天子乃召拜廣為右北平太守。廣即請霸陵尉與俱，至軍而斬之。」當時的心理活動不寫，通過後邊的補敘巧妙地表現出來。這種寫心也屬於「空白法」的範疇，具體見後。

　　再如景帝被止司馬門之例，景帝作太子時，與弟弟梁王劉武共車入朝，到司馬門沒有停下，負責監管的張釋之追止太子、梁王不得入殿門。張釋之準備對二人判以不下公門不敬之罪，後來，在薄太后、漢文帝的求情之下，才赦太子、梁王，然後二人得入。後來文帝駕崩，景帝即位，景帝因此事仍然記恨張釋之，改封張為淮南王相，這是「猶尚以前過也」（《張釋之馮唐列傳》）。與上一例一樣，景帝的心理我們能夠想像出來，但到底如何，這個不好寫，也不敢寫，當時的心理活動是通過後來的行為作出補充說明的。

　　第五、用即景作歌來寫人物心理。司馬遷有時讓人物即興作歌來表現人物的心理。荊軻的《易水歌》、項羽的《垓下歌》、劉邦的《大風歌》《鴻鵠歌》都是通過人物的即景作歌來表現人物的豐富複雜心理的。易水餞別、荊軻悲歌表達的是荊軻將生死置之度外的大義凜然和悲壯氣概；四面楚歌時的霸王別姬──《垓下歌》，反映出一代英豪項羽在窮途末路時的矛盾複雜的心理；劉邦在歸家宴會上所歌詠的《猛士歌》，抒發了劉邦統一天下後保持長治久安的希望，還有著如何發現人才、如何利用人才和如何控制人才的矛盾性的思考；《鴻鵠歌》表明劉邦已經徹底打消了換太子的念頭，歌曲流露出對戚夫人母子的擔憂之情，還有對政局的無奈之情。這一切都是通過人物即興作歌來反映人物的微妙婉曲的心理變化的。

　　趙王劉友被迫接受以諸呂女為後，但劉友不愛呂女，愛他姬，諸呂女妒，怒去，讒之於太后，誣以罪過。劉友生氣地說：「呂氏安得王！太后百歲後，吾必擊之。」這無疑引起了太后的極端憤怒，於是找藉口召來趙王。趙王至，卻安置於官邸不接見，呂后命令守衛包圍把守，且不供給飲食，以欲餓死他。群臣有偷偷送飯的，就抓起問罪。趙王餓極，於是作歌曰：「諸呂用事兮劉氏危，迫脅王侯兮強受我妃。我妃既妒兮誣我以惡，讒女亂國兮上曾不寤。我無忠臣兮何故棄國？自決中野兮蒼天舉直！於嗟不可悔兮寧蚤自財。為王而餓

－179－

死兮誰者憐之！呂氏絕理兮託天報仇。」(《呂太后本紀》)最後趙王竟然被幽禁而活活餓死，按照百姓之禮葬於長安百姓墓地旁邊。這首歌真實而生動地反映了趙王劉友的心聲，分析了當時的朝政，歌中有對自我遭遇的回顧，有對呂妃的指責，有對呂后干政的痛斥，有對命運不能自主而被活活餓死的無奈和憤慨。

我們以上簡單介紹了《史記》描寫心理的幾種直寫法，下面我們重點對曲寫法進行深入探究。

（二）曲寫法

「曲寫法」意為作者對人物的心理活動並不給予直接揭示，而是通過靈活多樣的方式予以巧妙地表現。這種寫法，目前學界的研究成果主要體現在借別人之言辭間接揭示某人的心理活動和通過動作行為刻畫心理兩種方法上。

前者是說司馬遷對人物的心理活動不作直接描寫，卻借別人言辭進行揭示。《呂太后本紀》寫呂后的親生兒子孝惠帝青年早夭。在發喪時，太后哭，卻掉不下眼淚來。本來白髮人送黑髮人是人生一大悲事，呂后這是怎麼了？年紀剛剛十五歲的已做侍中的留侯之子張辟彊對當時丞相陳平說：「太后獨有孝惠，今崩，哭不悲，君知其解乎？」陳平說不清楚。辟彊曰：「帝毋壯子，太后畏君等。君今請拜呂臺、呂產、呂祿為將，將兵居南北軍，及諸呂皆入宮，居中用事，如此則太后心安，君等幸得脫禍矣。」原來是擔心兒子死後大權旁落他人啊。陳平丞相於是就按照張辟彊說的做了，於是，「太后說，其哭乃哀。」〔註86〕由「悲」到「憂」，由「憂」到「悅」，由「悅」到「哀」，這是呂后當時心理變化的全過程。死了唯一的兒子，呂后未嘗不悲傷，但對將權勢看得遠比親生兒女重要的呂后而言，她唯恐大權旁落，根本沒心思悲傷，所以憂慮恐懼，而「泣不下」，等到大權掌握在自家人手中，於是「太后心安」，想一想畢竟是自己唯一的兒子去世，自然「其哭乃哀」。這一過程通過簡單的前後對比，經由張辟彊道出其中緣由，陳平基於自保私心果斷採納，於是就產生了絕妙的諷刺效果。司馬遷對呂后的心理活動是通過張辟彊之言辭表現出來的。

這種情況在《史記》中並不少見。吳越爭霸時，對於句踐戰敗後的複雜心

〔註86〕西漢‧司馬遷：《史記》，南朝‧宋‧裴駰集解，唐‧司馬貞索隱，唐‧張守節正義，顧頡剛等標點，北京：中華書局，2014年，第507～508頁。

理，司馬遷是借伍子胥的進諫巧妙傳達出來的。夫差打敗句踐，報了殺父之仇，越國派大夫文種攜帶厚幣賄賂吳太宰嚭以請和，「求委國為臣妾。吳王將許之。伍子胥諫曰：『越王為人能辛苦。今王不滅，後必悔之。』」「其後五年，……（吳王）乃興師北伐齊。伍子胥諫曰：『句踐食不重味，弔死問疾，且欲有所用之也。此人不死，必為吳患。今吳之有越，猶人之有腹心疾也。而王不先越而乃務齊，不亦謬乎！」〔註87〕當局者迷，旁觀者清，通過伍子胥的兩次進諫很好地反映了句踐決心忍辱負重、等待時機以報仇雪恨的心理活動，同時還表現出了伍子胥的深謀遠慮和耿耿忠心。

通過動作行為寫心在《史記》中也比較多見，如韓信「孰視之，俛出袴下，蒲伏」，「蒲伏」的動作表明內心經過了激烈的利害權衡的鬥爭，范增「受玉斗，置之地，拔劍撞而破之」，一系列的動作表現了范增對項羽「哀其不幸、怒其不爭」的難以遏抑的激憤而又無奈的情緒，張良「良業為取履，因長跪履之」，不情願的動作中隱含著張良內心的豐富複雜的心理，如此等等，不一而足。上述直寫法和曲寫法的心理描寫方法，學界早有定論，茲不贅述。本文的重點在於論述「曲寫法」中的「空白法」。

（三）空白法寫心

什麼叫「空白法」呢？空白法，顧名思義，就是司馬遷對歷史人物的心理不直接用豐富具體的語言進行揭示，而是簡單描寫，少寫甚至不寫，故意留下空白；不寫，並非真的不寫心理，而是巧妙地寫，曲折地寫，有時更是以不寫為寫。在《史記》中的空白法描寫心理往往是點染分開，有時只點不染，即便是點，有時也非常隱晦，模糊點出，內裏鋪染，有時又此處點，彼處染，豐富具體的心理活動需要通過讀者的想像鏈條加以補足。這樣的心理活動與數學、物理學中的無需證明的公理非常相似，人之常情，盡人皆知，通過這樣的寫法巧妙地表現出了人物的心理活動，有時能褒貶人物，還大大節省了篇幅，符合了史書準確、客觀、精練的要求。

空白法寫人物心理極為高妙，此地無聲勝有聲，有時簡直能收到於無聲處聽驚雷的絕佳效果。漢高祖殺掉自己的恩人——季布舅舅丁公一事就是最好的說明，當時丁公的心理變化就是通過空白法表現出來的。「季布母弟丁公，

〔註87〕西漢·司馬遷：《史記》，南朝·宋·裴駰集解，唐·司馬貞索隱，唐·張守節正義，顧頡剛等標點，北京：中華書局，2014年，第2648～2649頁。

為楚將。丁公為項羽逐窘高祖彭城西，短兵接，高祖急，顧丁公曰：『兩賢豈相尼哉！』於是丁公引兵而還，漢王遂解去。及項王滅，丁公謁見高祖。高祖以丁公徇軍中，曰：『丁公為項王臣不忠，使項王失天下者，乃丁公也。』遂斬丁公，曰：『使後世為人臣者無效丁公！』〔註88〕丁公，據陸賈《楚漢春秋》，其名為丁固，「上敗彭城，薛人丁固追，上被髮而顧曰：『丁公，何相逼之甚！』乃回馬而去。上即位。欲陳功。上曰：『使項氏失天下，是子也。為人臣用兩心，非忠也。』使下吏笞殺之。」〔註89〕情節基本相同，《史記》的人物語言更符合邏輯，語言更流暢。當年丁公放走處於狼狽危險境遇中的劉邦，丁公的心理首先應該是對落水狗的憐憫同情，同情弱者是人之常情；不可否認也有對自己未來命運考慮的私心。等到項羽敗亡後，丁公在謁見高祖的過程中，丁公的心理活動大概如此：俗話說，滴水之恩，當湧泉相報。當年我對漢王有救命之恩，漢王會怎麼報答我呢？丁公的心裏是美滋滋的，一定懷有無限美好的期待！漢王會給我高官做，會賞賜我許多金銀珠寶，美女自然也是少不了的。幸好當年我放了漢王一馬，否則怎麼會有今天的榮華富貴呢？！正在他飄飄然之時，讓他萬萬沒有想到的是竟然收穫了如此悲慘的命運結局。劉邦對自己有救命之恩的丁公一殺了之，還堂而皇之地厚著臉皮讓後人不要傚仿。劉邦處死丁公的理由竟然是「丁公為項王臣不忠，使項王失天下」，劉邦做夢都想幹掉項羽，其斥責丁公的話從表面上來看是「不忠」，是為項羽考慮，實際上正是為了自己，「殺雞儆猴」，通過這種方式告誡其臣下堅決不要傚仿丁公，要對自己忠心耿耿，這正是其極端自私的表現，其用心之險惡讓人為之膽戰，臉皮之韌厚讓人望塵莫及。雖然在當時沒有寫人物的心理，但是丁公如上的心理活動我們廣大讀者容易知道。司馬遷不僅寫了丁公的心理，還巧妙地寫出了劉邦的心理，當然還有一眾人等的複雜心理，非常高明。

　　有的「空白法」是在此處空白，而在他處照應或補足，這種寫法就是通過人物的語言、行動、事件等的前後對比、互見等藝術手法自然而然地揭示了個體人物或集體人物的心理。

　　《司馬相如列傳》中，相如「家貧，無以自業」，到他的好友——臨邛父

〔註88〕西漢·司馬遷：《史記》，南朝·宋·裴駰集解，唐·司馬貞索隱，唐·張守節正義，顧頡剛等標點，北京：中華書局，2014年，第3309頁。
〔註89〕西漢·陸賈著，劉曉東等點校：《二十五別史·楚漢春秋》，濟南：齊魯書社，2000年，第4頁。

母官王吉處蹭吃蹭喝，「臨邛令繆為恭敬，日往朝相如」，相如稱病不見王吉，而王吉愈益謹肅，這樣一來，就在一個地方小城製造了一條爆炸性新聞，引起臨邛中富商卓王孫、程鄭的興趣，誰人這麼大的架子？這到底是怎樣的貴賓？他究竟長了幾個鼻子幾雙眼睛呢？這其實也是臨邛人群體的心理活動。二人設宴宴請縣太爺和縣太爺貴賓的舉動就是這種心理活動的真實寫照。於是二人盛情邀請，相如卻遲遲不至，「謝病不能往」，這讓大家非常失望又很是驚奇，失望的是竟然見不到想見的貴賓，驚奇的是這個人竟然這麼不給大家面子，而「臨邛令不敢嘗食」，大家自然不敢輕易拿起筷子，於是，王吉「自往迎相如」，這十足弔足了大家的胃口。相如假作不得已，最後終於眾星捧月般地請來了主人公，「一坐盡傾」，所有人都驚羨於相如文靜典雅、落落大方的風采，為之傾倒的是地方眾富豪，這當然不是司馬相如的目的，其最重要的目的是「傾倒」一人，這就是卓文君。所以司馬相如與王吉密謀合作，假戲真演，達到了最佳的宣傳效果，終於騙得佳人歸，還連帶著借陰暗手段賺取了大量物質財富。我們得出這個結論其實是有依據的，這幾句洩露了天機，「是時卓王孫有女文君新寡，好音，故相如繆與令相重，而以琴心挑之」。所以說，司馬相如扮演的角色並不光明正大，說是騙色騙財好像並不為過。清代的王鳴盛一針見血地指出：「若相如之事，輕薄文人自許風流，千載下猶豔羨不已，自知道者觀之，則深醜其行而不屑掛齒牙間也。」〔註90〕

「卓王孫大怒曰：『女至不材，我不忍殺，一錢不分也。』人或謂王孫，王孫終不聽。」對於文君、相如「家居徒四壁立」的成都生活的艱辛，我們讀者自然是可想而知。卓文君未嘗不後悔這椿婚事，但生米已然成熟飯，自己釀的苦酒只能自己喝了。文君心下暗想，與其在成都忍饑挨餓，不如殺回老家，老爹還是自己的財富之源啊！「文君久之不樂，曰：『長卿第俱如臨邛，從昆弟假貸猶足為生，何至自苦如此！』」於是夫妻倆返回臨邛「下海」開了酒館。

首富之女卓文君親自當壚賣酒，大家閨秀卓文君貌若天仙，但她的美對許多人而言只是一個傳說，平時只能耳聞，難得一見，現在竟然在服務臺親自為顧客服務，這樣就為那些期望近距離接觸大家閨秀的膽小的膽大的尤其是有色心色膽的人製造了合情合理合法的機會。「相如身自著犢鼻褌，與庸保雜作，

〔註90〕清・王鳴盛：《十七史商榷》，黃曙輝點校，上海：上海書店出版社，2005年，第39頁。

滌器於市中」〔註91〕。卓王孫的名不正言不順的女婿、大才子司馬相如竟然與眾打工者在大街上刷盤子洗碗，這又成了臨邛的一大爆炸性新聞。有了這兩個絕佳賣點，酒館的生意一定異常火爆！臨邛各種集體人物的心理正是通過空白法活靈活現地表現出來的，極為高妙。

類似的空白法表現集體人物心理的描寫舉不勝舉。再如，將蕭何評為大漢朝第一功臣的事例也非常典型（「功狗功人」的說法也巧妙地反映了集體人物心理的變化）〔註92〕。劉邦在一眾文武大臣的輔佐下終於打敗了項羽，統一了天下，在論功封賞的問題上，劉邦認為大漢朝第一功臣是蕭何。關於功勞大小的問題，我們認為非常複雜。眾所周知，軍事戰爭其實是一個複雜的系統工程，舉凡綜合國力的競爭、政治上的領導、後勤的保障、前線的軍事指揮、士兵的表現等等因素，可以說是缺一不可的。蕭何的功勞不可忽視，但僅僅靠蕭何，將蕭何評為大漢朝第一功臣顯然是不合適的。如果沒有其他要素的配合，蕭何的所作所為可以說毫無意義。客觀地說，前線的指揮應該是更關鍵的，因為一切的一切都得靠前線將軍的指揮、士兵的奮勇作戰來落實的。如果要評選大漢朝第一功臣，在前線指揮作戰的將領無疑應該是首選。劉邦將蕭何直接認定為大漢朝第一功臣主要還是基於老鄉的自私考慮。但是，這樣的做法，韓信會怎麼想？黥布怎麼想？張良服氣嗎？陳平甘心嗎？曹參與蕭何一直不合，是否也與這個問題有著一定的關係呢？

前已言之，將曹參排在第一是明顯不合適的，蕭何排在第一是否能講得通呢？關內侯鄂千秋認為各位大臣的主張是不對的。曹參雖然能征善戰，功勳卓著，但都是一時之事。劉邦與楚軍相持五年，經常敗成個光杆司令。每次都是蕭何常從關中派遣軍隊補充前線，用車船運來糧食，這是萬世不朽的功勳啊。而且關內侯還說，即使沒有上百個曹參這樣的人，對漢室又有什麼損失？漢室得到了這些人也不一定能得以保全。怎麼能讓一時的功勞凌駕於萬世功勳之上呢！所以最後得出結論，應該是蕭何排第一位，曹參居次。鄂侯善於言辭，但所言大謬。

我們知道軍國大事是一個整體，是一個系統，不是單純靠哪個人、靠幾個

〔註91〕西漢・司馬遷：《史記》，南朝・宋・裴駰集解，唐・司馬貞索隱，唐・張守節正義，顧頡剛等標點，北京：中華書局，2014年，第3637～3639頁。

〔註92〕西漢・司馬遷：《史記》，南朝・宋・裴駰集解，唐・司馬貞索隱，唐・張守節正義，顧頡剛等標點，北京：中華書局，2014年，第2448～2449頁。

人就能完成的。江山是靠利益集團各組成部分的有機合作，依靠戰後的有力保障供給，戰前的統籌安排、周密謀劃，將軍士兵在前線的靈活處理、英勇作戰打下來的。本來就不應評出個三六九等。將蕭何評為大漢第一功臣，張良、陳平怎麼想？韓信、彭越能服氣嗎？曹參、周勃等能接受嗎？客觀公正地講，你的謀劃再正確，保障再有力，人民再支持，如果沒有前線將領的靈活果決地行動，一切都是空想，一切都毫無意義。所以一般而言，功勞更大的應該是武將，所以將蕭何評為第一是比將曹參評為第一更為顯失公平的做法。《史記菁華錄》認為：「蕭、曹有郤，史無明文，不知何事。吾以為必起於爭功。時鄂君所論，譽蕭既多而抑曹太甚，固不足以厭曹之心也。」〔註93〕曹參與蕭何一直不合，與這個問題定然有著分不開的關係！集體人物的心理沒有一言提及，但顯失公平的做法自然導致了眾將領或明或暗的抵制和批評。漢統一天下後，眾功臣的造反一而再，再而三，與當時的分封不公應不無關係。

《孫子吳起列傳》中孫武傳記的寫心也非常巧妙，同樣使用空白法寫出了各種人物的不同心理〔註94〕。這個小故事中直接的寫心就是幾個心理動詞的使用，如「婦人大笑」，「婦人復大笑」，吳王「大駭」，婦人「無敢出聲」，描寫簡單，僅點到為止，並未展開，甚至可以忽略不計，這種手法我們也稱之為空白法。這幾個心理動詞就是通往人物豐富複雜心理世界的導遊。吳王闔閭心術不正，重色輕國，對孫子的軍事操演並不關心，用婦人練兵正是為了滿足自己的獵奇欲望和窺探隱私的癖好。所以，在操練的過程中，二寵妃「大笑」，「復大笑」，一百七十八名宮女也在笑，也在大笑，在場的包括吳王在內的所有觀眾都在笑，在吳王看來，練兵本身就是為了娛樂。

二寵妃一貫受吳王寵愛，只將此次練兵當作討吳王歡心的一個機會，她們眼中只有吳王，可以說，在吳王提出用宮中女人操練這件事情開始，二寵妃的命運就已經注定了。在軍法和吳王私情矛盾的關鍵時刻，孫武如果選擇不斬二妃，就不能奠定自己在吳國的地位、權威和聲望；即使僥倖獲得重用，在以後帶兵打仗時，也難以獲得指揮上的絕對權威，在吳地難有出頭之日〔註95〕。所

〔註93〕清·姚苧田：《史記菁華錄》，王興康，周旻佳點校，上海：上海古籍出版社，2007年，第68～69頁。

〔註94〕西漢·司馬遷：《史記》，南朝·宋·裴駰集解，唐·司馬貞索隱，唐·張守節正義，顧頡剛等標點，北京：中華書局，2014年，第2631～263頁。

〔註95〕張學成：《看似「兒戲」非「兒戲」——談〈孫子吳起列傳〉中「吳宮教戰」的戲劇因素》，《四川戲劇》，2007年第5期，第19頁。

以最後孫武毅然決然殺掉了二妃。這樣一來，所有人都對孫武的命運持一種觀望心理。二寵妃被殺之後，吳王闔閭早已無心觀看，一百七十八名婦女更是顫顫巍巍，如履薄冰，一個個都老老實實地訓練起來，最後吳王只能接受現實，不得不封孫武為將。孫武、吳王、二寵妃及一百七十八名婦女的心理活動，在場所有觀眾的複雜的心理變化，通過短短五百字的小故事活靈活現地表現出來，這主要是通過空白法表現出來的。

有的空白法往往是此處簡寫，又在彼處進行詳細具體的補充，這也屬於前文提及的「此處點，彼處染」的一類。《魏其武安侯列傳》寫田蚡的心理活動；「又以為諸侯王多長，上初即位，富於春秋，蚡以肺腑為京師相，非痛折節以禮屈之，天下不肅。」「以為」是心理動詞，後邊的話是田蚡的心理活動，「蚡」字的出現更是充分證明了這一點。由此開始，後面反覆皴染這一心理活動，或者說是用大量的事例證明了這一心理活動。「當是時，丞相入奏事，坐語移日，所言皆聽。薦人或起家至二千石，權移主上。上乃曰：『君除吏已盡未？吾亦欲除吏。』嘗請考工地益宅，上怒曰：『君何不遂取武庫！』是後乃退。嘗召客飲，坐其兄蓋侯南鄉，自坐東鄉，以為漢相尊，不可以兄故私橈。武安由此滋驕，治宅甲諸第。」尤其是全傳的最大最尖銳最複雜的矛盾——魏其武安爭鬥，他想方設法地嬉戲愚弄已經失勢的魏其侯竇嬰，設圈套除掉剛猛少謀的灌夫，都一一佐證了田蚡的險惡用心。這給讀者的感覺就是，他心裏是這樣想的，更是這樣做的。從司馬遷的角度來說，他是通過田蚡的所作所為來揣摩田蚡的這一心理變化的。這種描寫雖說是藝術真實，但是建立在具體事實基礎上的寫心毋寧說是更真實的真實，因為這樣能夠觸摸感知靈魂的細微變化。所以說，司馬遷是文學藝術大師，也是寫心藝術大師。

有的寫心還含有對歷史人物和歷史事件的明顯的褒貶態度。在楚漢相爭的關鍵時刻，韓信成為項、劉兩方爭奪的關鍵對象。武涉勸說，韓信根本不聽；可是蒯通游說，韓信已經開始動心，所以韓信說「吾將念之」，「容我三思」，讓我好好考慮考慮。數日後，蒯通復來游說，韓信最後作出的抉擇是，「猶豫不忍倍漢，又自以為功多，漢終不奪我齊，遂謝蒯通。蒯通說不聽，已詳狂為巫。」這裡的心理活動描寫也非常簡單，韓信認為對劉邦要感恩，所以不忍背漢；又自恃功高，劉邦不會奪齊王之職。秀才遇到兵，有理說不清。但後來的事情的發展恰恰證明了韓信只是一廂情願，其實蒯通「詳狂為巫」的做法已經告訴了我們「當局者迷，旁觀者清」的道理。後來韓信被改封楚王，然後被貶

為侯，最後連侯都保不住，最終「成也蕭何，敗也蕭何」，「為兒女子所詐」，以謀反罪被滅三族！這裡的寫心與對田蚡的描寫頗為相似，但更為高明，通過韓信的自信的理想心願與後來的慘痛現實所形成的矛盾落差，刻畫出了韓信和劉邦的截然不同的為人來。(《史記·淮陰侯列傳》)

空白法寫心還表現在不寫人物此時此處的心理活動，而是通過彼時彼處的行為、動作、結果等的補敘來反映當初的人物心理。這樣的例子在《史記》中並不鮮見，如「李廣殺霸陵尉」事：「頃之，家居數歲。廣家與故穎陰侯孫屏野居藍田南山中射獵。嘗夜從一騎出，從人田間飲。還至霸陵亭，霸陵尉醉，呵止廣。廣騎曰：『故李將軍。』尉曰：『今將軍尚不得夜行，何乃故也！』止廣宿亭下。」行文此處，都是客觀敘述，只寫了霸陵尉和李廣隨從之對話，未寫穎陰侯孫的心理，對利害關係人——李廣的心理更是隻字未提，難道當時的他是淡然處之、心靜如水的嗎？接下來，司馬遷馬上告訴了我們答案：「居無何，匈奴入殺遼西太守，敗韓將軍，後韓將軍徙右北平。於是天子乃召拜廣為右北平太守。廣即請霸陵尉與俱，至軍而斬之。」〔註96〕李廣殺掉霸陵尉的行為自然讓我們想到了當時李廣被呵止時的心理活動，其當時的心理變化如翻江倒海般猛烈，用鬱悶憋屈、恨之入骨、咬牙切齒等形容一點都不為過，你小子就是狗眼看人低，君子報仇十年不晚，看以後怎麼收拾你……。所以說，現在的結果其實正是當時李廣複雜激烈內心活動的真實再現。

再如「吳起為士兵吮疽」事：「卒有病疽者，起為吮之。卒母聞而哭之。人曰：『子卒也，而將軍自吮其疽，何哭為？』母曰：『非然也。往年吳公吮其父，其父戰不旋踵，遂死於敵。吳公今又吮其子，妾不知其死所矣。是以哭之。』」〔註97〕士兵母親哭的不是吳起為兒子吮吸膿瘡這件幾乎讓所有人都感動的事情，哭的是被吮吸膿液之後的兒子的很可能的命運。下一次戰爭開始，勇往直前衝在最前邊的、速度快得讓人連腳後跟都看不清的一定是自己的兒子啊。這樣的兒子還能久存於人世嗎？！這裡沒有寫士兵的心理活動，但是士兵的心理活動，其母親已經清清楚楚，原因在於同樣的事情在士兵父親身上早已發生，正是吳起將軍為自己的丈夫——士兵的父親吮吸膿

〔註96〕西漢·司馬遷：《史記》，南朝·宋·裴駰集解，唐·司馬貞索隱，唐·張守節正義，顧頡剛等標點，北京：中華書局，2014年，第3471頁。

〔註97〕西漢·司馬遷：《史記》，南朝·宋·裴駰集解，唐·司馬貞索隱，唐·張守節正義，顧頡剛等標點，北京：中華書局，2014年，第2636～2637頁。

瘡，所以士兵的父親當時感激涕零，眼淚吧嗒吧嗒的往下掉，連自己的父母親對自己都沒有這麼好，吳將軍如此對我，我無以回報，只能將這血肉之軀獻給將軍了，所以就發生了父親「戰不旋踵」的事情。而士兵此時的心理活動正是當年士兵父親的心理活動，接下來將要發生什麼大家自然都不難清楚了，所以其母「聞而哭之」。

四、互見妙法寫心

　　一般認為，「互見法」就是司馬遷在《史記》中開創的組織安排材料以反映歷史、表現人物的一種寫作方法；即將一個人的事蹟分散在不同地方，而以其本傳為主，或將同一件事分散在不同地方，而以一個地方的敘述為主。「互見法」的發現，有「大器晚成」之稱的蘇洵功不可沒。在研讀《史記》時，蘇洵有一個有趣的發現：許多人物身上的缺點、污點或陰暗面在其本人的傳記中往往找不到，而出現在與其本人有關的他人的傳記中。蘇洵說，廉頗是富有智謀的名將，酈食其為重要辯士，周勃是忠心耿耿的開國功臣元老，董仲舒為當世鴻儒，但這幾人身上都有一些失誤或言愚蠢之處。這些「過」都沒有在本傳中反映出來，而是移到了與之相關的其他人的傳記中了。人無完人，金無足赤。的確，正如蘇洵所言，這樣做的好處是褒揚良善，對人不求全責備。

　　互見法的主要特徵，用蘇洵的話說就是「本傳晦之，而他傳發之」。清代史學家章學誠明確提到「互見」，「史既成家，文存互見，有如《管晏列傳》，而勳詳於《齊世家》，張耳分題，而事總於《陳餘傳》；非惟命意有殊，抑亦詳略之體所宜然也。」〔註98〕近人李笠在《史記訂補》中將這種做法正式命名為「互見」：「史臣敘事，有缺於本傳而詳於他傳者，是曰互見。」〔註99〕

　　互見法的優點顯而易見，因為同樣一件事，參與人物很多，在敘及同一事時，就可以通過互見法的運用，以一個地方或某一人為主，可使《史記》避免不必要的重複；因為材料的相對集中，又能表現出歷史人物的主要性格特徵，有利於人物形象的塑造；而且，不便於在本人傳記中呈現的材料放到了與之有關的其他人的傳記中去寫，這樣就照顧到了歷史的真實性，因之，無論從文學角度來講，還是從歷史角度來說，《史記》自然就成為了一部理所當然的文史

〔註98〕清·章學誠著：《文史通義校注》卷五《古文十弊》，北京：中華書局，1985年，第507頁。

〔註99〕清·李笠著：《史記訂補》，瀧川資言《史記會注考證附校補》蘇洵語，上海：上海古籍出版社，1986年，第2108頁。

巨著。或者可以這樣說，《史記》之所以成為一部文史巨著，與互見法有著分不開的關係；而「互見法」在《史記》中的作用也絕不僅止於此。

「互見法」與《史記》的寫心有著密切的關係，互見法在漢代最高統治者身上的頻繁使用本身就表現了司馬之心，互見法的普遍使用表明了作者對一些歷史人物和歷史事件的看法，寄予了自己的好惡感情和褒貶評價，同樣反映了子長之心；在通過互見法對不同歷史人物和歷史事件的對比中，表露了歷史人物之本心、真心。通過互見法的靈活使用，司馬遷給我們巧妙而深刻地再現了一個複雜的時代和一個個真實的靈魂。

下面我們結合韓信謀反一案對「互見法」「寫心」的問題展開深入的探討。

（一）韓信死因，聚訟千古

功高蓋世的韓信，因蕭何而成名，也因蕭何而喪命，所謂「成也蕭何，敗也蕭何」是也。「韓信將兵，多多益善」，這早已成為中國歷史上的美談。韓信善於軍事指揮，長於領兵打仗，但由此也能夠看出，韓信為人自信滿滿，在頂頭上司面前如此說，這是不給上司留面子，又說明韓信短於複雜的人際關係。或者說，韓信人品很好，精於軍事指揮，很有發展的潛力，但是在人際關係方面，尤其是在與上司的關係處理方面顯得非常幼稚、愚蠢，甚至有些迂腐。在跟隨劉邦的過程中，先後四次被奪權，而始終不改變忠誠的想法，真是可悲、可歎、可憐！俗話說，「機不可失，時不再來」，機會具有時間性，過了這個村就沒這個店了。在有機會起兵造反自立時沒有抓住機會自立為王，等到項羽敗亡，漢朝統一，被奪了齊王兵權，改封楚王；結果，楚王也當不成，被以謀反罪降為侯。韓信最後的結局，《史記》中記載得似乎非常明確。《高祖本紀》：「（十一年）春，淮陰侯韓信謀反關中，夷三族。」〔註100〕《淮陰侯列傳》：「信乃謀與家臣夜詐詔赦諸官徒奴，欲發以襲呂后、太子。」不久，即輕信蕭何，被蕭何欺騙，為呂后所虜，被夷三族。司馬遷在「太史公曰」中說：「天下已集，乃謀畔逆。」言之鑿鑿，似確有其事。那麼，韓信到底謀反了沒有呢？自古至今，可謂眾說紛紜，難有定論。

班固在《漢書·韓彭英盧吳傳》的贊中說：「見疑強大，懷不自安，事窮勢迫，卒謀叛逆，終於滅亡。」〔註101〕毫無疑問，班固是認可韓信謀反說的。

〔註100〕西漢·司馬遷：《史記》，南朝·宋·裴駰集解，唐·司馬貞索隱，唐·張守節正義，顧頡剛等標點，北京：中華書局，2014 年，第 389 頁。
〔註101〕東漢·班固著：《漢書》，北京：中華書局，1997 年，第 1895 頁。

司馬光認為：「夫以盧綰里閈舊恩，猶南面王燕，信乃以列侯奉朝請，豈非高祖亦有負於信哉？臣以為高祖用詐謀禽信於陳，言負則有之；雖然，信亦有以取之也。始，漢與楚相距滎陽，信滅齊，不還報而自王；其後漢追楚至固陵，與信期共攻楚而信不至。當是之時，高祖固有取信之心矣，顧力不能耳。及天下已定，則信復何恃哉！夫乘時以徼利者，市井之志也；酬功而報德者，士君子之心也。信以市井之志利其身，而以君子之心望於人，不亦難哉！」〔註102〕司馬光對韓信的悲劇命運表現出一定的同情，但還是認為韓信「良由失職怏怏，遂陷悖逆」，同樣是認可造反說的，而且字裏行間對韓信的為人處世也是頗有微詞的。

當代學術界對於韓信的死因，大體有兩種意見：第一種意見認為，韓信死於謀反，罪有應得。如中仁、啟予的《韓信的悲劇》（《學術論壇》1983 年第 2 期），國強、潔芒的《韓信為什麼會發展到謀反這一步──〈淮陰侯列傳〉辨誣說質評》（《唐都學刊》1989 年第 3 期）等文，明確認定韓信死於謀反。第二種意見認為，韓信並未謀反，劉邦、呂后為自己及後人的統治找藉口除掉了韓信。史繼琤的《論韓信之死》（《湖南師院學報》1980 年第 4 期）、林曄卿的《韓信被殺是怎麼一回事》、趙玉良的《對韓信被誅原因之異見》、趙文靜的《韓信死因新探》（《錦州師範學院學報》1994 年第 2 期）等文持此看法。實際上，無論哪種意見，都是對相近資料的不同角度的分析。真可謂公說公有理，婆說婆有理。一直到近些年來，此問題一直未有定論。張大可的《韓信誠蒙冤，謀反亦不誣》（此文發表於 1983 年，後收入 2011 年出版的《史記研究》一書），從題目看韓信一案是被冤枉的，但文章最後還是同意韓信謀反這一說法的〔註103〕。有些學者乾脆拋開了有無謀反這個論題，直接探討韓信悲劇的個人原因，如劉玲娣《人格缺陷與韓信之死》（《河北學刊》2003 年第 5 期）、《論韓信人格的悲劇意蘊──讀〈史記·淮陰侯列傳〉》（《陰山學刊》2004 年第 4 期）等文。

從《史記》《漢書》《資治通鑒》等的記載來看，韓信謀反是確鑿的，但如果我們進行仔細地分析研究，這裡面似乎話裏有話。我們前邊說的是「互見法」，這裡說的是韓信的謀反罪，難道說互見法與韓信的謀反罪之間存在著什

〔註102〕宋·司馬光著：元·胡三省注，《資治通鑒》（第一冊），北京：中華書局，1956年，第 390～391 頁。

〔註103〕張大可著：《史記研究》，北京：商務印書館，2011 年，第 546～557 頁。

麼樣的關係嗎？如果一直就相近材料進行重複性研究，問題還是難以解決。我們嘗試從敘事學意義上的互見法的角度再探韓信謀反案的真相，希望對這個問題的深入研究作出一定的貢獻。通過互見法的角度進行研究，我們可以得出明白無誤的結論，韓信謀反之罪是「欲加之罪，何患無辭」！韓信的謀反是被冤枉的，韓信因謀反罪被處死是大漢朝第一大案，又是第一冤案！何啻是漢朝第一冤案，簡直是整個中國封建社會的第一大冤案！

（二）互見妙法，揭開真相

劉邦的天下是誰打下來的，當然依靠的是集體的力量。但如果沒有勇於作戰的軍隊，沒有善於指揮的將領，一切都只能是假設。在項、劉爭霸的關鍵時刻，張良助劉邦制定了一條重要的戰略方針：要重用英布、彭越和韓信而達到最後敗項滅楚的目的。這實際上是爭取英布背項投劉，以弱楚強漢，同時亦可解除漢軍南方所受到的威脅；利用彭越在梁地開展游擊戰，從而有力牽制楚軍力量，還可減輕正面戰場的壓力；至於韓信，派之走北路攻魏、趙等地，開闢第三戰場，解除北路的威脅，這樣就可以對項羽形成多方威脅，導致項羽分兵多路，疲於應付，最終實現對楚戰爭的徹底勝利。

張良認為劉邦應該重用黥布、彭越、韓信這三員大將，當然這三位最後也成為了開國元勳。但三人中黥布、彭越與韓信相比是難以相提並論的。就黥布、彭越而言，張良認為「可急使」，只是在緊急情況下可以重用；而韓信「可屬大事，當一面」，在關鍵時刻可發揮重要的作用。

韓信勞苦功高，為漢家江山立下了汗馬功勞。徹底摧毀項羽的垓下之戰，無疑是韓信指揮的最成功的一場戰役。在楚漢相爭的關鍵之役——垓下之戰中，韓信更是展現出了超凡絕倫的謀略。「五年，高祖與諸侯兵共擊楚軍，與項羽決勝垓下。淮陰侯將三十萬自當之，孔將軍居左，費將軍居右，皇帝在後，絳侯、柴將軍在皇帝後。項羽之卒可十萬。淮陰先合，不利，卻。孔將軍、費將軍縱，楚兵不利，淮陰侯復乘之，大敗垓下。」（《高祖本紀》）對於此次決定楚、漢命運結局的重要戰爭，劉氏集團的陣法安排極為高明，淮陰侯先與項羽主力交戰，韓信假裝戰敗撤退，藉此麻痹對手，讓敵人放鬆警惕，引誘敵人進攻。然後左右夾擊，韓信復攻之，三面受敵，敵人處於三面埋伏之中，最終導致項羽垓下大敗。兵不厭詐，詐敗、示弱是韓大將軍一貫的做法，往往屢試不爽。毫無疑義，此陣法應出自韓信之手。清代的何焯對此有全面分析：「項王大敵，雖兵少食盡，致死於我，勝負未可知。先合不利者，驕之使惰也。卻

者,遷延徐退,誘之使疲也。縱則夾擊之,使不能前後相救。楚兵橫斷,故不利也。然後因其亂而以眾乘之。項王雖勇,豈能支乎?絳侯、柴將軍之兵,則遊兵也。當楚人既動,則繞出其後矣。」〔註104〕郭嵩燾直接認為此戰之勝利全為韓信之力,「韓信與項羽始終未交一戰,獨垓下一戰,收楚、漢興亡之全局。云『淮陰侯將三十萬自當之』,以項羽勁敵,韓信自操全算以臨之,先為小卻,以待左右兩翼之夾擊,而後回軍三面蹙之,是以項羽十萬之眾一敗無餘。《項羽本紀》云:『項王軍壁垓下,兵少食盡。』蓋淮陰一戰之後,兵皆散失無幾存矣。」〔註105〕正是如此神奇的用兵之術,才奠定了劉邦的帝王基業。韓信將兵的確是多多益善,這在中國古代軍事史上寫下了濃重的一筆。所以明代的茅坤由衷讚歎道:「古今來,太史公,文仙也;李白,詩仙也;屈原,辭賦仙也;劉阮,酒仙也;而韓信,兵仙也。然哉!」〔註106〕對韓信的讚美可謂達到了無以復加的地步。

正是韓信指揮的垓下一役,才使得屢戰屢敗的劉邦徹底擊垮了項羽。對於項羽而言,韓信本來是自己的部下,因為自己不識才、不能用才,平時公私不分,對功臣捨不得賞賜,一個自己本來看不起的小小的「保鏢」竟然成了最後置自己於死地的敵人,這該是怎樣的悔恨、恥辱與懊惱啊!在韓信的精心籌劃、周密指揮下,項羽一敗塗地,最終自刎烏江。而隨著項羽的離世,韓信的悲劇就已經開始了。

當初,繼武涉之後,蒯通分析了天下形勢,然後游說韓信,由此可以看出韓信在楚漢之爭中的極端重要性;但蒯通苦口婆心,卻始終未能打動韓信,自以為自己功高蓋世,劉邦不會、不能也不敢奈之若何。蒯通認為一個人能夠聽取別人的善意,就能預見事情發展變化的徵兆,一個人能夠反覆思考,就能把握成功的關鍵。聽取意見卻不能作出正確判斷,決策失誤而能夠長治久安的人,實在少有。辦事堅決是聰明人果斷的表現,猶豫不決是做事的禍害。如果一個人專在細小的事情上用心思,就會舍本逐末,丟掉天下的大事;有判斷是非的智慧,決定後又不敢貿然行動,這是所有事情的禍根。一個人想得再多再周到只要沒有行動,就沒有任何意義,因為付諸行動是最可寶貴的。所有的事

〔註104〕 日·瀧川資言:《史記會注考證卷二》(影印本),北京:新世界出版社,2009年,第666頁。

〔註105〕 清·郭嵩燾著:《史記箚記》,卷一,北京:商務印書館,1957年,第69頁。

〔註106〕 明·茅坤:《史記鈔》,卷五九,明閔振業刻朱墨套印本,第19頁。

業都難成而易敗，時機難以抓住而容易失掉。蒯通希望韓信仔細地考慮斟酌。結果好話說盡，韓信並不為之所動。最後韓信被以謀反罪族誅，在最後臨死的關頭，韓信無比後悔，後悔沒有當年聽從蒯通的勸告，可惜世上從來就沒有後悔之藥。

但韓信身上的「謀反罪」一定是莫須有的強加之罪名。從互見法的角度來看，一個地方問題的答案能夠用來解釋另一個地方的問題。性質相同的事情在不同處有記載，因為涉及人物不同，事件性質不一，所以記載程度不一，有的只有表沒有裏，有的有表有裏。通過它們之間的聯繫，透過表象能看到本質，通過彼處的本質也能解釋此處的表象；即是說，一個地方問題的答案能夠用來回答另一個地方的問題。周勃被抓捕的罪名與韓信一樣同為謀反。在當時，為了劉家江山，周勃幾乎參與了所有的平叛戰爭。因為看慣了政壇上的爾虞我詐，腥風血雨，更加上被人利用打擊天子「政敵」的親身體驗，所以等到自己不得不被解甲歸田後，自然非常擔心這樣的厄運也會降臨到自己頭上；於是在上級機關來巡查時，他與他的家人都是全副武裝，嚴陣以待，於是就有了欲行謀反的說法。而周勃最後僥倖得以重獲自由，是因為薄太后為絳侯周勃進行了強有力的辯護，這個案例拿來為韓信作辯護真是再合適不過了。

「及繫急，薄昭為言薄太后，太后亦以為無反事。文帝朝，太后以冒絮提文帝，曰：『絳侯綰皇帝璽，將兵於北軍，不以此時反，今居一小縣，顧欲反邪！』」（《絳侯周勃世家》）當初誅滅諸呂時絳侯周勃掌管著皇帝的印璽，控制著中央的軍隊，他不在那時造反為王，如今他住在一個小小的縣裏，身邊沒有幾個士兵，也缺乏必要的武器裝備，反倒要在這個時候叛亂嗎？周勃做過太尉，當過丞相，在誅滅諸呂時中央兵權在握，在那時候，造反為王是最有條件，最有可能成功，或者簡直說就是輕而易舉、不費吹灰之力的事情；而到了一個小小的縣裏，身邊只有寥寥幾個人，怎麼可能造反？此時造反根本不具備任何條件，沒有任何成功的可能，在這個時候造反不是找死嗎？稍有智商者絕不為之。因此，「文帝既見絳侯獄辭，乃謝曰：『吏方驗而出之。』於是使使持節赦絳侯，復爵邑。」

無獨有偶，在《蕭相國世家》中也有類似的記載。蕭何算是劉邦的老鄉老友，對劉邦一直是忠心不二，但是就是這樣一個長期以來一直依賴的忠臣，劉邦同樣也不能完全信任，而是始終帶有懷疑的眼光，幾次三番地試探，最後還是找了個藉口把蕭何打入了大牢，原因同樣是擔心其造反。王衛尉的一番話擊

中了劉邦的要害,「且陛下距楚數歲,陳豨、黥布反,陛下自將而往,當是時,相國守關中,搖足則關以西非陛下有也。相國不以此時為利,今乃利賈人之金乎?」在貴為相國、把守關中、大權在握、深得民心時不造反獲取大利,難道會對蠅頭小利動心嗎?一席話說的劉邦啞口無言,最終還是不得已放了蕭何。同樣的道理,韓信做過大將軍,當過齊王,手下士兵多多益善,在戰鬥所向披靡時造反為王是易如反掌,憑著韓信文武雙全、有勇有謀這一點來說,造反為王是自然而然的事情。當時最有條件、最有可能自立為王時不造反,現在由齊王改封為楚王,由楚王又被降為侯,已經沒有什麼優勢條件可以利用了,在這個時候又怎麼可能謀反呢?!

與之極為相似的還有彭越的遭遇,彭越「謀反」一案對我們解讀韓信一案更有意義。韓信、彭越這兩位勞苦功高的大將軍分別被以謀反罪處死,如前所言,單純看《淮陰侯列傳》是不容易看出韓信的冤屈的,但如果將兩傳參互來看,就很能看出些門道來。彭越有著極為卓越的軍事才能,他攻城略地,屢立戰功,為劉邦在北方以游擊戰有力地牽制了項羽。劉邦吃敗仗後屢屢靠彭越補充兵員和糧草補給。漢十年秋天,陳豨在代地造反,劉邦率軍討伐,到達邯鄲,向梁王徵兵。梁王推說有病,派將領帶軍隊到邯鄲支持平叛。高帝很是生氣,派人責備梁王。梁王很害怕,打算親自前往謝罪。其部將扈輒說:「大王當初不去,被他責備了才去,去了就會被捕。不如就此出兵造反。」梁王沒有聽從他的意見,仍然推說有病。後來,梁王太僕因事惹怒了梁王,梁王打算殺掉他。太僕得知消息,慌忙逃到漢高帝那兒,控告梁王和扈輒陰謀反叛。於是皇上派使臣出其不意地襲擊梁王,梁王沒有一點兒察覺就被逮捕了,然後被囚禁在洛陽。經主管官吏審理,認為他謀反的罪證具備,請求皇上依法判處。皇上卻赦免了他,將其廢為平民百姓,流放到蜀地青衣縣。正趕上呂后從長安來,打算前往洛陽,路上遇見彭王,彭王對著呂后哭泣,親自辯解說沒有罪行,希望回到故鄉昌邑做個平民。呂后滿口答應下來,和他一塊向東去洛陽。呂后向皇上陳述說:「彭王是豪壯而勇敢的人,如今把他流放蜀地,這是給自己留下禍患,不如殺掉他。」

彭越一案對解析韓信謀反一案極有意義,這簡直就是韓信一案的翻版。其案至為珍貴,貴在將劉邦、呂雉夫婦栽贓、陷害、殘害的過程寫出來了,「於是呂后乃令其舍人告彭越復謀反。廷尉王恬開奏請族之。上乃可,遂夷越宗族,國除。」(《魏豹彭越列傳》)「夏,漢誅梁王彭越,醢之,盛其醢遍賜諸侯。」

（《黥布列傳》）廷尉王恬開呈報請誅滅彭越家族，皇上就批准，於是誅殺了彭越，滅其家族，封國被廢除。梁王打算親自前往謝罪，彭王對呂后親自分辨沒有罪行，這都足以證明彭越是無辜的。而後來又被呂后設下圈套，竟然收穫了被夷滅宗族的悲慘結局。此處告訴我們，彭越的被滅族是明明白白的栽贓陷害。謀反只是幌子，劉邦夫婦忌憚其軍事才能，為了維護自己的統治才是真實目的，就這件事而言，呂后的殘忍遠甚於劉邦。但劉邦的真實意圖，呂后自然也是心知肚明，真可謂「不是一家人，不進一家門」。呂后的殘忍殘酷表面上是為了漢家天下，其實還是為了劉邦百年之後的個人權力陰謀。

我們研究分析韓信謀反一案，就不得不提蕭何。從互見法的角度來說，蕭何的遭遇也很有說服力。韓信的悲劇與蕭何有很大關係，《西漢演義》的作者甄偉為韓信打抱不平，對蕭何的所作所為進行了尖銳地批評：「大漢十一年九月十一日，斬韓信於未央宮長樂殿鍾室之下，盡夷其三族。是日天地昏暗，日月晦明，愁雲黑霧，一晝夜不散，長安滿城人盡皆嗟歎：雖往來客商，無不悲愴，人言蕭何前日三薦登壇，何等重愛，今謝公著告變，亦當在呂后前陳說開國之功，可留他子孫，方是忠厚；反立謀擒信，及夷族之時，卒無一言勸止，何其不仁甚耶！」〔註107〕的確，韓信之死，蕭何應負有第一責任。但我們在譴責蕭何的時候也應該明白，被譽為大漢朝第一功臣的蕭何，其日子並不好過。清人王鳴盛說：「薦信為大將，蕭何也；紿信而斬之，亦蕭何也。曾不少憐焉，何也？何之傾危，殆與信等。」〔註108〕蕭何欺騙韓信，致使韓信被殺，在當時漢初險惡的政治環境中也是無奈之舉。忠誠如蕭何者都有掉腦袋的危險，這樣看來，正直誠信重情重義且極富軍事指揮才能的韓信被殺也就不意外了。

薄太后為周勃作出的有理、有力的「辯護」，彭越的明明白白的冤案包括蕭何的遭遇都佐證了韓信的清白。這都是通過互見法反映出來的，足可以洗刷韓信的冤屈。

不僅如此，司馬遷還通過韓信的幾則瑣事的前後呼應告訴我們：韓信是說話算數之人，是有恩必報之人，是知情重義之人，這樣的人恪守臣子的本分，

〔註107〕明·甄偉著：《西漢演義》第九十三回《呂后未央斬韓信》，上海：文藝出版社，1936 年，第 221 頁。據汪燕崗《〈西漢通俗演義〉的成書》一文，這段文字基本抄襲了《全漢志傳》。見《明清小說研究》，2008 年第 4 期，第 277 頁。

〔註108〕清·王鳴盛著，黃曙輝點校：《十七史商榷》，上海：上海書店出版社，2005年，第 33 頁。

這樣的人又怎麼會隨隨便便造反呢？！

　　劉邦聽說韓信被殺後的反應是「且喜且憐」，這更透露出了韓信是蒙冤而死的真相。元代的胡三省作了如此注釋：「喜者，喜除其逼；憐者，憐其功大。」〔註109〕劉邦幾次奪了韓信的兵權，韓信卻一直謹守臣子之道，從未輕舉妄動，由齊王徙為楚王，由楚王被貶為淮陰侯，如果有足夠的證據的話，韓信早已經死了 n 次了。這恰恰說明劉邦沒有抓住韓信造反的把柄，所謂謀反的證據一定是「欲加之罪，何患無辭」。最後，呂后終於除掉了韓信。這一「喜」說明劉邦早就想除掉韓信，只是沒有找到足夠的藉口和理由，現在被呂后除掉，劉邦是高興的。這一「憐」說的是韓信功勳卓著，或者說劉氏江山的一大半都是韓信打下來的，這樣的人才就這樣被除掉了，這實在是有點可惜，「憐」是憐惜，惋惜，是心底裏的本能的捨不得。

　　「信嘗過樊將軍噲，噲跪拜送迎，言稱臣，曰：『大王乃肯臨臣！』信出門，笑曰：『生乃與噲等為伍！』」（《淮陰侯列傳》）韓大將軍，功高蓋世，最後竟落得個與狗屠等而列之的結局，韓信為此一直耿耿於懷，面對畢恭畢敬的劉邦的連襟，韓信竟然如此不屑，如此鬱悶憤憤，這應該是韓信被害的直接原因。這則材料對樊噲形象有影響，所以此事見於韓信傳記，而不見於樊噲傳記，這也是典型的互見法的運用。同為優秀軍事家，彭越老實本分都被除掉了，韓信的軍事才能遠在彭越、英布、項羽、樊噲等人之上，卻整日牢騷滿腹，劉邦夫婦豈能容得了他？當然劉邦是為了自己的江山考慮，呂后是為了兒子和呂氏家族，劉邦沒能除掉韓信，只是因為韓信居功至偉，沒有找到足夠的藉口，但呂后之舉正好除掉了自己的心頭之患，這說明呂后比劉邦更殘忍，更有魄力，她是為自己軟弱無能的兒子清除威脅其統治的障礙。

　　楚漢春秋，項劉爭霸，韓信作為極富軍事才能的名將自視甚高，居功自傲。司馬遷認為，如果韓信能夠審時度勢，以退為進，也可能安享天年，不至於落得個「天下已定，我固當烹」的悲慘結局。明代的袁宏道可謂深諳與上司的相處之道，「上官直消一副賤皮骨，過客直消一副笑嘴臉，簿書直消一副強精神，錢穀直消一副狠心腸，苦則苦矣，而不難。」〔註110〕對於韓信而言，要做到

〔註109〕宋·司馬光著，元·胡三省注：《資治通鑒》（第一冊），北京：中華書局，1956年，第391頁。
〔註110〕明·袁宏道著，錢伯城箋校：《袁宏道集箋校》卷五《沈廣乘》，上海：上海古籍出版社，1981年，第242頁。

這些可比登天還難。他自立假齊王，有時不服從劉邦的命令，這正說明：第一，韓信不懂得與上司的相處之道；第二，說明韓信沒有更大的野心。韓信與老上司項羽驚人一致的是，都希望能夠獲得分封，割據一方，稱王稱侯，結果他幫著新上司幹掉了老上司，最後他又被新上司幹掉了。其實，劉邦對韓信早已動了邪念，起了殺心。在項羽死後，形勢已經發生了變化，韓信沒有很好地適應這種變化，不能夾著尾巴做人，常常牢騷滿腹，一個很會帶兵打仗的人卻常常如此，自然讓最高統治者猜忌不已，難以安心，必除之而後快！

（三）辯護全面，結論無誤

清代的錢大昕感慨道：「一飯且知報，寧忘推食恩。」（《漂母祠》）「生慚噲等伍，那至結陳豨？」（《題淮陰釣臺二首》）〔註111〕言簡意賅，結論至明。梁玉繩更是為韓信作了最充分、最全面的真正辯護，與互見法結合起來，這個問題不應該再有任何爭議了。

「史公依漢廷獄案敘入傳中而其冤自見。一飯千金弗忘漂母，解衣推食寧負高皇；不聽涉、通於擁兵王齊之日，必不妄動『於淮陰家居之時』；不思結連布、越大國之王，必不輕約邊遠無能之將，賓客多與稱病之人何涉？左右闢則挈手之語誰聞。上謁入賀，謀逆者未必坦率如斯，家臣徒奴善將者亦復部署有幾。是知高祖畏惡其能，非一朝夕胎禍於攝足附耳，露疑於奪符襲軍，故禽縛不已，族誅始快，從豨軍來，見信死且喜且憐，亦諒其無辜受戮，為可憫也。獨怪蕭何初以國士薦，而無片語申救，又詐而紿之，毋乃與留侯勸封雍齒異乎？」〔註112〕梁玉繩層層剖析，步步為營，分析出韓信一飯必報、不謀逆於擁兵王齊之日，斷定他沒有造反之心；清楚指出韓信與陳豨「密謀」之時退避左右，見出謀反證據的存在是無稽之談；從劉邦誅韓信的前後態度、表情變化推導出「畏惡其能」是劉邦夫婦殺掉韓信的真正原因之所在。這段話論據充足，分析縝密，論證充分，推論嚴密，結論準確而科學。

殊不知，司馬遷在《報任安書》中早已借古往今來的許多事例為自己遭李陵之禍進行了全面的辯護：「傳曰『刑不上大夫』，此言士節不可不厲也。猛虎處深山，百獸震恐，及其在穽檻之中，搖尾而求食，積威約之漸也。故士有畫地為牢勢不入，削木為吏議不對，定計於鮮也。今交手足，受木索，暴肌膚，

〔註111〕清·錢大昕著：《嘉定錢大昕全集》（第十冊），南京：江蘇古籍出版社，1997年，第146頁。
〔註112〕清·梁玉繩著：《史記志疑》，北京：中華書局，1981年，第1333頁。

受榜箠,幽於圜牆之中。當此之時,見獄吏則頭槍地,視徒隸則心惕息。何者?積威約之勢也。及已至此,言不辱者,所謂強顏耳,曷足貴乎!且西伯,伯也,拘羑里;李斯,相也,具五刑;淮陰,王也,受械於陳;彭越、張敖南鄉稱孤,繫獄具罪;絳侯誅諸呂,權傾五伯,囚於請室;魏其,大將也,衣赭關三木;季布為朱家鉗奴;灌夫受辱居室。此人皆身至王侯將相,聲聞鄰國,及罪至罔加,不能引決自財,在塵埃之中。古今一體,安在其不辱也!」(《漢書·司馬遷傳》)這些人不能在受到法律制裁之前自殺,最後被關在牢獄之中,遭受了侮辱,而且最後還被處死,是更大的侮辱了。其義甚明,明明白白地告訴我們,這些人以及後面我們所熟知的演《周易》的西伯、作《春秋》的孔子、賦《離騷》的屈原、完成《國語》的左丘明、撰修《孫臏兵法》的孫臏、主持編撰《呂氏春秋》的呂不韋、寫作《說難》《孤憤》的韓非子以及《詩經》三百篇的作者,這些人「皆意有所鬱結,不得通其道,故述往事,思來者」,都是在現實中遭受打擊,情意鬱結,難以舒展,所以他們才追述往事,而寄希望於引起後來者的思考。

司馬遷與這些人一樣,同樣是被誣陷、被侮辱、被打擊、被迫害的悲劇英雄,寫這些人其實就是惺惺相惜、同病相憐,借他人之酒杯澆自己內心之壘塊。司馬遷希望通過著史「究天人之際,通古今之變,成一家之言。草創未就,適會此禍,惜其不成,是以就極刑而無慍色。僕誠已著此書,藏之名山,傳之其人通邑大都。則僕償前辱之責,雖萬被戮,豈有悔哉!」由眾多名人賢人說到自己,又由自己而說到這些賢人,自己的遭遇就是「禍」,所以「就極刑而無慍色」,著作完成,即便是被千刀萬剮,也毫不後悔!這些人非但不是罪犯,反而是青史留名、名傳千古的文武英雄!「淮陰,王也,受械於陳」,這不就是直言為韓信鳴不平嗎?!在私人書信裏的為自己和相似命運的悲劇人物的直接辯護與《史記》的隱晦描寫形成了鮮明的對照,毋庸置疑,《報任安書》是真實心聲的流露,《史記》中對韓信謀反罪的「客觀」敘述是因不得已而為之。司馬遷不遺餘力地讚美西伯、孔子、屈原、左丘明、孫臏、呂不韋、韓非子以及《詩經》的眾賢人作者,司馬遷也在為彭越、張敖、周勃、竇嬰、季布、灌夫這些當代被冤枉、被侮辱者作辯護,這也是在為自己慷慨陳詞,在歌頌偉大堅強的自我,毫無疑問,司馬遷也是在用古今來有類似遭遇和經歷的受迫害、被侮辱的倜儻非常之人為韓信辯護,這一段辯護詞比古今來所有的論據都更加直接更加有力!

在本傳中韓信被殺，表面上看是犯了謀反罪，而實際上這是另一種意義的「實錄」，「當時爰書之辭，史公敘當時事但能仍而載之」〔註113〕。「爰書」，即當時的司法文書，就是當時審案判案的文書。韓信的案情在檔案文書中寫得清清楚楚，與劉邦自己編演的離奇古怪的神奇故事一樣，不由得你不去這樣記載，這其實是另一種意義的「實錄」，而對於這個功高蓋世英雄的悲慘遭遇，司馬遷是有自己的評判的，作為語言藝術大師，司馬遷在字裏行間其實已經透露出了若干重要信息。

通過互見妙法的使用，司馬遷給我們反映出了很多歷史人物的心理活動變化，這裡面有韓信、彭越、蕭何的真實心理，有劉邦、呂后的心理活動，更反映了司馬遷的所思所想所感所憤。互見法為我們還原了這一歷史真相，這是我們揭開這一千載之謎的一把鑰匙。互見法就像一面照妖鏡，照出了最高統治者的真實嘴臉；就像一面美容鏡，給我們創造了那麼多文學性極強的精品，給我們塑造了那麼多栩栩如生的歷史人物；更像一面能映像心靈的魔鏡，解開了歷史謎題，揭示了歷史真相，為我們展現了司馬遷的博愛心靈和歷史人物的冤屈靈魂。

五、寫心富有意義

如上所述，《史記》的寫心非常成功。就歷史人物的心理描寫來說，當時沒有錄音機和攝相機，司馬遷是如何做到為歷史人物寫心的呢？歷史人物的寫心問題值得我們深入研究。本來作為一位著史者，是難以寫出已經故去的歷史人物的心理的，除非他能通過時空隧道在古代和當代之間自由穿越，像全知全能的上帝一樣能洞曉世間每一個人物一生的喜怒哀樂以及所思所想。可司馬遷與我們一樣都是常人，這樣說來這些人物的寫心不應該都是客觀真實的。司馬遷雖然不能化為《史記》中的人物，不能鑽入歷史人物的心中，但對於李斯、呂后、句踐、韓信、范增、丁公、卓文君、孫武、吳宮美婦、李廣、曹參以及眾功臣之心理，都寫得活靈活現，煞是真實，這說明只能是本著合情合理的原則，借助想像和虛構來完成的，所以史書的撰寫離不開藝術的想像和加工。

從文學角度來看，無論是「直寫法」還是「曲寫法」，都是創作者藝術想像、虛構加工的產物。這其實正是《史記》一書基本採用全知敘事的結果，歷史人物的寫心就是敘事者發揮豐富的想像而進行的合情合理地虛構和加工，

〔註113〕清・郭嵩燾著：《史記箚記》，北京：商務印書館，1957年，第315頁。

因此錢鍾書在《管錐編》引方中通語曰：「蘇、張之游說，范、蔡之共談，何當時一出諸口，即成文章？而又誰為記憶其字句，若此其纖悉不遺也？」〔註114〕全知敘事的著作者是全知全能者，他無所不在、無所不知、無所不能。

方氏就《左傳》《國語》言之，而放在主要為全知敘事的《史記》身上也非常合適。《項羽本紀》中，司馬遷對每一個利益集團甚或每個個體都全盤掌握，一會在秦軍一方，一會在項羽一方，一會又在劉邦一方；一會寫項羽部下的英勇神武，一會寫諸侯觀戰的顫顫微微；一會寫劉邦軍事集團密謀，一會寫霸王別姬兒女情長；從小一直寫到大，從艱難開始寫到披荊斬棘，勢如破竹，高歌猛進，力拔山氣蓋世，一直寫到功敗垂成，英雄窮途末路。「以全知敘述角度修史，其中寫人物心理活動恐怕是最富冒險性、最難足徵可信的。而於文學創作，寫人物內心的變化紛爭，對於塑造人物性格卻是重要和必要的。司馬遷在《史記》中融會這一文史區別，大膽運用想像，進行心理描寫。」〔註115〕錢先生認為：「此類語皆如見象骨而想生象，古史記言，太半出於想當然。馬善捨身處地、代作喉舌而已」〔註116〕，「史家追敘真人實事，每須遙體人情，懸想事勢，捨身局中，潛心腔內，忖之度之，以揣以摩，庶幾入情合理」〔註117〕。為歷史人物的寫心不一定符合歷史真實，但卻達到了「入情合理」的藝術真實的要求。

如此靈活巧妙的寫心出現在正史中，我們應該如何看待這個問題呢？當然從歷史角度來說，寫心無法做到客觀真實，它的存在無疑會削弱史書的真實性。《史記》作為正史之首，其所創立的紀傳體在班固稍加損益後，被大多數歷代史家所沿襲使用。紀傳體，主要是通過為人物作傳寫出一個人的成敗、悲喜人生，通過人物的一生來反映歷史的變化與發展。受此體例的影響，不僅僅是《史記》需要寫心，後來的幾乎所有的紀傳體體例的史書都離不開寫心手法的使用，只是數量有多有少，程度有深有淺，水平有高有低罷了。

《史記》作為一部具有百科全書性質的文史巨著，從文學角度來看，如此靈活高妙的寫心的存在應該是《史記》對文學作出的一大貢獻。為歷史人物寫心能夠展現人物心靈，表現人物性格，塑造人物形象，是形成《史記》文學性

〔註114〕錢鍾書著：《管錐編》第1冊，北京：中華書局，1986年，第165～166頁。
〔註115〕王長華：《〈史記〉傳記非史筆描寫及其文學效應》，《文藝理論研究》，1992年第3期，第41頁。
〔註116〕錢鍾書著：《管錐編》第1冊，北京：中華書局，1986年，第276頁。
〔註117〕錢鍾書著：《管錐編》第1冊，北京：中華書局，1986年，第166頁。

的重要因素。「《史記》已經超出了純粹歷史書的範圍,進入了文學創造領域。但是他的文學性並不是一個全部創造出來的虛擬世界,而是在真實的故事中加進作者的想像和傳說的情節。」〔註118〕《史記》的寫心自然是司馬遷根據歷史人物與事件發展所作出的合情合理的想像與虛構,文學性質的內容大量出現在一部史書中,這樣對於文學乃至歷史就有了啟發,作家可以是全知全能的,可以揭示敘述對象的一切,可以為之代言。著史既應實錄,又不能脫離想像,這也成為後世敘事文學虛實觀的淵源。

我們前面說過,《史記》中的寫心分為兩種方法:「直寫法」直寫心理,「曲寫法」曲折委婉地表現人物心理,除了人物自白、對話、即景作歌幾種手法稍微直接具體以外,其他各種手法都非常簡單概括。我們重點探討了「曲寫法」中的「空白法」,空白法的特點更加明顯,基本是點到為止,但都是可意會易言傳的。為什麼多用空白法來寫心?這是由《史記》的這部書的性質決定的,它首先是史書,人物寫心不宜大書特書,所以往往都是點到為止,所以其心理描寫具有精練概括的特點,如果對人物心理變化一味渲染,自然就削弱了史書的真實性,從而改變了《史記》的性質。而通過此種手法的使用,寫心受到了一定的限制,於是保證了史書的客觀真實性,正因此,《史記》的人物傳記多耐人尋味,需用心閱讀、反覆閱讀才能品出滋味,悟到妙處。

在談到文學與心理學的關係問題時,韋勒克、沃倫認為:「就像要求作品要有一種社會寫實作用一樣,心理學上的『真理』是一種缺乏普遍有效性的自然主義準則。在某些情況下,作家在心理學方面的識見似乎提高了作品的藝術價值,這是可以肯定的。在這些情況下,心理學上的識見確證了作品的複雜性和連貫性所具有的重要的藝術價值。……對一些自覺的藝術家來說,心理學可能加深他們對現實的感受,使他們的觀察能力更加敏銳,或讓他們得到一種未曾發現的寫作方式。但心理學本身只不過是藝術創作活動的一種準備;而從作品本身來說,只有當心理學上的真理增強了作品的連貫性和複雜性時,它才有一種藝術上的價值──簡而言之,如果它本身就是藝術的話,它才有藝術的價值。」〔註119〕毫無疑問,《史記》中的寫心本身就是藝術,自然具有藝術的價

〔註118〕 吳琦幸:《論亞紀實傳統和非虛構小說》,《文藝理論研究》,2010 年第 6 期,第 66 頁。

〔註119〕 美國‧雷‧韋勒克、奧‧沃倫著,劉象愚、邢培明、陳聖生、李哲明譯:《文學理論》,北京:生活‧讀書‧新知三聯書店,1984 年,第 90～91 頁。

值，它大大強化了《史記》一書的文學性，尤其是用「空白法」寫心理，為我們留下了豐富的想像的空間，這就提醒我們在閱讀時必須通過想像鏈條來補足，才是完整的到位的賞讀評價，這自然也為後世作家的改編再創造做好了充分準備；與閱讀者的期待視野相一致，讀者在閱讀時同樣參與了再創造，所以《史記》一書成為後世小說、雜史雜傳、戲劇再創作的重要源泉，至今都是眾多影視劇改編、加工反覆挖掘的富礦。

司馬遷作史的目的是為了「成一家之言」，意即司馬遷要學習繼承諸子文化，像先秦諸子那樣自我立說，闡述、宣傳自己對自然、社會、政治、經濟、歷史、文化乃至人生的看法和主張，最終建立起自己的思想體系。這就是在《史記》中的另一種意義的寫心——司馬子長之心。司馬遷以先秦諸子為傲仿的榜樣，但又與他們不一樣。梁啟超在《要籍解題及其讀法》中分析道：「其（司馬遷）著書最大目的，乃在發表司馬氏『一家之言』，與荀卿著《荀子》，董生著《春秋繁露》性質正同，不過其『一家之言』乃借史的形式以發表耳。故僅以近世史的觀念讀《史記》，非能知《史記》者也。」〔註120〕諸子直接表達思想，司馬遷通過寫史，通過歷史事件、歷史人物來表達自己對社會、歷史、人生的看法和主張。諸子的文章雖然有一定的文學性，但都是哲學理論文章。司馬遷的著作首先是一部史書，其思想是通過一個個活生生的歷史人物表現出來的，是通過一個個具體的歷史事件的記敘、剖析表達出來的。司馬遷以諸子時代的子文化的開創者——孔子的後繼者自居，並以此自勉。他著作《史記》的學術宗旨，不僅僅是寫一部反映客觀歷史的信史，而是要通過「史」的形式，言明自己的「一家之言」。通過史來論道說理，用史來論政，借史來抒發自己的情感、理想和抱負，表達自己對於政治、社會、歷史、人生等的獨特看法。

歷史應該是盡可能真實客觀的，但事實上沒有人能做到這些，即便是一字一句有來處也難以做到客觀。「克羅齊認為，歷史之所以是當代的，是因為歷史研究離不開『當代人』的精神和思想。當代人在對歷史事件進行理解和估價時，總是依據人們的精神活動來對它們進行分析和作出判斷。也就是說，當人們思考歷史事件時，是以自己的精神再現它，復活它，整理它。所以歷史是思想的產物，一切歷史應歸結為思想的歷史，即使是歷史事實也同樣經過歷史學

〔註120〕梁啟超著：《飲冰室專集之七十二・要籍解題及其讀法・史記》，北京：中華書局，1989年，第70頁。

家的主觀選擇，因而也必然具有思想或精神的因素。」〔註121〕

《史記》的寫心不僅僅反映了歷史人物的心理活動變化，還表現了司馬遷對歷史人物和歷史事件的評價，如對李斯以個人利祿享受作為人生第一追求的人生觀的批評，對晏嬰的肯定讚美是通過車夫夫妻的對話和車夫的頓悟巧妙地表現出來的，對李廣遭遇的深深同情是通過人們對李廣之死的情感表現來實現的，等等。司馬遷的可貴更表現在對於最高統治者的態度上，「不虛美，不隱惡」的實錄表達了對最高統治者的不動聲色的鮮明愛憎之情，如對漢朝諸皇帝的諷刺、揭露和批判，《史記》中隨處可見的司馬子長之心更是《史記》成為「無韻之離騷」的抒情之書的重要因素，同時也非常有助於特別的「諸子之書」「成一家之言」的目的的實現。么書儀在評述元人歷史劇的創作特點時說：「元人『歷史劇』，是以歷史的事實，來表現人的內部的心理的『事實』，也就是說，是以事寫心，以史寫心。與其說它們是以形象化的手段來再現歷史，不如說它們是借助歷史人物、事件來寫人的『心史』。」〔註122〕《史記》通過高妙的寫心表現出了如此之多的言外之意，這自然是另一種心理描寫，寫的是作者之心，表達的是作者的情感，反映的是作者的思想評價。

司馬遷在《史記》中，為歷史人物寫心，借別人傳記寫己心，而且還用互見法來巧妙地寫各種人各種心，在寫心藝術上已經達到了極不尋常的深度和廣度，司馬遷簡直可以稱得上那個時代乃至中國歷史上的心理大師和心靈大師。因此，可永雪認為：「由於《史記》是給中華民族有史以來各時代、各階層、各界面的人物立傳寫心，這些傳記，對於每個人物來講，是一個個人物心魂的傳神寫照，合起來，便構成一部民族的心靈史。」〔註123〕正如李長之所云：「司馬遷的歷史已經能夠探求到人類的心靈。所以，他的歷史，乃不唯超過了政治史，而且更超過了文化史，乃是一種精神史，心靈史了。」〔註124〕司馬遷在《史記》中的「寫心」富有意義，不但表現了歷史人物的心理，而且

〔註121〕趙良著：《帝王的隱私——七位中國皇帝的心理分析》，北京：群言出版社，2001 年，第 394～395 頁。

〔註122〕么書儀：《以史寫心的元人歷史劇》，《文學評論》，1989 年第 2 期，第 120～121 頁。

〔註123〕可永雪：《從關注「為人」到「心靈」大師——司馬遷對人心人性的探究》，《渭南師範學院學報》，2005 年第 3 期，第 8 頁。

〔註124〕李長之著：《司馬遷之人格與風格》，北京：生活·讀書·新知三聯書店，1984 年，第 204 頁。

還借歷史人物、歷史事件來寫出了司馬遷的「心史」，所以《史記》是一部抒情之書，還能有助於「成一家之言」，從而奠定了《史記》這部書在中國文化史上的重要地位。

在文學作品中，行為動作反映心，語言談吐表現心，外貌肖像穿著隱喻心，寫心的成功與否往往決定著文學創作的成敗和文學作品成就的高低。我們要大力提倡對《史記》寫心學的研究，加強對中國傳記文學的寫心研究；小說戲曲更離不開寫心，詩詞曲賦大多是抒情文學，我們也要從寫心學的角度對這些文體重新審視和研究。作為讀者來說，我們閱讀欣賞評價一篇、一部文學作品，往往就是要看作者為文之心，作者在作品中所表達的作者之心，作品中的人物之心，等等，總而言之，從某種意義上來說，寫心就是寫人，筆者期望能夠在不遠的將來建立起我們自己的中國文學寫心學。

參考文獻

一、著作

1. 余冠英:《漢魏六朝詩選》,北京:人民文學出版社,1978 年。

2. 逯欽立:《先秦漢魏晉南北朝詩》,北京:中華書局,1983 年。

3. 清·嚴可均輯:《全上古三代秦漢三國六朝文》,北京:中華書局,1958 年。

4. 西漢·司馬遷著:《史記》(三家注),裴駰集解、司馬貞索隱、張守節正義,顧頡剛等標點,趙生群等修訂,北京:中華書局,2014 年。

5. 清·孫馮翼輯:《仲長統論·桓子新論·物理論·金樓子》之《桓子新論》,北京:中華書局,1985 年。

6. 東漢·班固著:《漢書》,北京:中華書局,1962 年。

7. 東漢·王充著:《論衡校釋》,黃暉撰,北京:中華書局,1990 年。

8. 東漢·蔡邕:《獨斷》,影印文淵閣四庫全書,子部。

9. 晉·陳壽:《三國志》,北京:中華書局,1997 年。

10. 晉·葛洪:《西京雜記》,北京:中華書局,1985 年。

11. 南朝·宋·范曄:《後漢書》,北京:中華書局,1965 年。

12. 南朝·梁·劉勰著:《文心雕龍譯注》,陸侃如、牟世金譯注,濟南:齊魯書社,1995 年。

13. 南朝·梁·劉勰著:《文心雕龍今譯》,周振甫譯,北京:中華書局,1986 年。

14. 何建章校釋：《戰國策注釋》，北京：中華書局，1990 年。

15. 楊伯峻編著：《春秋左傳注》，北京：中華書局，1981 年。

16. 徐元誥撰：《國語集解》，王樹民、沈長雲點校，北京：中華書局，2002 年。

17. 許維遹集釋：《韓詩外傳集釋》，北京：中華書局，1980 年。

18. 唐·房玄齡等撰：《晉書》，北京：中華書局，1974 年。

19. 唐·劉知幾著：《史通》，曹聚仁校注，上海：梁溪圖書館，1926 年。

20. 唐·李善注：《文選》，北京：中華書局，1977 年。

21. 宋·倪思編：《班馬異同》，劉辰翁評，哈佛大學漢和圖書館藏本。

22. 宋·郭茂倩編：《樂府詩集》，卷十六，北京：中華書局，1979 年。

23. 宋·蘇洵著：《嘉祐集箋注卷》，曾棗莊、金成禮箋注，上海：上海古籍出版社，1993 年。

24. 宋·蘇軾著：《蘇軾全集》，北京：中國文史出版社，1999 年。

25. 宋·司馬光著：《資治通鑒》，元·胡三省注，北京：中華書局，1956 年。

26. 明·凌稚隆輯校：《史記評林》，明·李光縉增補，日·有井范平補標，萬曆吳興凌氏自刊本，哈佛大學漢和圖書館藏本。

27. 明·袁宏道著：《袁宏道集箋校》，錢伯城箋校，北京：上海古籍出版社，1981 年。

28. 明·于慎行著：《寓圃雜記·穀山筆麈》之《穀山筆麈》，北京：中華書局，1984 年。

29. 明·甄偉著：《西漢演義》，上海：文藝出版社，1936 年。

30. 清·劉熙載著：《藝概》，上海：上海古籍出版社，1978 年。

31. 清·錢大昕著：《嘉定錢大昕全集》（第十冊），南京：江蘇古籍出版社，1997 年。

32. 清·阮元著：《揅經室集》，北京：中華書局，1993 年。

33. 清·趙翼著：《廿二史箚記校證》，北京：中華書局，1982 年。

34. 清·章學誠著：《文史通義校注》，北京：中華書局，1985 年。

35. 清·吳見思、民國·李景星著：《史記論文·史記評議》，上海：上海古籍出版社，2008 年。

36. 清·牛運震撰：《空山堂史記評注校釋》，崔凡芝校釋，北京：中華書局，

2012 年。

37. 清‧王鳴盛著：《十七史商榷》，黃曙輝點校，上海：上海書店出版社，
2005 年。

38. 清‧梁玉繩著：《史記志疑》，北京：中華書局，1981 年。

39. 清‧姚鼐著：《惜抱軒全集》，北京：中國書店，1991 年。

40. 清‧郭嵩燾著：《史記劄記》，北京：商務印書館，1957 年。

41. 清‧姚苧田選評：《史記菁華錄》，王興康、周旻佳點校，谷玉注釋，上
海：上海古籍出版社，2007 年。

42. 清‧崔適著：《史記探源》，北京：中華書局，1986 年。

43. 清‧梁玉繩著：《史記志疑》，北京：中華書局，1981 年。

44. 梁啟超著：《飲冰室專集之七十二‧要籍解題及其讀法‧史記》，北京：中
華書局，1989 年影印版。

45. 李景星著：《四史評議》，長沙：嶽麓書社，1986 年。

46. 劉師培著：《中國中古文學史　漢魏六朝專家文研究》，北京：商務印書
館，2010 年。

47. 徐朔方著：《史漢論稿》，南京：江蘇古籍出版社，1984 年。

48. 呂思勉著：《中國制度史》，上海：上海教育出版社，1985 年。

49. 顧頡剛著：《史林雜識初編》，北京：中華書局，1963 年。

50. 蘅塘退士編：《唐詩三百首新注》，金性堯注，上海：上海古籍出版社，
1993 年。

51. 魯迅著：《魯迅全集第九卷‧漢文學史綱要》，北京：人民文學出版社，
2005 年。

52. 蕭滌非著：《漢魏六朝樂府文學史》，臺北：長安出版社，1976 年。

53. 錢鍾書著：《管錐編》，北京：中華書局，1986 年。

54. 李長之著：《司馬遷之人格與風格》，北京：生活‧讀書‧新知三聯書店，
1984 年。

55. 李澤厚、劉綱紀主編：《中國美學史》，第一卷，北京：中國社會科學出版
社，1984 年。

56. 游國恩等著：《中國文學史》，北京：人民文學出版社，1964 年。

57. 章培恒、駱玉明主編：《中國文學史》，上海：復旦大學出版社，1996 年。

58. 章培恒、駱玉明主編:《中國文學史新著》,上海:上海文藝出版社,2007年。

59. 郭預衡主編:《中國古代文學史長編·秦漢魏晉南北朝卷》,北京:首都師範大學出版社,1992年。

60. 袁行霈主編:《中國文學史》,北京:高等教育出版社,2014年。

61. 劉躍進著:《中華文學通覽·漢代卷·雄風振采》,北京:中華書局,1997年。

62. 韓兆琦著:《史記通論》,北京:北京師範大學出版社,1990年。

63. 韓兆琦著:《中國傳記文學史》,石家莊:河北教育出版社,1992年。

64. 呂思勉著:《秦漢史》,上海:上海古籍出版社,1983年。

65. 余英時著:《士與中國文化》,上海人民出版社,1987年。

66. 楊燕起等編:《歷代名家評史記》,北京:北京師範大學出版社,1986年。

67. 王利器主編:《史記注譯》,西安:三秦出版社,1988年。

68. 楊燕起、陳可青、賴長揚匯輯:《史記集評》,北京:華文出版社,2005年。

69. 楊燕起等編:《史記研究數據索引和論文專著提要》,蘭州:蘭州大學出版社,1989年。

70. 徐興海主編:《司馬遷與史記研究論著專題索引》,西安:陝西人民教育出版社,1995年。

71. 鄭之洪著:《史記文獻研究》,成都:巴蜀書社,1987年。

72. 韓兆琦編注:《史記選注匯評》,鄭州:中州古籍出版社,1990年。

73. 張大可著:《史記全本新注》,西安:三秦出版社,1990年。

74. 張新科、俞樟華著:《史記研究史略》,西安:三秦出版社,1990年。

75. 許結著:《漢代文學思想史》,南京:南京大學出版社,1990年。

76. 陳桐生著:《中國史官文化與史記》,汕頭:汕頭大學出版社,1993年。

77. 張大可著:《司馬遷評傳》,南京:南京大學出版社,1994年。

78. 馮天瑜等著:《中華文化史》,上海:上海人民出版社,1990年。

79. 王運熙、顧易生主編:《中國文學批評通史》第一卷,上海:上海古籍出版社,1996年。

80. 金開誠著:《文藝心理學概論》,北京:人民文學出版社,1997年。

81. 朱光潛著：《文藝心理學》，合肥：安徽教育出版社，1997 年。

82. 葛兆光著：《中國思想史》第一卷《七世紀前中國的知識、思想與信仰世界》，上海：復旦大學出版社，2000 年。

83. 趙良著：《帝王的隱私──七位中國皇帝的心理分析》，北京：群言出版社，2001 年。

84. 方銘著：《期待與墜落──秦漢文人心態史》，石家莊：河北教育出版社，2001 年。

85. 申荷永著：《中國文化心理學心要》，北京：人民出版社，2001 年。

86. 王琳、卞孝萱著：《兩漢文學史》，合肥：安徽教育出版社，2001 年。

87. 韓兆琦主編：《先秦兩漢散文專題》，北京：高等教育出版社，2002 年。

88. 鄭傑文著，《先秦文學與上古文化》，長春：吉林人民出版社，2002 年。

89. 安平秋等主編：《史記教程》，北京：華文出版社，2002 年。

90. 張國剛、喬治忠著：《中國學術史》，東方出版中心，2002 年。

91. 俞樟華著：《史記藝術論》，北京：華文出版社，2002 年。

92. 楊海崢著，《漢唐史記研究論稿》，濟南：齊魯書社，2003 年。

93. 張新科主編：《史記概論》，西安：陝西師範大學出版社，2009。

94. 張大可、安平秋、俞樟華主編：《史記研究集成》（1～14 卷），北京：華文出版社，2005 年。

95. 龍文玲著：《漢武帝與西漢文學》，北京：社會科學文獻出版社，2007 年。

96. 張大可著：《史記研究》，北京：商務印書館，2011 年。

97. 張炯、鄧紹基、郎櫻主編：《中國文學通史》（第一卷《先秦到南北朝文學》），南京：江蘇鳳凰文藝出版社，2011 年。

98. 可永雪著：《史記文學成就論衡》，北京：中央民族大學出版社，2012 年。

99. 劉躍進著：《秦漢文學地理與文人分布》，北京：中國社會科學出版社，2012 年。

100. 劉躍進著：《秦漢文學編年史》，北京：商務印書館，2006 年。

二、論文

1. 朱一清，《略論〈史記〉人物的心理刻畫》，《安徽大學學報》1979 年第 3 期。

2. 龔克昌，《論漢賦》，《文史哲》1981 第 1 期。

3. 施偉忠，《〈史記〉心理描寫探討》，《淮北煤師院學報》1988 年第 2、3 期合刊。

4. 趙敏俐，《論漢帝國的統一強盛與漢詩創作的繁榮》，《東北師大學報》1988 年第 6 期。

5. 張新科，《史傳文學中人物形象的建立──從〈左傳〉到〈史記〉》，《陝西師大學報》1988 年第 1 期。

6. 么書儀，《以史寫心的元人歷史劇》，《文學評論》1989 年第 2 期。

7. 王長華，《〈史記〉傳記非史筆描寫及其文學效應》，《文藝理論研究》1992 年第 3 期。

8. 查屏球，《司馬遷心態矛盾構成與作用》，《重慶師範學院學報》1992 年第 2 期。

9. 趙敏俐，《論漢代文人五言詩與漢代社會思潮》，《社會科學戰線》1994 年第 4 期。

10. 韓兆琦，《司馬遷與先秦士風之終結》，《古典文學知識》1996 年第 3 期。

11. 可永雪，《〈史記文學性界說》，《內蒙古師大學報》1995 年第 3 期。

12. 曹晉，《〈史記〉百年文學研究述評》，《文學評論》2000 年第 2 期。

13. 孫海洋，《司馬遷心態流程探幽》，《河南大學學報》2000 年第 3 期。

14. 洪煜，《評漢武帝》，《史學月刊》2001 年第 4 期。

15. 鄭克魯，《論雨果小說的心理描寫》，《上海師範大學學報》2002 年第 6 期。

16. 王洪軍，《「頌述功德」：漢代博士文人詩心蘊藉的時代歌唱》，《齊齊哈爾大學學報》2010 年第 5 期。

17. 臺灣‧阮芝生，《司馬遷之心──〈報任少卿書〉析論》，《臺大歷史學報》第 26 期，2000 年 12 月號。

18. 高萍，《〈史記〉人物傳記敘事時間研究》，《社會科學研究》2002 年第 6 期。

19. 高萍，《〈史記〉人物傳記敘事視角模式》，《唐都學刊》2002 年第 1 期。

20. 陳桐生，《論〈史記〉的心態描寫》，《汕頭大學學報》2002 年 4 期。

21. 孫欣，《中國古代文化政策研究的回顧與思考》，《青島大學師範學院學報》2005 年第 2 期。

22. 梅新林,《中國古代文學地理形態與演變》,上海師範大學博士論文,2004年。

23. 張學成,《看似「兒戲」非「兒戲」——談〈孫子吳起列傳〉中「吳宮教戰」的戲劇因素,《四川戲劇》2007年第5期。

24. 美國・倪豪士,《史公和時勢——論〈史記〉對武帝時政的委曲批評》,《北京大學學報》2008年第4期。

25. 劉杏梅,《從心理史學的視角解讀陳平》,《阜陽師範學院學報》2010年第5期。

26. 吳琦幸,《論亞紀實傳統和非虛構小說》,《文藝理論研究》2010年第6期。

27. 趙敏俐,《〈史記・屈原賈生列傳〉的再認識——簡評屈原否定論者對歷史文獻的誤讀》,《中國楚辭學》第六輯。

28. 易小平,《西漢文學系年》,山東大學博士論文,2005年。

29. 李鳳艷,《漢武帝時期文人活動年表及相關問題研究》,青島大學碩士論文,2008年。

30. 劉躍進,《文學史研究的多種可能性》,《社會科學研究》2010年第2期。

31. 美國・康達維,《漢武帝與漢賦及漢代文學的勃興》,《湖北大學學報》2011年第1期。

32. 邊家珍,《漢代文學論略》,《河南社會科學》2013年第4期。

33. 徐公持,《為什麼要研究秦漢文學》,《文史知識》2016年第2期。

三、外國著作

1. 德國・黑格爾著:《歷史哲學》,北京:生活・讀書・新知三聯書店,1956年。

2. 日本・瀧川資言箋注:《史記會注考證》,上海:上海古籍出版社,1986年。

3. 日本・吉川幸次郎著:《中國文學史》,成都:四川人民出版社,1987年。

4. 日本・吉川幸次郎著:《中國詩史》,章培恒等譯,合肥:安徽文藝出版社,1986年。

5. 日本・青木正兒著:《中國文學思想史》,臺北:臺灣開明書店印行,1977年。

6. 美國，雷・韋勒克、奧・沃倫著：《文學理論》，劉象愚、邢培明、陳聖生、李哲明譯，北京：生活・讀書・新知三聯書店，1984 年。

7. 美國・伊佩霞編著：《劍橋插圖中國史》，趙世瑜，趙世玲，張宏豔譯，濟南：山東畫報出版社，2002 年。

8. 瑞士・榮格著：《心理學與文學》，馮川、蘇克譯，北京：生活・讀書・新知三聯書店，1987 年。

9. 英國・崔瑞德、魯惟一編：《劍橋中國秦漢史》，楊品泉、張書生、陳高華等譯，北京：中國社會科學出版社，1992 年。

後　記

　　作為一位有著整整二十年教齡的高校教師，指導本科畢業論文已經有好
多年了。每當看到畢業論文中的「謝辭」部分，總有些感想，起初讓人哭笑不
得，甚至啼笑皆非，辛辛苦苦地指導，在最後的這部分，卻很難找到幾句屬於
從心底裏自然流淌出來的「情話」，於是心下少不了有些悲哀。不過，一批批
的學生來了，一批批的學生又去了，最後也就沒有了感覺，只是還是要留意下
他們有沒有在謝辭中將「張老師」寫成「劉老師」「王老師」或是「李老師」，
僅此而已。

　　到了自己寫作這部分的時候，學校裏的格式文本變成了「後記」，但在我
看來，還是承擔了很重要的「謝辭」功能。面對這簡單的兩個字，我有很多話
要說，有很多感情要表達。可是，一直沒敢動筆。好似，一寫這一部分，我的
人生極為重要的博士學習階段就要宣告結束，那是一種非常複雜的心情！絕
非不情願按時畢業，那是矯情，而只是這部分承載著一種油然而生的神聖感，
不敢輕易觸動，也不知應該如何表達如山高、似海深的感激之情。我的後記，
其實就是謝辭。

　　愛美之心，人皆有之，可感恩之心，並非人皆有之。對於一個已經步入中
年的老男人而言，自己一直以為算是感恩的人。在論文的最後，我要盡情地表
達我的感恩之情。

　　曲阜作為孔子的家鄉，正因為聖人的存在才有了曲阜師範大學這一所全
國少有的設在縣級市的老牌本科師範大學；而這所學校又是我的本科母校、博
士學校，對於我而言一直是令我一往情深的地方。她在我人生的兩個極為重要
的時刻賜給了我兩次機會，一次是本科學習，讓我畢業之後有機會進入高校工

作，那是 1994 年；另一次是在我基本放棄了讀博的想法之後又圓了我攻讀博士的夢，2014 年，那是本科畢業之後的整整第十八個年頭！在讀博期間，我發表了高層次論文，出版了學術專著，獲得了重要課題，並於 2016 年順利獲聘教授，實現了我教學生涯、人生發展的躍升，如果沒有母校的教育，就沒有我人生的昇華。我要感恩曲阜師範大學，這是一個讓我放飛夢想的地方。

1931 年，在清華大學校長就職典禮上，梅貽琦留下了中國大學史上最著名的斷語：「所謂大學者，非謂有大樓之謂也，有大師之謂也。」我的導師張玉璞教授，是我的恩師，也是我的友師，更是我心目中的大師。我非常感激先生能夠收留中年愚鈍的我，成全了我幾乎放棄了的博士夢，讓「心想事成」「夢想成真」等祝福語在我身上變成了現實！

在求學的過程中，先生廣博的學識、平易近人的態度、民主融洽的教學氛圍以及嚴謹治學的精神都給我留下了深刻的印象，深深地感染著我、激勵著我，對於我的治學和為人也產生了很深的影響。多年來，我對《史記》進行了較深入的研究，自感對先秦兩漢文學稍微熟悉，也為了省卻重新開闢陣地的辛勞，選擇了這個題目作為論文題目，我要感恩張老師的隨和、開明和大度，竟然同意了我的這個想法。與之相適應，這也是讓我為之遺憾的事情，正因此，沒能更好地學到先生在唐宋文學研究方面的學問。這是對不住先生的地方，當然這也是我更加感恩的原因。即便如此，在論文寫作的過程中，先生還是不厭其煩地對論文的構想、提綱的擬定、論文的開題以及後續的工作進行了持續不斷地關注，進行了耐心悉心的指導。有師如此，夫復何求？論文完成之時，我要向張先生表達我最誠摯的感謝！

我還要向博士期間給我講授專業課的單承彬教授、趙東栓教授表示真誠的感謝！二位先生和平友好的態度、淵博的學識和課堂民主愉悅的氣氛讓博士學習變得不再那麼枯燥。還要感謝一起求學問道的 2014 級博士同學，一起共度的時光讓艱辛的博士生活多了一些輕鬆和幾分色彩。

讀博三年，正是兒子讀初三和高一、高二的關鍵時期，愛人馬永臻在學校從教師轉為行政工作，還承擔了很多的家務，付出了極大的犧牲。作為一位醫學教授，在論文的最後校改階段幫我發現了不少我都沒有發現的錯誤。兒子張龍駒善解人意，自律意識很強，經常性的交流讓父子、母子之間其樂融融，我們既是親人，更是朋友。後來兩年我們租住在高中附近的一所舊房子，租住房裏沒有電視，沒有現代的裝潢，家具是舊的，電器是舊的，除了一個神舟筆記

本，似乎什麼都是舊的，時間就像停留在上世紀九十年代中期，在此生活經常有穿越的感覺。我們一家沒有感覺到日子有多苦，時間有多慢，生活有多麼不適應，正是在這樣的環境中我完成了我的畢業論文。

同舟共濟，風雨與共；心在哪裏，家在哪裏。我要向我的妻子、孩子表示感謝！

世事變幻，人生無常，唯有感恩永不能忘。

祝福關愛我的和我關愛的師長同學、親朋好友幸福安康！

臨沂陋舊之所　2017 年 3 月 28 日

再　記

——關於幾點情況的補充說明

　　本論文完成於 2017 年 3 月，距今已近五年，這五年裏發生了很多事情，在論文正式出版之際，非常有必要作幾點說明。

　　首先，由於時間緊張，教學任務繁重，加之心性不夠沉穩，當時本人所提交論文有不少錯訛之處，此次一併改過。第四章增加了「『不虛美』『不隱惡』的客觀實錄」一節內容，該部分已經作為單篇論文公開發表。第四章部分內容出自攻讀博士期間所出版的個人著作，因閱讀對象的原因，語言風格偏於輕鬆，這次出版雖進行了一定程度的修改，但仍有改進之處。限於時間、水平和能力，書中問題仍在所難免，還請方家批評指正。

　　其次，在大陸學術著作出版極為困難的今天，我要非常感謝花木蘭文化事業有限公司能夠出版拙著。

　　最後，要作出特別說明的是，本人導師張玉璞先生於去歲清明因病辭世，天妒英才，痛失吾師，彼時如當頭棒下，似晴天霹靂；極為心痛，留下了天大遺憾！先生為人為事，慎行謹言，實乃我之人生楷模、學問標範。惟願先生在天之靈安息。

江蘇淮安　2021 年 12 月 6 日